MARY SPENCER

Sinnliche Begegnung

Roman

Ins Deutsche übertragen
von Bettina Albrod

BASTEI
LÜBBE

BASTEI LÜBBE TASCHENBUCH
Band 18 235

Erste Auflage: September 1999

Lektorat: Katharina Woicke
Titelbild: Pino Daeni / Agentur Thomas Schlück GmbH
Umschlaggestaltung: Roland Winkler
Satz: KCS GmbH, Buchholz/Hamburg
Druck und Verarbeitung: 47553
Groupe Hérissey, Évreux, Frankreich
Printed in France
ISBN 3-404-18235-9

Der Preis dieses Bandes versteht sich einschließlich der gesetzlichen Mehrwertsteuer

Für meine Freundin Vickie Denney, die nicht zuließ, daß ich dieses Buch vernachlässigte, bis es fertig war.

Und für meine Agentin Nancy Yost, deren Vertrauen in mich mir die Kraft gab, diesen besonderen Traum zu verwirklichen.

Und für meine Lektorin Laura Cifelli, die den Traum Wirklichkeit werden ließ.

Herzlichen Dank, meine Damen.

1

England, März 1816

»Es ist doch bloß eine Hochzeit, Lucky, nicht lebenslängliche Haft in Newgate. Mit Sicherheit nichts, das es wert wäre, daß du so ein Gesicht ziehst. Vor dir haben schon viele Männer die Sache durchgestanden, und einige sind sogar recht glücklich. Sieh dir doch nur St. Genevieve an.« Jack Sommerton, der fünfte Earl of Rexley, nahm einen Schluck aus seinem Weinglas. »Tatsächlich ist er ein Paradebeispiel. Mach nur alles so wie St. Genevieve, und du wirst mit seiner Tochter zufrieden sein.«

Lucien Bryland, Viscount Callan, hob den Blick. »Und das sagt der Mann, der geschworen hat, niemals zu heiraten? Du überraschst mich, Jack.«

Der Earl schenkte ihm ein wohlwollendes Lächeln. »Ich habe nichts gegen die Ehe.« Er schnaubte verächtlich. »Es wäre schließlich kein Gewinn, wenn die Welt nur von Bastarden bevölkert wäre. Dann wüßte man nie, mit welcher Klasse man sich vermischt, nicht wahr? Allein der Gedanke daran ist gräßlich ...«

»Snob«, murmelte Lucien.

»Stimmt«, pflichtete Jack ihm bereitwillig bei und trank seinen Wein aus. »Und«, setzte er hinzu und stellte sein Glas auf dem kleinen Tisch ab, »wenn ich jemals an eine Frau gekettet würde, was Gott verhüten möge, würde ich sicherstellen, daß es eine aus guter Familie wäre. Zumindest in dieser Hinsicht ist deine Pfauenhenne unvergleichlich.«

»Ja, das ist sie wirklich«, stimmte Lucien zu und drehte sein Weinglas langsam zwischen den Fingern. Claras Bild, klar und vollkommen, erschien vor seinen Augen. Sie war immer am Rande seines Bewußtseins, auch wenn er in den letzten Jahren verzweifelt versucht hatte, die Erinnerungen an sie zu verdrängen. »Clara Harkhams stammt unzweifelhaft aus einer vornehmen Familie. Ich würde in ganz England keine passendere Partie finden.« Er hob den Kopf, und seine schwarzen Augen glitzerten. »Zumindest in dieser Hinsicht.«

Jack schnalzte mit der Zunge. »Seit ich dich kenne, sprichst du von Lady Clara wie von einer pferdegesichtigen Harpyie, aber mich führst du damit nicht mehr an der Nase herum. Robby hat mir erst gestern versichert, daß sie eine entzückende junge Dame ist. Nicht wahr, Wulf?«

Er wandte sich an den dritten Mann, der mit ihnen am Tisch saß. »Du warst doch dabei.«

»Was?« Als er seinen Namen hörte, hob Viscount Severn seinen dunklen, recht ungepflegten Kopf. »Tschuldigung, hast du etwas gesagt?«

»Der Himmel bewahre uns.« Jack beugte sich über den Tisch und nahm Lord Severn den Stift aus der Hand. »Mußt du jetzt kritzeln, wo Jack uns von der Tiefe seines Kummers überzeugen will? Hab doch Mitleid, Mann.«

Wulf sah Lucien an und sagte: »Lamentierst du immer noch über deine Eheschließung mit der Pfauenhenne, Lucky? Damit gibst du dem Rest von uns aber kein gutes Beispiel. Kopf hoch, Mann, reiß dich zusammen, würde ich sagen.«

»Tatsächlich? So wie du deine bevorstehende Hochzeit mit Bella siehst?« erwiderte Lucien trocken.

Wulf seufzte und nahm sich den Stift zurück. »Was hat Bella damit zu tun? Wir sind verlobt, oder? Ich beklage mich nicht darüber. Habe es nie getan und werde es auch nie tun.«

»Verlobt, ja«, sagte Lucien mit einem Auflachen. »Mittlerweile seit drei Jahren. Oder sind es vier? Wenn hier einer ein schlechtes Beispiel für uns abgibt, dann du. Bella wird nicht für immer warten, weißt du?«

»Vier Jahre Verlobung sind nichts verglichen damit, daß du und die Pfauenhenne einander seit der Wiege versprochen seid«, informierte ihn Wulf und beugte sich erneut über seine Papiere. »Du hattest siebenundzwanzig Jahre Zeit, um dich an den Gedanken zu gewöhnen, was mehr als fair ist. Ich kenne keinen anderen Mann, der so früh im voraus gewarnt wurde.« Ein vertrauter Ausdruck der Konzentration lag auf seinem Gesicht, als er eine Gleichung niederschrieb. »Und Bella macht es nichts aus zu warten. Sie ist ein gutes Mädchen. Macht mir nie Kummer. Sonst hätte ich sie auch nicht gebeten, mich zu heiraten.«

Lucien betrachtete den gesenkten Kopf seines Freundes. »Du nimmst sie viel zu sehr als selbstverständlich, Wulf, und Bella ist eine hübsche, nette Person. Vielleicht sollten wir tauschen.«

Wulf schrieb weiter und sah nicht einmal auf. »Tauschen? Was?«

Jack beugte sich vor und sagte Wulf direkt ins Ohr: »Bella gegen die Pfauenhenne tauschen, alter Junge. Lucky will deine Verlobte haben.«

»Bella?« Wulf strich heftig alles durch, was er gerade geschrieben hatte. »Nicht sechseinhalb zu zwölf«, murmelte er. »Gütiger Himmel, ich würde das Labor in die Luft jagen.« Er schrieb erneut. »Wozu will er sie haben?«

Lucien nickte einem Kellner zu, der stehenblieb, um ihre Gläser aufzufüllen, und erwiderte: »Nun, um mir das Bett zu wärmen, Wulf. Bella hat die richtige Figur dafür. Sie ist nicht so dünn und hager wie die Pfauenhenne, und auch nicht so klein. Ich müßte mir keine Sorgen machen, daß ich sie zerdrücken könnte oder –«

Wulf sprang plötzlich auf und warf dabei fast den Tisch um. Dann beugte er sich aus seiner enormen Höhe herab und brüllte Lucien ins Gesicht: »Was sagst du da über Bella? Sie ist nicht so eine Frau!«

Lachend schob Lucien ihn weg. »Setz dich hin, du riesiger Kerl. Ich wollte nur, daß du mir endlich zuhörst. Ich wollte nicht respektlos über deine Bella reden, und das weißt du. Sie ist wie eine Schwester für mich.«

Viscount Severn stieß ein Schnauben hervor, das an einen wütenden Bullen erinnerte, und ließ seinen muskulösen Körper wieder in den Sessel sinken. »Verdammt, Lucien, neck mich nicht mit Bella. Ich habe für einen Moment rot gesehen und würde dich nur ungern umbringen.«

»Und wir würden nicht wollen, daß das ausgerechnet bei White's passierte.« Jack erwiderte ungerührt das Starren einiger Zuschauer, bis sie den Blick abwandten. »Das letztemal, als du hier die Beherrschung verloren hast, sind wir fast rausgeworfen worden.«

»Das war die Schuld des Amerikaners«, stellte Wulf fest und sah immer noch Lucien an. »Auch er hat über Bella gesprochen, aber ich habe es nicht zugelassen.«

»Stimmt«, bestätigte Lucien, »Bella ist in Ordnung. Sie hat es sogar geschafft, daß du deine geliebte Chemie vergessen hast, was schon einem Wunder gleich kommt.«

Wulf lachte auf und umklammerte die Aufschläge seiner engen Jacke. »Wenn du schon über Frauen reden mußt, dann sprich über deine eigene. Es hat dir noch nie Mühe gemacht, etwas über die Pfauenhenne zu sagen.«

»Gott, Wulf, laß ihn nicht wieder davon anfangen«, warnte ihn Jack. »Das arme Kind weiß nicht, worauf sie sich mit einer Ehe mit Lucky einläßt. Er hat nicht mehr so viel über sie geredet, seit wir zusammen in Oxford waren. Langsam fange ich an zu glauben, daß der Kerl doch einen Narren an ihr gefressen hat.«

»Tatsächlich«, stimmte Wulf ernst zu, und beide Männer sahen Lucien an, der unbehaglich in seinem Stuhl hin und her rutschte. »Du mußt sie nicht heiraten, weißt du. Robby würde schon etwas einfallen, um die Verlobung zu lösen. Es wäre gar nicht so schwer, und Lady Clara würde unter keinerlei Klatsch zu leiden haben. Die Verlobung ist doch nie öffentlich gemacht worden, oder?«

»Nein, es ist nur eine Übereinkunft zwischen unser beider Familien, mehr nicht.«

»Na siehst du«, erklärte Jack. »Nichts einfacher als das. Löse die Verlobung, und schon bist du frei zu heiraten, wen immer du willst. Selbst Pamela, wenn sie dir als Frau lieber ist denn als Geliebte, was ich bezweifele.«

Lucien sah ihn scharf an. »Laß Pamela aus dem Spiel. Sie hat mir schon genug die Hölle heiß gemacht wegen meiner bevorstehenden Hochzeit.«

»Nicht genug, um dich abzuweisen, wette ich«, warf Jack ein. »Sie wäre eine Närrin, wenn sie es täte. Die Frau hat dich gut abgerichtet, und sie ist zu faul, um die Zeit und die Mühe auf einen anderen Mann zu verschwenden.«

Luciens Hände lagen still, und er sagte ruhig: »Reize mich nicht, Jack, ich werde es nicht dulden, daß meine Freunde Pamela verhöhnen, und ich werde es auch von dir nicht dulden.«

Unbeeindruckt trank Jack seinen Wein. »Ich sage nur die Wahrheit, Lucky, und will dir nicht weh tun. Sie ist deine Geliebte, und du kennst diese Sorte Frau besser als jedermann sonst, wette ich.«

Lucien nickte leicht, und sein schwarzes Haar schimmerte im Licht der eleganten Clublampe. »In der Tat, und ich weiß auch, daß sie mir gefällt. Außerdem geht dich das nichts an. Es war im übrigen der größte Wunsch meines Vaters, daß Clara und ich heiraten. Die Vereinbarung, die er mit dem Marquis of St. Genevieve getroffen hat, kann nicht so einfach gebrochen werden, selbst wenn ich es wollte, was nicht der Fall ist. Ich gebe zu, daß ich es nicht eilig habe, meinen ledigen Stand aufzugeben, aber ich habe immer gewußt, daß ich, wenn ich heirate, Clara Harkhams zur Frau nehme. Wirklich, sie wird die perfekte Ehefrau sein. Sie ist gut erzogen, höflich und kennt ihren Platz. Wahrscheinlich würde sie sich eher einen Arm brechen, als etwas zu tun, was ihren Mann öffentlich bloßstellen könnte. Natürlich werde ich sie nicht in London lassen.«

Wulf hob die Brauen. »Nein? Wo dann?«

»Ich werde sie nach Pearwood schicken. Dort wird sie sich schon wohlfühlen, vor allem, wenn ich sie erst einmal geschwängert habe. Clara ist ein Mädchen vom Lande, genau wie der Rest der St. Genevieves. Eine Schar Kinder, ein Garten und ein paar Landjunker, die sie bewundern, werden sie zufriedenstellen, so daß es ihr nichts ausmachen wird, von London fernzubleiben. Nach sechs Monaten hier dürfte sie froh sein, sich aufs Land zurückziehen zu können.«

»Du klingst dir sehr sicher«, sagte Jack. »Aber was, wenn die Pfauenhenne Geschmack am modischen Stadtleben findet? Dann wird sie nicht so leicht gehen wollen.«

»Sie wird gehen«, erwiderte Lucien. »Es wäre eine Katastrophe, wenn wir versuchen würden, länger zusammenzuleben als unbedingt nötig. Ich bin mir ziemlich sicher, daß Clara nicht einmal den Versuch machen würde. Wir würden einander nur unglücklich machen. Ich mache sie schwanger und bringe sie weg, und das war's. Ein, zwei Monate im Jahr vielleicht noch, um ein weiteres Kind zu zeugen, öfter werden wir uns kaum sehen.«

»Du bist herzlos«, sagte Wulf kopfschüttelnd. »Mir tut die Pfauenhenne leid, armes Mädchen. Warum haßt du sie so?«

Lucien lächelte grimmig. »Habe ich den Eindruck erweckt, daß ich sie hasse?«

Jack richtete sich auf und sah ihn scharf an. »Nun, ganz bestimmt liebst du das Mädchen nicht. Nach all den Jahren, die wir deinen Beschwerden über Lady Clara gelauscht haben, wäre das unmöglich.«

»Wäre es das?« Lucien schloß die Augen und ließ seinen Kopf erschöpft gegen die Rücklehne seines Stuhles sinken. »So unmöglich es sein mag, ich habe sie einmal geliebt. Und ihr vertraut.«

»Lucky!« rief Wulf ungläubig auf. »All diese Jahre ... du hast nicht einmal eine Andeutung gemacht. Ich dachte, du hättest das Mädchen auf den ersten Blick abgelehnt.«

Lucien öffnete die Augen und starrte an die Decke. »Das ist nicht gerade das, was man seinen Kumpanen erzählt, nicht? Hingerissen zu sein von der Braut, die die Eltern einem ausgesucht haben, nur um dann von ihr zurückgewiesen zu werden. Nein« – seine Lippen verzogen sich sarkastisch – »das ist wahrlich nichts, was man gerne zugibt. Weißt du, ich habe immer geschworen, niemals so ein Narr wie mein Vater zu werden und wie ein Hund um die Krumen der Zuneigung einer Frau zu betteln. Aber bei Clara hätte ich es fast so weit kommen lassen. Ich war so nahe daran. Es war kurz, ehe ich zur Universität gegangen bin. Wir hatten uns einige Zeit nicht gesehen, und ich wollte sichergehen, daß meine geliebte Verlobte von meinen Gefühlen erfuhr, ehe wir wieder einige Zeit getrennt sein würden. Also ging ich zu ihr und warf mich ihr zu Füßen, mit Herz, Körper und Seele. Ich glaube, es war eine recht bewegende Szene, auch wenn die Wirkung durch die Ankunft ihres Galans getrübt wurde, der den Umstand, daß die Zuneigung zwischen ihnen gegenseitig war, recht klarmachte.«

»Gott, Lucky«, murmelte Wulf.

»Meine eigene Mutter hätte es nicht besser machen können«, fuhr Lucky leise fort. »Es erinnerte mich an das letzte Mal, als ich meine Eltern lebend sah, an ihrem Hochzeitstag, als einer von Mutters Bewunderern nach Barrington kam, um sie zu einer Ausfahrt einzuladen. Vater verbrachte den Rest des Tages alleine in seinem Arbeitszimmer und wartete auf sie, damit sie zusammen feiern konnten, wie er es geplant hatte. Er wartete und wartete, lief auf und ab und sah immer wieder auf die Uhr. Krank vor Sorge, wie immer. Und genauso liebeskrank.« Lucien schüttelte ernst den Kopf. »Sie kehrte erst am nächsten Morgen zurück. Mein Vater tat mir natürlich leid, aber wirklich verstanden habe ich seine Gefühle erst, als ich vor Clara und ihrem glühenden Liebhaber stand und wußte, daß sie nichts für mich empfand.«

»Kein Wunder, daß du mit so einem Frauenhaß nach Oxford gekommen bist«, erklärte Jack mit offenem Mitgefühl. »Besonders auf die Pfauenhenne. Ich habe mich oft darüber gewundert.«

»Es war bei weitem die größte Torheit, die ich je begangen habe«, gab Lucien zu. »Ich hätte es eigentlich besser wissen müssen. Ein liebender Mann ist nichts für ein hübsches junges Mädchen, schon gar nicht, wenn jeder Mann im Dorf ihretwegen verrückt spielt.«

Seine Freunde sahen ihn überrascht an.

»Wegen der häßlichen Pfauenhenne?« fragte Jack.

Luciens Augen wurden schmal, als er die Tischplatte betrachtete. »Clara ist recht unauffällig, aber nicht häßlich. Trotz ihres Mangels an Schönheit schafft sie es, sehr anziehend zu sein. Jeder liebt sie.« Er seufzte. »Sie bricht fortwährend Herzen, aber ich nehme an, sie kann nichts dafür. Das gehört zum Wesen der Frau.«

Seine Stimme klang kühl, und seine Freunde wechselten einen Blick.

»Lucky«, begann Jack vorsichtig, »nicht alle Frauen

sind wie deine Mutter. Du kannst nicht heiraten, wenn du so denkst, egal, was mit Lady Clara passiert ist.«

»Kann ich nicht?« Lucien blickte ihn fragend an. »Ich gebe zu, daß nicht alle Frauen so sind, wie sie es war. Pamela unterscheidet sich beispielsweise so sehr von meiner Mutter wie die Sahara vom Nordpol. Aber andere Frauen, sogar die meisten, sind so, wie sie war. Eitle, klammernde, nachgiebige Geschöpfe, die sich in dein Herz einschleichen, bis sie dort verwurzelt sind, und dann« – er versuchte sichtlich, seinen Ärger zu zügeln – »kann nur der stärkste Mann der Zerstörung widerstehen.«

»Du solltest dem Mädchen zumindest eine Chance geben«, meinte Wulf.

»Das würde sie gar nicht wollen. Nicht von mir. Aber ich werde ihr etwas Besseres für ihr Ehegelübde geben. Freiheit. Clara wird so viel davon bekommen, wie sie will, so viele Kinder, wie sie mag, und mehr Geld, als sie in fünf Leben ausgeben könnte.«

»Ich verstehe noch immer nicht, warum du das Mädchen überhaupt heiraten willst«, wandte Jack ein. »Ich glaube nicht, daß dein Vater der Verbindung zugestimmt hätte, wenn er gewußt hätte, was du und die Pfauenhenne füreinander empfindet.«

Lucien sah ihn mit einem rätselhaften Lächeln an. »Du verstehst nicht, Jack, Clara gehört mir. Sie wurde mir als Kind in der Wiege versprochen. Ich habe mir selber tausendmal und mehr gesagt, die Verlobung zu lösen, aber es ist unmöglich. Sie gehört mir und wird für den Rest meines Lebens mein sein. Ich werde mich ihr nicht aufdrängen, aber ich werde da sein. Immer in ihrem Hinterkopf, egal, wie oft sie mich sieht. Sie wird immer wissen, wem sie gehört.«

»Das ist Rache«, stellte Wulf abgestoßen fest. »Das ist ganz klar. Sie wollte dich nicht haben, und nun läßt du sie dafür bezahlen.« Er warf Lucien den verächtlichen Blick zu, mit dem er sonst die bedachte, die den Satz des Pythagoras nicht verstanden. »Ich hätte nie gedacht, daß du so etwas tun würdest, Lucky. Ich kann kaum glauben, daß Robby da mitmacht.«

»Oh, er ist ganz und gar dafür«, versicherte ihm Lucien. »Er glaubt, daß die Ehe mich ändern wird und einen neuen Mann aus mir macht.«

Er legte die Hand flach auf den Tisch. »Sechs Monate, und ich habe sie schwanger und auf dem Weg nach Pearwood. Dort wird sie leben, wie sie es sich wünscht, und ich auch. Das ist alles.«

»Würden Sie eine Wette darüber abschließen, Callan?«

Die drei Männer wandten sich um und betrachteten den Neuankömmling, der mit einem lässigen Lächeln auf ihren Tisch zukam.

Der Earl of Rexley fluchte leise, als er den großen, blonden Mann sah, Viscount Callan stöhnte laut auf, und Viscount Severn grollte.

»Gehen Sie weg, Kerlain«, bat Lucien, »diesmal halte ich Wulf nicht davon ab, Sie zu töten, wenn er das wünscht.«

P. Lad Walker, Earl of Kerlain, wandte sich Wulf zu. »Heute wird er kein Bedürfnis danach verspüren, das schwöre ich. Ich mag zwar Amerikaner sein, aber ich bin nicht so dumm, ein erfolgloses Experiment zweimal durchzuführen. Meine Zähne klappern noch von unserem letzten Zusammenstoß, und die Wunden sind gerade erst vernarbt. Wer immer gesagt hat, daß Muskeln und Hirn nicht zusammengehen, hat ihn nicht kennengelernt.« Er deutete steif auf Wulf, der ihn finster ansah. »Ich gebe Ihnen mein Ehrenwort, daß ich Miß Howells Namen heute nicht erwähnen werde.« Er hob die Hand hoch, als leistete er einen Schwur. »Ich schwöre es beim Grab meiner Großmutter.«

Wulfs Miene verfinsterte sich, aber er sagte nichts. Statt

dessen ignorierte er den Neuankömmling und wandte sich wieder seinen Papieren zu.

»Amerikaner«, bemerkte Jack mit freundlicher Verachtung, »keine Manieren.«

»Gehen Sie weg, Kerlain«, wiederholte Lucien. »Ich will, daß Sie noch so lange leben, daß ich das Geld zurückgewinne, daß ich letzte Nacht an Sie verloren habe.«

»Das mag nicht der beste Grund sein«, bemerkte Kerlain, »aber es ist gut zu wissen, daß ich jemandem wenigstens etwas bedeute.« Er lächelte strahlend und zog sich einen Stuhl heran.

Lucien stöhnte wieder. »Sind Sie verrückt?«

»Ganz und gar nicht«, antwortete Kerlain leichthin.

»Ich suche nur nach einem Spiel, wie üblich.«

Jack kniff die Augen zusammen. »Ich vermeide es möglichst, mit Amerikanern zu sprechen, und schon gar nicht teile ich einen Tisch mit ihnen. Gehen Sie, ehe ich Sie rauswerfen lasse.«

Kerlain lächelte noch breiter. »In den Staaten haben wir einen Namen für Männer wie Sie, Rexley, aber ich bin zu höflich, um Ihnen den zu verraten. Es freut Sie vielleicht zu hören, daß ich es höllisch schwer hatte, bei White's wieder zugelassen zu werden, dank dieses Berserkers hier.« Er warf Wulf einen Blick zu, aber der ignorierte ihn weiterhin. »Nach unserer kleinen Meinungsverschiedenheit half nicht einmal Bitten.«

»Kein Wunder, der Club mußte die Hälfte der Gläser erneuern«, wandte Jack kalt ein. »Wie haben Sie es dann geschafft?«

»So wie ich alles schaffe«, antwortete Kerlain gelassen und lächelte.

»Gespielt, was?« fragte Lucien und bedeutete einem Kellner, ein weiteres Glas zu bringen. »Wen haben Sie überredet, für Sie zu bürgen? Wieder Seasley? Er wäre dumm genug, mit Ihnen zu wetten, und einflußreich genug, die Regeln hier aufzuheben. Ruhig Blut, Jack«, wandte er sich an seinen Freund, »Kerlain beißt wenigstens nicht.«

»Ein Jammer, daß du dir deine Freunde nicht mit mehr Verstand aussuchst, Lucky«, bemängelte Jack.

»Ja, das habe ich auch schon oft gedacht«, neckte ihn Lucien und lachte leise. »Besonders, seit ich dich und Wulf kenne. Und jetzt setz dich hin und sei still. Ich will nicht wieder eine Szene. Schon jetzt schaut jeder zu uns rüber.«

»Sehr gut«, sagte Jack, setzte sich hin und stieß den Atem aus.

Lucien wandte sich an Kerlain. »Ich hoffe, Sie haben sich nicht die ganze Mühe gemacht, um mit mir zu sprechen. Ich gehe gleich.«

»Ja, um Ihre künftige Frau abzuholen«, sagte Kerlain. »Sie haben gestern viel von Lady Clara gesprochen, weswegen ich heute hier bin.«

»Und?« wollte Lucien geduldig wissen.

Kerlain setzte sein Glas ab. »Ich werde offen sein, wie wir Amerikaner nun einmal sind.« Er achtete nicht darauf, daß Jack die Augen verdrehte. »Ich habe im Moment keine Wette laufen, möchte aber gerne ein paar Dollar verdienen.«

»Oder verlieren«, bemerkte Jack trocken.

»Ich verliere nie«, erwiderte Kerlain und bemerkte mit Genugtuung, daß diese Bemerkung den Viscount Severn dazu veranlaßte, den Kopf zu heben und die Unterhaltung zu verfolgen.

Jack beugte sich vor und sah ihn mit einem Haifischblick an. »Wo bleibt dann der Sport?«

Kerlain grinste. »Nun, es ist spannend, den anderen zu beobachten, wie er glaubt, er würde der Erste, der mich besiegt. Ich nehme nicht an, daß Sie die Herausforderung annehmen möchten, Rexley? Doch nein, dazu sind Sie viel zu vorsichtig. Callan dagegen hat eine gute Chance zu gewinnen.« Er sah Lucien arglos an. »Sie haben gestern offen über Ihre baldige Ehe gesprochen, und eben habe ich noch einiges mitgehört. Sie heiraten Lady Clara Harkhams, die Älteste des Marquis of Genevieve, nicht wahr?«

Lucien nickte schweigend.

»Und Sie wollen sie schwängern und dann fortschicken – innerhalb von sechs Monaten nach der Eheschließung? Haben Sie das nicht gerade gesagt?«

»Sie haben scharfe Ohren, Kerlain«, erwiderte Lucien. »Ich werde künftig besser aufpassen müssen, was ich wo sage. Aber es stimmt, das ist meine Absicht.«

Kerlain stützte sich auf den Tisch und entspannte sich. »Sie klingen zuversichtlich, Callan, aber ich wette um zehntausend Pfund, daß Ihre Frau nach sechs Monaten immer noch an Ihrer Seite sein wird. Sie werden sich nicht von ihr trennen wollen.«

Lucien betrachtete ihn einigermaßen überrascht. »Bezweifeln Sie, daß ich ihr in der Zeit ein Kind machen kann?«

»Ich bezweifele nicht, daß Sie das wollen«, erwiderte Kerlain, »aber darum geht es nicht. Egal, in welchem Zustand Lady Clara ist, Sie werden sich nicht von ihr trennen wollen. Sie werden sie nur dann nach Pearwood schicken, wenn Sie auch dort bleiben wollen.«

»Das ist noch geschmackloser, als ich selbst von Ihnen erwartet hätte«, bemerkte Jack mit unverhülltem Abscheu. »Eine Wette um eine gut erzogene Dame zu machen ist unter allem Niveau. Schick ihn zum Teufel, Lucien.«

Lucien musterte Kerlain unter halbgeschlossenen Lidern. »Wollen sie etwa andeuten, Kerlain, daß ich mich in meine Frau verliebt hätte? Sie würden doch nicht zehntausend Pfund auf so eine Torheit verwetten. Das wäre viel zu einfach.«

»Wenn das so ist, Callan, werden Sie gewinnen.«

»Lucky, du kannst doch nicht ernsthaft daran denken, Lady Claras Namen in die Wettbücher zu bringen«, protestierte Wulf. »Hier? Bei White's? Wo jedermann, der durch die Tür kommt, es sehen kann? Das wäre ...«

»Höchst unehrenhaft«, ergänzte Jack. »Tu es nicht, Lucien, es ist unter deiner Würde, und Robby würde dafür deinen Kopf auf einem Silbertablett fordern.«

Der Earl of Kerlain lächelte und zuckte die Achseln. »Wenn Sie dagegen gewinnen, wird er mehr als bereit sein, Ihnen den kleinen Ausrutscher zu verzeihen. Wenn Sie natürlich in Wirklichkeit nicht daran denken, Lady Clara wegzuschicken, dann vergessen wir meinen Vorschlag am besten ganz schnell wieder.«

Luciens Augen wurden dunkel. »Ich werde gewinnen. Daran gibt es gar keinen Zweifel.«

»Und ich behaupte, daß Sie verlieren werden. Halten Sie sich wirklich für fähig, Ihre eigene Frau wegzuschicken?«

»Das ist beinahe schon Tatsache«, erwiderte Lucien, »Clara wird mit Sicherheit auf den Tag genau sechs Monate nach unserer Hochzeit nach Pearwood umziehen.«

»Wo immer Ihre künftige Frau am Ende der sechs Monate sein wird, Callan, sie wird nicht alleine dort sein. Sie werden bei ihr sein, und zwar aus eigenem Willen.«

»Ich hätte nie gedacht, daß Sie ein Narr sind, Kerlain.« Lucien hob die Hand, um einen Kellner herbeizuwinken. »Sagen Sie Ihrem Verwalter schon mal, daß er die Gelder beiseite legt, denn ich erwarte volle Bezahlung an dem Tag, an dem Clara London verläßt.« Er sah den Kellner an, der schweigend auf seine Bestellung wartete, und sagte: »Bringen Sie uns das Wettbuch.«

2

»Liebe leidet lange und ist freundlich, sie neidet nicht, noch stellt sie sich zur Schau oder bläht sich auf.«

Der Tag war für Mitte März sonnig und schön und ungewöhnlich warm. Clara Harkhams, die in der großen Steinkirche in St. Genevieve saß, wußte, daß sie wie die anderen Kirchenbesucher keinerlei Grund hatte zu frieren. Natürlich saßen die anderen Kirchgänger nicht neben Lucien Bryland, mit Armen, Schultern und Hüften eng an ihn gepreßt.

»Das ist es, was das Wort Gottes über die Liebe sagt«, verkündete Mr. Webster laut und sah, so kam es Clara vor, direkt in sie hinein, »und so soll die perfekte Liebe, die Gott geschaffen hat, auch sein.«

Clara bewegte sich verstohlen, um ihr Unbehagen zu verbergen, wobei sie versuchte, nicht die Aufmerksamkeit des Viscounts zu erregen. Aber sie wußte, daß ihr das mißlungen war, als sich die Hand, die auf seinem Knie lag, zu einer Faust ballte. Clara fragte sich, ob es vielleicht als Zeichen drohenden Unheils zu werten war, daß der Mann, den sie bald heiraten sollte, steif und kalt wie ein Eisberg neben ihr saß.

Aber das war unfair. Sie wußte besser als jeder andere, wie lebendig Lucien immer schon gewesen war, seit der Earl of Manning seinen verwaisten Neffen das erstemal nach St. Genevieve gebracht hatte. Als sie einander vorgestellt wurden, hatte sie, obwohl schon dreizehn, nichts weiter erwartet. Aber nach der ersten Woche seines Besuchs hatte er sie fortwährend angestarrt und war ihr mehr als einmal heimlich gefolgt. Bei den Mahlzeiten betrachtete er sie unter gesenkten Wimpern hervor, bis sich Clara seiner Bewunderung schmerzlich bewußt wurde. Dunkel, stark und schweigsam wie er war, hatte er sie ein bißchen eingeschüchtert. Ihre Eltern hatten sie und ihre Geschwister und den ganzen Haushalt gewarnt, daß der junge Viscount betrübt sei, seit seine Eltern vor drei Jahren ums Leben gekommen waren. Er war sicher kein gefährlicher Junge, aber sie sollten ihn in Ruhe lassen, wenn er das wünschte, und ihn nicht ärgern. Damals hatte Clara noch nicht gewußt, daß sie den Viscount einmal heiraten sollte, sonst hätte sie sich erst recht geängstigt. Zumindest in dieser ersten Woche, in der der Earl of Manning Tante Anna den Hof machte und Lucien, sich selbst überlassen, wie ein halbwildes Tier schweigend durch das Haus strich.

»Es ist ein Greuel, den Namen der Liebe unnütz zu führen!« Mr. Webster klopfte mit der Hand auf die Kanzel und brachte Clara und die meisten Zuhörer damit zum Zusammenzucken. »Ein Greuel gegen Gott und den Himmel!«

Clara sah, wie sich die Hand des Viscounts ballte und wieder öffnete und erneut ballte, und ihr Herz sank. Es war unerträglich, daß er dem ausgesetzt wurde. Sie würde nach dem Gottesdienst mit Mr. Webster sprechen und ihm klarmachen, daß das, was geschehen würde, nicht aufzuhalten war. Sie wollte es auch gar nicht anders. Ihr Herz war schon seit langem unwiderruflich vergeben, und nichts, was er oder ein anderer sagte, konnte daran noch etwas ändern.

Sie hätte an dem Montag der zweiten Woche des Besuchs von Lucien und seinem Onkel niemals angeln gehen sollen. Mit dreizehn noch so kindisch, wie es von der verwöhnten, auf dem Land aufgewachsenen Kinderschar von St. Genevieve zu erwarten war, hatte sie gerade nur eine Ahnung davon gehabt, was es bedeutete, eine Frau zu sein. Doch an diesem Tag hatte Lucien die Weichen für ihr Leben gestellt, sie so endgültig an sich gefesselt, daß wahrscheinlich nicht einmal er ahnen konnte, wie stark sie gefangen war.

Clara war es gewöhnt, frei die Gegend zu durchstreifen; ihre Eltern hatten nichts davon gehalten, die Kinder ins Haus und in elegante Kleider zu zwingen. Sie war früh aufgestanden, hatte ihr ältestes Kleid und ein Paar Jungenschuhe angezogen, nicht auf das Mädchen gewartet, das ihr die Haare bürsten sollte, und war in die Küche gegangen, um von der Köchin etwas zu essen zu erbetteln. Eine halbe Stunde später war sie mit der Angelrute und einem Picknickkorb auf dem Weg zu ihrem Lieblingssee, wo sie ihre Tage am liebsten verbrachte.

Zwei höchst angenehme Stunden vergingen, bis Clara, die sich das Kleid über die Schenkel hochgezogen hatte und die Füße ins Wasser hängen ließ, merkte, daß sie nicht mehr alleine war. Sie richtete sich so schnell auf, daß ihr dabei die Angelrute versehentlich ins Wasser fiel. Bis sie sie wieder herausgeholt und sich dabei gründlich durchnäßt hatte, war Lucien aus dem Wald hervorgetreten, wo er sich versteckt hielt.

Wortlos streckte er die Hand aus und zog sie aus dem Wasser. Dann legte er die Angelrute beiseite und begann, ihr die nassen Röcke auszuwringen.

Clara dachte oft an diesen Moment zurück und überlegte, wie seltsam es gewesen war, daß sie still dagestanden und auf seinen dunklen Kopf hinabgesehen hatte, während er ihr Kleid auswrang. Erst als er fertig war und sie bei der Hand genommen und zu einem grasigen Stück Ufer geführt hatte, hatte sie ihre Stimme wiedergefunden und gefragt: »Warum hast du dich dort versteckt?«

Lucien setzte sich neben sie. »Ich habe mich nicht versteckt.«

»Hast du schon lange da gestanden? Du hättest es mir sagen sollen. Es ist unhöflich, Leute zu beobachten, ohne es ihnen zu sagen.«

Er zuckte die Achseln und stützte sein Kinn auf die hochgezogenen Knie, während er über die funkelnde Oberfläche des Sees blickte.

Lucien war es zufrieden, wenig zu sprechen, wie Clara in den folgenden Tagen noch lernen sollte, aber sie selber stammte aus einer lärmenden, redenden Familie und fühlte sich verpflichtet, Konversation zu machen.

»Ich bin zum Angeln hergekommen«, erklärte sie und dachte gleich darauf, wie dumm es war, etwas so Offensichtliches zu sagen.

Aber er sagte »Ja« und sah sie an. »Aber du hast nichts gefangen.«

»Nein, noch nicht.« Sie war ihm noch nie so nahe gewesen, und jetzt bemerkte sie, was für schöne, dunkle Augen er hatte. »Angelst du auch?«

»Nein.« Sein Kinn lag wieder auf den Knien.

»Es macht viel Spaß«, fuhr Clara fort, die unbedingt höflich sein wollte, auch wenn er sie ignorierte. »Willst du es mal versuchen? Wenn du willst, kannst du meine Angelrute nehmen.«

»Vielleicht später.«

Die Antwort entspannte sie ein wenig. Clara spielte mit einigen Grashalmen neben sich und fragte: »Gefällt es dir auf St. Genevieve? Meine Tante Anna hat sich sehr auf den Besuch von dir und deinem Onkel gefreut. Sie war sehr aufgeregt.«

Er sagte nichts, und erst dachte sie, er würde nicht antworten, aber dann erwiderte er: »Robby war auch aufgeregt.«

»Sie sehen entzückend zusammen aus, nicht wahr? Der Earl sieht so gut aus, und Tante Anna ist so schön. Glaubst du, daß sie glücklich werden, wenn sie verheiratet sind?«

Er hob den Kopf und seufzte. »Ich weiß es nicht. Ich habe noch nie jemanden gekannt, der es war.«

Diese Aussage schockierte Clara zutiefst, denn sie kannte nur glücklich verheiratete Paare.

»Nicht einmal deine Eltern?«

Er lachte bitter auf. »Die am wenigsten.«

»Oh.« Sie wußte nicht, was sie sagen sollte. Plötzlich hatte sie das Gefühl, ein Zentnergewicht läge auf ihrem Herzen. »Meine sind es. Glücklich, meine ich.«

Er nickte schweigend.

»Und ich werde es auch sein, wenn ich verheiratet bin«, erklärte sie.

»Wirst du das? Woher weißt du das?«

Sie lächelte und erklärte mit der Zuversicht der Jugend: »Ich werde meinen Mann so glücklich machen, daß er nie streitet, und ich werde ihn so lieben, wie Mama Papa liebt.«

»Und was ist, wenn du aufhörst, ihn zu lieben? Wenn du nach der Hochzeit einen anderen Mann kennenlernst, in den du dich verliebst? Würdest du dann nicht mit ihm weggehen?«

Die Frage verstörte Clara. Sie hatte noch nie zuvor über solche Dinge nachgedacht. »Aber das wäre sehr schlecht, nicht wahr?«

»Ja«, erwiderte er ernst. »Sehr schlecht.«

»So etwas würde ich nie tun. Ich werde meinen Mann lieben, und er wird mich lieben. Und wir werden viele Kinder haben, mindestens ein Dutzend. Wir werden es wunderschön zusammen haben und immer glücklich sein.«

Ein kurzes Lächeln, das erste, das sie bei ihm sah, umspielte seinen Mund. »Wirst du das?«

»Oh, ja«, gab sie heiter zurück. »Wir werden auf dem Land leben, aber einmal im Jahr wird er mich nach London bringen, so daß wir ein paar Bälle besuchen können.

Mein Vater hat einen schönen Ballsaal in seinem Stadthaus. Wußtest du das?«

»Ja, ich habe dich dort einmal getroffen, aber da warst du noch sehr jung. Erinnerst du dich daran?«

»Mich?« wiederholte sie überrascht.

»Du warst gerade sieben geworden«, erzählte Lucien. »Es war deine Geburtstagsfeier, und meine Eltern und ich waren auch eingeladen.« Wieder lächelte er. »Du warst ganz in Rosa und Weiß und hattest Satinschleifen im Haar.« Er hob die Hand und strich sanft über ihre Locken. »So schimmernde Haare – du hast ausgesehen wie eine Puppe.«

Sie sah ihn an. »Du hast mit mir getanzt«, murmelte sie. »Daran erinnere ich mich. Du wolltest nicht, aber deine Mutter hat dich dazu gebracht.«

Er ließ die Hand sinken. »Es war dumm. Wir müssen lächerlich ausgesehen haben.«

Sie lachte bei der Erinnerung. »Du warst so groß. Ich weiß noch, daß ich gedacht habe, daß du so groß wie Papa bist, aber viel hübscher. Ich habe dich dazu gebracht, mich zu küssen, nicht wahr?«

»Das hast du, mit der Drohung, sonst das ganze Haus zusammenzuschreien. Du warst furchtbar verwöhnt.«

Ihr Lächeln schwand. »War ich das? Wirklich? Hast du es gehaßt, mich küssen zu müssen?«

Er zog unwillig die Brauen zusammen. »Natürlich. Ich war zehn. Das Letzte, was ich tun wollte, war, ein siebenjähriges Mädchen zu küssen. Du warst praktisch noch ein Baby.«

»Oh.« Clara fühlte sich plötzlich niedergeschlagen. »Ich nehme an, du hast recht.«

Er berührte ihre Hand mit den Fingerspitzen. »Mach nicht so ein Gesicht«, bat er leise, »jetzt ist es anders. Du bist kein Baby mehr, und ich würde dich küssen, ohne dazu gezwungen zu sein.«

Clara spürte, wie sie errötete, und bekam plötzlich Angst, als sie in sein hübsches Gesicht schaute.

»Willst du jetzt angeln?« fragte sie, erhob sich rasch und holte die Angelrute, ohne seine Antwort abzuwarten.

Er folgte ihr ans Ufer und ließ sich zeigen, wie sie Köder und Faden vorbereitete, und den Rest des Nachmittags verbrachten sie in einträglicher Kameradschaft. Zu Claras Erleichterung erwähnte er das Küssen nicht mehr, obwohl er nach ihrer Hand griff, als sie Seite an Seite am Ufer saßen. Doch das machte ihr nicht so viel aus, sie hatte auch schon mit Andrew Blakesley Händchen gehalten, heimlich, unter dem Tisch im Kinderzimmer, als er und seine Brüder auf St. Genevieve zu Besuch gewesen waren.

Als sie Hunger bekamen, teilten sie sich den Inhalt von Claras Picknickkorb, und anschließend ließen sie die Angelrute am Ufer stecken und legten sich auf den Rasen, um die Wolken über sich zu betrachten.

»Warum gehst du nicht zur Schule?« fragte sie, nachdem sie lange genug über das Wetter geredet hatten.

Seine Hand, die ihre locker umfaßt hielt, zuckte kurz, ehe er antwortete. »Vor dem Tod meiner Eltern war ich in Eton.«

Als Clara den Schmerz in seiner Stimme hörte, wandte sie den Kopf und drückte seine Hand. »Das mit deinen Eltern tut mir leid.«

»Danach hat mich Robby aus der Schule genommen«, fuhr er fort, als hätte sie nichts gesagt. »Seitdem unterrichtet er mich, und in drei Jahren gehe ich nach Oxford.«

»Lord Manning unterrichtet dich?« fragte sie überrascht. »Das kann er?«

»Er ist ein wunderbarer Lehrer. Viel besser als alle, die ich in Eton hatte. Wir sind durch ganz Europa gereist, nach Österreich, Spanien und Italien.«

»Wie wundervoll!« rief sie aus, entzückt bei der Vorstellung, so weit entfernt liegende Länder kennenzulernen. »Es muß wundervoll gewesen sein! Ich wünschte, ich könnte auch dorthin reisen.«

»Wirklich?« Er stützte sich auf einen Ellbogen. »Vielleicht bringe ich dich eines Tages dorthin.«

Ihre Augen wurden groß. »Würdest du das tun?«

Er nickte ernst und strich mit den Fingerspitzen über ihre Wange. »Wenn du mich eines Tages heiratest, werde ich es tun.«

»Heiraten?« wiederholte sie und dachte kindisch, daß das das Romantischste war, was jemandem passieren konnte, viel romantischer, als mit Andrew Blakesley Mann und Frau zu spielen.

»Wenn du versprichst, mich zu lieben und bei mir zu bleiben, bringe ich dich überall hin, wo du hinwillst«, fuhr er fort. »Und ich werde dir alles geben, was du haben willst. Aber du darfst nur mich lieben. Für immer.«

Ihre Jugend machte es ihr leicht, ihm zu versprechen, daß sie das tun würde, und sie glaubte, daß sie die Wahrheit sprach, als sie sagte: »Oh, ja, natürlich, das würde ich, wenn du mein Mann wärest.«

Er nickte ernst und zufrieden und sagte: »Dann werde ich dich jetzt küssen. Verlobte dürfen das.«

»Ja«, plapperte sie, als er schon den Kopf senkte. »Ich habe oft gesehen, wie Lord Manning Tante Anna geküßt hat, als sie –«

Es war ein kurzer, leichter Kuß, gerade nur eine kurze Berührung ihrer Lippen mit seinen. Als er den Kopf hob, lächelte er sie an.

»Du redest viel.« Er lächelte. »Aber ich höre dir gerne zu. Ich hoffe, daß du unser Haus mit deiner Stimme füllst, wenn wir verheiratet sind. Dann weiß ich immer, wo du bist, egal, in welchem Zimmer du dich aufhältst.«

Sie kicherte. »Dann mußt du aber gute Ohren haben.«

Er lächelte wieder. »Die habe ich. Oh, ja, die habe ich.«

Die nächste Woche verging wie in einem Nebel, und sie war sich Luciens Gegenwart sehr bewußt, noch mehr aber der seltsamen Gefühle, die seine Nähe in ihr weckte. Weder Lord Manning noch ihre Eltern schienen zu merken, daß sie und Lucien jeden Tag zusammen waren, ohne Anstandsdame, auch wenn Lucien ihre Jugend respektvoll achtete. Er küßte sie gelegentlich, aber immer nur kurz und keusch, außer einmal, als er ihre Lippen mit seiner Zunge berührte, aber da schrie sie auf, und er lachte und umarmte sie, als er sich entschuldigte und versprach, das nie wieder zu tun.

Es war Clara klar, daß Lucien sehr viel mehr vom Leben wußte als sie. Sie saßen am Fluß oder im Wald beieinander, und er erzählte ihr von seiner Kindheit und von den Reisen, die er mit seinem Onkel unternommen hatte. Er beantwortete aufrichtig jede ihrer Fragen, manchmal mit Schmerzen, manchmal beschämt, aber immer ohne zu zögern. Als Clara ihn nach seinen Eltern fragte, erzählte er ihr die Wahrheit. Sie waren nicht bei einem Kutschenunfall ums Leben gekommen, wie es allgemein hieß. Es war ganz und gar kein Unfall gewesen, sondern kaltblütiger Mord und ein Selbstmord. Und nicht nur das Leben von Luciens Eltern war beendet worden, sondern auch das Leben des Liebhabers seiner Mutter, mit dem sie davongelaufen war, ehe Luciens Vater sie eingeholt hatte. Clara war der einzige Mensch außer seinem Onkel, der die Wahrheit kannte, und sie verstand instinktiv, wie sehr er ihr vertraute, daß sie es nicht weitererzählen würde.

»Zwischen uns darf es keine Geheimnisse geben, Clara«, sagte er eines Tages, als sie um den See spazierten. »Verheiratete Leute sollten keine Geheimnisse voreinander haben. Ich werde dir immer die Wahrheit sagen, wenn du es bei mir auch so machst.«

Und so hatte er ihr auf ihre Frage hin erzählt, daß er

schon fünfmal mit einer Frau geschlafen hatte – sein Onkel hatte die Rendezvous kurz nach seinem fünfzehnten Geburtstag für ihn arrangiert. Das erste Mal in Italien mit einer viel älteren Frau, die fast nichts gesagt hatte, deren Können und Geduld in ihm aber größte Dankbarkeit und Bewunderung geweckt hatten, und später noch einige Male in anderen Ländern, in denen sie gewesen waren. Er wußte genau, wie man Kinder zeugte. Später würde das Clara einmal betrüben, aber mit dreizehn war sie einfach nur fasziniert gewesen und hatte jede kleinste Einzelheit wissen wollen. Er hatte ihren Wunsch bereitwillig erfüllt und sie mit seinen Erzählungen schockiert, aber hinterher hatte er sie neben sich auf den Rasen gezogen, ihr den Arm um die Taille gelegt und gesagt: »Du sollst nicht denken, daß ich dich je betrügen würde, Clara. Onkel Robby sagt, daß ein Mann, wenn er einmal die Frau gefunden hat, die er heiraten möchte, alle anderen vergessen muß und mit Vertrauen in die Ehe gehen soll, sonst ist er kein ehrenhafter Mann. Ich kann nicht rückgängig machen, was gewesen ist, aber ich werde an keine andere Frau denken oder sie berühren, bis wir verheiratet sind.«

Am Abend vor seiner Abreise schlich sich Lucien um Mitternacht in Claras Zimmer.

»Ich wollte mich nur ungestört von dir verabschieden«, erklärte er, setzte sich zu ihr aufs Bett und ergriff ihre Hände.

»Ich wünschte, du würdest nicht gehen«, stieß sie heftig hervor und weinte. »Ich werde dich vermissen.«

»Ich dich auch«, erwiderte er und küßte sie auf die nasse Wange. »Du bist noch jung, Clara, das darf ich nicht vergessen. Aber ich liebe dich von ganzem Herzen und werde keine andere lieben.«

»Ich liebe dich auch, Lucien.«

»Ich bete, daß es so ist«, flüsterte er. »Clara, du bist so

jung ... aber ich bitte dich, vergiß mich und deine Versprechen nicht. Ich werde meine nicht vergessen, und eines Tages, das schwöre ich, werde ich dich für deine Treue belohnen. Ich will mein Leben damit verbringen, dich zur glücklichsten Frau auf Gottes Erdboden zu machen.«

Wie befremdlich diese Erinnerungen heute waren, dachte Clara, als sie jetzt als erwachsene Frau in der Kirche von St. Genevieve neben ihm saß. Der freundliche, liebevolle Lucien jener Tage war verschwunden, als hätte es ihn nie gegeben. Sie hatte sich an seine Versprechen geklammert, als er und sein Onkel und Tante Anna die elegante Kutsche des Earl of Manning bestiegen hatten, die sie nach London bringen sollte, wo Tante Annas Verlobung mit dem Earl offiziell bekanntgemacht werden sollte. Sie hatte gedacht, daß sie Lucien einen Monat später wiedersehen würde, als sie mit ihren Eltern und Geschwistern nach London fuhr, um sich auf Tante Annas Hochzeit vorzubereiten. Danach würde Lucien arrangieren, daß sie einander schreiben und so oft wie möglich besuchen würden, was keine Schwierigkeit darstellte, wenn ihre Tante und sein Onkel erst einmal verheiratet waren.

Aber es sollten vier Jahre vergehen, bis sie Lucien wiedersah. Tante Anna kam nach einem Monat aus London zurück, hatte die Verlobung mit dem Earl gelöst und heiratete fast sofort danach ihren Nachbarn Colonel Huntington in einer kleinen, privaten Feier in derselben Kirche, in der Clara gerade saß. Clara hatte nicht verstanden, was Tante Anna dazu gebracht hatte, so etwas zu tun; sie hatte nur die Verzweiflung gespürt, die den Haushalt ihrer Eltern für die folgenden Monate dämpfte, als Tante Anna mit dem Colonel abgereist war, um der Armee zu folgen. Papa hatte sich sehr gegrämt, und Mama hatte sich unablässig Sorgen um Papa gemacht. Clara ihrerseits hatte sich nach Lucien gesehnt und auf ein Wort von ihm gewartet, einen Brief, irgend etwas. Aber nichts kam, und als die Jahre vergingen, kam sie zu der Auffassung, daß er sich in jenem Sommer vielleicht nur die Zeit mit ihr vertrieben hatte und daß er nicht nur die Versprechen vergessen hatte, die er ihr gegeben hatte, sondern auch sie. Als sie älter wurde, verblaßten die Erinnerungen an ihn, zumal ihre zahlreichen Bewunderer ihr mit Aufmerksamkeiten schmeichelten. Andrew Blakesley war ihr glühendster Verehrer und machte es sehr klar, daß er sie eines Tages zu seiner Frau machen wollte. Clara mochte ihn zwar sehr gerne, hatte aber Schwierigkeiten damit, in dem Freund ihrer Kindheitstage etwas anderes als einen Bruder zu sehen.

An Claras siebzehntem Geburtstag traf Lucien unangemeldet in St. Genevieve ein und sah viel älter und reifer aus als seine zwanzig Jahre. Groß, muskulös und tief gebräunt war der Viscount Callan bereits ein Mann, und ein so attraktiver, daß Clara, als sie ihn aus Andrew Blakesleys Umarmung heraus ansah, der ihr gerade einen Geburtstagskuß gab, das Herz stockte. Verblüfft und überrumpelt, hatte sie nicht gewußt, wie sie reagieren sollte, und sie hatte es nicht geschafft, auf ihn zuzugehen, um ihn zu begrüßen. Stattdessen hatte sie den Blick abgewandt, als wäre er gar nicht da, und da sein plötzliches Erscheinen sie in tiefste Verwirrung gestürzt hatte, hatte sie gelacht und mit Andrew geflirtet und sich so dumm benommen, daß sie jedesmal bei der Erinnerung daran aufstöhnte. Als ihr Vater sie schließlich drängte, Lucien zu begrüßen, tat sie es mit so schrecklicher, alberner Nervosität, daß er sie verwirrt ansah. Dann bat er sie um den nächsten Tanz. Sie hatte vergessen, daß sie den schon vergeben hatte, aber sofort erschien Andrew an ihrer Seite und verlangte den Tanz für sich. Über eine Stunde verging, ehe Lucien wieder mit ihr sprach und sie bat, ihn in den Garten zu begleiten. Die Erlaubnis ihres Vaters hatte er bereits eingeholt.

Er setzte sich neben sie auf die Bank neben dem Bach, ergriff ihre Hand und sprach dann so hastig und ernst auf sie ein, daß sie sich fragte, ob er vielleicht genauso nervös war wie sie.

»Ich habe keine wirkliche Entschuldigung dafür, Clara, daß ich dir die ganze Zeit nicht geschrieben habe, aber bitte, glaube mir, daß ich oft an dich gedacht habe und es vorhatte. Robby ging es nicht gut, nachdem deine Tante die Verlobung gelöst hatte, und wir sind wieder auf Reisen gegangen, aber diesmal in so entfernte Länder, daß wir es kaum geschafft haben, wieder zurückzukommen.«

»Weit entfernt?« wiederholte sie verständnislos.

»Weit weg von England, sollte ich sagen, oder so weit weg, wie Robby kommen konnte.« Er lachte verlegen. »Wir haben in Italien begonnen und sind in den Anden gelandet, bis ich ihn endlich davon überzeugen konnte, mich nach England zurückzubringen, damit ich studieren konnte.«

»Die Anden?«

»Ja.« Er drückte ihre Hände, und sie spürte die Schwielen an seinen Fingern. »Es war eine weite Reise. Eines Tages werde ich dir gerne davon erzählen. Wir sind erst vor einem Monat nach London zurückgekommen, und dann gab es ein paar Probleme, als ich nach Oxford wollte, weil ich schon ein Jahr zu alt für die Erstsemester bin.«

»Du warst weg«, murmelte Clara kopfschüttelnd und fühlte sich schrecklich dumm, verlegen und unfähig, das zu tun, was sie gerne getan hätte. »Ich habe die ganze Zeit gedacht … Ich habe angenommen, daß du nur …«

»Bitte, Clara, glaube mir, ich wollte dir schreiben und erklären, was passiert ist, aber ich hatte alle Hände voll damit zu tun, mich um Robby zu kümmern. Es ging ihm lange sehr schlecht, und als ich dann die Zeit hatte zu schreiben, war ich so weit weg, daß ich nicht wußte, ob ein Brief überhaupt ankommen würde.«

Verstört betrachtete Clara ihn. Was sagte dieser attraktive, verwirrende Mann da? Daß sie ihm etwas bedeutete? Daß er all das ernst gemeint hatte, was er ihr vor vier Jahren gesagt hatte? Daß er sie *heiraten* wollte?

»Mylord«, begann sie mit zittriger Stimme, denn sie wollte höflich zu ihm sein und betrachtete ihn nach vier Jahren als einen Fremden. »Ich weiß nicht, was ich sagen soll. Ich hätte mich sehr über einen Brief von Ihnen gefreut und auch darauf geantwortet. Sie müssen in den vergangenen Jahren sehr interessante Dinge auf Ihren Reisen erlebt haben.«

Ein beunruhigter Ausdruck erschien auf seinem Gesicht, der sie so sehr an den verletzlichen Jungen von damals erinnerte, in den sie sich verliebt hatte, daß ihr Herz auf einmal vor Liebe zu ihm schmerzte.

»Clara, du hast mich doch nicht vergessen, oder? Ich weiß, wie jung du warst. Wie jung wir beide waren. Wenn deine Gefühle sich gewandelt haben, mußt du es mir sagen.«

Am liebsten hätte Clara geweint. »Mylord, Sie scherzen doch sicher. Ich mache mir keine Illusionen wegen meiner Schönheit. Seit Sie mich das letzte Mal gesehen haben, bin ich kein schöner Schwan geworden. Ja, ich fürchte, es ist eher das Gegenteil der Fall. Ihre Gefühle werden es sein, die sich gewandelt haben.«

»Ah, Clara, nein.« Er hob die Hand und strich mit den Fingern über ihre kühle Wange. »Für mich bist du die schönste Frau der Welt. Du bist das Mädchen, dem ich mein Herz anvertrauen könnte. Mehr will ich nicht. Gib mir das, und ich will zufrieden sein und immer danach streben, auch dich zufrieden zu machen, das verspreche ich. Du hast mich doch nicht vergessen, oder?«

»Nein, Lucien«, flüsterte sie wahrheitsgemäß.

Er entspannte sich sichtlich und lächelte sie an. »Ich habe dich keinen Moment lang vergessen. Die Gedanken an dich haben mich gesund gehalten, besonders in frostkalten Nächten, in denen ich nichts als die Erinnerung an dich hatte, um mich warm zu halten. Du wirst nie wissen, wie sehr ich mich nach dir gesehnt habe, deine Stimme hören wollte.« Er lachte leise. »Ich hätte ein Vermögen dafür gegeben, dich genauso plappern zu hören wie in jenem Sommer. Clara.« Er sprach ihren Namen aus, als könnte er nicht glauben, daß sie wirklich neben ihm saß. »Ich kann nicht einmal anfangen zu sagen, wie sehr ich dich –«

Weiter hatte er nichts sagen können, denn das war der unglückliche Moment gewesen, den Andrew gewählt hatte, um sie zu unterbrechen. Er und Lucien waren gleich alt, aber im Vergleich zu Lucien wirkte Andrew plötzlich wie ein Jugendlicher.

»Clara, ich habe überall nach dir gesucht«, rief Andrew, ergriff ihr Handgelenk und zog sie von der Bank. Dann wandte er sich an Lucien. »Lord Callan, nicht wahr? Wir haben uns vor vier Jahren kennengelernt, als Sie mit Ihrem Onkel, dem Earl of Manning, auf St. Genevieve zu Besuch waren.«

Innerhalb von Sekunden machte Lucien eine dramatische Wandlung durch. Der freundliche, offene Mann, der eben noch Claras Hand gehalten hatte, war verschwunden, und an seine Stelle war ein ernster, steifer Adliger mit ausdruckslosem Gesicht getreten, der sie zutiefst einschüchterte.

»Blakesley«, sagte Lucien mit einem Nicken.

»Sie waren hier, um Erinnerungen aufzufrischen, nicht wahr?« fragte Andrew gutmütig. »Clara hat mir erzählt, was in jenem Sommer passiert ist, als sie hier waren. Verliebte, und so. Ich nehme an, ihr beide werdet bei der

Erinnerung immer lachen können, nicht wahr?« Er lachte, als wollte er das beweisen, und ignorierte Clara, die in dem vergeblichen Versuch, ihn zum Schweigen zu bringen, den Kopf schüttelte. »Aber trotzdem keine schlechten Gefühle, Callan. Sie sind nicht ihr einziges Opfer. Jeder verliebt sich unweigerlich in Clara. Sie flirtet zu gerne, fürchte ich.«

»Andrew!« protestierte Clara schwach, die seine Neckereien als solche erkannte, gleichzeitig aber wußte, wie Lucien sie verstehen würde. »Das stimmt doch gar nicht.«

»Oh, doch, du kleine Lügnerin!« Andrew legte ihr eine Hand besitzergreifend auf die Schulter und schüttelte sie scherzhaft, wobei er nie aufhörte zu grinsen. »Selbst Mr. Webster ist in sie verliebt, Mylord. Sie sollten sehen, wie der alte Knabe am Sonntag seine Predigt zu halten versucht, während er nur Augen für Clara hat und darüber jedes zweite Wort vergißt.« Wieder lachte er, und Clara legte sich die Hand vor den Mund, als sie sah, wie Luciens Augen schmal wurden.

»Oh, das hat nichts zu bedeuten«, fuhr Andrew fort, ohne die wachsende Spannung zu bemerken. »Clara war schon als Kind zu allem bereit. Sie hat jeden Mann im Umkreis dazu gebracht, sich in sie zu verlieben, um dann seine Hoffnungen zu enttäuschen. Das macht mir natürlich nichts aus.« Wieder schüttelte er sie spielerisch, ehe er sie fest in die Arme zog, was von langer Vertrautheit sprach. »Ich weiß, daß sie nichts davon ernst meint, außer dem, was sie mir sagt. Hat sie Ihnen erzählt, daß wir verlobt sind?«

»Andrew!« murmelte Clara entsetzt. »Wir sind nicht verlobt!«

»Offiziell nicht«, gab er sofort zu, »aber das ist nur eine Frage der Zeit.« Er sah Lucien an. »Wir warten nur noch auf den richtigen Zeitpunkt, um es ihren Eltern zu sagen.«

»Lucien«, begann Clara und ging mit ausgestreckter Hand auf ihn zu, um ihn davon zu überzeugen, daß sie nie einem von Andrews erdachten Vorschlägen zugestimmt hatte, aber er fiel ihr kalt ins Wort.

»Diese Zeit wird nie kommen, fürchte ich«, stellte Lucien fest, steif wie eine Statue. »Lady Clara mag Sie von der Tatsache nicht unterrichtet haben, aber sie und ich sind einander von Kindheit an versprochen. Sie wird meine Frau werden.«

Das schockierte Clara mehr als alles andere, was sie an diesem Tag erlebt hatte.

»Lucien! Ist das wahr?«

Er sah sie so kalt an, daß sie erbebte.

»Ja, dein Vater und meiner haben die Angelegenheit kurz nach deiner Geburt geregelt. Erwartest du, daß ich dir glaube, daß deine Eltern dir das nie erzählt haben?«

Benommen schüttelte sie den Kopf.

»Dann bedaure ich, daß ich derjenige bin, der dir diese Mitteilung macht und deine glücklichen Pläne damit zum Scheitern verurteilt.« Er war jetzt ein ganz anderer Mann als der, der eben noch neben ihr auf der Bank gesessen hatte. Selbst seine Stimme hatte sich verändert und klang jetzt kalt und ausdruckslos. »Ich habe den Eindruck, daß es ein Mißverständnis gab, als wir uns eben unterhalten haben, Lady Clara, und ich bitte Sie, meine Worte zu verzeihen. Ich werde Sie nicht wieder mit so unangenehmen Gefühlen belästigen. Das verspreche ich Ihnen.«

Dann ging er davon, ohne sich noch einmal umzusehen oder zu hören, daß sie hinter ihm herrief, und eine Stunde später hatte er seine Sachen zusammengepackt und war abgereist.

Danach war er jedes Jahr gekommen, und jedesmal war es nur noch schlimmer geworden. Als sie achtzehn war, war er nach St. Genevieve gekommen, hatte sie gesucht und sie am See gefunden, wo sie gerade Andrew Blakesley zum Abschied küßte, ehe er St. Genevieve verließ, um in der Armee des Königs Dienst zu tun. Als sie zwanzig war, ritt er in die Ställe ihres Vaters, wo sie gerade mit einem der Stallknechte lachte – aber die Erinnerung war zu beunruhigend, um jetzt daran zu denken. Clara schob sie immer beiseite. Als sie einundzwanzig war, war er plötzlich in dem unglücklichen Moment in den Gärten ihres Vaters erschienen, den auch Mr. Webster gewählt hatte, um ihr seine unsterbliche Liebe zu erklären. Lucien hatte den Mann voller Wut bewußtlos geschlagen, trotz der Tatsache, daß Clara sich vergeblich bemüht hatte, sich aus der leidenschaftlichen Umarmung des Mannes zu befreien. Sie hatten erst miteinander sprechen können, nachdem Dr. Warlow, der Arzt des Dorfes, den Pfarrer aus seiner Ohnmacht erweckt hatte, und dann war das Gespräch zwischen ihnen so katastrophal wie immer verlaufen.

Seitdem waren zwei Jahre vergangen, zwei Jahre, in denen Clara sich gefragt hatte, ob Lucien Bryland ihr Verlöbnis wohl bestehen lassen wollte. Als sie ihren Vater schließlich dazu gebracht hatte, ihm zu schreiben, damit die Verlobung gelöst würde, hatte Lucien geantwortet, daß er das nicht tun würde, daß sie verlobt seien und er alles daransetzen würde, um es auch zu bleiben.

Zu diesem Zweck war er schließlich vor zwei Tagen in St. Genevieve eingetroffen, in seinen elegantesten Kleidern, mit der vornehmsten Kutsche und so kalt und steif und förmlich, daß Clara ihn am liebsten geschlagen hätte, nur um zu sehen, ob er wirklich aus Fleisch und Blut war. Selbst ihre Brüder, die ihn immer gemocht hatten, waren so verschüchtert, daß sie auf Distanz geblieben waren, und ihre Eltern, deren Wärme und Herzlichkeit sonst auch die schwierigsten Besucher von St. Genevieve aufzutauen vermochten, hatten den dunklen, fremden Viscount mit Befremden gemustert. Clara konnte nur ahnen, wie steif Lucien seine künftigen Schwiegereltern begrüßt haben mochte, denn ihre Eltern waren nach dem ersten Treffen mit ihm mit höchst verstörten Gesichtern wieder aus der Bibliothek gekommen. Ihr Vater hatte Clara sehr eindringlich versichert, daß sie den Antrag des Viscount Callan nicht annehmen müsse, wenn sie das nicht wolle, trotz der Tatsache, daß er und Edward Bryland immer davon geträumt hatten, ihre Kinder einmal in der Ehe vereint zu sehen.

Heute nach dem Gottesdienst würde Lucien sie schließlich um ihre Hand bitten, und Clara war sich nicht sicher, wie sie antworten würde. Den Lucien, den sie einmal gekannt hatte, hatte sie geliebt, aber sie haßte den Mann, zu dem er geworden war. Die Liebe wollte einfach nicht vergehen, egal, wie sehr sie versuchte, sie zu verdrängen, während der Haß ... Durch die geringste Kleinigkeit wurde er zu Hoffnung, wenn Lucien in seinen grausamen Gesprächen mit ihr etwas sagte, was sie an den Lucien erinnerte, den sie liebte. Irgendwo hinter der eisigen Maske des dunklen Mannes, der jetzt neben ihr saß, mußte er noch existieren. Der einsame, freundliche, sanfte Junge, der ihr einst seine Liebe geschworen hatte, war immer noch da, und dieser war es, den Clara lieben und heiraten wollte.

Wenn der Viscount ihr seinen Antrag machte, würde sie ihm ins Gesicht sehen und abwarten, was sie da fand. Wenn sie auch nur eine Spur des Luciens entdeckte, den sie liebte, würde sie seinen Antrag annehmen. Aus der Hoffnung heraus, daß sie ihn wiederfinden würde. Clara wußte, daß sie dann allem zustimmen würde.

3

»Webster«, murmelte Lucien und schob den alten Band Erasmus zurück an seinen Platz, ehe er die Hände steif auf dem Rücken verschränkte. »Der Mann ist eine verdammte Plage. Und Clara – es ist typisch, daß Clara mit einem ihrer Bewunderer sprechen will, während jemand darauf wartet, ihr einen Antrag zu machen.« Mit höhnischem Lächeln trat er an den Kamin. »Als wenn ihr nicht jetzt schon jeder Mann in diesem Ort zu Füßen läge, nein, sie muß zu ihm gehen und ihm noch das Gefühl geben, er wäre ein edler Märtyrer. Verdammter Narr. Er verdient ihr Mitleid. Oder noch einen Schlag auf die Nase. Das würde ihm wahrscheinlich mehr helfen.«

Lucien schloß die Augen und den Mund und dachte über die Klugheit des Schweigens nach. *Gib niemals jemandem so einen Vorteil, daß er private Gedanken belauschen kann.* Nur diese Dinge waren es, die heimlichen, ureigenen Gedanken der Seele, die Schmerzen verursachen konnten, wenn man sie ans Licht zerrte.

Lucien schlug die Augen auf und starrte ins Feuer. »Nicht, daß ich ihr einen Vorwurf daraus machen könnte, daß sie diese Farce so lange wie möglich hinauszögern möchte«, murmelte er leise.

Ich hätte sie freigeben sollen. Ich hätte freundlich genug sein sollen, um ihr etwas Glück zu gönnen.

Er schüttelte den Kopf, um diese Gedanken zu vertreiben, weil er dieser Wahrheit nichts entgegenzusetzen hatte. Die Uhr am anderen Ende des Raumes schlug zwölf. Zeit genug für Clara und ihren bemitleidenswerten Bewunderer. Die Erinnerung an die zielgerichtete Predigt des Pfarrers über die Bedeutung der Liebe ließ ihn höhnisch lächeln.

Ungeduldig fragte er sich, wann sie endlich kommen würde, denn er sehnte sich danach, die Sache hinter sich zu bringen und sich auf den Rückweg nach London zu machen. Das erste, was er nach seiner Rückkehr tun würde, war, seine liebste Spielhölle aufzusuchen, sich bei Maydrew's sinnlos zu betrinken und dann zu Pamela zu gehen. Wenn er wieder nüchtern war, würde er seine wütende Mätresse vor sich haben. Der Gedanke brachte ihn zum Lächeln, ein guter Streit mit der scharfzüngigen Pamela war genau das, was er jetzt brauchte. Dieser entzückende, beredte Mund von ihr wurde nur von ihrem entzückenden, selbstbewußten Wesen übertroffen und würde ihm mit Sicherheit sein Gleichgewicht zurückgeben.

Sie war schon wütend genug auf ihn, weil er Clara heiraten wollte. Nicht daß Pamela selber Träume gehegt hätte, die Viscountess Callan zu werden. Sie hatte nur etwas dagegen, wenn die Routine ihres Lebens gestört wurde. Sie waren Liebende und Gegner, Freunde und Feinde, aber die erbitterten Kämpfe, die sie sich zwischen den Liebesstunden lieferten, waren das, wodurch sich beide höchst lebendig fühlten. Pamela glaubte, daß er jetzt, wo er auf eine Frau Rücksicht nehmen müßte, nicht mehr so ein guter Gegner sein würde. Sie hatte gedroht, ihn zu verlassen, aber solchen Narreteien hatte Lucien schnell einen Riegel vorgeschoben. Sie würde gehen, wenn er das wollte, keinen Moment eher. Wenn es eines gab, was Pamela über ihn gelernt hatte, war es das, nie bloße Verwunderung als Ärger mißzuverstehen. Es gab ein paar Grenzen, die sie nie überschreiten würde, es sei denn, sie würde den Preis dafür zahlen, und das wußte sie sehr gut.

Das letzte Treffen mit seinem Onkel war nicht so erfreulich verlaufen, daß Lucien gerne daran zurückdachte. Robby war zu Recht wütend gewesen über den Klatsch, der sich bereits von White's aus verbreitet hatte, nachdem Lucien die größte Dummheit begangen hatte, wie er jetzt dachte, die er nur begehen konnte. Allein der Gedanke an die absurde Wette mit Kerlain ließ ihn aufstöhnen. Was in aller Welt hatte ihn nur besessen, etwas so Idiotisches zu tun? Noch schlimmer, was hatte ihn bewogen, Claras Namen da mit hineinzuziehen? Und nicht nur ihren Namen, sondern den verletzenden Spitznamen ›Pfauenhenne‹, den er ihr seit jenem verheerenden Tag gegeben hatte, als sie alle seine Hoffnungen zunichte gemacht hatte.

»Um Himmels willen.« Lucien rieb sich die Augen. »Idiot!«

So hatte Robby ihn beschimpft, als er ihn in der Bibliothek von Manning House gestellt hatte, um ihm zu sagen, daß Claras Name und Spitzname in London in aller Munde waren und daß er von der Wette in dem Herrenclub wußte.

»Und wie stellst du dir deinen hübschen Antrag an die Dame vor, mein Junge?« Robby hatte die Hände zusammengeschlagen und dramatisch gerungen. »Bitte, Lady Clara, heiraten Sie mich. Ach, übrigens, ich habe schon erreicht, daß ganz London über Sie spricht und Sie hinter Ihrem Rücken Pfauenhenne nennt.« Robby hatte ihn umkreist und finster angesehen. »Ich schäme mich für dich, Lucky. Genauso, wie sich dein Vater für dich schämen würde, wenn er noch am Leben wäre und sähe, was für eine feige Sache du der Tochter seines Freundes antust. Wenn du denkst, daß das der Grund ist, warum er sich diese Ehe für dich gewünscht hat, daß du sie wie eine Hure behandelst, dann liegst du völlig falsch!«

Die Verachtung seines Onkels hatte ihn sprachlos

gemacht, und Lucien hatte sich wie eine niedrige Lebensform gefühlt. Er hatte Robby keinen Vorwurf daraus gemacht, daß er nicht wieder mit ihm gesprochen hatte, bis er abgereist war. Wenn überhaupt, war Lucien dankbar für die Dosis Sensibilität, die sein Onkel ihm eingeimpft hatte. Es war seine eigene Verrücktheit, die ihn dazu bewog, Clara für immer an sich zu binden, sie zu seiner Frau zu machen, ob sie wollte oder nicht. Wulf hatte es ›Rache‹ genannt, und Lucien fing an sich zu fragen, ob das der Wahrheit nicht näher kam als alles andere. Was Clara anging, so war sein Verstand nicht mehr als ein Aufruhr von Gefühlen, so heiß und verwirrend, daß er bezweifelte, ob er sie je verstehen würde.

Plötzlich öffnete sich die Tür zur Bibliothek, und Lucien wandte sich um, als Clara hereinschwebte, ihn fröhlich anlächelte und ihre Haube absetzte. Er fühlte sich, wie er sich immer bei ihrem Anblick fühlte, einen kurzen, scharfen Schmerz und eine unbestimmte Sehnsucht nach der Erfüllung jener törichten Jugendträume, die er früher gehegt hatte.

»Verzeiht, Mylord, ich hätte nicht gedacht, daß es so lange dauern würde.« Clara warf ihre Haube auf einen Stuhl und trat immer noch lächelnd auf ihn zu. »Mein Vater sagte mir, daß Sie mich zu sprechen wünschen?«

»Ja«, sagte er und bot ihr einen Sessel an. »Es gibt zwischen uns eine Angelegenheit, die der Klärung bedarf, Lady Clara, und ich glaube, Sie wissen, was ich meine.«

»Danke«, sagte sie und wedelte mit der Hand in Richtung Sessel, als wollte sie ihn wegschicken. »Ich stehe lieber, Mylord. Bitte, sagen Sie, was Sie sagen wollen.«

Sie war die eleganteste, am schönsten angezogene Frau, die er je gesehen hatte, aber welchen Sinn machte es für eine unauffällige Frau, sich so anzuziehen, als wäre sie ein Diamant reinsten Wassers? Ihre Augen waren grau, die Haare hatten die Farbe schlammigen Wassers, die Haut war von der Sonne gebräunt und voller Sommersprossen – Clara gehörte sicher zu den unauffälligsten Frauen, die er je gesehen hatte. Sie erinnerte ihn an die Modelle in den Schneidersalons, ohne Gesicht und mit konturenlosen Figuren, die nur dazu dienten, wundervolle Kleider in Szene zu setzen. Clara war eine lebendig gewordene Schaufensterpuppe. Sie würde ihn nie dadurch beschämen, daß sie die Art von Kleidung trug, die Mädchen vom Lande üblicherweise auswählten, wenn sie das erste Mal in die Stadt kamen. Tatsächlich würde Clara ihn ganz und gar nicht beschämen. Ihre Erziehung war perfekt.

Sie war nahe an ihn herangekommen und stand jetzt still vor ihm, wobei sie ihn suchend ansah. Lucien erwiderte ihren Blick und dachte bei sich, daß sie für eine Frau, die einen Antrag von einem der begehrenswertesten Männer auf dem Heiratsmarkt erhalten sollte, recht einsam und traurig aussah. Sie mußte ihn für das, was er vorhatte, hassen, dafür, daß sie sich unwiderruflich in seine Hände begeben mußte. Sie hatte sich gewünscht, frei von ihm zu sein – er erinnerte sich wortwörtlich an die Nachricht, die ihr Vater, der Marquis, ihm geschrieben hatte –, aber das war das eine, das Lucien ihr nie würde geben können.

Sein Blick glitt zu ihrem Mund, der vielleicht das Schönste an ihr war, und er verspürte den plötzlichen Drang, sie zu küssen und ihr zu zeigen, was er ihr in den paar Monaten nach ihrer Hochzeit geben wollte. Lust, soviel sie wollte, und noch mehr, einen Ozean, in dem sie ertrinken konnte, damit sie immer, wenn sie einen anderen Mann ansah, daran denken mußte, was nur er ihr hatte geben können. Aber das wußte sie ja schon, dachte er. Das hatte sie mit zwanzig in den Ställen ihres Vaters gelernt, wo Lucien sie überrascht hatte, als sie mit einem der Stallknechte geflirtet hatte. Es war unmöglich, daß sie vergessen haben konnte, was sie geteilt hatten, trotz der

Tatsache, daß der Akt nicht bis zum Ende vollzogen worden war. An diesem Tag war sie noch Jungfrau geblieben, als er sie verlassen hatte, und er fragte sich plötzlich, ob das heute auch noch galt. Er war mehr als ein bißchen versucht, das zu wiederholen, was sie in den Ställen getan hatten, um es herauszufinden.

Aber sie befanden sich hier in der Bibliothek ihres Vaters und im Haus ihres Vaters, das mit hungrigen, erwartungsvollen Leuten gefüllt war, die alle darauf warteten, daß er mit Clara erschien, um ihre Verlobung bekanntzugeben. Er mußte ihr einen Antrag machen, damit er sich auf den Weg nach London machen konnte.

»Ich bin mir sicher, daß Sie mir zustimmen, Lady Clara, daß irgendwelche Verstellungen zwischen uns nicht nötig sind«, begann er leichthin und blickte ihr direkt in die Augen. »Zwischen unseren Familien gibt es seit langem eine Vereinbarung, und die Zeit ist gekommen, sie einzulösen.«

Sie trat einen Schritt näher heran, so daß er ihre Körperwärme spüren und ihren sauberen, femininen Duft spüren konnte. »Wenn das Ihren Wünschen entspricht, Mylord.« Ihre großen, grauen Augen durchforschten sein Gesicht.

Er lächelte bedeutungsvoll, und fast hätte er gesagt, was genau er wollte, aber stattdessen antwortete er ihr der Etikette entsprechend: »Sie wissen sicher, wie hoch Sie in meiner Wertschätzung stehen, Mylady.«

Sie runzelte die Stirn. »Weiß ich das?«

»Falls nicht, will ich mich eilen, Ihnen zu versichern, daß Ihnen meine tiefste Zuneigung gehört. Es ist meine Hoffnung, Ma'am, und meine Bitte, daß Sie mir viele Jahre schenken werden, in denen ich das beweisen kann. Tatsächlich will ich das den Rest meines Lebens tun. Wollen Sie mir die Ehre erweisen, Lady Clara, meine Frau zu werden?«

Da, er hatte es getan. Und so formvollendet, daß auch das kritischste Mitglied der Londoner Gesellschaft nichts an ihm auszusetzen haben könnte.

Clara wandte den Blick für keine Sekunde ab, aber ihr Stirnrunzeln vertiefte sich.

»Warum?« fragte sie.

Er lachte auf.

»Warum?« wiederholte er. »Du weißt sehr gut, warum. Stell meine Geduld nicht auf die Probe, Clara. Wenn du glaubst, daß du mehr von mir bekommst als diese Art von Antrag, dann denk lieber noch mal nach, meine Liebe. Heb dir deine romantischen Neigungen für Mr. Webster auf oder für diesen Blakesley, der dich immer wie ein Narr angeschmachtet hat.«

Sie errötete leicht. »Zumindest wüßte ich, wenn einer von ihnen mir einen Antrag machen würde, warum. Es gibt keinen Grund für dich, Lucien, das Abkommen einzuhalten, das dein und mein Vater vor so langer Zeit geschlossen haben. Ich entlasse dich daraus, genau, wie auch mein Vater dich entlassen würde.«

Seine Belustigung verschwand. »Ich will nicht daraus entlassen werden, genauso, wie ich dich nicht daraus entlassen will.« Er legte ihr zwei Finger unter das Kinn und hob ihren Kopf an. »Ich bemerke, daß du meine Art, diesen Antrag auf die vorgeschriebene Weise vorzubringen, nicht gutheißt. Ich wollte nett zu dir sein, Clara, und dir einen erinnernswerten Heiratsantrag machen, wie jede Lady ihn sich wünschte. Wenn du das nicht willst, dann laß es uns hinter uns bringen, denn das ist das, was mir am besten passen würde.«

Sie riß sich von ihm los. »Nun, Mylord, dann tut es mir sehr leid …«

Aber er ließ sie nicht ausreden. Er ergriff ihren Arm und zog sie eng an sich. »Ich treffe alle Vorbereitungen dafür, daß unsere Hochzeit in zwei Monaten in St. George's abgehalten wird. Du kannst nach London kommen, sobald es dir paßt, um alles vorzubereiten. Ich werde die Zeit aufbringen, mich als dein ergebener Verlobter zu präsentieren.«

»Das wirst du nicht«, erwiderte sie hitzig und versuchte, sich loszureißen. »Ich will dich nicht heiraten, Lucien.«

»O doch, Clara, das willst du.« Er ergriff auch ihren zweiten Arm und zog sie hart an sich. »Ich schleife dich bis nach Gretna Green und besteche einen Schmied, damit er uns traut, wenn es sein muß, aber ob du nun ja sagst oder die ganze Zeit nein rufst, du wirst meine Frau werden. Zweifele nicht daran.«

»Warum?« verlangte sie erneut zu wissen und trat wirkungslos mit ihrem kleinen Fuß auf seinen Stiefel. »Du haßt mich, seit ich siebzehn bin. Du willst mich nicht zur Frau, und du brauchst mich auch nicht. Ich werde dich nicht heiraten!«

»Sprich leise!« fuhr er sie an und schüttelte sie leicht. »Ich meine es ernst, daß ich dich wegschleppe, wenn ich muß, aber lieber würde ich nicht über den dahingestreckten Körper deines Vaters gehen, was genau das ist, was passieren würde, wenn du weiter so einen verdammten Lärm machst!«

»Du würdest es nicht wagen, meinen Vater niederzuschlagen.«

Er lächelte grimmig in ihr wütendes Gesicht. »Mach, was du willst, Clara, aber das Ergebnis ist immer dasselbe. Du bist mir vor Jahren versprochen worden, und ich verlange volle Bezahlung. Ich würde mir über einen Mangel an Liebe in unserer Beziehung keine Sorgen machen, meine Liebe. Liebe und Haß sind fast dasselbe in meinem Vokabular, und ich habe nie eine Ehe erlebt, die nicht durch das eine und das andere schiefgegangen ist.«

»Die Ehe meiner Eltern –«

»Verdammt, Clara, sei still!«

Sein Mund auf ihrem brachte sie zum Schweigen. Er hielt ihre Arme fest, und als er einen Arm um ihre Taille schlang und sie fest an sich zog, keuchte sie auf und kämpfte, ehe sie sich ergab. Seine andere Hand liebkoste ihre Brust, wobei er ihr überraschtes Aufkeuchen ignorierte. Seine Hand schmiegte sich fest um den festen Hügel, seine Finger liebkosten die harte Brustspitze, während seine Zunge sich Eingang in ihren Mund verschaffte und ihr so viel Lust verschaffte, wie er sich nahm.

»Siehst du«, sagte er, als er schließlich den Kopf hob, wobei sein beschleunigter Atem seine Stimme strenger klingen ließ, »es gibt nichts, wodurch du mich aufhalten könntest. Ich werde haben, was ich von dir will, Clara. Wenn du dich wehrst, machst du die Sache nur schlimmer.«

Er ließ sie los und beobachtete, wie sie sich die Haare und das Kleid glattstrich und versuchte, ihre Wut unter Kontrolle zu bringen. Ihre Augen leuchteten, aber sie schaffte es, ein ausdrucksloses Gesicht zu machen, statt in Tränen auszubrechen, wie die meisten anderen Frauen es wohl getan hätten. Lucien bewunderte sie. Sehr sogar. Und er wollte sie so heftig, daß allein der Gedanke, sie hier zu nehmen, in der Bibliothek ihres Vaters, im Haus ihres Vaters, auf dem Sessel, den er ihr angeboten hatte und wo er sie sich plötzlich mit hochgezogenen Röcken vorstellen konnte, der vernünftigste Gedanke überhaupt zu sein schien. Er wußte, was er unter diesen Röcken finden würde, unter ihren schönen Kleidern, kannte die schlanken Beine und die weiche Haut und die schönen Brüste.

»Also verstehen wir uns«, sagte er schließlich und versuchte, seinen Körper unter Kontrolle zu bringen. »Wenn du bereit bist, wollen wir gehen und es deiner Familie sagen. Ich bin mir sicher, daß sie Qualen leiden, während sie das glückliche Paar erwarten.«

Er bot ihr den Arm, aber sie blieb stehen und sah ihn nur an.

»Sag mir warum«, bat sie mit zitternder Stimme. »Ich werde tun, was du willst, Lucien. Ich werde dich heiraten und dir die Frau sein, die du haben willst. Aber sag mir wenigstens, warum.«

Immer noch den Arm darbietend, sah er sie lange schweigend an, ehe er erwiderte: »Weil ich dir einmal vertraut habe, als noch etwas in mir war, das solcher Gefühle fähig war. Weil ich dummerweise den Rest Herz, den ich hatte, in deiner Obhut gelassen habe, wo ich ihn sicher glaubte. Es hat dir nichts bedeutet, Clara, das hast du mir wieder und wieder bewiesen. Und doch gehört es dir, und wenn ich es je zurückhaben will, muß ich dich dazunehmen.«

Sie hätte nicht verblüffter aussehen können, wenn er sie mit der Faust geschlagen hätte, und plötzlich hatte er das schreckliche Gefühl, wieder ein Junge zu sein, der sich wegen der einen Sache die Augen ausweinte, die er sich mehr wünschte als sonst etwas auf der Welt.

Sie trat einen Schritt auf ihn zu und hob beschwörend die Hand. »Lucien –«

»Erspar mir dein weibliches Mitgefühl, Clara«, sagte er gepreßt und bot ihr weiterhin den Arm. »Es macht mich krank. Nimm meinen Arm und spiel deine Rolle, wenn wir zu deiner Familie gehen. Sie erwarten ein verliebtes, glückliches Paar, und das ist genau das, was sie haben sollen.«

4

Es war dreizehn Jahre her, seit Clara zuletzt in London gewesen war, und in ihren Augen hatte es sich nicht zum Besseren gewandelt. Der Lärm und Gestank in den Straßen ließ sie sich nach der ruhigen Schönheit von St. Genevieve zurücksehnen. Sie konnte sehr gut verstehen, warum ihre Eltern lieber auf dem Lande lebten, statt sich in die gesellschaftliche Abwechslung der Stadt zu stürzen, die hier geboten wurde. Sie selbst war recht betrübt gewesen, als Lucien verkündet hatte, daß sie nach ihrer Hochzeit in London bleiben würden und nicht auf seinem Landsitz, zumindest für die ersten sechs Monate. Im Oktober würden sie nach Pearwood reisen, hatte er gesagt, aber nicht eher. Clara hatte das Gefühl, daß sie jetzt schon die Tage zählte.

Insbesondere Almack's war eine Enttäuschung. Sie hatte wie jedes andere Mädchen davon geträumt, die privilegierte Gesellschaft zu besuchen, aber die Realität unterschied sich erheblich von ihren Vorstellungen. Wenn man bedachte, daß eine Einladung zu Almack's eine der begehrtesten gesellschaftlichen Ehrungen war, die den Erfolg eines Mädchens sicherstellte, war es eine herbe Enttäuschung zu entdecken, daß die Räume klein und eng waren, Essen und Getränke nicht bemerkenswert und die Unterhaltung aus wenig mehr als aus Klatsch bestand. Aber ihre Tanzpartner waren nett, wenn auch ein wenig steif, und die Blicke und das Getuschel, die sie seit ihrer Ankunft in der Stadt verfolgt hatten, waren hier nicht so auffällig wie sonst. Vielleicht gewöhnte sie sich auch einfach nur daran.

Clara war immer noch überrascht, daß sie das Objekt so großen, heimlichen Interesses war, auch wenn sie sich darauf vorbereitet hatte, so gut sie konnte. Schließlich war es zu erwarten gewesen, wenn ein Peer, der so angesehen und attraktiv war wie Lucien, eine so unscheinbare Frau heiratete, egal, wie gut ihre Abstammung und wie hoch ihre Mitgift sein mochten. Die Tatsache an sich war verblüffend, selbst für Clara, und wenn sie nicht aus erster Hand gewußt hätte, wie entschlossen Lucien war, sie zu seiner Frau zu machen, hätte sie es selber nicht glauben können. Seit sie in London angekommen waren, hatte sie ihm mehrmals die Gelegenheit gegeben, seine Meinung zu ändern, aber jedesmal war er ärgerlich geworden und hatte darauf bestanden, daß sie heirateten. Schließlich hatte sie es aufgegeben, von der Sache zu sprechen, und stattdessen versucht, zu einer Art Waffenstillstand mit ihrem künftigen Ehemann zu kommen. Bislang vergeblich.

Getreu seiner Worte spielte Lucien die Rolle des ergebenen Verlobten perfekt, zumindest, wenn er mit Clara in der Öffentlichkeit war. Wenn er nicht gerade glücklich aussah, so wirkte er doch zufrieden genug, wenn er sie zu zahlreichen Bällen und Gesellschaften begleitete.

Alles in allem gab es wenig an seinem Verhalten auszusetzen. Aber trotz seiner äußerlichen, öffentlichen Ergebenheit war Lucien privat so aufreizend distanziert wie immer. Wenn sie alleine waren, brütete er gewöhnlich schweigsam vor sich hin oder sprach in kurzen, ausdruckslosen Sätzen, als ob jedes Wort mehr ihn beunruhigen würde. Er beobachtete sie ständig, rührte sie aber nie an. In der Öffentlichkeit belauerte er sie mit scharfem Blick, stellte sie seinen Freunden und Bekannten vor, aber erlaubte ihr selten, mehr als ein paar Minuten mit ihnen zu reden. Selbst wenn sie tanzte, beobachtete er sie, und es war ihr nicht entgangen, daß er nicht nur so viele Tänze wie möglich für sich beanspruchte, sondern auch dafür sorgte, daß bei den anderen Tänzen entweder sein Onkel Robby oder seine engsten Freunde, Lord Rexley und Lord Severn, ihre Partner waren. War es ein Wunder, daß London sich den Mund zerriß? Sie war fast erleichtert, daß er sich entschlossen hatte, der heutigen Veranstaltung im Almack's nicht beizuwohnen, auch wenn er zunächst zugesagt hatte.

Clara versuchte, nicht daran zu denken, was ihn abgehalten haben könnte. Ihr Blick wanderte zum Eingang, wo sie ihn aus irgendeinem Grund zu sehen erwartete. Bald würden die Türen geschlossen, und dann wurde niemand mehr hereingelassen, nicht einmal der Prinzregent, falls er den Wunsch haben sollte, eine so langweilige Veranstaltung zu besuchen.

»Er wird nicht kommen, Liebes«, stellte Tante Anna neben ihr fest und tippte Clara mit ihrem Fächer auf die Schulter. »Sei nicht bekümmert, wir kommen bestens zurecht.«

Ihre Worte sollten sie ermutigen, wußte Clara, aber die Kritik in den Worten ihrer Tante war nicht zu überhören. Tante Anna hatte die Tatsache, daß sie Lucien nicht mochte, in der Vergangenheit mehr als deutlich gemacht, und ihre Mißbilligung der bevorstehenden Hochzeit war Grund für manchen Streit zwischen ihr und Claras Vater gewesen.

»Ich bin sicher, daß es einen guten Grund für seine Abwesenheit gibt«, murmelte Clara und bemühte sich sehr, fröhlich zu klingen. Das letzte, was sie wollte, war, den Damen in ihrer Nähe Anlaß zum Klatsch zu geben, indem sie traurig aussah.

»Ja, den gibt es bestimmt«, erwiderte Tante Anna glatt, während sie einer vorbeikommenden Bekannten lächelnd zunickte. »Wenn er auch nur ein bißchen wie sein Onkel ist, wird er unendlich viele vernünftige Gründe haben für das, was er tut oder nicht tut.«

Clara schloß kurz die Augen und bat um göttlichen Beistand. Diese verflixte Grippe war wahrlich zum schlechtesten Zeitpunkt gekommen. Ihre Eltern hatten sich verpflichtet gefühlt, nach St. Genevieve zurückzukehren, um Claras drei Brüder zu pflegen, und so hatte Tante Anna nach London reisen müssen, um bei Clara als Anstandsdame die Stelle ihrer Mutter einzunehmen. So sehr Clara ihre Tante auch liebte, sie konnte bei diesem Arrangement nur eine Katastrophe ahnen. Tante Anna hatte nie darüber gesprochen, was vor elf Jahren zwischen ihr und dem Earl of Manning vorgefallen oder warum ihre Verlobung so plötzlich gelöst worden war, aber jedesmal, wenn der Earl erwähnt wurde, bekam ihr Gesicht einen besonderen Ausdruck, der mehr verriet als Worte es vermocht hätten. Es schien unmöglich, daß die gemeinsamen Vorbereitungen der Hochzeit durch Tante Anna und den Earl of Manning zu etwas anderem als unerfreulichen Situationen führen könnten.

»In den letzten Wochen war Lucien mehr als aufmerksam«, verteidigte ihn Clara. »Ich kann ihm kaum einen Vorwurf daraus machen, daß er einen Abend in der Gesellschaft seiner Freunde verbringen will und nicht auf dieser fröhlichen Zusammenkunft hier.«

Tante Annas Gesicht wurde weicher, und sie lächelte. »Ich nehme an, du hast recht. Ich habe noch nie so viele Leute gesehen, die sich so sehr bemühen, eine Einladung zu einer so öden Veranstaltung zu bekommen. Lach nicht, meine Liebe, sonst werfen sie uns noch raus, und das würde deine Mutter mir nie verzeihen. Da kommt dieser erfreulich anzusehende Amerikaner, Kerlain, nicht wahr? Du darfst nicht wieder mit ihm Walzer tanzen, Clara, sonst schockierst du jede hier anwesende Matrone. Dein Vater hat mir erzählt, was beim Ball von Lady Berrydale passiert ist, und ich bin sicher, die Klatschmäuler reden noch immer davon.«

Clara wußte sehr gut, daß sie das noch taten, obwohl nichts wirklich Wichtiges vorgefallen war. Der Earl of Kerlain hatte ihr nur am Ende eines Walzers die Hand geküßt, als Lucien plötzlich vor ihm gestanden und ihre Hand weggerissen hatte, um sie in den Garten zu zerren, wo er prompt wieder in sein brütendes Schweigen verfallen war. Die Gesellschaft hatte das Verhalten Luciens höchst romantisch gefunden, so sehr, daß Clara schon verschiedene Variationen des Vorfalls gehört hatte, und in jeder nahm die Dramatik zu. Sie wäre nicht überrascht gewesen zu hören, daß Lucien auf einem weißen Hengst in Lord Berrydales Herrenhaus geritten war, um sie von der Tanzfläche zu sich hochzuheben.

Eine Liebesheirat, flüsterten die Gesellschaftsdamen, und Viscount Callan war so bezaubert von seiner Verlobten, daß er sich zu solch entzückenden Darbietungen seiner Eifersucht hinreißen ließ. Das Dumme war nur, dachte Clara, daß es gar keine Eifersucht war. Es war einfach nur Mißtrauen. Er war sich so sicher, daß sie ihm untreu werden würde, wie seine Mutter seinen Vater betrogen hatte, daß er es nicht mal ertragen konnte, eine charmante, aber bedeutungslose Geste wie einen Handkuß von einem seiner Bekannten mitanzusehen.

»Lady Anna«, grüßte Lord Kerlain und blieb lächelnd vor ihnen stehen. »Lady Clara.« Er verneigte sich leicht. »Ich hoffe, Sie genießen den Abend? Es hat sich ziemlich gefüllt, sehe ich.«

»Ich nehme an, Sie sind nur durch die Spur von Verehrerinnen verwirrt, die Ihnen folgt, Mylord«, neckte ihn Tante Anna. »Noch ein paar mehr, und Sie können sich überhaupt nicht mehr rühren.«

Lord Kerlain lachte auf eine offene, gewinnende Art, die Clara höchst charmant fand. Er war viel zu gutmütig, um ihn nicht zu mögen oder sich gar vor ihm zu hüten, wie die Klatschweiber rieten. Es hieß, Kerlain sei auf der

Suche nach einer reichen Frau mit Titel, die ihn aus seiner finanziellen Misere retten sollte, aber wenn das stimmte, hatte es zumindest keine der reichen jungen Damen verschreckt, die diese Saison ihr Debut hatten. Statt so einen zweifelhaften Glücksucher zu meiden, der noch dazu Amerikaner war, suchten sie stattdessen seine Nähe und folgten ihm überall hin. Der Earl of Kerlain war mit Abstand der bekannteste Mann Londons, wie bei jeder Veranstaltung, die er besuchte, erneut deutlich wurde. Anscheinend wogen sein Charme, seine guten Manieren und sein unzweifelhaft gutes Aussehen mehr als sein unbekannter finanzieller Status und seine unglückliche Nationalität. Clara hatte nach ihrer Ankunft in London entdeckt, daß er ein wundervoller Unterhalter war, trotz der offenen Mißbilligung, die Lucien zeigte, sobald sie mit ihm sprach.

»Sie spielen wieder einen Walzer«, erklärte Kerlain und wandte sich an Clara. »Ich erkenne, daß Sie vom vielen Tanzen schon fast zusammenbrechen, aber würden Sie mir die Ehre noch einmal erweisen?«

»Sie sind sehr freundlich, Mylord«, begann Clara, »aber ich denke, daß Sie vielleicht –«

Eine Bewegung ging durch den Saal und lenkte sie ab. Clara blickte zum Eingang und entdeckte den Earl of Manning, der in saphirfarbenen Kniehosen mit passender Jacke und weißem Mantel eine imponierende Erscheinung war. Jedesmal wieder, wenn sie ihn sah, wunderte sich Clara, wie spurlos die Jahre an ihm vorbeigegangen waren. In seinem blonden Haar zeigte sich noch kein Grau, seine dunkelblauen Augen waren so lebendig wie eh, und sein attraktives Gesicht war so hübsch und faltenlos wie damals, als er sechsunddreißig war.

Clara spürte, wie ihre Tante sich versteifte und leise in einem Ton »Robert« murmelte, der gleichzeitig traurig und ärgerlich klang. Clara bemerkte, daß sie den Earl anstarrte, als wäre er eine Erscheinung, und als sein Blick auf Clara und die Frau an ihrer Seite fiel, schaute auch er wie gebannt hinüber. Er sah so schockiert und entwaffnet aus, daß Clara instinktiv einen Schritt auf ihn zuging. Lord Kerlains Hand auf ihrem Arm hielt sie zurück.

»Die Musik fängt gleich an«, sagte er. »Darf ich bitten?« Er ließ sie los und hielt ihr die Hand hin. Clara warf einen Blick auf den Earl of Manning, dann auf ihre Tante, ehe sie zögernd ihre Hand in die Kerlains legte und sich von ihm auf die Tanzfläche führen ließ.

»Was immer das eben war«, sagte er leise zu ihr, sobald die Musik eingesetzt hatte, »es sieht ganz so aus, als wäre es etwas Kompliziertes.«

»Sie waren vor vielen Jahren verlobt«, erklärte Clara und warf einen Blick dorthin, wo Lord Manning schließlich auf Tante Anna zutrat. Sie schienen ein paar höfliche Worte zu wechseln, wenn auch reichlich steif. »Niemand weiß genau, was vorgefallen ist, daß die Verlobung gelöst wurde.«

»Tatsächlich?« fragte Kerlain interessiert. »Das klingt nach einem wunderbaren Geheimnis. Einem, das ich nur zu gerne entdecken würde. Was für ein attraktives Paar sie abgegeben hätten. Lady Anna ist erst seit ein paar Tagen in der Stadt und hat schon für Aufruhr unter den unverheirateten Herren gesorgt.«

»Hat sie das?« erkundigte Clara sich lächelnd. »Nicht daß mich das überraschen würde. Sie ist die Familienschönheit.«

»Ah, jetzt weiß ich, woher Sie das haben.«

Clara lachte auf. »Es ist nur fair, Mylord, wenn ich Sie warne, daß ich Schmeichelei gegenüber nicht immun bin, egal, wie dick aufgetragen sie sein mag. Wenn Sie nicht aufpassen, liege ich Ihnen noch mit dem Rest Ihrer Verehrerinnen zu Füßen.«

Er grinste. »Sie sind ganz schön boshaft, Lady Clara.

Ich würde das sicher sehr genießen, aber mich stört die Tatsache, daß ich mich Ihrem Verlobten dann mit der Pistole in der Hand gegenüber finden würde. Übrigens wollte ich Ihnen sagen, wie leid es mir tut, daß Ihre Eltern mit Ihren Brüdern nach St. Genevieve zurückkehren mußten. Ich hoffe, daß die Krankheit sie nicht daran hindert, zur Hochzeit zu kommen?«

»Das hoffe ich auch, Mylord«, bestätigte Clara. »Mein Vater kommt ganz bestimmt, es sei denn, er würde auch krank, aber ich weiß nicht, ob meine Mutter kommen kann. Diese Grippe hat sich als höchst hartnäckig erwiesen, und ich will natürlich auch nicht, daß sie meine Brüder alleine läßt, nicht mal wegen meiner Hochzeit.«

»Dann will ich hoffen, daß sich Ihre Brüder schnell erholen. Ihre Mutter will ganz sicher nicht die Hochzeit ihrer Tochter verpassen.«

»Nein, das will sie nicht.«

»Wo ist Lord Callan heute?« fragte er und sah sich suchend um. »Er kann Sie doch nicht den Machenschaften eines so gefährlichen Mannes, wie ich es bin, überlassen haben?«

»Wenn es Ihnen gelingt, bei Almack's gefährlich zu sein«, erwiderte Clara, »sind Sie noch begabter, als ich annahm.«

Seine grünen Augen blitzten vor Belustigung. »Meine Liebe, Sie führen mich fast in Versuchung, es zu probieren. Callan ist ein Narr, daß er einen solchen Schatz alleine losgehen läßt, auch wenn ich glaube, daß Sie erleichtert sein müssen, ihn für eine Weile los zu sein. Der Mann ist pausenlos an Ihrer Seite, als hätte er Angst, Sie würden sich in Luft auflösen.«

»Kaum«, gab Clara leicht zurück. »Und was mein Alleinsein angeht, so erinnern Sie sich doch hoffentlich an meine Tante, Mylord. Ich warne Sie, sie ist ein erbitterter Widersacher. Wenn sie mir auch nur beim Tanzen auf die

Zehen treten, schlägt sie Ihnen den Handschuh ins Gesicht und fordert Sie auf, Ihre Waffen zu wählen.«

Kerlain hob die Brauen. »Wenn das so ist, werde ich mich wie ein vollkommener Gentleman verhalten.«

»Wie Sie es immer tun«, erwiderte sie lächelnd.

»Sagen Sie das nicht«, bat er flehentlich, »das würde mein Ruf nie überstehen.« Er drehte sie einmal um sich selbst. »Erzählen Sie mir von Barrington. Man sagt, Sie hätten ein kleines Wunder bei der Renovierung von Callans Ahnensitz in nur zwei Monaten vollbracht. Es hat fünfzehn Jahre leergestanden, habe ich gehört?«

»Vierzehn.«

»Hat Lord Callan nie dort gewohnt?«

Sie schüttelte den Kopf. »Nicht mehr, seit er noch ein Junge war. Immer, wenn er in der Stadt war, hat er im Haus seines Onkels gewohnt und den Rest der Zeit auf seinem Landsitz.«

»Und jetzt wird er in den hehren Hallen Barringtons mit seiner entzückenden jungen Frau wohnen. Was für ein glücklicher Mann. Gefallen ihm die Veränderungen, die Sie vorgenommen haben?«

»Das hoffe ich. Morgen früh sieht er das Haus zum ersten Mal ganz. Ich bin recht aufgeregt, was er wohl davon hält.«

»Er wird mehr als begeistert sein, nehme ich an. In der Stadt munkelt man, daß Barrington der Star der Saison sein wird.«

»Es ist ein wunderschönes Haus«, stimmte Clara ihm zu, »auch wenn ich den Verdacht habe, daß die Gesellschaft nach so vielen Jahren nur mal wieder das Innere des Hauses sehen will. Lucien hat es von seiner Mutter geerbt.«

»Wie seinen Titel und sein Vermögen«, sagte Kerlain mit einem Nicken. »Soweit ich weiß, ist das der Grund, warum seine Freunde ihn ›Lucky‹ nennen. Die Barringtons sind schon seit langem eine der reichsten Familien Englands, nicht wahr?«

Clara warf ihm einen neugierigen Blick zu. »Ja, auch wenn man gewöhnlich nicht darüber spricht. Ich glaube nicht, daß es Lucien viel bedeutet.«

»Nein, sicher nicht. Tatsächlich scheint es ihm recht egal zu sein, daß er zum Adel gehört. Er gäbe einen guten Amerikaner ab.«

Sie lachte. »Das stimmt. Aber ich bitte Sie, ihm nicht diesen Floh ins Ohr zu setzen. Am Ende reist er bei der ersten Gelegenheit noch in die Kolonien ab.«

»Aber nicht ohne Sie, das würde er nie tun«, erklärte Kerlain. »Ich habe erst einmal einen anderen Mann gekannt, der so von seiner künftigen Frau besessen war. Warum runzeln Sie jetzt die Stirn?«

Clara zwang sich zu einem Lächeln und suchte nach einer oberflächlichen, flirtenden Bemerkung, die sie machen konnte. Das Flirten und Necken, das in der Londoner Gesellschaft üblich war, gefiel ihr gut. Sie war mehr als ein bißchen geübt darin und erkannte in Kerlain einen Meister. Seine Worte waren bedeutungslos, harmlos, sollten ein Kompliment für ihren Charme sein. Sie zwang sich, daran zu denken, als sie leichthin erwiderte: »Nur weil ich Konkurrenz verabscheue, wer ist der andere Mann, von dem Sie sprachen, Mylord? Vielleicht sollte ich ihn zu einem meiner Bewunderer machen und ihn seiner Dame stehlen.«

»Er wünschte, das könnten Sie. Das wünscht er wirklich. Aber ich glaube, es ist unmöglich. Und wenn Sie erst einmal mit Lord Callan verheiratet sind, werden Sie mit Ihrem Mann alle Hände voll zu tun haben. Er ist ein netter Kerl«, fuhr er fort und wirbelte sie herum, »und ich mag ihn sehr, auch wenn ich glaube, daß Ihr Leben mit ihm eine ziemliche … Herausforderung werden wird.«

Mawdrey's war ein eleganter Club, dunkel, diskret und höchst angenehm. Der Besitzer, Harold Mawdrey, hatte den Großteil seines Lebens als Söldner verbracht, wobei er zur See gefahren war und für England fremde Schiffe geplündert hatte, bis er ein reicher Mann war. Außerdem war er ein Mann, der ein, zwei Dinge darüber gelernt hatte, wie man reichen Männern und Frauen zu Gefallen ist und wie hoch der Preis ist, den sie für die Vermeidung eines Skandals zu zahlen bereit sind. Selbst die respektabelsten Mitglieder der Gesellschaft konnten einen Abend bei Mawdrey's verbringen, wo sie ihren persönlichen Weg zum Ruin wählten, ohne daß auch nur ein Wort davon an die Öffentlichkeit drang. In jenen unbequemen Momenten, wo die örtlichen Rechtshüter sich einschalteten, konnte man sicher sein, daß Mawdrey die Sache diskret ins reine brachte. Wenn erst einmal genug Geld von einer Hand zur anderen gewandert war, wurden keine Namen genannt und keine Männer von Adel in irgendwelche Dinge verwickelt, und die Adligen ihrerseits zeigten sich dankbar dafür erkenntlich. Alles in allem und wenn man die unsichere Lage eines solchen Geschäfts bedachte, hatte Harold Mawdrey ein hervorragendes Einkommen.

Lucien gehörte schon lange zu den Stammgästen von Mawdrey's, zum einen, weil er die dunkle, ein wenig zwielichtige Atmosphäre des Clubs genoß, zum anderen, weil es eines der Etablissements war, in das er Pamela mitnehmen konnte, ohne sich unbequemen Fragen stellen zu müssen. Anders als die Besitzer anderer Spielsalons, die nur den Frauen Zutritt gewährten, die man für ein paar Münzen haben konnte, hatte Harold Mawdrey klar erkannt, daß Frauen der Gesellschaft sich ganz genauso von ihrem Geld trennen mochten wie die Herren der Gesellschaft.

Pamela saß schon den ganzen Nachmittag und Abend

neben Lucien und nannte ihren Einsatz für *rouge et noir*. Auf seiner anderen Seite saß Wulf, der die Summen schneller ausrechnete, als der Croupier folgen konnte. Seine kleine französische Geliebte Yvette auf seinem Schoß wirkte neben ihrem muskulösen Liebhaber doppelt zierlich. Lucien erschauerte bei der Vorstellung, daß Wulf sie bei ihren amourösen Zusammenkünften fast zerdrückte. Es war ein Wunder, daß das Mädchen noch in einem Stück war, aber vielleicht irrte er sich auch. Yvette war nur eine Handvoll, aber sie wußte ganz sicher, wie sie Wulf an der Nase herumführen konnte. Bella hätte in ein paar Stunden bei ihr viel gelernt.

Am anderen Ende des Tisches waren Jack und die Frau, die er mitgebracht hatte, in eine so leidenschaftliche Umarmung verstrickt, daß auch die abgebrühteste Frau Londons bei ihrem Anblick errötet wäre. Bei Mawdrey's drehte man nicht einmal den Kopf.

»Wenn das noch lange so weitergeht«, flüsterte Pamela Lucien ins Ohr und deutete mit einem Kopfnicken auf das Pärchen, »müssen wir den Tisch freiräumen und sie es haben lassen. Wo findet er nur bloß immer solche Frauen?«

Lucien warf ihr von der Seite einen Blick zu. »Was glaubst du wohl, meine Liebe?«

Sie lächelte: »Der ach-so-edle Lord Rexley mit all seinen Überlegungen zur Überlegenheit des Adels holt sich seine Frauen aus der Gosse. Das wäre doch ein wundervolles Thema für *Le Chat*, glaubst du nicht auch?«

»Nein«, erwiderte Lucien kurz, »das denke ich nicht.«

Sie lachte leicht. »Keine Angst, Liebling. Ich werde den lieben Earl nicht anrühren. Dafür sind mir Leib und Leben zu wichtig, vor allem mein eigenes. Guter Gott. Die Schlampe ist ihm vom Schoß auf den Boden gefallen. Was für ein Anblick. Wer von beiden ist wohl betrunkener, was meinst du?«

Lucien sah dorthin, wo ein lachender Jack seine ebenfalls lachende Begleiterin vom Boden aufhob. Wo fand er solche Frauen, fragte auch er sich, während er zusah, wie sein Freund die kichernde Frau wieder auf seinen Schoß zog. Sie war noch schlimmer als die anderen vor ihr mit den rotgefärbten Haaren, die ihr unordentlich ins Gesicht hingen, und mit der Mischung aus Puder und Rouge, die ihr Gesicht unattraktiv verschmierte. Und doch schien das Mädchen Jack sehr zu gefallen. Morgen würde er sie durch eine andere ersetzen und mit der genauso zufrieden sein. Das war ein wichtiger Zug im Wesen seines Freundes, den Lucien nicht verstand, aber schon lange zu akzeptieren gelernt hatte. Jack liebte die Frauen, alle Arten von Frauen, und je mehr, desto besser. Das schöne Geschlecht war sein Untergang, hatte er einmal gestanden, und seine größte Schwäche. Wahrscheinlich würde er sich niemals mit einer einzigen Geliebten begnügen, nicht einmal, wenn er verheiratet wäre.

»Jack ist nicht betrunken«, sagte Lucien zu Pamela, »das habe ich dir schon mal gesagt.«

»Ah, ja«, erwiderte sie. »Der vollkommene Lord Rexley, der sich nie betrinkt und sich nur wie ein Narr benimmt, wenn er ausgeht. Ich weiß nicht, warum ich das immer vergesse, vielleicht, weil ich den Mann selten sehe, wenn er in einer anderen Umgebung ist.«

Lucien seufzte und wandte sich ab, um ohne Interesse zuzusehen, wie der Croupier neue Karten austeilte, während Wulf laut die Ergebnisse verkündete. Es brachte nie etwas Gutes, sich zwischen Jack und Pamela zu stellen. Sie haßten einander, seit sie sich zum ersten Mal gesehen hatten. Lucien hatte schon lange gelernt, nicht dazwischenzutreten, wenn sie kämpften, und hatte seine Friedensbemühungen darauf beschränkt, so wenig wie möglich zu der einen über den anderen zu sagen.

»Spielst du diese Runde?« fragte sie ihn.

Er schüttelte den Kopf, trank den Rest Brandy in seinem Glas und schob seinen Stuhl zurück.

»Ich denke, ich strecke mal die Beine aus.«

Sie warf ihm einen intensiven Blick zu. »Du willst doch nicht gehen?«

Er wünschte, er könnte es. Aber es war die letzte Nacht, die sie sich vor seiner Hochzeit sehen konnten, und er schuldete Pamela ein paar Stunden seiner Zeit. Er war die vergangenen zwei Monate zu beschäftigt gewesen, um sich an ihren üblichen Plan zu halten, und sie hatte ihren Unmut darüber deutlich zum Ausdruck gebracht.

»Nein, aber in ein oder zwei Stunden werde ich das tun. Ich habe Robby versprochen, daß ich zum Frühstück zu Hause bin. Monsieur Dellard hat angekündigt, daß er seine berühmten Crêpes machen will, wegen derer Robby ihn von seinem vorherigen Arbeitgeber, dem Herzog von Davenport, weggelockt hat, und der Knabe bekommt einen Anfall, wenn er nicht die Würdigung des ganzen Haushalts hat.«

Selbst im Dunkeln konnte Lucien erkennen, daß sich eine tiefe Röte auf Pamelas Wangen ausbreitete. Sie war eine makellose Schönheit, blond, blauäugig und mit den klassischen Gesichtszügen einer griechischen Statue, aber wenn sie wütend war, bekam sie etwas Spitzes, das ihr nicht stand.

»Ich habe gedacht, daß du heute mit zu mir kommst«, sagte sie angespannt. »Es ist drei Wochen her, Lucien –«

Er legte ihr zwei Finger unter das Kinn und hob ihr Gesicht mit einem Ruck zu sich. »Und es wird noch viel länger werden, wenn du dich nicht zusammennimmst, meine Liebe. Ich hoffe, du hast nicht vergessen, daß ich auf deine Forderungen nicht höre.« Er ließ sie los und sah sie warnend an. »Viel Glück beim Spiel, ich bin gleich zurück.«

Jack hielt ihn auf, als er an ihm vorbeikam.

»Hat sie dich schließlich doch noch weggeekelt?« fragte er über Wulfs Zählen hinweg. »Die göttliche Pamela scheint heute abend nicht in der besten Laune zu sein, aber wann ist sie das schon?«

Gekonnt spielte er mit der Frau auf seinem Schoß, deren geöffnetes Leibchen jedem Vorübergehenden freizügigen Einblick gewährte, bis sie auf seinem anderen Knie saß. »Du gehst doch noch nicht? Ich verspreche, daß ich dich rechtzeitig zu Robby nach Hause bringe. Du brauchst dir deswegen keine Sorgen zu machen.«

»Ich will nur etwas frische Luft schnappen«, erklärte Lucien. »Hier drin ist genug Qualm, um ein ganzes Regiment zu ersticken.«

Jack warf ihm einen neugierigen Blick zu. »Es ist dasselbe wie immer«, bemerkte er und sah sich in dem rauchgeschwängerten Raum um. »Das hat dich vorher nie gestört.«

Eine Spur Verärgerung machte Luciens Stimme schärfer als beabsichtigt. »Das tut es aber heute«, schnappte er. Ohne auf die hochgezogenen Brauen seines Freundes zu achten, wandte er sich um und ging hinaus.

Mawdrey höchstpersönlich öffnete ihm die Hintertür, die auf die Allee hinausführte, ohne ihn mit der Frage zu belästigen, was Mylord in der kalten Nachtluft suche. Er bot Lucien ein Glas seines eigenen privaten Brandys an und verschwand wieder im Qualm und Lärm des Hinterzimmers, während Lucien mit dem Glas in der Hand auf die Allee hinaustrat und einen tiefen, befreiten Atemzug tat.

Es war ruhig, keine Schritte waren zu hören. Die Allee war der bevorzugte Ausgang für viele von Mawdreys diskreteren Kunden, und sie war gut bewacht, um sie auch sicher zu machen. Die Nacht war klar, und er konnte die Sterne sehen. Trotz der Nachmittagswärme war die Nachtluft kalt und erfrischend auf seinem Gesicht. Lucien schloß die Augen und spürte, wie er sich etwas entspannte. Er wünschte, seine Traurigkeit würde ebenfalls verfliegen.

Er sollte bei Almack's sein. Natürlich haßte er Almack's, aber dort konnte man wenigstens atmen, ohne sich die Lungen mit Gestank zu füllen. Und er konnte sich dort bewegen. Und mit Clara tanzen. Sie mit seinen Händen berühren, sie beim Walzer in den Armen halten und ihren sauberen, frischen Duft einatmen. Sie würde wie immer zu ihm auflächeln, auch wenn er ihr Lächeln nie erwiderte. Sie würde ihn auch wie immer verrückt machen und steif machen vor Verlangen nach ihr. Dann, wenn er ihr gute Nacht gewünscht hatte, würde er wieder die ganze Nacht wach liegen und sie vor sich sehen, sich an jedes Wort erinnern, das sie gesagt hatte, an jedes Lächeln, ihren Duft, und er würde sich einen hoffnungslosen Idioten nennen und gleichzeitig wissen, daß er früh am Morgen aufstehen würde, um nach einer Entschuldigung zu suchen, sie am selben Tag noch wiederzusehen.

Innerhalb von zwei Monaten hatte Clara ihn wieder in den liebeskranken Jungen verwandelt, der sich nach ihrer Zuneigung verzehrte und voller Angst war, er könnte sie verlieren oder erst gar nicht bekommen. Es war fast von Anfang an so gewesen. Er erinnerte sich noch sehr gut daran, wie entsetzt er gewesen war, als seine Eltern ihm als Kind gesagt hatten, daß das Mädchen, mit dem er gerade getanzt hatte – und das er hatte küssen müssen –, eines Tages seine Frau werden würde. Erst war er verärgert gewesen, vielleicht sogar wütend, aber als die Zeit verging, hatte er angefangen, in ganz anderer Art an Clara Harkhams zu denken. Sie war sein Geheimnis und sein Traum geworden. Daran klammerte er sich jedesmal, wenn seine Eltern sich wieder stritten, und dann stellte er sich vor, wie anders die Ehe zwischen ihm und dem Mädchen mit den Satinbändern sein sollte. Sie würde ihn so lieben, wie er sich das immer gewünscht hatte. Sie würde ihn aus seiner Einsamkeit und Traurigkeit erlösen.

Mit den Jahren nahm seine Besessenheit zu. Er war sich ihrer so sicher geworden, daß Clara ihm, als er sie als Sechzehnjähriger wiedersah, wie eine Halbgöttin erschien und nicht wie ein Mensch. Die ersten paar Tage auf St. Genevieve hatte er viel zu viel Ehrfurcht für sie empfunden, um mit ihr zu sprechen, und statt dessen hatte er sich damit begnügt, sie zu beobachten und ihr überallhin nachzugehen. Die Tatsache, daß sie keine Schönheit geworden war, hatte ihn enorm getröstet. Die schönen Frauen, die er gekannt hatte, hatten sich als falsch und hartherzig erwiesen, besonders seine Mutter. Claras einfache, offene Gesichtszüge erhöhten nur noch ihre Vollkommenheit, und Lucien erinnerte sich daran, wie sein Herz – vor Liebe? – immer geschmerzt hatte, sobald er sie sah.

Aber was immer es war, was ihn besessen hatte, ehe er an dem Tag am See zu ihr stieß, war nur ein schwacher Abglanz von dem, was mit ihm geschah, als er das erste Mal mit ihr sprach. Liebe, wahre Liebe war wie ein Donnerschlag über ihn hereingebrochen. Das Gefühl hatte ihn mit seiner Intensität überwältigt, und trotz seiner Jugend hatte er gewußt, daß er sein Herz für immer verloren hatte. Vielleicht hatte ein unsichtbarer Zauber gewirkt oder das Schicksal, aber es ließ sich nicht ändern. Er liebte eine Frau, die seine Liebe nicht erwiderte, und egal, was er tat oder sagte, er konnte damit nicht aufhören.

Lucien nahm einen großen Schluck Brandy und schüttelte schweigend den Kopf. Er war viel pathetischer, als sein Vater es je gewesen war. Viel mehr. Das Schlimmste war, daß Clara ihm das so bewußt machte und er sich in ihrer Gegenwart all seiner Unzulänglichkeiten so bewußt war wie nie. Sie brachte ihn dazu, sich ihre Liebe so sehr zu wünschen, daß er sich am liebsten vor sie hingekniet und darum gebettelt hätte, während er gleichzeitig wußte, wie hoffnungslos ein solches Unterfangen wäre. In ihm gab es nur Dunkelheit, eine häßliche Dunkelheit, die nichts mit dem zu tun haben konnte, was Clara war. Jeder liebte sie. Sie war süß und gut und freundlich. Die Männer scharten sich um sie, als wäre sie die Antwort auf alle ihre Gebete. Sie brachte sie zum Lachen, selbst die Schlimmsten unter ihnen. Himmel, er hatte selber gesehen, wie sie das tat. Und alles so mühelos. Wenn er ihr auch nur eine kleine Chance gab, würde sie auch ihn so weit bringen. Aber so tief würde er nicht sinken. Sie sollte nie erfahren, wie sehr er ihr Gefangener war. Die letzten Monate hatten seinen Entschluß nur verstärkt, nach den ersten sechs Monaten ihrer Ehe etwas Distanz zwischen sie zu legen. Das war die einzige Möglichkeit, mit einem Rest von Stolz zu überleben, und die einzige Möglichkeit für Clara, wenigstens ein bißchen Glück zu finden. Wenn er blieb, würde er nur unfreundlich zu ihr sein, so wie jetzt, denn das war die einzige Verteidigung, die er ihr entgegenzusetzen wußte. Der Schmerz und die Verwirrung über seine kleinen Grausamkeiten waren für sie beide eine Qual.

Er leerte sein Glas und zuckte zusammen, als der Brandy in seiner Kehle brannte. Nein, so war es besser. Besser, daß er nicht zu Almack's gegangen war. Ohne seine düstere Gesellschaft amüsierte sie sich wahrscheinlich wunderbar. Er konnte die Männer vor sich sehen, mit denen sie tanzte, alle charmant, lächelnd und gut. Alle würden sie glücklich machen, so wie er es einst von sich geglaubt hatte. Er bezweifelte, daß sie ihn überhaupt vermißte, eher würde sie ein wenig Erleichterung über seine Abwesenheit empfinden.

Mit einem Fluch schleuderte er sein Glas auf die Straße und hörte mit grimmiger Zufriedenheit, wie es klirrend auf den Steinen zersprang. Die vertraute Dunkelheit wallte in ihm auf, und er hieß sie willkommen. Er würde nicht Claras sklavisch ergebener Hund werden, er würde niemandes Hund werden.

»Setzen Sie die Kosten für ein Glas mit auf meine Rechnung«, sagte er zu Mawdrey, als er in den Club zurückkehrte. Mawdrey nickte nur.

Pamela sah auf, als er herankam. Ihr Gesichtsausdruck zeigte ihm, daß sie seine Stimmung sofort erkannte.

»Steh auf«, befahl er kurz, »ich bringe dich nach Hause.«

»Gerne.« Sie erhob sich und begann, ihre Sachen einzusammeln. »Ich will ohnehin nicht noch mehr verlieren. Wenn du mich weiter als deine Geliebte hierherbringen willst, wirst du mich für meine Verluste bei Mawdrey's bezahlen müssen.«

Wulf unterbrach sein monotones Zählen und blinzelte mit verquollenen Augen zu Lucien auf. »Du sollst nach Manning House. Hast du erzählt. Erinnere mich genau.«

»Sehr gut, Wulf«, lobte Lucien und klopfte ihm auf die felsenharte Schulter. »Laß dir deswegen keine grauen Haare wachsen. Ich werde schon zusehen, daß ich das bis zum Frühstück schaffe. Komm mit, Pam.« Er ergriff ihren Arm, als die Eingangstür zu Mawdrey's aufflog und ein lauter Pfiff ertönte. »Was ist jetzt?« murmelte er.

»Sieht ganz so aus, als hätten sich die Behörden entschlossen, mal wieder einen netten Abend zu ruinieren«, erklärte Jack und erhob sich, um seiner Begleiterin auf die Beine zu helfen. »Bleibst du da, um den Kampf mit anzusehen?« Er warf Lucien einen bedeutungsvollen Blick zu.

»Ich bringe Pam nach Hause.«

Jack sah ihn lange abschätzend an, ohne auf die Unruhe zu achten, als die anderen sich an der Tür zur Allee drängten. Lucien gab ihm keine Chance, etwas zu sagen, nickte ihm leicht zu, ergriff Pam beim Ellbogen und führte sie davon.

5

Das Morgenlicht, das auf ihr Bett fiel, war fast perfekt, und Pamela wußte, daß sie sich beeilen mußte, wenn sie ihr Motiv so einfangen wollte, wie sie es haben wollte, ehe sich die Licht- und Schattenverhältnisse auf ihrem Bett veränderten oder der nackte Mann, der darauf lag, erwachte. Lucien mochte es nicht, wenn er das Objekt ihrer Skizzen war, aber er blieb ihr Lieblingsmodell und mit Sicherheit die größte Herausforderung an ihre Zeichenkunst. Vorsichtig schob Pamela sich aus dem Bett, zog einen Morgenmantel über und begann zu zeichnen.

Einige Minuten lang arbeitete sie konzentriert, änderte eine Linienführung und sah immer wieder zwischen dem Bett und ihrem Block hin und her. Sie hatte noch nie sein Gesicht richtig wiedergegeben, auch wenn sie Stunden damit verbracht hatte, es aus der Erinnerung zu malen, die sinnliche Kurve seines Mundes, die dunklen, verwirrenden Augen, die gallisch hohen Wangenknochen und die ebenmäßige Nase. Die Gesichtszüge selbst waren leicht, aber die Art, wie sie von seinen Gefühlen bestimmt wurden, war schwer zu malen. Sein Ausdruck wechselte so schnell, daß sie es nicht schaffte, ihn zu malen. Lucien war ihr dabei auch keine Hilfe. Er war so unberechenbar wie der Wind, im einen Moment sanft und ruhig, dann wild und stürmisch im nächsten, dann wieder leicht und liebkosend. Sie hatte ein paar gute Zeichnungen von ihm in wechselnden Stimmungen angefertigt, aber keine war ihm gerecht geworden. Diese Tatsache nagte an Pamelas Sinn für Perfektion. Selbst jetzt spürte sie, wie ihre Frustration wuchs, obwohl es eine glückliche Gelegenheit war, Lucien im Schlaf zeichnen zu können. Das Laken lag locker um seine Hüften geschlungen, und er gab ein perfektes Modell für lässige Männlichkeit ab, schlank und kräftig und muskulös – jede Kunstschule in London hätte gern ein Modell wie ihn für die männliche Aktzeichnung. Aber er gehörte ihr alleine, um zu üben, dachte Pamela mit einem schläfrigen Lächeln. Ihr ganz alleine. Nicht daß sie im Traum daran dächte, ihn für ihre offiziellen Skizzen zu benutzen, wie sie es schon mit früheren Liebhabern getan hatte. Lucien fände ein solches Kompliment nicht im geringsten amüsant. Der Gedanke ließ sie innehalten und ihre Skizze genauer betrachten. Es war zweifellos die beste, die sie bisher von ihm angefertigt hatte, aber wenn er das wüßte …

»Mmmmm. Wie spät ist es?«

Ein langes Gähnen folgte seinen Worten, und dann begann Lucien, sich in aller Ausgiebigkeit zu recken und zu dehnen. Pamela blätterte rasch die Seiten ihres Skizzenblocks nach vorne und begann, grob das Bild von eben nachzuzeichnen.

»Was machst du da?« Er blinzelte zu ihr auf und kratzte sich die Brust, und als Pamela ihn leicht anlächelte, stützte er sich auf einen Ellbogen und sagte wütend: »Um Himmels willen, Pam, während ich geschlafen habe?«

Sie zeichnete weiter und erwiderte ruhig: »Wäre es dir lieber, wenn ich versuchen würde, dich im Schlaf zu ermorden?«

»Mir wäre es am liebsten, wenn du dich bei deinen verdammten Zeichnungen auf Blumen und Bäume beschränken würdest, statt auf einen hilflosen Niemand. Hör jetzt auf damit und hilf mir beim Anziehen. Verdammt!« Er richtete sich auf und rieb sich die Augen. »Wie spät ist es? Robby macht mir die Hölle heiß.«

Pamela legte ihren Skizzenblock beiseite und erhob sich.

»Gut, daß Sibby deine Sachen so früh morgens schon bügelt«, sagte sie und trat an die Kommode, auf die ihre Dienerin seine Kleidung gelegt hatte. »Soll ich nach Kaffee klingeln, oder kannst du nicht so lange bleiben?«

»Nein, hilf mir nur, mich soweit anzuziehen, daß ich mir einen Wagen nehmen kann, ohne verhaftet zu werden.« Pamela maß ihn von Kopf bis Fuß und kicherte. »Das wird nichts werden. Du siehst immer noch so aus, als hätte man dich an einem Karren durch halb London gezerrt.«

Sie hob den Deckel einer Schale und tauchte einen Finger hinein. »Mmm, das Wasser ist noch warm. Dann kann ich dich wenigstens rasieren. Langsam, Liebling.« Sie lachte, als er versuchte, seine Hose anzuziehen. »Sonst fällst du noch und schlägst auf den Kopf, und dann hört dein liebes Frauchen, daß du in den Armen deiner Geliebten gestorben bist.«

Lucien kämpfte mit den Knöpfen seiner Hose und sah Pamela grinsend an. »Du würdest mich tatsächlich in den Armen halten?«

»Erst, wenn die Polizei kommt, Liebster. Vorher müßte ich erst einmal in Ruhe frühstücken. Ich bin sicher, Sibby hätte nichts dagegen, deine leblose Hand zu tätscheln und zu weinen, wenn du so etwas Langweiliges wolltest.«

»Hemd«, erwiderte er nur und streckte die Hand danach aus.

»Laß mich noch einen Blick auf dich werfen, Lucien«, bat Pamela, nachdem sie es ihm gegeben hatte. »Das nächste Mal, wenn ich dich sehe, wirst du ein verheirateter Mann sein. Gründlich gefesselt und zu müde für Vergnügen.«

Lucien lachte kurz auf, hob die Arme und wandte sich

um, damit sie ihn ansehen konnte. »Nicht gründlich gefesselt, meine Liebe, aber bestimmt zu müde für Vergnügungen ... zumindest mit dir.«

»Bastard.« Sie warf mit seiner Jacke nach ihm.

»Gib es auf, Pam«, riet Lucien, »und konzentriere dich auf andere Dinge. Ich habe dich rechtzeitig gewarnt, daß ich meine Frau so oft wie möglich besitzen will. Wie«, setzte er mit gespielter Unschuld hinzu, »sollte ich das Mädchen sonst schwanger bekommen?«

Pamela warf seinen Mantel und die gestärkte Krawatte aufs Bett und zog sich von ihm zurück. »Viele Männer schaffen das ohne große Umstände. Ich werde nie wissen, warum du so eine große Sache daraus machst. Bis jetzt warst du immer ein kluger Mann.«

»Eine große Sache?« wiederholte er amüsiert, wie er es meist bei seiner Mätresse war. »Nun, meine liebe Lady Halling, wenn es Ihnen so viel bedeutet, will ich Ihnen das Versprechen geben, meine Frau nie am Nachmittag im Hyde Park zu besteigen, zumindest nicht, wenn dort viel los ist.«

»Bastard«, wiederholte sie und zog die Klingel, um ihrem Mädchen zu sagen, daß sie Frühstück wünschte. »Es ist dir vollkommen egal, was ich denke oder fühle, aber ich habe auch ein Herz, selbst wenn dich diese Tatsache zu überraschen scheint.«

»Aber ganz und gar nicht«, erwiderte er sanft und setzte sich hin, um sich die Stiefel anzuziehen. »Ich weiß, daß du ein Herz hast. Nur ein sehr kleines, aber es ist vorhanden und intakt. Was glaubst du wohl, warum ich Clara wegschicken will, wenn sie erst einmal schwanger ist? Außer zu ihrem eigenen Nutzen, natürlich.«

Ihre Augen wurden schmal. »Sicher nicht um meinetwillen, Lucien. Ihretwegen, ja. Deinetwegen, ja. Meinetwegen ... hör auf, mich für dumm zu verkaufen, sonst hole ich meine Pistole und erschieße dich.«

»Du glaubst mir nicht? Das verletzt mich aber.« Er setzte sich hin, um sich seine Krawatte zu binden.

»Nur, weil du ein Mann bist«, erklärte sie lieblich, »und ein Narr. Du kannst es nicht ertragen, der Wahrheit ins Gesicht zu sehen, also gehst du ihr aus dem Weg. Oder änderst die Tatsachen, damit sie deinem Ego passen.«

»Wirklich, Liebling? Ich kann mir nicht denken, wovon du sprichst.«

»Oh, wirklich, Liebster. Komm rein, Sibby.« Sie lächelte Lucien an, als ihr Mädchen eintrat und ein großes Silbertablett mit sich brachte. »Du bist klug genug, um das selbst herauszufinden. Auch wenn ich zu sagen wage, daß du, wenn du dein trauriges Selbst betrachtest, gleich alles wissen wirst. Warum sollte die arme kleine Clara Harkhams deine verdorbene Person für den Rest ihres armen Lebens ertragen müssen?«

Lucien erhob sich und trat an den Kaffeetisch, den Sibby gerade mit Kaffee und Gebäck deckte. »Warum sollte sie nicht? Du tust es doch auch, und zwar gerne. Guten Morgen, liebste Sibby.« Er gab der hübschen Dienerin einen Klaps auf den Po und wurde mit einem entzückten Quieken belohnt, als sie aus der Tür eilte.

»Ermutige sie nicht«, ermahnte Pamela ihn ernst, »sie ist in dich verliebt.«

Lucien biß in einen Keks. »Ist sie das?« fragte er mit vollem Mund.

»Du weißt sehr gut, daß sie das ist. Ich schneide dir das Herz heraus, wenn du eines deiner kleinen Spielchen mit ihr machst.«

»Gute Güte, so früh am Morgen schon so gewalttätig«, sagte er mit gespieltem Staunen. »Sibby ist ein süßes, charmantes Ding. Ich vergreife mich nicht an solcher Unschuld. Diese Dinge hebe ich mir für Frauen von deiner Sorte auf, Liebste.«

Sie war zu müde, um sich weitere Wortgefechte mit

ihm zu liefern, und sagte ihm, er solle gehen. »Du solltest es lieber doch nicht riskieren, dich von mir rasieren zu lassen. Ich habe plötzlich ganz unruhige Finger, und du willst deiner Braut doch nicht mit durchschnittener Kehle gegenübertreten. Geh und hol dir deine Schimpfe von Lord Manning«, setzte sie spitz hinzu, »und dann kümmere dich um deine Unschuld vom Lande. Mach sie glücklich und gefalle ihren Eltern, und wenn du das alles satt hast, dann komm zurück zu mir. Ich wünsche dir eine schöne Hochzeit, Liebster. Ersticke nicht an deinem heiligen Schwur.« Sie goß sich eine Tasse Kaffee ein.

Lucien verbeugte sich leicht. »Herzlichen Dank, Lady Halling.« Dann griff er an ihr vorbei nach dem Skizzenblock und riß das oberste Blatt heraus. Er zerriß die Zeichnung von sich in kleine Schnipsel und warf sie in die Luft. Als sie um seine Geliebte herum, die ihn mit schmalen Augen beobachtete, zu Boden sanken, setzte er hinzu: »Nimm mich nicht wieder als Modell, Pamela. Du weißt, daß ich das nicht möchte.« Dann nahm er seinen Hut. »Guten Tag, meine Liebe. Du kannst mich zwei bis drei Wochen nach der Hochzeit wieder bei dir erwarten. Dann bin ich sicher in der schlechten Stimmung, die du am liebsten magst.«

Sobald er weg war, schob Pamela ihr Frühstück beiseite und griff nach ihrem Block, den sie durchblätterte, bis sie an die versteckte Zeichnung kam.

»Perfekt«, murmelte sie mit einem erleichterten Seufzer und griff nach dem Stift, um zu Ende zu bringen, was Lucien unterbrochen hatte, solange sie das Bild seines Körpers auf ihrem Bett noch vor Augen hatte.

Hemmet öffnete die Tür, ehe Lucien die Hand auf den Türklopfer legen konnte, und bedachte den Viscount mit einem Blick, als wäre er die scheußlichste Kreatur auf der Welt.

»Guten Morgen, Hemmet«, grüßte Lucien, drückte dem Butler seinen Hut in die ausgestreckte Hand und lugte um den älteren Mann herum in die Halle. »Ja, ich weiß, wie ich aussehe, also hör auf, das Gesicht zu verziehen. Ist Lord Manning schon wach?«

»Seit mittlerweile drei Stunden, Mylord«, erwiderte Hemmet gemessen und trat zurück, um Viscount Callan in die elegante Eingangshalle zu lassen.

Lucien unterdrückte ein Stöhnen. »Ich verstehe. Ich will nur eben nach oben gehen, um mich etwas herzurichten.«

Hemmet schloß leise die Tür und schnaubte vernehmlich. »Der Earl hat ausdrücklich verlangt, daß ich Sie gleich nach Ihrer Rückkehr zu ihm schicke, Mylord.«

Lucien gab jede Beherrschung auf und stöhnte.

»Ja«, bemerkte Hemmet trocken. »Monsieur Dellard war höchst unglücklich – erneut –, als Sie heute morgen nicht hier waren, um seine Crêpes zu würdigen.«

»Himmel.«

»Genau«, sagte Hemmet und ging in Richtung des Frühstückssalons, während Lucien ihm zögernd folgte. »Es ist die dritte Platte, die er in dieser Woche ruiniert hat. Hat sie einfach an die Ostwand der Küche geschleudert, wo jetzt eine hübsche Schramme in Richtung Ofen zeigt. Mrs. Parks hat gekündigt und schon ihre Taschen gepackt. Die halbe Dienerschaft wollte es ihr nachtun. Ich glaube, diesmal müssen Sie sich auf den Knien entschuldigen.«

»Verdammt.« Lucien rieb sich die Hände an seinem Hemd ab und wünschte, Pamela hätte ihn noch rasiert. Ein sauberes Gesicht mit durchschnittener Kehle wäre seinem Onkel vielleicht lieber gewesen als das, was er jetzt zu sehen bekommen würde.

Die Tür zum Frühstückssalon öffnete sich, und Hemmet verkündete mit seiner gelangweiltesten Stimme: »Viscount Callan, Mylord.«

Der Earl of Manning, der am Kopfende des Tisches saß, wandte sich nicht um. »Ah, endlich. Komm herein. Lucien. Wir haben auf dich gewartet.«

Lucien. Es war immer ein schlechtes Zeichen, wenn sein Onkel seinen vollen Namen benutzte.

»Guten Morgen, Robby«, begann er in leichtem Ton und trat vor, während Hemmet den Raum verließ und die Tür hinter sich schloß. »Es ist ein herrlicher Morgen –« Er blieb stehen, als ihn ein – im Vergleich zu ihm – sehr adretter Lord Rexley von einem Teller voller Crêpes her anlächelte. »Jack«, rief Lucien einigermaßen überrascht. »Guten Morgen. Es tut mir leid, daß ich gestern so schnell aus Mawdrey's verschwunden bin. Wie ist es dir und Wulf ergangen? Ich wollte euch nicht in der Falle lassen.«

»Mach dir darum keine Sorgen«, beruhigte ihn Jack. »Wir sind gut entkommen. Diese kleine Freundin von Wulf hat den überraschendsten rechten Haken und ein feuriges Temperament. Einer der Polizisten hat den Fehler begangen, sie eine Hure zu nennen, und sie hat ihn auf der Stelle wissen lassen, daß sie Französin sei, er ein Schwein, und dann hat sie ihm die Nase gebrochen. Sein Glück, daß Wulf ihn beschützt hat.

Der arme Kerl stand da wie ein Boxsack und hat laut zusammengerechnet, wie hoch der Schaden ist, den sie angerichtet hat, als wenn das jemanden daran hindern könnte, mit Sachen zu werfen.«

An diesem Punkt brachen Jack und Lucien in hysterisches Gekicher aus, während der Earl of Manning ihnen geduldig zuhörte.

»Ich kann keinerlei Schrammen sehen. Schön, daß du vorbeikommst.« Lucien versuchte, seinen Onkel unschuldig anzusehen. »Wollten Sie mich sehen, Sir? Ich sollte mich wirklich umziehen, ehe wir Lady Clara und die Marquise abholen.«

Der Earl of Manning umfaßte seine Kaffeetasse mit beiden Händen, lehnte sich in seinem Stuhl zurück und maß seinen Neffen mit einem ruhigen Blick. »Lucky, mein Lieber, wenn du nicht sofort mit dieser Unschuldslammtour aufhörst, werde ich eine Bande Piraten anheuern, damit sie dich in der Nacht entführen, was ich vielleicht schon hätte tun sollen, als du noch ein Kind warst, du ungezogener, undankbarer Welpe. Und dann lasse ich dich auf eine abgelegene Insel in die Sklaverei verkaufen, wo du Jahre schmoren wirst, ehe ich überhaupt darüber nachzudenken beginne, ob ich dich zurückhaben will. *Setz dich.*« Er nickte in Richtung des Stuhles links von sich und ignorierte die Versuche des Earls of Rexley, der rechts von ihm saß, sein Gelächter zu verbergen. »Du kannst frühstücken«, sagte er, sobald Lucien sich hingesetzt hatte, und warf dem Diener, der mit unbeweglichen Gesicht neben dem Buffet stand, einen Blick zu. »Strebbit, du kannst dem Viscount servieren und dich dann anderen Pflichten widmen.«

Strebbit tat wie geheißen, und als er gegangen und die drei Männer alleine gelassen hatte, bemerkte der Earl: »Ich bin überrascht, wie weit deine Freunde gehen, um dich gesund und munter zu halten, Lucien. Was hast du nur getan, um eine solche Loyalität zu verdienen?« Die sanften Worte trafen Lucien wie ein Messerstich, und er warf Jack einen Blick zu. Lord Manning stellte seine Tasse ab und ergriff seine Serviette, um sich den Mund abzutupfen. »Rexley wartet mittlerweile seit über einer Stunde geduldig auf dein Erscheinen«, fuhr er fort und faltete das Stück Leinen penibel zusammen, »und das nur, um sicherzustellen, daß ich dich nicht in dem Moment umbringe, wo du durch die Tür trittst. Ich bin mir sicher, daß du seine Anstrengungen zu schätzen weißt.«

Lucien holte tief Luft und streckte die Hand nach seiner eigenen Kaffeetasse aus. Über deren Rand sah er seinen Onkel und seinen Freund an, die einander so ähnlich sahen, daß er nie aufhörte, sich darüber zu wundern. Sie waren wie zwei Bilder desselben Mannes, der eine jünger, der andere älter, und beide blond, blauäugig und steinhart. Sie benutzten sogar dieselben Ausdrücke, wenn sie betrunken waren. Wenn er Jack Summertons Eltern nicht seit langem gekannt hätte, hätte Lucien gedacht, daß Jack ein Bastard seines Onkels wäre. Tatsächlich hatte dieser Gedanke lange gebraucht, um zu verschwinden, und der Viscount hatte manchen Abend vor dem Einschlafen darüber nachgedacht. Im hellen Tageslicht in Momenten wie diesen verfolgte er ihn noch immer.

Während Lord Manning seinen Neffen finster ansah und das Schweigen sich unbehaglich ausdehnte, bemerkte der Earl of Rexley hilfreich: »Jungen sind eben Jungen.«

»Ja«, knurrte Manning, »und Narren bleiben Narren. Es mag deine Kinder interessieren, daß, während du dein Vermögen bei –«, er warf Jack einen blitzenden Blick zu, »Mawdrey's verschleudert hast, der Earl of Kerlain Lady Clara beim Tanz mit seinen Aufmerksamkeiten bedacht hat. Nicht daß er dabei übermäßig erfolgreich gewesen wäre. Aber jede Frau bei Almack's war bereit, sie aus dem Fenster zu stoßen, nur um auch eine Chance zu bekommen, die Aufmerksamkeit des Mannes zu erregen.«

Lucien setzte das kostbare Chinaporzellan mit vernehmlicher Heftigkeit auf die Untertasse zurück. »Das ist kein Grund zur Sorge. Er tut nur, was er kann, um diese gräßliche Wette zu gewinnen. Das ist alles.«

»Wirklich?« fragte Manning mit gespieltem Erstaunen, beugte sich vor und stützte die Ellbogen auf den Tisch. »Erzähl.«

Lucien spürte, wie ihm warm wurde. »Robby ...«

»Weißt du eigentlich, Lucky, daß ich noch nie so nahe daran war, dich zu erdrosseln, wie jetzt? Nicht wegen dieser idiotischen Wette, die sicher Grund genug dafür wäre, sondern weil du eine Unschuld wie Clara in dem Sumpf allein gelassen hast, den du für sie angerichtet hast. Wenn du dir nicht vorstellen kannst, wie halb London hinter vorgehaltenem Fächer darüber flüstert, daß du deine Frau alleine gelassen hast, so daß sie – zweimal – in den Armen des Earls of Kerlain tanzen konnte, dann bist du vollends verrückt geworden. Und Sie«, wandte er sich an Jack, ehe er den Mund öffnen konnte, »sind so ein guter Freund, daß Sie ihn noch ermutigt haben.«

»Nicht wirklich«, wandte Jack schwach ein. »Es war nicht wirklich Ermutigung, Euer Lordschaft. Es war mehr … Unterstützung.« Er lächelte sein gewinnendstes Lächeln, was nur einen verächtlichen Ausdruck auf das Gesicht Mannings brachte.

»Wollen Sie leugnen, daß Sie und Severn gegen ihn mit Kerlain gewettet haben?«

Jack räusperte sich. »Ah, ja, ich glaube, das haben wir getan. Es schien uns in dem Moment eine gute Hilfe zu sein.«

»Kerlain ist ein Windhund«, stellte Lucien noch einmal fest, »kein Grund, sich seinetwegen Sorgen zu machen. Ich werde Clara von ihm fernhalten.«

»Gott schütze mich«, stieß Manning mit kaum verhüllter Wut hervor. »Ich schwöre, ich bin versucht, meine Reitpeitsche zu holen und dir zu geben, was du verdienst. Hör mir mal gut zu, mein Junge. Ihr beide.« Er bezog auch Jack in seinen Hohn mit ein, als er die Hände flach auf den Tisch legte und sich vorbeugte, um seinem Ärger volles Gewicht zu verleihen.

»Ich kann Euch aus dieser Wette mit Kerlain nicht retten. Ihr habt euch da euer eigenes Grab geschaufelt und müßt die Suppe nun auslöffeln – wie Männer, hoffe ich. Aber ich kann euch davon abhalten, andere zu verletzen, und das werde ich auch tun. Versteht mich recht, Gentlemen, und verhaltet euch entsprechend. Das ist die einzige

Warnung, die ihr bekommt.« Ein Moment schweren Schweigens verging, als er von einem zum anderen sah.

»Ähem«, sagte Jack und zupfte an seiner Krawatte. »Himmel, ist es schon spät geworden. Ich muß gehen, sonst verpasse ich noch einen Termin mit meinem Verwalter. Ich danke Ihnen für den interessanten Morgen, Sir.« Er erhob sich. »Ich wüßte nicht, wann ich mich besser unterhalten oder delikatere Crêpes genossen hätte.«

Wieder öffneten sich die Türen, und Hemmet erschien und räusperte sich vernehmlich. »Verzeihung, meine Herren, aber Viscount Severn nutzt den Teppich im grünen Salon ab und will wissen, ob er sich Trauerkleidung anpassen lassen soll, was in Anbetracht seiner Größe seinen Schneider einiges an Mühe und Zeit kosten würde. Er will dem Begräbnis nicht in unangemessener Kleidung beiwohnen und ist sicher, daß Euer Lordschaft ihn verstehen.«

»Gewiß«, erwiderte der Earl of Manning kühl. »Bitte versichere Viscount Severn, daß Viscount Callan noch zu den Lebenden zählt. Zumindest im Moment«, fügte er mit einem Blick auf Jack hinzu, »und Sie gehen besser mit und sprechen mit ihm. Grüßen Sie ihn von mir, ja?« Es war sehr klar, was er meinte.

Jack verneigte sich leicht. »Gewiß, Sir. Ich werde die Grüße so weitergeben, wie Sie sie erst vor wenigen Momenten formuliert haben.«

»Danke.« Der Earl seufzte und ließ seinen ernsten Blick auf Lucien verharren, der sich methodisch durch seine Crêpes aß. »Oh, Himmel, er hat diesen starrköpfigen Gesichtsausdruck. Ihr Kinder laßt mich vor meiner Zeit altern. Sie können zum Abendessen kommen, Rexley. Ich habe Monsieur Dellard versprochen, daß er zum Ausgleich für das Desaster heute morgen eine seiner großen Sachen machen kann. Und bringen Sie Severn mit.«

»Danke, Sir, ich freue mich darauf.«

»Dann fort mit Ihnen«, sagte der Earl mit einem leisen Lachen. »Und hören Sie auf, mich so alt fühlen zu lassen, wenn Sie so höflich sind. Mit diesem überzeugend zahmen Gesicht können Sie einen Quäker zur Sünde treiben.«

Lachend verließ der Earl of Rexley den Raum, und als sich die Tür hinter ihm schloß, vermischte sich seine tiefe Stimme mit der höheren des Viscount Severn.

»Du hast viele Freunde«, bemerkte der Earl of Manning, als es ruhig geworden war, »wenn auch nicht viel Hirn.«

Lucien schob seinen nur halb geleerten Teller beiseite. »Ich entschuldige mich für den Tumult. Ich entschuldige mich dafür, daß ich nicht früh genug zu Hause war, um den Klatsch zu verhindern. Ich entschuldige mich dafür, daß ich gestern nicht zu Almack's gegangen bin.« Er hob leicht das Kinn. »Ich nehme an, daß du jetzt mit mir über Pamela reden willst.«

Das Lächeln, das die Lippen des Earls verzog, erreichte nicht ganz seine Augen. »Ganz und gar nicht.«

»Ich werde sie erst nach der Hochzeit wiedersehen, falls es das ist, worum du dir Sorgen machst. Ich werde der ergebenste Ehemann sein, den London je erlebt hat. Nicht daß ich in dieser Hinsicht bisher versagt hätte, trotz des Irrtums von letzter Nacht. Ich könnte mir denken, daß Clara meiner Begleitung mehr als überdrüssig ist. Und nach dem Debakel bei Lord und Lady Berrydale meine ich verstanden zu haben, daß Clara und ich als ein romantisches Paar angesehen werden. *Trotz* der Wette.«

»Lucien«, erwiderte der Earl sanft, »ich bitte dich nicht, gegen deine Gefühle zu handeln, wo es Clara Harkhams betrifft. Es ist mir klar, daß du das Mädchen nicht lieben kannst, und wenn du sie bald nach Pearwood bringst, soll es so sein. Ich kann mir vorstellen, daß jede Frau lieber

Distanz zu einem Mann hat, der sie nicht liebt, statt ihn täglich um sich zu haben. Laß Clara nicht für die Sünden bezahlen, die deine Eltern begangen haben. Sie ist nicht deine Mutter, und du bist nicht dein Vater. Und ich sehe an deinem Gesicht, daß du jetzt wütend wirst. Du kannst wirklich anstrengend sein, mein Junge. Es ist erst Morgen, und ich fange schon an, mich erschöpft zu fühlen. Nun gut.«

Der Earl schob seinen Stuhl zurück und stand auf. »Ich weiß, daß du dein Bestes tun wirst, und das ist alles, worauf ich hoffe. Geh und mach dich fertig, damit wir loskommen. Und wasche dich bitte gründlich. Du stinkst nach Lady Hallings unglücklicher Wahl ihres Parfums, was man keinesfalls tun sollte, wenn man seine zukünftige Frau besucht. Übrigens«, fügte er hinzu und blieb an der Tür noch einmal stehen, »Claras Eltern sind gestern unerwartet nach St. Genevieve zurückgekehrt, weil einige Mitglieder ihrer ungezogenen Brut – die älteren der drei Jungen, glaube ich – es irgendwie geschafft haben, sich die Grippe zuzuziehen.«

»Sie werden doch rechtzeitig zur Hochzeit zurück sein?«

»Himmel, das hoffe ich«, gab der Earl zurück. »Ich habe keine Lust, mit der Aufgabe betreut zu werden, das Ganze zu organisieren.«

Lucien rückte in seinem Stuhl hin und her, während sein Onkel die Tür öffnete. »Wer ist dann als Anstandsdame bei Clara?«

Robert Bryland sah seinen Neffen gleichmütig an. »Ihre Tante ist gestern eingetroffen, um die Zügel zu übernehmen. Ich bin sicher, du weißt, wen ich meine.«

Lucien erwiderte seinen Blick ungläubig. »Robby«, war alles, was er hervorbrachte, in einem Ton, der das Herz des Earls immer wieder weich werden ließ, denn er wußte genau, daß sein komplizierter Neffe der einzige

Mensch auf der Welt war, der seinen Namen mit solchem Mitleid aussprechen konnte.

»Ja«, erwiderte der Earl sanft. »Anna Huntington. Sei auf der Hut, Lucky, und benimm dich; denn wenn ich dich nicht dazu bringe – Lady Anna schafft es bestimmt.«

6

»Natürlich zu spät.« Anna Huntington befestigte die Brosche über ihrer linken Brust und überprüfte ihre Erscheinung noch einmal im Spiegel. »Das war er immer. Und wird er immer sein. Wahrscheinlich hat er sich von Anfang an verspätet, ist spät geboren worden, wette ich.«

Clara, die hinter dem Stuhl ihrer Tante stand, warf ihrem Spiegelbild einen beunruhigten Blick zu. »Ich bin sicher, es gibt eine vernünftige Erklärung für die Verzögerung. Er hat immerhin eine Nachricht geschickt.«

»Natürlich hat er das.« Anna strich über ein paar Strähnen ihres dichten blonden Haares. »Er ist der besterzogene Mann auf Gottes weiter Welt. Wenn der Tod persönlich in den Salon des Earls of Manning treten würde, würde er einen Stuhl und eine Tasse Tee angeboten bekommen, ehe Robert ihn fragen würde, welchem Umstand er das Vergnügen seines Besuches verdanke.«

»Der Earl war wunderbar, seit wir in London eingetroffen sind«, protestierte Clara. »Ich weiß nicht, was wir ohne ihn getan hätten. Er hat alles für unsere Bequemlichkeit veranlaßt.«

»Dessen bin ich mir sicher«, erwiderte Anna trocken.

»Er ist sehr freundlich gewesen«, beharrte Clara. »Stell dir das Chaos vor, wenn er es nicht gewesen wäre. Du weißt doch, was für ein hoffnungsloser Fall Papa bei solchen Dingen ist.«

Anna Huntington begegnete dem Blick ihrer Nichte im Spiegel und sagte offen: »Ich weiß genau, wie dein Papa ist, aber ich kann nicht glauben, daß er diese schreckliche Hochzeit zuläßt.«

»Oh, nein, Tantchen ...«

Anna wandte sich um und ergriff Claras schlanke Hände. »Es tut mir leid, Clara, aber ich kann den Viscount Callan ebensowenig gutheißen wie seinen Onkel. Er wird dich in den Jahren, die da kommen, nur unglücklich machen, und ich könnte meinem Bruder den Hals dafür umdrehen, daß er so naiv ist, etwas anderes anzunehmen. Alles, woran er denken kann, ist, wie freundlich und nett Edward war, was ganz natürlich ist, denke ich, denn sie waren die engsten Freunde. Aber die Erinnerung an einen Toten ist bei weitem nicht Grund genug, dich seinem gräßlichen Sohn zu opfern.«

»Es ist kein Opfer.« Clara drückte Anna die Hand. »Versteh doch, bitte. Ich möchte Lucien heiraten, auch wenn ich zugeben muß, daß ich in der Vergangenheit Zweifel hatte. Papa hätte mich nie dazu gezwungen, wenn ich nicht gerne zugestimmt hätte. Um die Wahrheit zu sagen, haben er und Mama sich auch Sorgen gemacht.«

Mit einem Seufzer erhob sich Anna und trat an eines der hohen Fenster, um auf die Straße hinunterzuschauen.

»Verspätet«, wiederholte sie kopfschüttelnd. »Robert, du anstrengender Mann.« Sie schwieg einen Moment. »Sie sind verrückt, mußt du wissen. Die ganze Bande. Die Brylands haben immer nur Ärger gemacht, egal, was sie angepackt haben, Clara«, setzte sie langsam und betont hinzu, »Du hast noch eine Woche Zeit, um dir zu überlegen, was du tust. Es ist noch nicht zu spät, die ganze Sache abzublasen. Ich kann dich sofort nach St. Genevieve zurückbringen, wenn du es dir anders überlegen solltest. Selbst noch am Hochzeitstag. Aber wenn du es durchziehst und Lucien Bryland heiratest, dann bekommst du vielleicht nie wieder eine Chance, ihn loszuwerden.«

Clara gesellte sich zu ihrer Tante ans Fenster und lächelte sie ermutigend an. »Nein, das werde ich nicht. Ich glaube nicht, daß ich mich von Lucien Bryland befreien sollte, selbst wenn wir an entgegengesetzten Enden der Welt lebten. Ich habe es schon versucht, aber es hat keinen Sinn. Ich weiß, was für ein Mann er ist, Tantchen, und ich wäre eine Lügnerin, wenn ich sagen wollte, daß mir das keine Angst macht. Aber was sonst sollte ich tun?«

»Oh, meine Liebe«, murmelte Tante Anna, »so steht es also um dich?« Sie berührte die Wange ihre Nichte mit den Fingerspitzen. »Dann tut es mir leid. Es tut mir sehr, sehr leid.«

»Bitte, erzähle mir, was zwischen dir und dem Earl vor all den Jahren vorgefallen ist«, bat Clara leise und biß sich auf die Unterlippe, als sie den Schmerz auf dem hübschen Gesicht ihrer Tante bemerkte. »Verzeih, daß ich dich gefragt habe, ich weiß, daß du nicht darüber sprechen willst. Es ist nur so, daß ich mich gestern, als ihr euch bei Almack's gesehen habt, gefragt habe, was wohl zwischen euch geschehen ist. Du hast ihn einst geliebt. Ich weiß das, denn obwohl ich zu der Zeit noch sehr jung war, erinnere ich mich genau daran. Als du ihn gestern angesehen hast, hast du es genauso getan wie früher. Und er hat dich auch so angesehen. Als wenn er verhungern würde und du das einzige Essen wärest, das ihm helfen könnte, seinen Hunger zu stillen.«

»Clara!«

»Es stimmt!« beharrte sie und errötete noch heftiger als ihre Tante. »Ich war nicht die einzige, die es gesehen hat. Ihr habt dagestanden wie zwei Statuen und habt einander über eine halbe Minute lang nur angestarrt.«

»Oh, Clara.« Anna gab ein schwaches Stöhnen von sich und ließ sich auf ihr Bett sinken. »Das ist sehr schwer zu erklären. Wenn man jung und verliebt ist, sieht die Welt ganz anders aus. Ich – er und ich – wir beide haben einen

Fehler gemacht. Deshalb will ich nicht, daß du jetzt einen begehst, indem du Viscount Callan heiratest. Solche Fehler sind keine Kleinigkeit, meine Liebe. Sie verändern dein ganzes Leben. Und wenn du älter bist und klarer siehst, ist es zu spät, um zurückzugehen. Der Kurs steht fest, und du kannst ihn nicht rückgängig machen.«

»Dann wünschst du, du hättest ihn geheiratet?« fragte Clara und setzte sich neben sie aufs Bett. »Den Earl?«

»Das spielt jetzt keine Rolle mehr«, erwiderte Anna freundlich. »Ich habe ihn nicht geheiratet, und jetzt habe ich Sarah und ein Leben, an dem Robert Bryland keinen Anteil hat. Aber was du wirklich wissen willst, ist, ob ich meine Entscheidung, die Verlobung mit dem Earl zu lösen, je bereut habe, auch wenn das die Geschehnisse zu sehr vereinfacht. Ich bedauere meine Jugend und meine Unerfahrenheit und meine närrischen Vorstellungen davon, wie Liebe sein sollte. Ich kann zurückblicken und mit aller Klarheit sagen, wenn ich damals das gewußt hätte, was ich heute weiß, hätte ich die Verlobung niemals so überstürzt aufgelöst. Versteh mich recht, Clara. Dein Onkel Philip war ein guter Mann und ein wundervoller Ehemann, und es ist seit seinem Tod kein Tag vergangen, an dem ich ihn nicht vermißt habe.«

»Natürlich«, sagte Clara schnell. »Ich habe Onkel Philip sehr lieb gehabt.«

»Ich auch«, stimmte Anna ihr zu. »Und selbst wenn nicht, so hat er mir Sarah geschenkt, die das größte Glück meines Lebens ist.«

»Aber du hast den Earl so sehr geliebt.«

»Das habe ich«, gab Anna zu. »Ich habe ihn so sehr geliebt, daß ich gedacht habe, das Herz müßte mir vor lauter Gefühl zerspringen. Ich habe nachts wach im Bett gelegen und ein Gefühl der Ehrfurcht empfunden, nur weil es den Mann gab. Es ist schwer zu erklären«, setzte sie hinzu. »Rückblickend muß ich sagen, daß selbst die

Größe dieses Gefühls und die Art, wie ich es habe wachsen lassen, unreif war. Etwa so, als schwämme man in einem Ozean und ließe sich ertrinken, weil das Wasser sich so schön anfühlt. Und ich habe gedacht, daß er genauso empfände. Aber vielleicht ist Liebe für jemanden wie Robert nur eine naive Idee.« Ihre Stimme bekam einen bitteren Klang. »Oh, ich bezweifele nicht, daß er etwas für mich empfunden hat. Das hat er bei einer Reihe von Gelegenheiten klargemacht. Und doch, wenn ich jetzt zurückblicke, kann ich sehen, wozu er das getan hat.« Sie lächelte ihre Nichte schwach an. »Körperliches Verlangen. Nicht viel mehr, fürchte ich.«

Claras Gesicht blieb ernst. »Was ist geschehen?«

»Ich habe den großen Fehler begangen, ihn um Treue zu bitten. Das, meine Liebe, war aber nicht modern. Ein Mann, der sich nicht ein oder zwei Geliebte hält, ist eine Enttäuschung für seine Freunde. Um Himmels willen, sieh mich nicht so an. Ich spreche nicht von Männern wie deinem Vater.« Sie kicherte. »Ich hätte mich deutlicher ausdrücken sollen. Ein moderner Mann wie Robert, dem es wichtig ist, wie er in den Augen der Gesellschaft dasteht – das ist die Art Mann, von der wir sprechen. Ich wußte, daß Robert eine Mätresse hatte, eine wunderschöne Schauspielerin namens Diana, die er seit zwei Jahren aushielt, ehe er mich kennenlernte. Da ich glaubte, seine Liebe für mich sei so groß wie meine für ihn, bat ich ihn, sich ihrer zu entledigen, und er stimmte zu. Tatsächlich erzählte er mir, daß er bereits beschlossen hatte, die Affäre zu beenden, ehe er mich um meine Hand bat.«

Das hatte Clara nicht erwartet. »Hat er? Aber dann –«

»Es waren nur leere Worte, Liebes«, fuhr Anna fort, »nicht die Wahrheit. Ich habe ihn und Diana in London überrascht, nachdem Robert mich für die Hochzeitsvorbereitungen hergebracht hatte. Zweimal, um genau zu sein. Das erste Mal war in Vauxhall, wo sich Robert von unserer Gesellschaft entschuldigt hatte und so lange wegblieb, daß ich anfing, mir Sorgen zu machen. Einer seiner Freunde begleitete mich bei der Suche, und da stießen wir auf den Earl of Manning und seine schöne Geliebte in einer, wie ich es für deine zarten Ohren nennen möchte, sehr innigen Umarmung.«

»Oh, Liebe«, sagte Clara.

»Genau«, erwiderte Anna mit einem schwachen Lächeln. »Genau das habe ich auch gedacht. Mir erklärte er, daß er sich endgültig von seiner Mätresse trennen wollte, ihr dafür eine Entschädigung anbot und Diana just in dem Moment ihre Dankbarkeit über die finanzielle Abfindung ausdrückte, als sein Freund und ich vorbeikamen. Ich muß sagen, daß ich die schauspielerischen Fähigkeiten der Frau seitdem bewundere. Sie schaffte es, gleichzeitig entsetzt und erfreut wegen der Entdeckung auszusehen.«

»Ach nein, Tante Anna«, stieß Clara hervor. »Wie furchtbar. Hat der Earl sich entschuldigt?«

»Entschuldigt?« wiederholte Anna mit einem Auflachen. »Meine Liebe, er war geradezu dunkelrot vor Bedauern. Er ging sogar so weit, am nächsten Morgen vor mir auf die Knie zu sinken, als deine Großtante Eunice ihn schließlich hereinführte. Das spielte natürlich keine Rolle. Alles, was der Mann tun mußte, war, mich zu küssen, und ich lag ihm zu Füßen. Es war, wie gesagt, eine törichte Liebe.«

»Du hast ihm verziehen?«

»Vollkommen«, versicherte Anna ihr. »Ich habe ihm jedes Wort über das, was geschehen war, geglaubt, und auch sein Versprechen, daß er nie wieder etwas mit der schönen Diana zu tun haben wolle. Ich wollte ihm glauben und an ihn glauben und denken, daß er ein Ehrenmann war. Doch es war die Erkenntnis, daß alle seine Versprechungen nur Lügen waren, die mich die Verlobung lösen ließ. Ich nehme an, ich hätte es mit der Zeit gelernt, mit seinen Indiskretionen zu leben, wenn er nicht davon gesprochen hätte, aber zu wissen, daß er mich angelogen hatte, während er vor mir auf den Knien lag, mir genau in die Augen sah …« Sie schüttelte den Kopf. »Ich konnte keinen Mann heiraten, dem ich nicht vertraute. Es war unmöglich.«

»Aber der Earl scheint mir ein Mann der Ehre zu sein«, wandte Clara ein. »Ich kann mir nicht vorstellen, daß er so etwas täte, nicht ohne eine vernünftige Erklärung.«

Annas Gesicht wirkte ernst und schmerzvoll. »Ich ertappte ihn, wie er das Haus seiner Geliebten bei Tageslicht verließ, nur ein paar Tage, nachdem er mir all diese großen Versprechungen und Beteuerungen seiner Unschuld gegeben hatte. Es war morgens. Deine Großtante und ich waren früh ausgegangen, um noch einmal das Brautkleid anzuprobieren. Es herrschte viel Verkehr, und wir kamen nur langsam vorwärts. Ich habe mich oft gefragt, wie mein Leben wohl verlaufen wäre, wenn unser Kutscher sich nicht dafür entschieden hätte, einen Weg zu wählen, den wir normalerweise nicht fuhren. Dann hätte ich nie gesehen, daß Robert aus ihrem Haus kam. Aber da stand er in der Tür, die Kleider zerknautscht nach, wie ich annehme, einer langen Nacht, das Gesicht unrasiert. Es war eindeutig, daß er die Nacht dort mit ihr verbracht hatte.«

»Und du bist dir sicher, daß es ihr Haus war?« fragte Clara. »Dianas? Du hast sie selber aber nicht gesehen, oder?«

»Nein, das habe ich nicht, aber ich habe Robert gesehen, und er hat mich gesehen. Ich habe nie wieder danach oder vorher ein Gesicht gesehen wie seins. Ihm fiel sogar der Unterkiefer herab. Aber«, seufzte sie, »der Earl of Manning ist immer höflich. Er schloß den Mund, setzte seinen Hut wieder auf und ging davon, ehe jemand uns dabei ertappte, wie wir einander wie Halbidioten anstarrten. Unnötig zu sagen, daß ich nicht zur Anprobe ging. Er traf eine Stunde später in Tante Eunices Salon ein und gab zu, daß er die Nacht in Dianas Haus verbracht hatte. Er hatte unsere Hochzeit mit ein paar seiner Freunde gefeiert und war so betrunken gewesen, daß er ein paar Dinge durcheinander gebracht hatte. Aus alter Gewohnheit sei er zu Diana gegangen, weil sie sich immer so gut um ihn gekümmert habe.«

»Gütiger Himmel«, murmelte Clara. »Ich nehme an … ich nehme an, daß das Sinn macht.«

»Das nehme ich auch an«, erklärte Anna, erhob sich und kehrte ans Fenster zurück, wo sie eine Minute schweigend stand, ehe sie weitersprach. »Er hat sich herzzerreißend entschuldigt und gesagt, daß sich so eine Situation nie mehr wiederholen würde. Ich fragte ihn, warum ich ihm ein zweitesmal vertrauen sollte, und er erwiderte einfach, daß ich das müßte, sonst hätte eine Ehe keinen Sinn. Ein Mann und eine Frau sollten wenigstens so viel gemeinsam haben. Er hatte mir sein Wort gegeben und erwartete, daß ich das akzeptierte. Er wollte sich mein Vertrauen nicht verdienen. Wenn ich es ihm nicht aus freien Stücken geben konnte, wenn ich seinem Ehrenwort nicht trauen würde, würde er auch nicht betteln.«

Wieder vergingen ein paar Minuten, in denen sie mit ausdruckslosem Gesicht auf die Straße hinausblickte. »Es war fast so, als wäre ich die Schuldige, nicht er, und in diesem Moment wurde mir klar, daß er mich überhaupt nicht liebte. Er wollte mich einfach nur körperlich und wünschte sich eine Countess von guter Herkunft. Er würde mich heiraten und mir ein guter, aufmerksamer Ehemann sein, aber er würde mich nie lieben. Und so«, murmelte sie, »zog ich den Ring von meinem Finger und gab ihn ihm zurück. Danach sprach er nur noch einmal, in dem ausdruckslosesten Ton, den ich je gehört habe, und bat mich, die Verlobung nicht zu lösen.« Anna hob eine Hand und preßte sie flach gegen die Glasscheibe. »Er sagte sogar ›bitte‹, aber ich wollte nicht nachgeben. Ich war dickköpfig und ärgerlich. Und dumm. Mein Herz war gebrochen, aber nicht mein Stolz. Ich sagte ihm, daß er gehen solle, und das tat er.« Sie schloß die Augen und preßte die Stirn gegen die Scheibe. »Das ist fast elf Jahre her. Gestern bei Almack's war das erste Mal seit damals, daß ich ihn wiedergesehen habe.«

»Oh, Tante Anna, das tut mir so leid.«

Als Anna die tränenerstickte Stimme ihrer Nichte hörte, hob sie den Kopf, schlug die Augen auf und lächelte. »Sei nicht dumm, Liebes. Das war alles vor langer Zeit. Man muß das Leben nehmen, wie es kommt, und so wenig wie möglich bedauern.«

»Aber du hast ihn geliebt!« rief Clara und schluchzte. »Wie konntest du in dem Wissen Onkel Philip heiraten?«

»Ich habe es nie bedauert, daß ich Colonel Huntington geheiratet habe. Aber ich muß zugeben, daß es ein Fehler war, so schnell zu heiraten, ohne Robert und mir die Zeit zu geben, die Dinge wieder ins Lot zu bringen. Es war auch Philip gegenüber nicht gerade fair. Ich tat ihm genau das an, was Robert mir hatte antun wollen. Ich heiratete ihn, ohne ihn zu lieben und nur, weil ich wußte, daß wir gut miteinander auskommen würden. Wenn ich schon so eine Heuchlerin sein konnte, dann hätte ich es auch mit Robert sein können, den ich immerhin liebte. Aber ich hatte meine Wahl, weißt du, und ein Zurück gibt es nicht.«

»Du liebst den Earl of Manning immer noch«, stellte Clara fest und wischte sich eine einzelne Träne von der Wange.

»Es spielt keine Rolle, ob ich das tue oder nicht. Ich habe mir mein Bett selber gemacht, und da liege ich nun glücklich und zufrieden. Die Frage, die du dir stellen solltest, meine Liebe, ist die, ob deine Wahl, den Viscount Callan zu heiraten, die richtige für dich ist. Ich habe den Earl of Manning verloren, weil ich nicht in der Lage war, klar zu denken, weil ich eine Entscheidung aus der Hitze der Gefühle heraus getroffen habe und weil ich zu stolz war, sie nachträglich zu revidieren. Heirate diesen kaltherzigen Mann nicht aus denselben Gründen, meine Liebe. Denk nach, ehe du dich für den Rest deines Lebens in seine Gewalt begibst. Glaubst du wirklich, daß Lucien Bryland dich liebt oder sich wenigstens etwas aus dir macht?«

Schweigend schüttelte Clara den Kopf.

»Er war ein dunkler, schweigsamer Junge«, fuhr Anna fort, »und er ist zu einem dunklen, schweigsamen Mann herangewachsen. Du dagegen warst immer so klar und strahlend wie der Sonnenschein. Wenn du es schaffen solltest, etwas Licht in sein Dasein zu bringen, wäre das ein Wunder. Ich habe eher die Befürchtung, daß es andersherum sein wird.«

»Ich liebe ihn«, gestand Clara und blickte auf ihre Hände hinunter. »Selbst wenn er mich in die Dunkelheit hinunterzieht, werde ich wenigstens das haben.«

Mit einem unglücklichen Seufzer betrachtete Anna Huntington den gesenkten Kopf ihrer Nichte, bis eine Bewegung auf der Straße unten sie ablenkte.

»Sie sind da«, sagte sie. »Und gerade steigt Robert mit aller Eleganz aus der Kutsche. So ein gewandter Mann. Ich hätte wissen sollen, daß er mit zunehmendem Alter nur immer attraktiver wird.« Anna wandte sich vom Fenster ab und holte ihren Hut. »Komm, Clara, ich will es hinter mich bringen.«

7

Der Tag war eine einzige Katastrophe. Der Earl of Manning lehnte sich mit einem stummen Seufzer an ein Bücherregal und sah zu, wie Lady Anna, Lady Clara und sein Neffe ihre Runde durch die Bibliothek von Barrington Place machten. Die Damen, vor allem Clara, wiesen auf alle Veränderungen hin, die in den vergangenen zwei Monaten vorgenommen worden waren, und Lucien nickte mit pflichtbewußtem, wenn auch zweifelhaftem Interesse und murmelte etwas, von dem der Earl dringend hoffte, daß es eine höfliche Erwiderung war.

Der Ausflug hatte von Anfang an unter einem schlechten Stern gestanden. Die verspätete Ankunft seines Neffen hatte ihr Eintreffen im Stadthaus der St. Genevieve notwendigerweise ebenfalls verzögert, was normalerweise als ein verständlicher und verzeihlicher Bruch der Etikette durchgegangen wäre, wenn ihnen Anna Huntington nicht wie ein Racheengel entgegengekommen wäre und in höflichem Ton erklärt hätte, daß manche Leute sich eben niemals änderten. Danach hatte Lucien, der schon verärgert und unversöhnlich war, den Ton des Ganzen bestimmt und sich Lady Anna gegenüber so kalt und sarkastisch benommen, daß der Earl ihm am liebsten in die Zurückgezogenheit des nächsten Flures gezerrt hätte, um ihn zu erdrosseln. So aber hatte er seine Hand auf den Nacken seines Neffen gelegt – in einer Geste, die für Zuschauer höchst vertraulich aussah, in Wirklichkeit Lucien aber höchst schmerzhaft bewußt werden ließ, daß sein Verhalten seinem Onkel nicht gefiel. Danach hatte sich der Junge etwas besser benommen, auch wenn seine Antwort: »Dafür sind Sie ja eine Autorität, Mylady«, auf Lady Annas Bemerkung hin, daß bei Almack's so viele alte Drachen gewesen seien, den Krieg erneut ausbrechen ließ. Himmel, sie waren schlimmer als zwei Straßenkatzen, die sich über einen Fisch stritten, den in diesem Fall Clara darstellte. Nach einer Stunde Bemühen, die Situation friedlich zu halten, sah die junge Dame erschöpft aus, und wenn Robert gekonnt hätte, hätte er sie an einen ruhigen, friedlichen Ort gebracht, damit die anderen zwei sich nach Herzenslust die Augen auskratzen konnten.

Das kleine Mädchen war eine Überraschung gewesen. Eine schockierende Überraschung, eine Miniaturausgabe ihrer Mutter, deren plötzliches Erscheinen Schockwellen durch Roberts Körper gesandt hatte.

Sie hatte sich hinter den Vorhängen im Salon versteckt, wo sie hingeschickt worden waren, um auf Lady Anna und Lady Clara zu warten. Kurz nachdem sich die Tür geschlossen hatte, hatten er und Lucien ein Schniefen gehört und einen Blick gewechselt, aber im nächsten Moment war sie hervorgekommen, hatte sich die Nase gewischt und sie mit bemerkenswerter Offenheit betrachtet.

»Ich bin Sarah Huntington«, hatte sie mit enormem Stolz erklärt. Dann hatte sie ihre leicht ramponierte Puppe vorgestreckt und gesagt: »Und das ist Margaret.«

Er war wie verzaubert gewesen und hatte erst gedacht: *So muß Anna als Kind ausgesehen haben.* Sie war ein Abbild ihrer Mutter, von den goldenen Haaren über die dunkelblauen Augen bis zu ihrer schockierenden Schönheit, und dann dachte er: Anna hat ein Kind, und ich habe es nie erfahren. Lucien war als erster auf sie zugegangen, hatte sich hinabgebeugt und freundlich gesagt: »Liebe Güte, deine Puppe ist gefallen, nicht wahr? Arme kleine Margaret. Laß uns mal sehen, ob wir sie nicht wieder gesund machen können.«

Das Kind hatte schmerzvoll genickt, und Robert war wieder zur Besinnung gekommen. Als Anna und Clara eintrafen, hatten sie alle drei auf dem Boden gekniet, während Robert den Besuch bei einem Spezialarzt vorschlug, der sicher in der Lage wäre, Margaret wieder heil zu machen.

Annas finstere Miene machte deutlich, daß es ihr nicht gefiel, daß er ihre Tochter kennengelernt hatte, und sie hatte sofort das Kindermädchen gerufen, damit es Sarah mitnahm. Die Frau, eine dünne, ernste Person, die Kindern, so dachte Robert, sicher Alpträume verursachte, schalt das kleine Mädchen dafür, daß es so unachtsam mit seinen Spielsachen umging, daß es sie ruinierte. Schockiert, daß Anna es einer Dienerin erlaubte, in aller Öffentlichkeit so mit ihrem Kind zu sprechen, öffnete Robert schon den Mund, um seinerseits einen Tadel auszusprechen, wurde aber von Sarah geschlagen, die den Kopf hob, das Kindermädchen kalt maß und überheblich feststellte: »Margaret ist nicht ruiniert.« Sie betonte das Wort so, als würden es nur zurückgebliebene Landpomeranzen benutzen, die als billige Hafenhuren endeten. »Sie ist nur von ihrem Pferd gefallen und hat sich den Hals gebrochen, und nun muß sie zum Arzt.« Damit ging das Kind zu Robert, drückte ihm die Puppe in die Hand, machte auf dem Absatz kehrt und verließ ruhig das Zimmer, wobei sie es der seufzenden Kinderfrau überließ, ihr zu folgen.

Anna hatte versucht, die Puppe zurückzubekommen, aber Robert hatte es höflich mit der Begründung abgelehnt, daß er sein Wort einer Dame gegeben habe, was er als Ehrenschuld betrachten müsse. Jetzt war ›Margaret‹ in der eleganten Kutsche des Earls untergebracht und wartete darauf, daß sie die Besichtigung von Barrington

Place beendeten. Robert wünschte fast, er wäre draußen bei der Puppe.

Lucien hatte Barrington von dem Zeitpunkt an gehaßt, als seine Eltern gestorben waren, denn es war nicht nur das Vaterhaus seiner Mutter, sondern auch der Ort, an dem er geboren und aufgewachsen war, bis er alt genug gewesen war, zur Schule zu gehen. Robert hatte ihn nur einmal hierhergebracht, nachdem er ihn aus Eton abgeholt hatte – zwei Tage nach dem Tod seiner Eltern –, um ihm die Gelegenheit zu geben, sich etwas auszusuchen, was ihn an sie erinnern sollte. Der Junge hatte sich gehetzt und verstört im Haus umgesehen, so daß Robert den Jungen fast sofort wieder weggebracht hatte. Über die Jahre machte er Vorschläge, gab dezente Hinweise oder deutliche Befehle, um den Jungen in das Haus zurückzubringen, das er geerbt hatte, aber nichts führte dazu, daß Lucien das Haus wieder betrat. Jetzt hatte er eine Frau, an die er denken mußte, und es war seine Pflicht, wie Robert in zahllosen Gesprächen ausgeführt hatte, daß er ihr ein standesgemäßes Heim bot.

Ob betrunken oder nüchtern. Lucien hatte jeden möglichen Ausweg gesucht, um die Öffnung von Barrington Place zu umgehen. Zuerst hatte er vorgeschlagen, daß Clara und er doch einfach weiter in Manning House leben könnten. Diesen Vorschlag hatte der Earl mit höflichem Bedauern abgelehnt. Dann hatte Lucien sich überlegt, daß er Barrington ja verkaufen könne, um einen neuen Besitz zu erwerben. Der Earl hatte seine Abneigung ausgedrückt, da der Verkauf eines schönen alten Familienbesitzes gegen jedes Ehrgefühl verstieß. Die Zungen würden nicht stillstehen in endlosem Klatsch, was Robert immer unerträgliche Kopfschmerzen bereitete.

Zwei Tage später war Lucien mit der Drohung wieder erschienen, daß er Barrington bis auf die Grundmauern abbrennen würde, um dann ein so viel größeres Haus an seiner Stelle zu errichten, das ganz London mit Bewunderung erfüllen würde. Das, so hatte Robert erläutert, wäre zwar sicher von großem Unterhaltungswert, den Lucien aber sicher nicht angemessen genießen könne, wenn er derweil wegen Brandstiftung in Newgate säße.

Der Junge hatte erst an dem Tag nachgegeben, als Clara in London eingetroffen war, nachdem er sie pflichtbewußt begrüßt hatte und dann mit einem benommenen Ausdruck im Gesicht nach London zurückgekehrt war und verwirrt verkündet hatte: »Ich habe sie zu einer Spazierfahrt mitgenommen, nur um ein wenig frische Luft zu schnappen. Wir sind durch den Park gefahren, und dann – Gott, ich muß geschlafen haben. Irgendwie sind wir nach Barrington gelangt, und ich habe ihr gesagt, daß ich das Haus öffnen lasse, damit sie es nach ihren Vorstellungen einrichten kann.«

Das war ein gutes Zeichen, fand Robert. Noch ermutigender war es, daß Lucien Clara und ihre Mutter gelegentlich nach Barrington begleitete, um den Fortgang der Arbeiten zu überwachen, die von einer Armee von Malern, Maurern und Zimmerleuten ausgeführt wurden, die Lucien angeheuert hatte, um Claras Wünsche zu erfüllen. Das Geld und die Mühe hatten sich offensichtlich gelohnt, den Clara hatte Barrington in ein ganz neues Haus verwandelt, das sich so sehr von dem Haus unterschied, in dem Lucien als Kind gelebt hatte, daß Robert ihre Klugheit nur bewundern konnte. Instinktiv hatte sie erfaßt, was für seinen schwierigen Neffen das Beste wäre.

Diese Frau war entzückend, fand er, als er ihre schlanke Gestalt betrachtete, wie sie von Raum zu Raum eilte und zwischen Anna und Lucien gehend erklärte, wo sie den alten Wandteppich entdeckt hatte, nämlich auf dem Dachboden, und wie sie ihn hatte reinigen und aufhängen lassen. Lucien würde eine Weile brauchen, um es zu erkennen, aber er war ein sehr glücklicher Mann. Clara

Harkhams war sicher keine Schönheit, aber sie besaß Eigenschaften, die viel wichtiger waren als Aussehen. Und sie wußte sich zu kleiden, betonte jeden ihrer Vorzüge auf eine Art, die elegant war und die Robert zu schätzen wußte. Natürlich mußte jede Frau neben Anna Huntington verblassen, egal, wie gut sie gekleidet war.

Anna war jetzt womöglich noch schöner als mit zwanzig. Damals war sie eine erblühende Knospe gewesen. Jetzt war sie eine Rose in voller Blüte und so unwahrscheinlich schön, daß es schon weh tat, sie nur anzusehen. Vor elf Jahren hatte er gewußt, daß sein Glück zu groß war, um wahr zu sein, als er sie zur Frau bekommen sollte, und so war es ja schließlich auch gewesen. Mit jedem Junggesellen Englands zu Füßen, hatte sie dickköpfig drei Jahre gewartet, bis sie einen Antrag akzeptiert hatte – seinen Antrag, und auch er hatte es schließlich nicht geschafft, ihren unglaublich hohen Ansprüchen an einen Partner zu genügen. Während er ihre wundervollen Kurven geruhsam betrachtete, fragte er sich, ob es diesen idealen Mann, mit dem sie ihn immer verglichen hatte, Colonel Huntington, wohl gelungen war.

»Was denken Sie Mylord?«

Claras Stimme durchbrach seine Überlegungen und brachte ihn in die Wirklichkeit zurück, wo Lady Anna ihre Tasche umklammerte, als wollte sie sie jeden Moment als Waffe benutzen, während Lucien vor Zorn die Zähne bleckte und Clara mit ausgestreckten Händen auf ihn zukam und aussah, als wollte sie gleich in Tränen ausbrechen.

Der Earl of Manning ergriff ihre Hände und drückte sie beruhigend, ehe er sagte: »Ich denke, daß Sie das alles wunderbar hinbekommen haben, meine Liebe.« Er legte einen Arm um ihre Taille und spürte voller Unbehagen, wie angespannt sie war. »Und daß die beiden da keine Ahnung davon haben. Ich bin es reichlich leid, ihnen und ihrem Gezänk zuzuhören, wie zwei alten Frauen. Geht es Ihnen nicht auch so?« Er war froh, als er sie lächeln sah, als er sie zu den beiden anderen zurückbrachte. »Ich glaube nicht, daß man einen von ihnen je zufriedenstellen könnte, egal, wie sehr man sich bemühen mag.«

»Vielleicht nicht«, gab sie zu und betrachtete ihre Tante und Lucien wachsam, als sie auf sie zutraten.

»Willst du damit sagen, daß dir diese Monstrosität etwa gefällt?« verlangte Lucien zu wissen und deutete mit einer verächtlichen Handbewegung auf den Wandteppich.

»Natürlich gefällt er mir«, erklärte Robert und sah Lucien vielsagend an. »Und was noch mehr ist, ich achte ihn als mühsame Arbeit und Hinterlassenschaft unserer Vorfahren. Wenn man es nur lange genug betrachtet, wird man erkennen, von welch unschätzbarem Wert das Stück ist.«

Luciens Gesichtsausdruck versteinerte, derselbe dickköpfige Ausdruck, an den Robert sich über all die Jahre gewöhnt hatte und der immer bevorstehendes Unheil ankündigte. Robert hatte alles mögliche versucht, seit sein Neffe in seiner Obhut lebte, um ihm gesellschaftlichen Schliff beizubringen, Versprechungen, Bestechungen und offene Drohungen, aber nichts hatte genutzt. Wenn Lucien die Beherrschung verlor, dann verlor er die Beherrschung. Das einzige, was man tun konnte, war, die Unschuldigen aus der Schußlinie zu bringen, und dazu all die, von denen Lucien Unheil befürchtete. Zu diesem Zweck schob Robert Clara sanft in die Richtung seines Neffen und beobachtete zufrieden, wie Lucien besitzergreifend den Arm um die Taille des Mädchens legte, ehe er sich an Lady Anna wandte. »Mylady, würden Sie mir die Ehre erweisen, mich auf einem Spaziergang durch den Garten zu begleiten? Ich meine mich zu erinnern, daß die Veränderungen dort besonders verblüffend sind.«

Sie sah Robert auf eine Weise an, daß selbst ein Polarbär erfroren wäre. »Ich werde meine Nichte nicht mit diesem arroganten, ungezogenen –«

»Danke, Mylady.« Roberts Hand schloß sich in eisernem Griff um ihr Handgelenk und zog sie von dem jüngeren Paar weg. »Ich kann Ihnen nicht sagen, wie dankbar ich für die Ehre Ihrer Begleitung bin. Ihr Kinder könnt weiter das Haus besichtigen, wenn ihr wollt. Lady Anna und ich sind gleich zurück.«

Anna widersetzte sich vergeblich. »Clara«, rief Anna, während Robert sie durch die Tür zog, »du brauchst nicht hierzubleiben und diesen flegelhaften Langweiler anzuhören – Robert Bryland! Ich bin kein Pferd, das man herumführt.«

»Ganz sicher nicht, Mylady.« Roberts sanfte Stimme klang noch durch den Raum, ehe die Tür sich hinter ihm schloß und Clara und Lucien alleine zurückblieben.

Schweigend löste Clara sich aus Luciens Griff und trat vor den alten Wandteppich. Schließlich sagte sie: »Ich hätte dich nach deiner Meinung fragen sollen, ehe ich ihn aufhängen ließ. Ich werde sofort Bescheid sagen, daß er wieder entfernt wird.«

Sie hörte, wie er angespannt den Atem ausstieß. »Nein, laß ihn da, Robert hat recht. Es ist ein wertvoller Teppich, wahrscheinlich einer, den mein Vater sehr bewunderte, den meine Mutter aber nicht an der Wand duldete. Laß es, wie es ist. Bitte.« Sie spürte, wie er hinter sie trat, und erstarrte. »Clara.« Er berührte sanft ihren Arm und drehte sie zu sich herum. »Ich habe mich heute morgen sehr unhöflich benommen und möchte mich dafür entschuldigen. Die Umstände unserer Hochzeit sind nicht so, wie wir sie uns ausgesucht hätten, aber ich will nicht alles noch schlimmer für dich machen.«

Clara konnte kaum glauben, daß er das ernst meinte. Sie hatte angenommen, daß es einfach sein würde, ihn für sich einzunehmen, wenn sie erst einmal in London wäre, aber jetzt, nach zwei Monaten vergeblicher Bemühungen, neigte sie eher dazu, Tante Anna recht zu geben. Statt die Liebe wiederzuerwecken, die Lucien einst für sie empfunden hatte, fragte sie sich jetzt, ob er es im Gegenzug nicht eher schaffen würde, alle Gefühle, die sie für ihn hegte, zu ersticken.

»Es ist dein Heim«, erklärte Clara und bemühte sich sorgfältig, jegliches Gefühl aus ihrer Stimme herauszuhalten. »Du sollst dich hier wohlfühlen. Wenn es etwas gibt, was ich getan habe, eine Veränderung, die dir nicht gefällt, mußt du es mir sagen, damit ich es korrigieren kann.«

Die kaum erkennbare Verletzlichkeit auf seinem hübschen Gesicht, als er sich entschuldigt hatte, verschwand und wurde durch einen wachsamen Ausdruck ersetzt.

»Es wird auch dein Heim sein, Clara.« Sein Griff um ihren Arm verstärkte sich. »Alles von dir wird hier sein, jeder Besitz, der dir etwas bedeutet.«

Da war wieder dieses Mißtrauen. Es schien nie zu schwinden, egal, wie viele Versprechungen sie ihm gab. Plötzlich erschöpft, erwiderte sie: »Ja, Lucien, das weiß ich. Ich habe nichts auf St. Genevieve gelassen, weil ich vielleicht vorhätte, dorthin zurückzukehren. Alles, was mir etwas bedeutet, ist auf Barrington.« Dich eingeschlossen, hätte sie fast hinzugesetzt, hielt sich aber zurück, als ihr klar wurde, daß er sich nur darüber lustig machen würde. In den letzten Wochen hatte sie ihm ein paarmal zu sagen versucht, daß sie ihn liebte, seit jenem Sommer damals, der schon so lange her war, aber er schien solche Dinge gar nicht hören zu wollen. Sie bezweifelte, daß er ihr glauben würde, selbst wenn sie die Worte spräche.

Sein Ausdruck änderte sich erneut mit einer Geschwindigkeit, an die Clara sich allmählich gewöhnte. Sein Gesicht wurde weich, sein Griff sanft, und seine Finger strichen sacht über ihren Arm.

»Es tut mir leid«, entschuldigte er sich erneut. »Deine Tante nach all den Jahren wiederzusehen – daran zu denken, was Robby durchmachte, als sie ihn wegen Colonel Huntington sitzenließ – das hat mich vielleicht ein bißchen …« Er sprach nicht zu Ende, schüttelte den Kopf und lächelte sie verlegen an, so daß Claras Herz schmerzhaft zu klopfen begann. »Das Haus ist wunderschön, Clara. Ich hätte nie gedacht, daß ich es über mich bringen würde, wieder darin zu wohnen, aber du hast etwas vollkommen Neues daraus gemacht. Ich erkenne das Haus kaum wieder.«

Ein Lob von Lucien war so selten wie sein Lächeln, so daß Clara unwillkürlich zurücklächelte. »Ich bin froh, daß es dir gefällt. Du erinnerst dich vielleicht nicht daran, aber du hast mir einmal erzählt, was mit deinen Eltern passiert ist und was du mit Barrington verbindest.« Als sie sah, wie düster er blickte, beeilte sie sich fortzufahren. »Ich will nicht, daß du daran denkst, Lucien, aber deswegen habe ich so viel verändert. Wenn wir hier zusammen glücklich werden wollen, müssen wir die Vergangenheit hinter uns lassen und einen neuen Anfang machen. Wir werden alle alten Erinnerungen durch neue ersetzen, die wir selber machen. Gute Erinnerungen«, setzte sie hinzu, damit er sie verstand. »Falls du das auch so wünschst wie ich.«

»Ich weiß noch jedes Wort, das wir einander in jenem Sommer gesagt haben«, murmelte Lucien. »Ich erinnere mich an jeden Moment, aber ich dachte nicht, daß du das auch tun würdest.«

Die Wärme seiner Hand auf ihrem Arm, diese erste Berührung von ihm seit Wochen, ließ ihren ganzen Körper glühen. Plötzlich war sie atemlos, und ihre Lippen teilten sich. Luciens Blick folgte ihrer Bewegung, heftete sich auf ihren Mund, und dann beugte er den Kopf und küßte sie mit all der Sanftheit und Sorgfalt, mit der er es in jenem Sommer getan hatte. Clara wagte nicht, sich zu rühren, voller Angst, das Wunder des Moments zu vertreiben. Als er den Kopf hob und auf sie herabsah, hob sich Claras Herz voller Hoffnung. Er war wieder er selbst, war der Lucien, in den sie sich vor so langer Zeit verliebt hatte. Im nächsten Moment war er wieder verschwunden und hatte sich hinter eine ausdruckslose Maske zurückgezogen, aber die Hoffnung in Claras Herz blieb, selbst als Lucien die Hand sinken ließ, einen Schritt von ihr wegtrat und sagte: »Wir sehen uns lieber den Rest auch noch an, ehe Robby und deine Tante zurückkehren. Bist du mit den Dienstboten zufrieden, die ich angestellt habe?«

»Ja«, sagte sie und folgte ihm zur Tür der Bibliothek. Jetzt klang er wieder so gelangweilt wie den ganzen Morgen, aber Clara war es egal. Sie fühlte sich so glücklich, daß sie den Rest des Morgens wie auf Wolken zu gehen schien, egal, was Lucien sagte oder tat. An der Tür blieb er stehen, drehte sich um und reichte ihr fast zögernd den Arm.

»Mylady?« sagte er. Die höfliche Geste überraschte sie fast noch mehr, als sein sanfter Kuß es getan hatte. Wenn sie alleine waren, hatte er ihr noch nie den Arm geboten, immer nur in der Öffentlichkeit, wenn sie Zuschauer hatten.

»Danke«, murmelte sie und legte die Hand auf seinen Arm, wo sie die Kraft seiner Muskeln unter dem Stoff spürte. »Mylord«, fügte sie hinzu.

Für einen langen Moment standen sie nur da und sahen sich an. Dann holte Lucien tief Luft, straffte sich resolut und öffnete die Tür.

Es war das erste Mal seit Jahren, daß sie sich in ihrer Gesellschaft wohlfühlten. Mit ihr durch Barrington zu schlendern, die Wärme ihrer Hand auf seinem Arm zu spüren, ihrem munteren Geplapper zu lauschen, das ihm immer schon schöner als Musik erschienen war, stürzte ihn in einen solchen Aufruhr der Gefühle, daß er kaum hörte, was sie ihm über Stühle, Tische, Wäsche und Teppiche erzählte.

Was für ein Narr er war! Sie liebte ihn nicht, hatte ihn nie geliebt, und wenn sie ihn jetzt anlächelte und flirtete und ihn verlangend ansah, hatte das nichts zu bedeuten. So würde sie sich bei jedem Mann verhalten, der sich für sie interessierte, genau wie seine Mutter es getan hatte. Hatte Clara schon die Herzen der Männer von halb London gebrochen? Selbst Jack und Wulf waren von ihr bezaubert, dachte er grimmig und sah in ihr Gesicht, als sie ihm eine griechische Vase zeigte, die in der Nähe der Treppe stand.

Oh, ja, seine besten Freunde waren sehr schnell Opfer des unleugbaren Charmes der Pfauenhenne geworden. Als Jack Clara auf dem Ramsey-Ball kennengelernt hatte, hatte er ihn in die Seite gestoßen, nachdem er mit ihr einen Walzer getanzt hatte, und erklärt: »Was ist nur in dich gefahren, daß du dieses entzückende Geschöpf eine Pfauenhenne nennst? Sicher, sie ist keine Schönheit, aber was für eine großartige Figur. Schlank und geschmeidig wie eine Katze. Das bringt einen Mann dazu, sich zu fragen, wie es wohl wäre, sie zu streicheln. Und so charmant. Kein Wunder, daß sie in St. Genevieve so viele Bewunderer hatte. Kannst du dir nicht vorstellen, wie diese schimmernden Haare aussehen, wenn sie sie offen trägt? Himmel, Lucky, ich beneide dich.«

Wulf war zurückhaltender gewesen, als er bemerkte: »Sie ist genauso nett wie Bella. Wenn jemand so über Bella spräche wie du über Clara, wäre ich empört.« Was, wie Lucien sehr wohl wußte, Wulfs untertriebener Ausdruck dafür war, daß er der Person wahrscheinlich tödliche Verletzungen zufügen würde.

Lucien hatte sich in seinem ersten Jahr in Oxford

geschworen, daß er nie wieder zulassen würde, daß er irgend jemandem gegenüber so verletzlich war. Keinem gegenüber. Aber vielleicht war das unmöglich. Letzte Nacht bei Pam hatte er alles versucht, um Claras Bild beiseitezuschieben, aber selbst als er und seine Geliebte sich auf ihre übliche stürmische Art geliebt hatten, hatte er es nicht gänzlich vermocht, die Gedanken an sie zu vertreiben. Es war fast so gewesen, als hätte Clara neben dem Bett gestanden und ihn beobachtet, beschimpft und ihm Schuldgefühle vermittelt.

Aber das spielte keine Rolle. Er hatte Clara einst vertraut, und sie hatte sein Herz und seine Seele mit Füßen getreten. Er würde ihr nie wieder trauen. Sie begehren, ja. Sie haben? Ja. Ihr vertrauen? Er wäre ein Idiot, wenn er das täte.

Und doch, dachte er, als sie ins Arbeitszimmer gingen, hatte sie alle diese Veränderungen hier vorgenommen, weil – er konnte kaum glauben, daß er sie richtig verstanden hatte – sie sich an das erinnert hatte, was er ihr damals über seine Eltern erzählt hatte. Sie hatte sich nach all diesen Jahren erinnert, während er gedacht hatte, daß der Sommer, der ihm so viel bedeutet hatte, gänzlich aus ihrer Erinnerung geschwunden wäre.

»Sieh mal, Lucien.« Aufgeregt zog sie ihn mit sich. »Siehst du das?«

Er sah es und sagte: »Das ist ein Schachspiel.«

»Mit Holzsoldaten!« Sie grinste ihn an. »Genau wie deine früher. Sogar dasselbe Regiment. Erinnerst du dich?«

»Ja, natürlich.« Sie hatten an einem ihrer magischen Sommernachmittage am See gelegen und aus den Wolken Bilder gemacht, und er hatte ihr von seiner Holzsoldatensammlung erzählt, die er als Junge so geschätzt hatte. Während seines ersten Jahres in Eton hatte seine Mutter sie an ein Heim verschenkt, und er hatte damals über den Verlust geweint. Das war etwas, was er niemandem sonst anvertraut hatte, nicht einmal Robby. Aber Clara.

»Ich danke dir, Clara.«

»Gern geschehen.« Sie lächelte mit der Leichtigkeit zu ihm auf, die er immer bewundert hatte, und sie legte ihm die Hand auf den Ärmel. »Ich bin so froh, wenn es dir gefällt, Lucien.«

Er hob ihre Hand und drückte einen Kuß in ihre Handfläche. »Ja, das tut es. Sehr sogar.« Er wandte sich um und blickte durch den großen, anheimelnden Raum. »Alles ist so anders, Clara. Was ist das? Sag mir nicht –«

»Es ist ein Spieltisch«, gab sie verlegen zu. »Ich dachte, daß er dir vielleicht gefällt.«

Lachend zog er sie mit sich, um den kleinen, schön geschnitzten Tisch zu bewundern, auf dem silberne Kugeln herumrollten. »Ich sehe, daß du mich für einen leichtfertigen Burschen hältst, der seine Zeit mit solchen Frivolitäten verbringt.«

»Oh, nein«, versicherte sie ihm. »Ganz und gar nicht, Lucien. Aber ich will, daß du immer das Gefühl hast, daß das hier dein Zimmer ist. Wo du hingehen kannst, wenn du alleine sein möchtest, oder wo du deine Freunde unterbringen kannst. Das soll deine private Zuflucht sein. Ich werde dich hier nie stören oder die Dienstboten dich stören lassen.«

Er sank in den nächsten Stuhl, legte ihr die Hände um die Taille und zog sie zu sich heran. »Es würde mir nichts ausmachen, wenn du hereinkämest«, sagte er und ignorierte alle Warnglocken seines Mißtrauens. Er liebte sie. Hatte sie immer geliebt. Das hatte sie für ihn getan. Endlich würde er das Glück und den Frieden finden, nach denen er sich all die Jahre gesehnt hatte. »Es ist perfekt.«

Als er sie noch näher ziehen wollte, widersetzte sie sich ihm errötend. »Du hast das Obergeschoß noch nicht gesehen. Und die Küche und Dienstbotenquartiere.«

»Das macht nichts. Wenn sie nur halb so gut geworden sind wie das, was ich bisher gesehen habe, werden sie mehr als geeignet sein.« Er küßte sie sacht, drückte ihre Taille und ließ sie erst los, als sie ihm die Arme um den Hals legen wollte. »Werden wir glücklich sein, Clara? Ist es das, was du dir wünschst?«

Suchend sah sie ihm ins Gesicht. »Ist es das, was du dir wünschst, Lucien?«

Lucien dachte kurz, daß er seine Wette mit Kerlain verlieren würde, aber er schob den Gedanken angesichts dessen, was er fühlte, beiseite. »Was ich möchte«, begann er, »ist –«

»Clara!«

Bei Tante Annas scharfer Stimme richtete Clara sich auf, und Lucien erhob sich rasch. Verlegen, in einer so intimen Umarmung überrascht worden zu sein, wandte sie sich der Tür des Arbeitszimmers zu. Der Anblick von Lady Anna, mit Schmutz bedeckt, die Frisur aufgelöst, ein Ärmel lose und das Kleid zerrissen, schockierte sie.

»Tante Anna!« schrie Clara auf. »Was ist passiert?«

»Es tut mir leid, daß ich unterbreche«, erklärte der Earl of Manning, als er in ähnlich aufgelöstem Zustand in der Tür erschien. »Ich fürchte, das ist meine Schuld.«

»Ganz bestimmt«, stellte Anna spitz fest und umklammerte die Fetzen ihres Täschchens mit beiden Händen. »Hol deine Sachen, Clara, wir fahren sofort nach Hause.«

»Robby«, sagte Lucien fassungslos und trat zu seinem Onkel, um ihm die Blätter von der Jacke zu klopfen, »bist du in Ordnung?«

»Oh, ja, mir geht es gut«, versicherte ihm Robby und setzte hinzu, als er Lady Annas Blick auffing. »Nun, so gut, wie unter den Umständen zu erwarten ist. Ich fürchte, wir haben die entzückenden Rosenbüsche in deinem Garten ruiniert.«

»Ihr seid in die Rosenbüsche gefallen?« fragte Clara

mitleidig. »Oh, Tantchen, bist du sicher, daß du nicht verletzt bist? Hast du Kratzer? Ach, und dein schönes Kleid!«

»Es ist ebenso ruiniert wie die Rosen«, verkündete Lady Anna hitzig. »Und wir sind ganz und gar nicht gefallen. Lord Manning hat mich gestoßen.«

»Mylady, ich erkenne, daß Sie recht erregt sind«, begann der Earl beruhigend, »aber ich habe nicht –«

»Du hast mich gestoßen, du Schuft!«

»Nun, ich denke, das habe ich«, gab er höflich nach, »aber es war bestimmt keine Absicht, und du mußt zugeben, Anna, daß es genauso deine Schuld wie meine war. Ich habe versucht, dich aufzufangen, ehe du hineingefallen bist.«

Sie maß ihn mit einem kühlen Blick, machte dann auf dem Absatz kehrt und ging davon. Clara warf Lucien einen beunruhigenden Blick zu und folgte ihr.

»Bist du sicher, daß dir nichts passiert ist, Robby?« fragte Lucien, ergriff seinen Onkel bei den Schultern und sah ihn genau an. »Dein Auge …« Er berührte es zögernd und ließ die Hand sofort sinken, als der Earl vor Schmerz zusammenzuckte.

»Bis heute abend wird es blau sein«, erklärte Robert halb lachend, halb stöhnend. »Sie hat noch genauso viel Feuer wie als junges Mädchen. Mehr, vielleicht. Was für ein Schlag! Ich glaube, das hätte auch Gentleman Jackson nicht besser machen können.«

»Sie hat dich geschlagen?«

»Ja«, gab Robert seufzend zu. »Sobald ich sie aus den Rosen gezogen hatte. Deshalb bin ich hineingefallen.«

Lucien verzog wütend das Gesicht. »Ich … ich schwöre, daß ich dieser Hexe die Hände um den Hals lege …«

»Nein, nein, beruhige dich, Lucky.« Der Earl machte eine Handbewegung in Richtung seines Neffen und preßte dann die Hand an seinen schmerzenden Kopf. »Ich habe verdient, was ich bekommen habe, und noch mehr, Gott helfe mir«, stieß er mit plötzlicher Traurigkeit hervor. »Ich habe nach all den Jahren gedacht, daß ich über sie hinweg wäre, aber es ist so schlecht wie immer. Ich weiß nicht, warum ich so verrückt nach ihr bin.« Er ließ die Hand sinken. »Ich habe Lady Anna auf die schlimmste Weise beleidigt, Lucky, indem ich sie belästigt habe, obwohl sie es nicht wollte. Oh, für ein, zwei Momente war sie willig genug, was mich hat kühn werden lassen, aber als sie dann versucht hat, mich wegzustoßen, ist sie in die Rosenbüsche gefallen, so daß ich der Beleidigung noch die Verletzung hinzugefügt habe.« Er schloß die Augen. »Oh, gütiger Himmel.«

Im nächsten Moment fühlte er sich von seinem Neffen fest umarmt, was jedem anderen Mann unbehaglich gewesen wäre. Für Robby, der längst an die Stimmungsumschwünge seines Neffen gewöhnt war, war es einfach nur tröstlich. Er hob die Hand und tätschelte ihm mild den Rücken.

»Kein Grund zur Trauer, Lucky, das ist mein Problem.«

»Ich werde nicht zulassen, daß sie dich wieder verletzt.«

Robby drückte seinen Neffen eng an sich und trat dann einen Schritt zurück. »Ich bin heute nicht mehr so ein Narr wie damals, mein Junge. Mach dir meinetwegen kein Kopfzerbrechen. In einer Woche bist du verheiratet und kannst dich um deine Frau sorgen. Wenn du mir helfen willst, Lucien, dann tue alles, um Clara zu einer glücklichen Frau zu machen.«

»Natürlich will ich das«, erwiderte Lucien, aber Robert konnte schon wieder den Vorhang vor den Augen seines Neffen fallen sehen, hinter dessen Kälte er sich zurückzog, um die Verletzlichkeit seines Herzens zu verbergen. Jede Spur der Zärtlichkeit für Clara, die vorher dagewesen war, war verschwunden, ausgelöscht durch sein heftiges Mißtrauen jeder Frau gegenüber.

Ärgerlich auf sich selbst und bemüht, den Schaden wieder gutzumachen, bemerkte Robert gleichmütig: »Weißt du, Lucien, ich habe etwas aus all dem Elend gelernt, nachdem ich Lady Anna vertrieben hatte.«

»Du hast sie nicht vertrieben. Sie hat dich fallenlassen«, verbesserte Lucien ihn hitzig.

»Nein«, erklärte Robert fest. »Ich habe sie mit meinem Stolz vertrieben und mit meiner Sucht, unsere Beziehung zu kontrollieren. Sie hatte nur eine ernste Entschuldigung für das verlangt, was ich getan hatte, und ein ernstgemeintes Versprechen, daß ich es nie wieder tun würde. War das zu viel angesichts der Tatsache, daß sie sich lebenslang in meine Hand geben wollte?« Er hob die Hand, als Lucien etwas einwenden wollte. »Wenn ich noch einmal in den Salon ihrer Tante gehen und alles anders machen könnte, dann schwöre ich dir, Lucky, ich würde auf die Knie fallen und alles tun, was sie verlangt, und noch mehr. Das«, er ließ die Hand fallen, »ist die Weisheit, die ein Mann erringt, wenn er jahrelang gelernt hat. Ich kann nur beten, mein lieber Neffe, daß du deine Lektion lernst, ehe du so viele Jahre damit verbringst, deine Torheit zu bereuen, wie ich es getan habe.«

8

Das Stadthaus des Marquis of St. Genevieve war hell erleuchtet, wunderschön dekoriert und voller Leute. In dem eleganten Ballsaal, in dem sich die Gäste anläßlich der bevorstehenden Hochzeit des Viscount Callan mit der einzigen Tochter des Marquis, Lady Clara, versammelt hatten, um die Eröffnung des Balls abzuwarten, stand Lucien mit Jack und Wulf zusammen und beobachtete den Earl of Kerlain. Er kam nur langsam auf sie zu, da verschiedene junge Damen Kerlain immer wieder den Weg verstellten, die lächelnd und kichernd mit ihren Mamas im Schlepp versuchten, mit ihm ins Gespräch zu kommen. Kerlain erwies sich als Meister in der Kunst, Beinahe-Ohnmachten hervorzurufen und sich dann glücklich davonzumachen.

»Er ist kein Mensch«, murmelte Jack irritiert. »Was für Närrinnen Frauen doch sind.«

»Wir können genausogut die Wahrheit zugeben«, sagte Lucien. »Er sieht gut aus, ist intelligent und ein vollkommen unmoralischer Schurke.«

»Geld hat er auch nicht«, warf Jack ein.

»Und«, kam Lucien zum Ende, als wäre er nicht unterbrochen worden, »offenbar unwiderstehlich.«

Neben ihm verschränkte Wulf die Arme über seiner breiten Brust und gab ein unglückliches Geräusch von sich. »Bella sagt, daß er charmant sei. Ich weiß nicht, wie sie das nur denken kann.« Er sah quer durch den Saal dorthin, wo seine bebrillte Verlobte sich mit Lady Clara unterhielt. »Ich weiß gar nicht, warum sie das plötzlich wichtig findet. Von mir behauptet sie das nie.«

Lucien und Jack wechselten einen amüsierten Blick.

»Ich bin sicher, das liegt nur daran, daß dein eigener Charme so groß ist, daß sie dir das nicht extra bestätigen muß«, tröstete ihn Jack. »Du weißt doch, wie Frauen sind. Spatzenhirne, die meisten.«

Wulf seufzte. »Bella ist kein Spatzenhirn. Sie kann eine Gleichung schneller lösen als Hemsteads Assistenten. Ohne Hilfe. Ich nehme sie oft als Hilfe im Labor.«

»Wulf, du romantischer Schuft«, bemerkte Lucien trocken, »ich bin sicher, daß Bella das wahnsinnig aufregend findet.«

Wulf sah ihn verwirrt an. »Sie hat sich noch nie beklagt«, beteuerte er. »Und Lady Clara ist auch kein Spatzenhirn. Bei Vauxhall gestern haben wir die Phlogiston-Theorie diskutiert, und es hat ihr gut gefallen.«

»Du hast sie diskutiert«, korrigierte Lucien ihn, »und Clara hat ihre guten Manieren und ihr Taktgefühl bewiesen, indem sie dir das Gefühl gegeben hat, sie würde zuhören. Sie weiß, was eine gute Gesellschafterin ausmacht.«

»Aber Lucky«, sagte Jack, »das klingt ja fast wie ein Kompliment für deine zukünftige Frau.«

Lucien zuckte die Achseln. »Es ist einfach eine Tatsache. Ich weiß nicht, warum ich Claras gute Eigenschaften schmälern sollte. Jede Frau ihrer Herkunft wäre so gut erzogen.«

»Vielleicht«, sagte Jack, »aber Lady Clara hat sich als herausragend erwiesen. Sie ist in der Gesellschaft recht beliebt. Ist dir aufgefallen, daß viele Debütantinnen begonnen haben, ihre Kleider zu imitieren?«

»Clara ist elegant«, gab Lucien sanft zu. »Das war sie immer. Selbst barfuß und in einem alten Kleid hat sie es geschafft, irgendwie ...« Er verstummte und schüttelte leicht den Kopf. »Es spielt keine Rolle. Hier sind Sie ja endlich, Kerlain. Ich hätte nie gedacht, daß Sie unversehrt durch Ihren Schwarm von Verehrerinnen kommen.«

»Callan«, grüßte der Earl lächelnd. »Rexley. Severn. Angenehmer Abend, nicht wahr? Der Abend scheint ja ein Erfolg zu sein. Ein Jammer, daß Lady Claras Mutter nicht kommen konnte. Aber der Marquis ist hier, nicht wahr?«

Lucien nickte kurz. »Er ist heute morgen gekommen. Leider hat Lady St. Genevieve sich angesteckt, und er will morgen nachmittag zurückreisen.«

»Ah, ja«, sagte Kerlain verständnisvoll. »Nach der Trauung. Es ist zu schade, aber ich kann verstehen, daß er an die Seite seiner Frau zurückkehren will. Und wie halten Sie sich, Callan? Das hier wird, wie man so sagt, Ihre letzte Nacht der Freiheit.«

Lucien lächelte ihn kühl an. »Kaum.«

»Tatsächlich?« Kerlains Gesicht zeigte einen Ausdruck übertriebener Überraschung. »Sie müssen natürlich scherzen.« Er wandte sich um und betrachtete Lady Clara und Miss Howell, die gerade über etwas lachten, was eine von ihnen gesagt hatte. »Sie ist wundervoll«, sagte er leise und bewundernd. »Wir können von Glück sagen, wenn wir Sie nach der Hochzeit überhaupt noch zu Gesicht bekommen.«

»Kerlain«, begann Jack warnend.

»Jack«, unterbrach ihn Lucien. »Nicht heute abend.«

Kerlain hielt den Blick weiterhin auf Lady Clara und Miss Howell gerichtet. »Ich hoffe, Sie haben nichts dagegen, wenn ich mit Ihrer Frau – pardon, künftigen Frau – ein oder zwei Tänze absolviere, Callan? Ich habe Lady Claras Gesellschaft, seit sie in London ist, sehr genossen. Sie ist äußerst charmant.«

Lucien blickte zu Clara hinüber, deren schlanke Figur von einem saphirfarbenen Satinkleid prächtig zur Geltung gebracht wurde. Ihre Haare waren hochgesteckt und ließen den schlanken Hals frei. Etwas an dem Anblick war höchst erotisch, es brachte einen Mann dazu, sich vorzustellen, wie es wohl wäre, die Lippen an die weiche Stelle zu pressen und sich weiter vorzutasten.

»Einen Tanz«, sagte er, »und keinen Walzer.«

»Oh, nein, natürlich keinen Walzer«, pflichtete Kerlain ihm bei. »Ich habe die Szene nicht vergessen, die Sie beim letzten Mal bei so einer Gelegenheit gemacht haben. Seien Sie lieber vorsichtig, Callan, sonst denke ich noch, daß ich die Wette allzu leicht gewinnen kann.«

Bei diesen Worten verlor Lucien die Beherrschung. Er ergriff Kerlain am Ärmel und drehte ihn um. »Hören Sie mir gut zu, Kerlain. Die Wette besteht zwischen uns, Ihnen und mir. Clara hat nichts damit zu tun. Lassen Sie sie in Ruhe, oder ich schwöre, Sie werden es bereuen.« Seine Augen glitzerten gefährlich.

Der andere Mann musterte ihn mit höflichem Interesse. »Ich verstehe Sie sehr gut, Callan. Und jetzt hören Sie mir mal zu. Ich betrachte Lady Clara als eine Freundin – abseits Ihrer Wette – und als entzückende Frau. Ich werde sie so lange sehen, wie sie die Bekanntschaft zuläßt. Und jetzt, meine Herren, wenn Sie mich bitte entschuldigen wollen, ich will die Ehrendame begrüßen und auch Miss Howell, um mir einen Tanz auf ihrer Karte zu reservieren.«

»Nicht mit Bella«, sagte Wulf, aber Kerlain war schon gegangen. »Verdammter Kerl! Ich werde es nicht zulassen, daß er mit Bella tanzt.«

»Wir können es nicht ändern«, seufzte Jack.

»Aber ich will nicht, daß er mit Bella tanzt«, wiederholte Wulf ärgerlich.

»Dann tust du besser das, was ich jetzt machen werde«, erwiderte Lucien.

»Was?«

Ein hartes Lächeln lag auf Luciens Lippen, und er zog an seinen Handschuhen, als wollte er sich in den Kampf stürzen. »Den Rest des Abends an der Seite deiner Verlobten zu verbringen«, erklärte er, verneigte sich vor seinen Freunden und ging in Richtung Clara davon.

Der Marquis of St. Genevieve eröffnete den Ball mit seiner ältesten Tochter bei einem Menuett, und danach holte Lucien seine künftige Frau zu einem Walzer aufs Parkett.

»Du scheinst dich gut mit Miss Howell zu verstehen«, bemerkte er, als die Musik begann. Sie fühlte sich immer so zierlich in seinen Armen an. Er fragte sich, ob die Überraschung, die er bei der ersten Berührung jedesmal empfand, wohl irgendwann ausbleiben würde.

Sie lächelte auf ihre offene Art, was ihr Gesicht ohne ihr Wissen vollkommen verwandelte. Es war, dachte Lucien, als würde man eine Kerze anzünden.

»Ja, wirklich. Sie ist so witzig und gescheit. Ich kann nicht verstehen, warum Lord Severn sie nicht auf der Stelle heiratet.« Sie sah zu Lord Severn und Miss Howell hinüber, die gerade nicht weit entfernt tanzten. »Es ist so deutlich, daß er sie mag, und sie denkt, daß auf ihm die Sonne aufgeht. Sie sind ein sehr sympathisches Paar.«

Lucien folgte Claras Blick. Bella war eine große Frau mit einer bewundernswerten Figur, und doch schien sie im Griff des riesigen Wulf zu verschwinden.

»Sie sind schon so lange verlobt, daß ich sie mir gar nicht als Verheiratete vorstellen kann.«

»Wir waren viel länger verlobt«, erwiderte Clara.

Luciens Blick kehrte zu ihrem Gesicht zurück. »Aber im Gegensatz zu Wulf und vielleicht auch zu dir, habe ich immer gewußt, daß du eines Tages meine Frau sein wirst. Ich habe nie an etwas anderes gedacht.«

Sie errötete leicht. »Ich auch nicht, Mylord.«

»Das spielt jetzt auch keine Rolle mehr«, sagte er trotz der Tatsache, daß er ihre Worte als Lüge erkannte. »Morgen wirst du meine Frau, und was immer einer von uns sich gewünscht haben mag, zählt nicht mehr. Worüber hast du vorhin mit Kerlain gesprochen?«

»Lord Kerlain?« Sie sah ihn neugierig an. »Nichts Besonderes. Nur der neueste Klatsch.«

»Ich darf dir vor morgen nichts verbieten, aber wenn du erst einmal meine Frau bist, möchte ich, daß du dich von ihm fernhältst.«

Claras Augen wurden groß. »Aber warum? Ich habe gedacht, Lord Kerlain wäre einer deiner engsten Bekannten? Er hat sich immer hervorragend benommen, Lucien, das kann ich dir versichern.«

»Du kannst dir Liebhaber nehmen, nachdem du mir einen Erben geschenkt hast, Clara«, erwiderte Lucien leichthin und wirbelte sie herum, ohne auf ihr Aufkeuchen zu achten. »Aber nicht unter meiner Nase. Er ist schließlich, wie du sagst, einer meiner engsten Bekannten, und ich werde nicht zulassen, daß er mit meiner Frau schläft. Ich hoffe, ich habe mich klar genug ausgedrückt?« Er hielt ihre Hand fester, als sie wütend versuchte, sich loszureißen. »Oh, nein, meine Liebe, du wirst jetzt nicht davonlaufen. Denk doch nur, welchen Eindruck das machen würde.«

»Laß mich los«, verlangte sie leise und wütend. »Oder bring mich zu meiner Tante zurück.«

»Nicht, solange du in dieser Stimmung bist.« Er tanzte weiter. »Du könntest etwas Dummes tun, zum Beispiel die Hochzeit absagen.«

»Genau«, fuhr sie ihn hitzig an. »Du beleidigst und demütigst mich in einem fort, Lucien Bryland, aber mir zu unterstellen, ich würde mir Liebhaber nehmen –!«

»Ist es dir lieber, wenn ich den eifersüchtigen Ehemann spiele?« fragte er. »Gut, das fändest du vielleicht unterhaltsamer. Meine Mutter fand das jedenfalls. Aber ich habe dich schon gewarnt, daß ich mich nicht an der Nase herumführen lasse. Halt still, Clara«, befahl er ernst. »Ich will nicht, daß Robby dadurch gedemütigt wird, daß du auf unserem Hochzeitsball eine Szene machst.«

»Robby!«

Clara sah zu ihm auf, dadurch offenbar mehr verletzt als durch alles andere, was er vorher gesagt hatte. Schmerz lag auf ihrem Gesicht.

»Um Himmels willen«, knurrte er, »du wirst doch hier nicht zu weinen anfangen, wo jeder uns sehen kann?«

Sie blinzelte, und er sah Tränen in ihren Augen. »Nein«, flüsterte sie. »Bring mich bitte zu meiner Tante zurück.«

Er fluchte leise und näherte sich den französischen Türen. Es war unmöglich, sie hinaus in den Garten zu bringen, ohne daß aller Blicke auf sie gerichtet waren, aber er hatte keine andere Wahl. Vielleicht würde man denken, daß sie ein wenig allein sein wollten. Lucien konnte förmlich hören, wie manche Frauen im Saal über die Romantik seufzten.

»Komm«, sagte er, ergriff sie beim Ellbogen und führte sie auf die Terrasse hinaus. Sie leistete keinen Widerstand, auch dann nicht, als er sie in den Garten brachte.

Dort führte er sie in die entfernteste Ecke zu einer Bank unter ein paar Büschen. Das Plätschern einer Fontäne mischte sich mit den fernen Klängen der Musik.

»Ich glaube nicht, daß wir diese Verstellung durchhalten«, sagte er und versuchte, sich mit ihr auf die Bank zu setzen. Statt dessen riß sie sich von ihm los und drehte ihm den Rücken zu. »Es ist vollkommener Unsinn.« Er fuhr sich mit der Hand durch die Haare. »Ich weiß, daß du mich nicht liebst, Clara, und daß du mich gar nicht heiraten willst. Es gibt keinen Grund, so zu tun, als wenn meine Meinung dir etwas bedeutete.«

»Ich möchte freigegeben werden«, sagte sie unsicher mit zitternder Stimme. »Ich dachte, ich könnte es ertragen, aber ich fange an zu glauben, daß es unmöglich ist. Wir sind noch nicht einmal verheiratet, da bezichtigst du mich schon des Ehebruchs.« Sie schniefte laut und hob die Hand, um sich das Gesicht abzuwischen.

Er berührte ihren Arm, aber sie trat ärgerlich beiseite. »Du bist krank, Lucien. Krank im Kopf. Wie konntest du nur denken, daß ich je –« Sie unterbrach sich und fing an zu weinen.

Das Geräusch des tiefen Schmerzes, der sich darin verriet, ließ Lucien erstarren. Clara weinte. Weil er sie verletzt hatte und immer wieder verletzen wollte, sobald sich eine Gelegenheit bot. Die Frau, deren Liebe er sich mehr wünschte als alles sonst auf der Welt – vielleicht war er wirklich verrückt. Aber wenn ja, war sie es, die ihn verrückt machte.

Es war unmöglich, an sie zu glauben. Sie flirtete mit jedem Mann, den sie kennenlernte. Selbst seine eigenen Freunde fanden sie charmant, entzückend, nett … wundervoll. Wenn er ihr im Herzen vertraute, würde sie ihn zerstören. Er wäre ein noch größerer Narr als sein Vater, wenn er auch nur irgend etwas von dem glaubte, was sie sagte.

»Clara«, sagte er und trat zu ihr. Sie wollte sich abwenden, aber als sie die Hände vors Gesicht schlug und weinte, zog er sie in seine Arme und hielt sie fest. Er verstand ihre Aufregung und die Anspannung dahinter. Ab morgen war sie unwiderruflich in seine Hände übergeben.

»Weine nicht!« murmelte er. »Bitte, Clara, weine nicht.«

Er küßte sie auf die Stirn und streichelte sacht ihr Haar.

»Ich möchte dir glauben«, sagte er, »aber es fällt mir schwer. Ich habe nie einer Frau vertraut. Vielleicht ist es eine … Krankheit in mir. Wie du gesagt hast.«

»W-würdest d-du mm-m-mir ver-trauen, wenn ich schwöre«, sie schniefte, »dir treu zu sein?«

»Meine Mutter hat meinem Vater geschworen, treu zu

sein.« Er strich ihr über den Rücken. »Jede Frau, die ihren Mann betrogen hat, hat dasselbe geschworen. Es ist wertlos.«

»Ich meine nicht das Eheversprechen«, sagte sie und holte zitternd Luft, »ich meine hier und jetzt, im Garten.«

Seine Hand erstarrte. »Ich weiß nicht. Würdest du das tun?«

Sie nickte an seiner Schulter. »Wenn du auch etwas schwörst.«

»Was?«

»Mir zu vertrauen – oder zumindest, es zu versuchen. Mir die Zeit zu geben, dir zu beweisen, daß ich eine treue Frau sein werde, und zwar in jeder Hinsicht. Wenn du mir nur ein wenig Zeit ließest, Lucien, ehe du mich verdammst. Ein paar Monate.«

Ein paar Monate! In sechs Monaten wäre sie auf Pearwood. Alleine. Schuldbewußt dachte Lucien an seine Wette.

»Und das willst du schwören, Clara?«

Sie zog sich zurück und sah ihn an, das Gesicht tränenverschmiert. Sie hatte noch nie weniger attraktiv ausgesehen, und doch zog sich sein Herz vor Verlangen zusammen. Das war die Clara, der er sein Herz gegeben hatte, und nichts konnte für ihn etwas daran ändern oder ihren Zauber zerstören.

»Daß du mein einziger Mann sein wirst«, murmelte sie, »und daß es nie einen anderen gegeben hat.«

Er nahm ihr Gesicht in beide Hände und sah ihr in die Augen.

»Ist das wahr, Clara? Bist du noch Jungfrau?«

Sie bemühte sich, nicht aufzukeuchen, gab aber dennoch einen schockierten Laut von sich.

»Natürlich!«

Er sah, wie sie erneut wütend wurde. »Wenn wir offen miteinander sein sollen, Clara, muß ich zugeben, daß ich nicht gedacht hätte, daß du es noch bist. Ich habe schon früher Wege beschritten, nur um zu erkennen, daß sie schon ausgetreten waren.«

Er sah trotz der Dunkelheit, wie sie heftig errötete. »Ich verstehe«, sagte sie und schluckte.

Entweder war sie die beste Schauspielerin der Welt, dachte Lucien, oder wirklich so unschuldig wie sie tat. Aber sie mußte es sein. Sie wußte, daß er die Wahrheit morgen entdecken würde, und sie war nicht so dumm, ihn bei etwas so Wichtigem anzulügen.

»Clara«, flüsterte er, voller Angst vor seinen Gefühlen, weil er genau wußte, daß er sie verletzen konnte. Er vergrub die Finger in ihrem Haar und hob ihr Gesicht zu sich an. »Wenn ich der erste bin, der dich bekommt, macht mich das sehr glücklich, aber ich hätte dich auch sonst geheiratet. Du weißt, was ich dir von meiner Mutter erzählt habe, du weißt, wie Robby gelitten hat, nachdem deine Tante ihn wegen eines anderen Mannes verlassen hat.«

»Das hat sie nicht –«, begann Clara, aber Lucien brachte sie mit einem Kuß zum Schweigen. Als er den Kopf wieder hob, waren sie beide ruhiger geworden.

»Er hat gelitten, Clara. Du ahnst nicht einmal im entferntesten, wie sehr. Ich habe die halbe Welt mit ihm bereist und war Zeuge seines Schmerzes. Ihretwegen. Bitte mich nicht, ihre Seite zu verstehen, weil ich das nicht kann. Robby ist alles, was ich auf der Welt habe, und die Gefühle aller anderen sind mir vollkommen egal.«

Sie ergriff seine Hand. Sie war kalt, und sie streichelte sie sanft.

»Das weiß ich, Lucien.«

»Um unserer Ehe willen – und um unserer willen – werde ich tun, was du verlangst. Ich werde versuchen, dir zu trauen. Versuchen, Clara. Versteh bitte, daß ich dir nicht mehr versprechen kann. Meine Erfahrungen mit

Frauen sind nicht so, daß ich ihnen leicht vertraue. Aber ich will es die nächsten Monate versuchen.«

Es war ihm ernst. Wenn es eine kleine Chance gab, daß er und Clara miteinander glücklich werden konnten, würde er gerne die Wette abblasen und Kerlain auszahlen. Carla mußte nie davon erfahren.

»Lucien«, flüsterte sie, und dann schlang sie ihm die Arme um den Hals und drückte ihn eng an sich.

Seine Hände glitten über ihre Taille und Hüften nach unten.

Sie hob den Kopf und sah ihn aus tränenfeuchten Augen an, ein Lächeln auf den Lippen. Auch er lächelte und senkte dann den Kopf. Sie war die einzige Frau, die er je hatte küssen wollen, und es war wie im Paradies. Er und Pamela berührten einander nie mit den Lippen, wenn es sich vermeiden ließ, und auch die vielen anderen Frauen, die er in der Vergangenheit genommen hatte, hatte er nie geküßt. Diese Intimität teilte er nicht leichthin.

Aber bei Clara war es anders. Alles war anders. Sie lag entspannt in seinen Armen, ließ sich von ihm leiten und genoß die Umarmung genauso wie er. Ihre Lippen waren feucht und warm, als sie sich sacht unter seiner drängenden Zunge öffneten, um ihm Einlaß zu gewähren. Er hatte sie schon einmal aus Wut so geküßt. Jetzt liebkoste und streichelte er sie, lockte sie, bis sie ihm mit einem kleinen Stöhnen entgegenkam, zurückhaltend erst, dann mit wachsender Leidenschaft, die ihn fast verrückt machte. Es war ein wunderschöner Tanz, und sie paßten hervorragend zusammen. Er dachte, daß er bis in alle Ewigkeit so mit ihr dastehen könnte, sie lieben, sich mit ihr vereinen könnte. Doch sein Körper hatte andere, weniger edle Neigungen.

»Wir hören besser auf«, sagte er nach langen Minuten und zog sich mit einiger Mühe von ihr zurück. Sie drückte ihr Gesicht an seinen Hals und nickte, wobei sie keuchend atmete. »Morgen«, versprach er und drückte sie an sich, wohl wissend, daß sie jeden Zentimeter seiner Erregung spüren mußte. »Dann müssen wir nicht aufhören, es sei denn, wir sind zu müde für etwas anderes. Doch heute –«, er ließ sie los und schob sie ein Stück von sich, »– benehmen wir uns besser. Deinem Vater und Robby würde es überhaupt nicht gefallen, wenn wir unser Ehegelübde hier im Garten vorzögen.«

Er lächelte, und auch sie lächelte, und plötzlich begann er sehnsüchtig zu hoffen, daß ihre Vereinbarung Früchte tragen möge. Ihr Gesicht war immer noch rot vom Weinen, ein paar Strähnen hatten sich aus ihrer Frisur gelöst, und so führte er sie zum Brunnen, befeuchtete sein Taschentuch und gab es ihr.

»Ich muß zum Fürchten aussehen«, sagte sie und fuhr sich mit dem Tuch über das Gesicht. »Sieht man mir an, daß ich geweint habe?«

»Das bezweifele ich«, sagte er und strich die Haarsträhnen zurück. »Sie werden denken, daß wir hier draußen waren und getan haben, was wir getan haben – uns küssen. Deine Lippen sehen sehr geküßt aus.«

Sie lachte. »Deine auch.«

»Dann kommen wir damit durch. Der Ball würde als langweilig gelten, wenn das Brautpaar nicht wenigstens einen Versuch machen würde, sich davonzustehlen. Aber wir gehen besser zurück. Ich will nicht, daß dein Vater nervös wird. Fühlst du dich jetzt besser?«

»Oh, ja.« Sie ergriff seine Hand und hielt sie fest. »Weißt du, Lucien, was ich mir mehr als alles andere wünsche?«

»Was denn?«

»Wieder den Zustand zu bekommen wie in jenem Sommer in St. Genevieve.«

Mit einem bedauernden Lächeln schüttelte er den

Kopf. »Das ist unmöglich, Clara. Das Mädchen, daß du einmal warst, ist verschwunden, und der Junge, der ich war, ist schon lange gestorben.«

»Aber wir können dennoch glücklich miteinander werden«, beharrte sie. »Vielleicht bin ich eine hoffnungslose Träumerin, aber wenn wir erst einmal Mann und Frau sind, können wir es wenigstens versuchen.«

»Dann versuchen wir es«, murmelte er. »Aber vergiß nicht, Clara«, warnte er. »Es fällt mir schwer.«

»Oh, Lucien, andere Männer interessieren mich nicht, nur du, Lucien. Ich werde dir eine treue Frau sein. Du hast keinen Grund für Mißtrauen oder Eifersucht.«

»Wir werden sehen«, erwiderte er. »Ich habe dir geschworen, daß ich den Versuch unternehmen will, und das werde ich tun.« Er reichte ihr seinen Arm. »Komm, wir gehen besser zurück, ehe Robby nach uns suchen läßt. Ich habe jetzt keine Lust auf eine seiner Strafpredigten.«

Wo sich sein Neffe gerade aufhielt, war das, woran der Earl of Manning im Moment am wenigsten dachte. Er war vielmehr daran interessiert zu wissen, wo Anna Huntington jetzt wohl war, damit er sie zum Tanzen auffordern konnte. Er hatte das schon einmal früher am Abend versucht, war aber grob zurückgewiesen worden, doch er war zuversichtlich, daß sie ihre Meinung ändern würde. Als sie verlobt waren, hatten sie gerne miteinander getanzt. Damals war der Walzer in England noch nicht voll anerkannt gewesen, aber Robert hatte den Tanz in Frankreich gelernt und ihn Anna beigebracht, die ihn reichlich verwerflich gefunden hatte. Doch sie war eine sinnliche Frau, und er wagte den Tanz immer dann mit ihr, wenn sie ein paar freie Momente hatten.

Sie war vor einiger Zeit die Treppe hinaufgelaufen,

wahrscheinlich, um nach Sarah zu sehen. Der Vorraum, in den er geschlendert war, war perfekt dafür, auf sie zu warten. Es befanden sich hauptsächlich Kartenspieler in dem Raum, und die beiden älteren Frauen, die ihn in eine Unterhaltung verwickelt hatten, waren angenehme Gesellschaft. Er hatte neben der Tür seinen Posten bezogen, damit er ein Auge auf die Treppe haben konnte.

Endlich sah er sie herunterkommen, den Rocksaum erhoben und mit der Grazie, die er von Anfang an so an ihr bewundert hatte. Er war überrascht, daß ihr Anblick ihn jedesmal wieder atemlos machte. Es war so viele Jahre her, seit er sie verloren hatte.

Sie sah nicht in seine Richtung, als sie unten ankam, sondern strebte sofort dem Ballsaal zu, unzweifelhaft, um ihren Pflichten als Gastgeberin nachzukommen. Robert löste sich höflich aus dem Gespräch mit den zwei älteren Damen, sah die Treppe hoch und erhaschte einen Blick auf ein kleines Mädchen in einem weißen Nachthemd. Sarah Huntington sprang sofort in den Schatten und preßte sich mit dem Rücken gegen die Wand, um nicht entdeckt zu werden.

Robert stand still bei dem Ausdruck, der für einen kurzen Moment auf dem Gesicht des Mädchens erschien. Sie wollte den Ball sehen – er erinnerte sich noch sehr gut aus seiner eigenen Kindheit an dieses Gefühl, wenn er sich mit seinem Bruder Edward zusammen nach unten geschlichen hatte, um den Tanz zu beobachten, während ihre Eltern glaubten, daß sie schon lange schliefen. Es war ihnen so unfair vorgekommen, von so großen Ereignissen ausgeschlossen zu werden. Bei dem Gedanken gab er seine Verfolgung auf und begann, die Stufen emporzusteigen.

»Na, so was, Miss Huntington«, sagte er, als er dicht bei ihr war. »Was für ein Glück. Ich wollte Sie schon besuchen, um mich nach Margaret zu erkundigen.«

»Oh, Lord Manning«, stieß Sarah erleichtert hervor. »Sie sind es bloß.«

»Ja«, erwiderte Robert und verbeugte sich leicht. »Nur ich. Und ist das dort Miss Margaret?«

Sarah hielt ihm die Puppe zur Betrachtung hin. »Es geht ihr viel besser. Sie hat nie mehr über Kopfschmerzen geklagt.«

»Ich verstehe«, sagte Robert, nahm die Puppe, die ihm hingestreckt wurde, und betrachtete sie mit großem Interesse. »Tatsächlich, es scheint ihr viel besser zu gehen. Sie hat eine exzellente Farbe. Du mußt dich gut um sie gekümmert haben.«

»Ich habe nichts Besonderes getan«, wehrte Sarah ab, »außer, daß sie immer ihren Haferbrei aufessen mußte, auch wenn sie nicht wollte. Sie haben sie repariert. Haben Sie meinen Brief bekommen? Mama sagte, das wäre Ihnen nicht wichtig, aber ich habe ihn trotzdem abschicken lassen.«

Er erinnerte sich sehr gut an den Brief. Er war einen Tag nach der Rückgabe der Puppe an ihre Besitzerin eingetroffen und erstaunlich lesbar gewesen. Sie hatte ein Bild von sich und der Puppe gezeichnet, beide glücklich lächelnd, und sich bei ihm bedankt. Er hatte den Brief dreimal durchgelesen und dann in seine Jackentasche gesteckt. Später hatte er ihn zu seinen wertvollen Briefen, unter denen auch Annas von damals waren, gepackt.

»Ich habe den Brief sehr genossen, und jetzt liegt er bei meinen wertvollsten Besitztümern. Ich werde ihn für immer aufheben.«

Er sah, wie ihr junges Gesicht sich aufhellte.

»Wirklich?«

»Wirklich«, versicherte er. »Allein das Kunstwerk macht ihn unbezahlbar. Und nun, Miss Huntington, darf ich fragen, was Sie zu dieser Nachtstunde hier machen? Weiß dein Kindermädchen, wo du bist?«

Sie runzelte die Stirn. »Sie schreibt Briefe, und ich wollte den Ball sehen.« Sie trat näher und ergriff seine Hand, einen bittenden Ausdruck im Gesicht. »Du erzählst es doch nicht Mama?« erkundigte sie sich vertrauensvoll.

Sie war eindeutig eine Meisterin in der Kunst der Überredung, entschied Robert. Kein Mensch, der eine Seele besaß, hätte etwas anderes tun als nachgeben können.

»Es ist unfair, nicht dabei sein zu dürfen, nicht wahr? So viel zu sehen, und du sollst ins Bett gehen.«

»Oh«, sagte sie, und der bittende Ausdruck wurde durch etwas anderes ersetzt. »Du verstehst das?«

»Vollkommen«, sagte er und drückte ihre Hand. »Ich würde dich am liebsten mit nach unten nehmen und dir alles zeigen, aber dann wäre deine Mutter sehr ärgerlich auf uns beide.«

»Es sieht so schön aus«, sagte Sarah und sah sehnsüchtig zu den Lichtern hin. »Und klingt so schön.« Musik wehte die Treppe hinauf. »Ich wünschte, ich könnte nur einmal wenigstens tanzen. Ich kann Walzer tanzen«, verkündete sie. »Mama hat es mir beigebracht.«

Das konnte Robert sich bei Anna gut vorstellen. Er erinnerte sich gut an die Tanzstunden, die er ihr gegeben hatte, und wie sehr sie die genossen hatte.

»Dann können du und ich ja vielleicht ein bißchen von dem Ball zu uns holen.«

Er verneigte sich in der Dunkelheit vor ihr.

»Miss Huntington, würden Sie mir die Ehre für diesen Tanz erweisen?«

Ohne zu zögern, setzte sie ihre Puppe auf den Boden, hob den Saum ihres Nachthemdes und machte einen eleganten Knicks.

»Sehr gerne, Lord Manning. Aber sieht man uns auch nicht?« Sie deutete auf den Flur unter ihnen.

»Vielleicht«, sagte er nachdenklich, hob dann die Puppe auf und ergriff Sarahs Hand. »Komm, wir gehen hoch«, sagte er und führte sie ein Stockwerk höher, wo nur eine schwache Lampe brannte. Er setzte Margaret auf ein kleines Tischchen an der Wand und streckte die Hände aus. »So, Miss Huntington, wenn ich bitten darf.«

Grinsend schob sie ihre Hand in seine und legte die andere auf den Aufschlag seines Rockes.

Hier oben war die Musik leiser, aber Robert summte die Melodie und schwenkte seine junge Partnerin im Kreis. Sie hatte die Wahrheit gesagt, entdeckte er sofort. Sie konnte Walzer tanzen, und zwar sehr gut.

»Miss Huntington, Sie sind eine wundervolle Tänzerin«, verkündete er, und sie kicherte.

»Danke, Lord Manning. Sie sind auch sehr gut.«

Sie war das schönste Kind, das er je gesehen hatte, und Anna so ähnlich, daß er nur raten konnte, wie viele Herzen sie brechen würde, wenn sie eine erwachsene Frau war. Ihr Nachthemd schwang um ihre Füße in den Pantoffeln, und ihr langes blondes Haar, das sie mit einem Band zurückgebunden hatte, schimmerte im Lampenlicht wie goldene Seide.

»Mama hat ein Bild von dir in ihrem Schreibtisch«, verriet Sarah beiläufig, nachdem sie eine Minute lang getanzt hatten. »Ein kleines Gemälde aus der Zeit, als ihr verlobt wart.«

Robert hätte fast die Hand des Kindes losgelassen, so unerwartet waren die Worte des Kindes.

»Hat sie das?« brachte er schließlich hervor. »Ich glaube, ich weiß, welches Bild du meinst.«

Sarah nickte. »Du hast es ihr gegeben, nachdem sie deinen Heiratsantrag angenommen hatte. Sie ließ auch eines für dich malen, aber es wurde nicht fertig. Natürlich erzählte sie mir nie, daß ihr verlobt wart. Das habe ich ganz allein herausgefunden.«

»Hast du das?«

»O ja, das war ganz einfach. Ich nahm das Bild aus

Mamas Schreibtisch und zeigte es Jilly. Jilly redet gerne. Dann fand ich heraus, was die anderen Dienstboten in St. Genevieve wußten. Die Köchin war besonders hilfreich. Sie kann sich sehr gut an dich erinnern, und sie sagt, du warst immer so freundlich, ihr Essen zu loben. Sie erinnert sich auch an Lord Callan, als er noch klein war. Er war ein schlechter Esser, hat sie gesagt.«

Robert sah das Kind in einer Mischung aus Traurigkeit und Verwunderung an. »Es stimmt, daß ich mal mit deiner Mama verlobt war«, sagte er, »aber sie war klug genug, statt dessen deinen Vater zu heiraten. Er war eine viel bessere Wahl.«

»Natürlich war er das«, erklärte sie rundheraus, ohne zu zögern, »aber das heißt nicht, daß du nicht auch eine gute Wahl bist. Viel besser als die anderen Verehrer in St. Genevieve.«

Andere Verehrer, dachte Robert unglücklich. Natürlich hatte Anna Bewerber. Wahrscheinlich hatten sie in dem Moment Schlange gestanden, als Colonel Huntington zu Grabe getragen worden war.

»Es ist sehr nett von dir, das zu sagen, meine Liebe. Aber ich bin nicht einer ihrer Verehrer.«

»Aber warum nicht?« wollte Sarah wissen. »Sie ist seit zwei Jahren aus dem Trauerjahr heraus, und irgend jemanden wird sie ja schließlich heiraten. Es würde dir doch nicht allzuviel ausmachen, mein Papa zu werden, oder? Ich werde sehr artig sein, und wir hätten viel Spaß zusammen.«

Robert lächelte. »Es wäre mir eine Ehre, dein Papa zu sein«, erklärte er und staunte, wie wahr seine Worte waren. »Aber so einfach ist das nicht.«

»Findest du Mama nicht schön?«

»Doch. Sehr schön.« Er wirbelte sie herum. »Aber da gibt es andere Dinge zu bedenken, vor allem die Gefühle deiner Mama.«

»Aber wenn sie dich schon einmal heiraten wollte, wird sie es doch sicher wieder wollen? Und wenn du sie vor so vielen Jahren zur Frau haben wolltest, würdest du sie jetzt doch auch wollen.«

»Nichts lieber als das, Kleines, aber ich kann Lady Anna nicht zwingen, mich zu heiraten. Das muß deine Mama selber entscheiden, wenn sie sich entschließt, wieder zu heiraten.«

Sarah lächelte strahlend. »Oh, keine Angst. Darum werde ich mich schon kümmern.«

Die Musik hörte auf, und Robert blieb stehen und sah auf das Kind hinab.

»Danke, Miss Huntington.« Er verneigte sich erneut. »Es war mir wirklich ein Vergnügen. Normalerweise würde ich dich zu deiner Mutter zurückbringen, aber in diesem Fall, denke ich, muß es das Kinderzimmer sein.«

Sie warf ihm plötzlich die Arme um den Hals und küßte ihn stürmisch auf die Wange.

»Ich gehe zurück, und du gehst nach unten und tanzt mit Mama.« Sie drückte ihn. »Ich hätte dich gerne als Papa.« Dann gab sie ihm noch einen schmatzenden Kuß, ließ ihn los, griff sich Margaret und verschwand die Treppe hinauf.

9

»Es ist mir egal, was in der Stadt los ist«, erklärte Lucien, als er sich in den Mantel helfen ließ. »Ich will auf keinen Fall gestört werden. Zumindest eine Woche lang nicht. Ist das zuviel verlangt?«

»Keineswegs«, erwiderte Jack und kam mit einem Glas Wein in der Hand durch das Ankleidezimmer geschlendert. »Aber ich nehme an, du verzeihst uns, wenn wir bei dir an die Tür klopfen, um dir zu sagen, daß dein Haus brennt.«

Lucien hob den Kopf, um seine Krawatte in Falten zu legen, und maß seinen Freund aus den Augenwinkeln. »Das ist wahrscheinlich die einzige akzeptable Entschuldigung. Alles andere ist mir egal, selbst wenn der Prinz persönlich mich sehen wollte. In den nächsten sieben Tagen werden Clara und ich unabkömmlich sein. Sag, daß wir nicht in der Stadt sind, wenn es sein muß.«

»Du solltest sie aus der Stadt bringen«, meldete sich Wulf. »Jede Frau verdient eine Flitterwoche. Ich gehe mit Bella für ein Jahr nach Italien.«

»Ja, weil du deine Kollegen dort besuchen willst«, wandte Lucien ein.

»Falls du das Mädchen überhaupt je heiratest«, fügte Jack mit einem Auflachen hinzu.

Wulf achtete nicht auf ihn. »Ich meine immer noch, daß du mit Lady Clara eine Hochzeitsreise machen solltest. Du kannst es dir doch leisten.«

»Die Ehe«, deklamierte Lucien und streckte die Arme aus, damit sein Kammerdiener ihm in die Jacke helfen konnte, »wird mein Leben nicht sonderlich verändern. Ich will lieber in der Stadt bleiben, also bleibe ich hier. Außerdem habe ich Pamela versprochen, daß ich sie eine Woche nach der Hochzeit besuche. Ich habe keine Lust, ihretwegen oder wegen anderer Forderungen nach London zurückzueilen.«

»Um Himmels willen«, sagte Jack sarkastisch, »das könnte ja ungelegen kommen.«

Lucien maß ihn mit einem ruhigen Blick. »Genau.«

»Du bist ein kalter Fisch, Lucky«, bemerkte Wulf. »Ich kann nicht verstehen, warum du Lady Halling behältst, wenn du eine Frau wie Lady Clara hast. Und du solltest eine Hochzeitsreise mit ihr machen. Macht es ihr denn nichts aus, gleich nach der Hochzeit nach Barrington zu gehen?«

Lucien lächelte leicht. »Ich werde dafür sorgen, daß es ihr nichts ausmacht. Ich werde mich ganz dieser Aufgabe widmen.«

»Du willst einen Erben haben und die Wette gewinnen, habe ich recht?« fragte Jack.

»Vielleicht«, erwiderte Lucien und ließ sich einen schneeweißen Handschuh überstreifen. »Vielleicht auch nicht. Das wird die Zeit erweisen. In der Zwischenzeit schlage ich vor, daß keiner von euch voreilige Schlüsse zieht, was die Verbindung zwischen Lady Halling und mir angeht. Ich überlege, ob ich die Beziehung beenden soll.«

»Sehr schön«, murmelte Jack.

»Tust du das wirklich?« fragte Wulf hoffnungsvoll.

»Ich muß sagen, Lucky, ich wäre erleichtert. Sie ist so eine wenig nette Frau.«

Lucien bog die Finger und musterte seine Erscheinung im Spiegel. Er entließ den Kammerdiener und sagte dann: »Genau das ist der Grund, warum ich sie nicht mehr verärgern will, als ich muß. Wenn es so weit kommt. Pamela ist schon schwierig, wenn sie gut gelaunt ist. Aber wenn sie böse ist, ist sie unerträglich. Es würde mir nicht gefallen, wenn Clara das Opfer ihrer Niedertracht würde.«

Jack nickte. »Ein guter Gedanke, Lucky. Wir wissen alle, wozu Lady Halling fähig ist, wenn sie jemandem Probleme machen will. Allingham hat sich noch immer nicht von der bösartigen Karikatur erholt, die sie letztes Jahr von ihm veröffentlicht hat.«

»Er hätte sich fast erhängt«, bestätigte Wulf. »Ihn als Sodomit zu zeichnen, wo doch jedermann weiß, daß er Frauen gegenüber nur sehr schüchtern ist. Und das, wo er sich endlich ein Herz gefaßt hatte, Lady Finnian einen Antrag zu machen. Er hat sie und seinen Ruf verloren, der arme Kerl.«

»Ich gebe zu, daß das geschmacklos war«, sagte Lucien und wandte sich zu ihnen um. »Aber ich habe mich darum gekümmert – und um Pamela, nicht wahr?«

»Das hast du«, bestätigte Jack. »Drei Wochen lang war sie sanft wie ein Lamm. Aber der Schaden war angerichtet. Allingham hat sich seitdem noch nicht wieder in der Gesellschaft sehen lassen. Er ist ruiniert. Wenn sie es je wagen würde, Lady Clara so etwas anzutun ...«

»Dann würde ich sie töten, und das weiß sie«, fiel Lucien ihm ins Wort. »Bei Pam werde ich vorsichtig vorgehen. Nun, meine Freunde ...« Er hob die Arme und drehte sich um. »Gebe ich einen guten Bräutigam ab?«

»Höchst passend«, erklang eine Stimme von der Tür, und die Herren erhoben sich, als Lord Manning eintrat.

»Rexley, Severn«, grüßte der Earl. »Ich würde gerne ein paar Minuten alleine mit meinem Neffen sprechen, ehe wir aufbrechen, wenn Sie gestatten?«

»Natürlich, Sir.« Jack verbeugte sich leicht. »Wir warten unten.«

»Wenn du gekommen bist, um mich zur Rücksicht gegenüber meiner errötenden Jungfrau zu ermahnen«, begann Lucien, als sich die Tür geschlossen hatte, »dann erinnere dich bitte daran, daß ich alles, was ich über Frauen weiß, von dir habe.«

»Nicht alles, hoffe ich«, sagte Robert und umkreiste seinen Neffen, als er ihn genau in Augenschein nahm. »Ich habe zu meiner Zeit eine Menge Fehler gemacht, wie du sehr gut weißt. Du siehst gut aus, Lucky. Dunkelblau steht dir sehr gut, und die silberne Weste paßt genau dazu. Clara wird mehr als zufrieden sein, denke ich.«

»Du siehst selber nicht schlecht aus«, gab Lucien das Kompliment zurück und betrachtete den grauen Rock seines Onkels zu passender Hose. »Lady Anna wird dich unwiderstehlich finden«, neckte er.

Zu seiner Überraschung errötete sein sonst so lässiger Onkel tief.

»Ich weiß nicht, wie du auf solche Gedanken kommst.«

»Du hast gestern mit ihr getanzt«, erinnerte ihn Lucien. »Walzer. Ich erinnere mich daran, daß ihr beide sehr eng getanzt habt, wenn ihr euch unbeobachtet glaubtet.«

»Lucky«, sagte der Earl mit einem Auflachen. »Ich hätte wissen müssen, daß wir vor dir keine Geheimnisse haben können.«

»Gestern hast du ausgesehen wie früher«, Lucien ergriff seinen Arm. »Robby. Laß nicht zu, daß sie dir weh tut. Als sie dich das erste Mal verließ, brachte es dich fast um. Laß nicht zu, daß sie dich das noch einmal durchmachen läßt.«

»Du machst dir zu viele Sorgen, mein Junge. Aber diesmal habe ich meinen Verstand beieinander, das kann ich dir versprechen. Heute sollst du nur an Lady Clara und deinen großen Tag denken. Dein Hochzeitstag.«

Er legte Lucien beide Hände auf die Schultern. »Ich weiß nicht, ob ich es dir je gesagt habe, Lucky, aber ich bin dankbar – höchst dankbar – dafür, daß ich mich all die Jahre um dich kümmern konnte. Du bist für mich wie ein eigener Sohn.« Er blinzelte ein paarmal. »Du wirst mir hier fehlen. Ohne dich wird es sehr einsam sein.«

»Ich danke dir noch viel mehr, Robby. Du bist alles, was ich habe. Der Einzige. Was wäre aus mir geworden, wenn du mich nicht in dein Haus geholt hättest?«

»Nun«, sagte Robby und schniefte verdächtig. »Ich habe dir etwas mitgebracht.« Er suchte in seiner Jackentasche. »Das hat deinem Vater und davor dessen Vater gehört. Ich denke, er wird dir passen.« Er hob einen Saphirring ans Licht und drückte ihn Lucien in die Hand.

Lucien betrachtete den Ring auf seiner Handfläche. »Ich erinnere mich, daß Papa ihn getragen hat«, sagte er staunend.

»Jetzt gehört er dir, und ich weiß, daß dein Vater das so gewollt hätte. Setz ihn mal auf, ob er paßt.«

Lucien schob den Ring über seinen Finger. Er paßte genau.

»Danke«, sagte er heiser. »Das ... bedeutet mir sehr viel.«

Robby umarmte ihn einmal kurz und ging dann Richtung Tür. »Wir machen uns besser auf den Weg«, sagte er und wandte sich mit einem Lächeln um, »sonst denkt deine Braut noch, du würdest nicht kommen.«

»Da. Perfekt.« Anna Huntington trat zurück und betrachtete zufrieden die Krone aus Rosen und Perlen. »Du wirst die schönste Braut sein, die London je gesehen hat, Clara.«

Clara lächelte und errötete. »Das bezweifle ich sehr, Tantchen. Ich bin schon froh, wenn ich akzeptabel aussehe. Und wenn ich Lucien nicht in Verlegenheit bringe.«

»Der Junge weiß genau, was er an dir hat«, erwiderte Anna rückhaltlos. »Er wäre auch dann nicht beschämt, wenn du barfuß und im Gartenkleid vor dem Altar erschienst. Ich wünschte nur, du könntest dir bei ihm auch so sicher sein. Ich fürchte, auch schöne Kleider ändern nicht, was darunter ist.«

Clara sah sie bittend an. »Aber Tantchen, ich habe dir doch gesagt ...«

»Ja, das hast du«, unterbrach sie Anna und griff zur Bürste, »und ich bin beeindruckt, daß er zumindest versuchen will, dir zu vertrauen.« Mit ein paar Bürstenstrichen legte sie Claras Locken in eine schmeichelnde Frisur. »Aber du solltest bedenken, daß eine Frau ihren künftigen Mann nicht um so etwas Selbstverständliches bitten müssen sollte.«

»Bei jedem anderen Mann mag das stimmen«, bestätigte Clara, »aber er ist eben anders.«

Dazu hatte Anna nichts zu sagen, auch wenn sie befürchtete, daß die Hochzeit ihrer Nichte unter einem schlechten Stern stand. Viscount Callan war viel zu bereit, das Schlechteste von Clara zu glauben. Er mochte ihr für eine kurze Zeit sein Vertrauen schenken, aber sobald Clara den ersten falschen Schritt machte – jeder Mensch tat das von Zeit zu Zeit –, würde er sie ohne Zögern verdammen.

Clara liebte Lucien Bryland genauso töricht und blind, wie Anna einst seinen Onkel geliebt hatte. Doch anders als bei ihr würde nichts Clara von dem einmal eingeschlagenen Kurs abbringen. Alles, was Anna tun konnte, war, sich bereitzuhalten, wenn das Ende der Verbindung kam.

Aber vielleicht war sie auch zu pessimistisch, überlegte Anna, als sie Claras Hochzeitskleid glatt strich. Gestern hatte der Viscount Clara mit einer zarten Rücksicht behandelt, die selbst sie angenehm berührt hatte. Und Clara war so glücklich gewesen, daß Anna das Herz für sie geschmerzt hatte.

»Hat dir der Ball gestern gefallen, Tantchen?« fragte

Clara mit einem verschmitzten Lächeln. »Du hast mit Lord Manning Walzer getanzt.«

»Ja«, erwiderte Anna leichthin, »das habe ich.«

»Es war ein schöner Anblick. Ihr habt ausgesehen, als hättet ihr schon hundertmal zusammen getanzt. Aber das habt ihr sicher auch, als ihr verlobt wart.«

Das hatten sie, dachte Anna spitzbübisch, aber noch nie in aller Öffentlichkeit. Es war so süß gewesen, wieder in seinen Armen zu liegen, zu spüren, wie sich sein Körper an ihrem bewegte, seine Wärme und Kraft und Hitze zu spüren. Es war ein schrecklicher Fehler gewesen, ihm zu erlauben, sie zu einem Walzer zu überreden. Erst der Kuß im Garten von Barrington und dann der Tanz … Wenn sie nicht aufpaßte, würde sie sich erneut Hals über Kopf in den Mann verlieben und so verwundbar werden, wie Clara es jetzt war. Ihn einmal zu verlieren hatte sie fast umgebracht. Noch einmal würde sie so einen Verlust nicht überleben.

»Das haben wir«, sagte sie zu Clara, »aber das ist schon lange her. Letzte Nacht wollte er einfach nur höflich sein.«

»So sah es mir aber nicht aus«, wandte Clara ein.

Anna sah sie direkt an. »Nein?«

»Nein.« Clara schüttelte den Kopf. »Es sah aus, als wäret ihr beiden die einzigen Personen im ganzen Saal, die nur füreinander Augen hatten.«

Du lieber Himmel, dachte Anna, hatte es so gewirkt? Sie mußte in Zukunft vorsichtiger sein, wenn sie mit Robert zusammen war, ihre Gefühle besser verbergen. Aber es war sehr korrekt gewesen, zumindest im Vergleich zu der Art, wie sie früher Walzer getanzt hatten. Sie erinnerte sich noch lebhaft an die sinnliche, verführerische Art, wie Robert mit ihr durch das Zimmer gekreist war, sie so eng an ihn gepreßt, daß ihre Röcke sich um seine Beine geschlungen hatten, in einer Intimität, die sie gleichzeitig erregt und geängstigt hatte. Der Tanz war pure Erotik gewesen. Gestern war es nur ein Abklatsch der früheren Tänze gewesen, aber es hatte trotzdem gewirkt, weil sie genau gewußt hatte, daß auch er während des Walzers an die anderen Tänze vor vielen Jahren dachte.

»Wir hatten uns nicht viel zu sagen«, erklärte Anna. »Wie schon gesagt, er wollte einfach nur höflich sein. Du hast deine Perlen noch nicht angelegt.«

»Oh.« Clara berührte ihren bloßen Hals. »Ich wollte sie sofort anlegen, aber Papa weinte so sehr, als er sie mir gab, daß ich sie vergessen habe.« Sie hielt ganz still, während Anna die perfekte Perlenschnur an ihrem Hals befestigte. »Ich wünschte, Mama wäre hier. Es ist so schwer für ihn ohne sie.«

»Auch du wirst sie an deinem wichtigsten Tag vermissen«, sagte Anna und betrachtete das Bild ihrer Nichte im Spiegel. »Aber sei versichert, meine Liebe, sie wird noch viel mehr bedauern, daß sie an diesem Tag nicht hier sein konnte. Die Hochzeit des eigenen Kindes zu verpassen ist ein Schmerz, der nie vergeht. Aber so ist es, wenn man eine so große Familie hat.«

»Ich vermisse sie«, gab Clara zu und legte eine Hand auf Annas, »aber ich bin schrecklich froh, daß du hier bist, Tantchen.«

Anna küßte sie auf die Wange. »Um nichts in der Welt würde ich diesen Tag verpassen wollen, trotz meiner Bedenken wegen des Bräutigams. Und nun, meine Liebe«, setzte sie schnell hinzu, als Clara den Mund öffnete, »werden wir uns nicht über Viscount Callan streiten, wie versprochen. Wenn er zustimmt, dir die nächsten Monate zu vertrauen, kann ich zumindest versuchen, dasselbe in Hinblick auf ihn zu tun.«

Clara wandte sich um und sah Anna besorgt an. »Willst du das, Tante Anna? Das wäre das schönste Hochzeitsgeschenk, das du mir geben könntest.«

»Ich werde es versuchen, Liebes«, versicherte Anna ihr aufrichtig. »Und nun komm. Sarah und deine kleinen Brüder werden schon den Salon auseinandernehmen, und dein Vater hat wahrscheinlich nur noch nasse Taschentücher. Laß uns nur hoffen«, sagte sie, als sie Clara mit sich zog, »daß er nicht St. Georges unter Wasser setzt.«

10

Das Hochzeitsfrühstück, das im Haus des Earl of Manning abgehalten wurde, erstreckte sich bis in den Nachmittag hinein. Sobald es möglich war, holte Lucien seine junge Frau, verabschiedete sich von den Gästen und geleitete sie unter den Hochrufen der anderen zu der wartenden Kutsche. Lucien setzte sich neben sie, ergriff Claras Hand und schloß die Augen, als die Kutsche langsam anfuhr.

»Nun gut«, murmelte er. »Das wäre geschafft.«

»Ja«, stimmte sie sanft zu, und als er sie ansah, bemerkte er, daß der glückliche Gesichtsausdruck verschwunden war. Sie sah genauso müde und erleichtert wie er aus, das Schauspiel hinter sich zu haben.

»Wir sind gleich zu Hause«, versicherte er ihr und wurde mit einem Lächeln belohnt, das ihn durch und durch wärmte.

Er war überrascht, wie wenig Ungeduld er verspürte, wie seltsam ruhig er auch während der ganzen Zeremonie gewesen war. Als er sie in der Kirche hatte stehen sehen, bereit, das Kirchenschiff entlangzuschreiten und in ihrem Brautkleid so herzzerreißend schön, daß ihm der Atem wegblieb, hatte ihn für einen Moment so etwas wie Panik erfaßt. Kurz hatte er das Empfinden gehabt, daß alles nicht wahr war und sie jeden Moment verschwinden würde. Dann war sie am Arm ihres Vaters auf ihn zugekommen und hatte ihm so ruhig und zuversichtlich in die Augen gesehen, ehe sie ihre Hand auf seinen Arm gelegt hatte. Er hatte nicht einmal gemerkt, daß er ihn ihr hingehalten hatte, und alle seine Ängste hatten sich in nichts aufgelöst wie Nebel unter der Sonne.

Jetzt war sie sein, und sie war freiwillig zu ihm gekommen. Wie lange hatte er auf dieses Wunder gewartet. Es sollte eine Nacht werden, an die sie den Rest ihres Lebens zurückdenken wollten, wenn sie endlich eins geworden waren und ihre Körper sich zum erstenmal miteinander verbunden hatten.

Auf der Fahrt nach Barrington unternahm er keinen weiteren Versuch einer Unterhaltung. Clara schien nicht reden zu wollen, und er war zufrieden damit, ihre Hand in seinem Schoß zu halten, mit dem Daumen sanft über ihre Finger zu streichen und wieder und wieder daran zu denken, wie sie ausgesehen hatte, als sie ihr Ehegelübde gesprochen hatten. Ihre Stimme hatte weich und leise, aber nicht ängstlich geklungen. Er hatte sich gewundert, wie bereitwillig sie sich in seine Hände gab. Sie mußte gewußt haben, wie ernst es ihm mit seinem Versprechen war, und er würde sie nicht enttäuschen, solange sie auch ihr Versprechen an ihn hielt. In den nächsten sechs Monaten hing alles davon ab, ob sie es schaffen würde, ihr Versprechen zu halten.

In Barrington hatten sich der Butler Hayes, die Wirtschafterin Mrs. MacInnes und die Dienstboten aufgestellt, um ihren Lord und ihre Lady zu begrüßen. Lucien führte Clara langsam durch das uniformierte Spalier und begrüßte jeden einzelnen ohne Eile. Anschließend führte er sie nach oben in ihre künftigen Zimmer und überließ sie sich selbst, damit sie sich umziehen und vor dem Abendessen ausruhen konnte.

Dann ging er, ohne auch nur einmal an seine Eltern zu denken, weiter in seine Räume. Hier war er schon lange vor dem Tod seiner Eltern nicht mehr gewesen, ja, vor seiner Abreise nach Eton nicht mehr. An dem Tag, als Robby ihn vor so langer Zeit hergebracht hatte, war er nicht in der Lage gewesen, sie zu betreten, und dann war er erst mit Clara zur Besichtigungstour wieder hier gewesen, die so plötzlich unterbrochen worden war.

Nachdem er durch die Tür gegangen war, blieb er einen Moment stehen, um zu sehen, was vertraut war und was verändert. Als er ein Kind war und die Räume zwischen seinen Eltern noch nicht verschlossen gewesen waren, hatte er hier immer gespielt. Damals hatten sie keine Türen zwischen sich gebraucht. Er erinnerte sich, daß er seine Eltern ein paarmal dabei überrascht hatte, wie sie – wie er in seiner Unschuld glaubte – Spiele machten. Mittlerweile wußte er natürlich, daß es weit mehr gewesen war, aber er schob die Erinnerungen beiseite. Sie waren bittersüß, vielleicht noch mehr als die anderen. Die Liebe zwischen seinen Eltern hatte nicht lange genug gedauert, um gerne daran zu denken. Die Erinnerungen schmerzten nur.

Geister.

Barrington hatte jede Menge davon aufzuweisen. Er hatte sich geweigert, hierherzukommen und sich ihnen zu stellen. Aber Robby hatte recht gehabt, als er darauf bestanden hatte, daß Clara und er hier ihr Heim einrichteten. Wenn ihre Ehe überhaupt eine Chance haben sollte, dann hier, wo die Dämonen lauerten, die ihn zum Mißtrauen trieben. Wenn er sie genügend wollte, wenn er das Glück wollte, von dem er sein Leben lang geträumt hatte, dann mußte er Barrington trotzen. Und wenn er scheiterte, würde er zumindest wissen, daß nichts die Vergangenheit korrigieren konnte, und er würde Clara fortschicken. In Pearwood würde sie das Glück und die Sicherheit kennenlernen, die er ihr nicht bieten konnte. Er würde mit seinen Geistern und der Dunkelheit zurückbleiben.

Schweigend ließ er sich von seinem Kammerdiener aus dem Hochzeitsanzug helfen und zum Essen umkleiden.

Als er wieder alleine war, setzte er sich an den kleinen Schreibtisch, der einmal seinem Vater gehört hatte, und dachte, wie wenig das Haus sich verändert hatte. Barrington war vor Jahren verschlossen worden. Vor vierzehn Jahren. Und doch war es trotz Claras Veränderungen so sehr dasselbe, als hätte es nie seinen Dornröschenschlaf gehalten.

Der Schreibtisch war wie die anderen Möbel auf Hochglanz poliert worden. Er schloß die obere Schublade auf. Leer, wie erwartet. Robbys Sekretär hatte nach dem Tod von Luciens Eltern alle Papiere durchgesehen. Das Wichtige war bearbeitet worden, der Rest lagerte auf dem Dachboden. Er erinnerte sich, daß Robby ihn gefragt hatte, ob er sie in Manning House haben wollte, aber Lucien hatte nur den Kopf geschüttelt. Damals hatte er nicht einmal nein sagen können.

Seine eigenen Papiere lagen in Holztruhen bereit. Clara hatte angeboten, sie von einem Diener einräumen zu lassen, aber das hatte Lucien abgelehnt. Das würde er selber machen. Niemand sonst sollte seine privaten Besitztümer sehen.

Lucien öffnete die Truhen, setzte sich auf den dicken Teppich und begann, die Papiere durchzusehen, wobei er besonders nach den Dingen suchte, die nur auf diesen Tag gewartet hatten, um wieder hervorgeholt zu werden.

»Bertie, du kannst gehen.«

Clara erkannte den Klang ihrer eigenen Stimme kaum wieder. Die Magd machte einen Knicks und verließ dann gehorsam den Raum. Sie war genauso neu wie die anderen Dienstboten im Haus, und Clara verspürte ihr gegenüber eine seltsame Befangenheit. Was mußte sie von der Dame des Hauses denken? Was mochten sie von dem Haus selber denken? Clara hatte Wochen mit dem

Versuch verbracht, das Haus warm und gemütlich zu machen, doch das schien unmöglich. Das Haus glich mehr einem Museum als einem Heim und war so seltsam still. Selbst beim Abendessen, als Lucien und sie sich um eine Unterhaltung bemüht hatten, war es so gewesen. Die Leere des Hauses, seine Einsamkeit hing wie ein Schatten über ihnen. Sicher empfanden die Dienstboten genauso.

Wie anders es hier war als in St. Genevieve. Wie anders als in jedem anderen Haus, das Clara kannte. Aber mit der Zeit würde es sich schon ändern, dachte sie, wenn Lucien und sie sich erst eingelebt hatten. Und wenn Kinder da waren, die das Haus mit Lachen, Rufen und Fröhlichkeit füllten. Lucien schien die Stille nichts auszumachen, sondern er schien im Gegenteil völlig zufrieden zu sein, so wie es war, als hätte er von Barrington nichts anderes erwartet.

Aber vielleicht hatte er das doch, dachte Clara betrübt. Während des Umbaus hatte sie sich fortwährend Gedanken über seine Erinnerungen gemacht. Er hatte ihr einmal erzählt, daß sie, Robby und ein paar Beamte die einzigen seien, die die Wahrheit über den Tod seiner Eltern kannten, aber auch das Wissen um die Wahrheit gab ihr nichts in die Hand, wie sie mit ihrem Mann umgehen sollte. Sie kannte ihn noch zu wenig, um ihn zu verstehen.

Besonders verwirrend war für sie der Umstand, daß er sie so sehr begehrte. Es war rätselhaft, zumal ein Mann, der so gut aussah wie Lucien, sicher jede Frau haben konnte, die er begehrte.

Sie hoffte, daß er geduldig sein würde, wenn er sie zu seiner Frau machte, wie Mama es von einem Ehemann als Pflicht betrachtete. In der Hinsicht hatte Clara ein wenig Angst vor Lucien, denn er war zuvor manches Mal absichtlich grausam gewesen. Aber, sagte sie sich, er hatte sie nie wirklich verletzt. Selbst an dem Nachmittag, wo er sie mit den Stallknechten lachend ertappt hatte und so wütend und entschlossen gewesen war, ihr eine Lektion zu erteilen, hatte er ihr nicht weh getan. Gedemütigt, ja, weil er es mit seinen erfahrenen Küssen geschafft hatte, daß sie ihn unbedingt wollte, so daß sie sich wie die Hure fühlte, die zu sein er sie bezichtigt hatte. Doch in dem Moment, wo er sie auf einen Strohhaufen hinabgedrückt hatte, war er sanft geworden. Seine Liebkosungen waren die eines Liebenden geworden, sanft und zärtlich, und sie war vollkommen verzaubert gewesen. Erst hinterher war er wieder wütend geworden, vor allem, weil er seine eigene Reaktion auf sie nicht hatte kontrollieren können, auch wenn er kein einziges Kleidungsstück abgelegt hatte. So hatten sie beide an diesem Nachmittag ihre Lektion gelernt.

Clara erhob sich und zog ihren seidenen Morgenrock enger um sich, als sie den Raum durchmaß.

Barrington gehörte zu den alten Häusern Londons, als noch genug Land für so große Paläste vorhanden gewesen war, und so war es groß und elegant. Der Garten war parkähnlich, ihre Zimmer waren mit allem Komfort ausgestattet. Die, die sie in St. Genevieve bewohnt hatte, waren im Vergleich dazu einfach. Sie stand in der Mitte ihres Schlafzimmers und fühlte sich klein und sehr allein und wünschte, daß Lucien kommen würde. Sie hoffte, daß er wenigstens diese Nacht bis zum Morgen bei ihr bleiben würde. Morgen würde sie tapferer sein. Doch heute konnte sie den Gedanken, alleine in dem großen Zimmer zu schlafen, nicht ertragen.

»Clara?«

Beim Klang seiner Stimme drehte sie sich um und sah Lucien in der Tür stehen. Er trug nur einen hellblauen Morgenmantel.

»Ja, Mylord?«

»Geht es dir gut?«

»Ja.«

Er stieß sich vom Türrahmen ab und kam langsam auf sie zu. »Gefallen dir deine Räume?«

»Ja.« Sie verschränkte die Hände vor der Brust und versuchte, das Gefühl der Nacktheit zu verdrängen. Er war schließlich ihr Ehemann. Es sollte ihr nichts ausmachen, daß er sie in so transparenter Nachtkleidung sah. Ihre Mutter hatte ihr das seidene Ensemble geschenkt und ihr versichert, daß das genau das war, was ein Mann in der Hochzeitsnacht an seiner Frau sehen wollte. Jetzt war sich Clara nicht mehr so sicher. Als Luciens Blick über sie glitt, hatte sie das Gefühl, daß er jeden Millimeter ihrer Haut sehen könnte.

»Meine Mutter hat diese Zimmer geliebt«, sagte er leise und trat näher. »Sie mochte es, ihre Freunde um sich zu haben, wenn sie sich für eine Party fertigmachte, nur um damit anzugeben. Sie hat auch alle ihre Liebhaber hierher in ihr Bett gebracht. Mehrmals hat sie sie hereingeschmuggelt, während mein Vater und ich schon schliefen. Ich erinnere mich an den Lärm und das Stöhnen, wenn mein Vater fremde Männer in ihrem Bett entdeckte. Oder auch nicht so fremde, denn sie scheute auch davor nicht zurück, mit seinen Freunden ins Bett zu gehen. Was für ein schöner Tagesanfang«, sagte er und blieb vor ihr stehen. »Der Lärm war fürchterlich. Ich habe im Bett gelegen und mir das Kissen über die Ohren gezogen und gehofft, daß es bald aufhört. Das tat es natürlich nie. Ich habe mich oft gefragt, warum sie es tat, wenn sie doch wußte, wie schlimm es hinterher war.«

»Vielleicht wollte sie seine Aufmerksamkeit haben, und das war der einzige Weg, sie zu bekommen«, flüsterte Clara und sah ihn an.

»Vielleicht«, stimmte er zu. »Vielleicht wollte sie ihn aber auch quälen, weil sie wußte, wie sehr er sie liebte. Sie mit einem anderen Mann zu sehen, wo er sein Leben dafür gegeben hätte, sie glücklich zu sehen, war schlimmer als der Tod.«

Clara wurde kalt, und sie verschränkte die Arme vor der Brust.

»Solange ich hier wohne«, sagte sie und sah ihn direkt an, »wirst nur du über die Schwelle treten, es sei denn, es ist jemand, dem du den Zugang gestattest, ein Arzt oder Diener.«

Er hob die Hand und strich ihr mit den Fingerspitzen sacht über die Kehle. »Sorge dafür, daß du die Wahrheit sagst, Clara. Denn wenn ich je einen anderen Mann in deinem Bett finde, werde ich ihn, ohne zu zögern, töten.«

»Ich habe dir letzte Nacht mein Wort gegeben.«

»Ja«, sagte er und ließ die Hand zu ihren Haaren gleiten. Seine Finger liebkosten sie sacht und so vorsichtig, als könnte sie sich in Luft auflösen. »Das hast du, und ich habe dir meins gegeben. Was ich dir mit meiner kleinen Geschichte sagen wollte, ist, daß ich es nicht über mich bringe, in diesem Zimmer zu schlafen oder in dem Bett zu liegen, in dem meine Mutter für die Hälfte der Gesellschaft die Hure gespielt hat. Wir wollen unsere ehelichen Pflichten in meinem Zimmer vollziehen oder woanders, Barrington hat ja genug Platz. Du mußt mir nur sagen, wo es dir am liebsten ist.«

»Oh«, stieß sie hervor und fühlte sich töricht, daß sie seine Worte so erschreckt hatten. Sie hätte sich den Grund ja denken können. »Dann in deinem Zimmer, bitte.«

»Dann komm, ich habe schon alles vorbereitet.«

Er trat zurück und hielt ihr die Hand hin. Sie legte ihre hinein und ließ sich von ihm aus dem Zimmer führen, durch den Salon und in sein Schlafzimmer.

»Lucien«, murmelte sie, als er sie losließ, um die Tür zu schließen. Der Raum war von mindestens hundert Kerzen erhellt, und es duftete nach Wachs und Sandelholz.

Auf ein paar Tischen standen Körbe voller Früchte, ein Sektkübel voller Eis und zwei Flaschen Champagner.

Sie spürte, wie er hinter sie trat und sie in die Wärme seiner Arme zog. »Gefällt es dir, Clara?« Seine Hände berührten leicht ihre Taille.

»O ja«, stieß sie hervor. »Danke.«

Er lachte leise und küßte sie leicht aufs Ohr. »Ich habe eine Ewigkeit auf diese Nacht gewartet, mein ganzes Leben lang, Clara« – er legte ihr die Hände auf die Schultern und drehte sie zu sich um – »du hast gestern gesagt, du wünschtest, es könnte wieder so sein wie in jenem Sommer auf St. Genevieve. Wir können die Zeit nicht zurückdrehen, aber heute nacht und vielleicht für die nächsten Tage können wir so tun, als wäre nie etwas ... Unschönes ... zwischen uns vorgefallen.«

»Lucien –«

»Ich weiß, ich verlange viel«, unterbrach er sie und legte ihr den Finger auf den Mund. »Ich war in den letzten Jahren nicht besonders nett zu dir. Du brauchst nicht so zu tun, als ob du mich liebst oder auch nur magst. Wenn du meine Sünden nur für kurze Zeit vergessen könntest, soll mir das reichen.«

Clara blickte ihm in die Augen, um zu sehen, was sich hinter seinen Worten verbarg. Sein dunkler Blick verriet nichts, außer daß er meinte, was er sagte.

»Und was ist mit dir?« murmelte sie. »Willst du so tun, als liebtest du mich, Lucien?«

»Nein«, erwiderte er, »ich gebe nichts vor. Sind wir uns einig, Clara? Für heute? Vielleicht für die nächsten Tage?«

»Keine Anschuldigungen? Keine Drohungen?«

»Nein«, flüsterte er und senkte den Kopf. »Wir brauchen nicht ein Wort zu sagen.«

Aber er sprach ununterbrochen zwischen Küssen, zog sie näher und näher an sich, ließ seine Hände über ihren Rücken und ihre Schenkel gleiten, zog ihr schließlich den seidenen Morgenrock aus und ließ ihn zu Boden gleiten, während sie erbebte, als sein Mund über die nackte Haut ihrer Kehle und Schultern glitt.

»Du bist wunderschön«, flüsterte er, als er sie hochhob und sacht auf sein Bett gleiten ließ. »Ich habe noch nie eine Frau so begehrt, wie ich dich begehre, Clara«, sagte er, als er sich neben sie legte. »Schh, Liebe«, flüsterte er an ihrem Mund, als ihr Nachthemd nach unten glitt und sie einen Laut des Protestes von sich gab. »Laß mich dich berühren. Weißt du nicht, wie sehr ich es brauche, dich zu berühren? Dich zu fühlen? Du bist so warm, Clara, so vollkommen. Hab keine Angst. Du bist meine Frau. Meine schöne, perfekte Frau.«

Seine tiefe, warme Stimme vertrieb all ihre Ängste, bis nichts mehr zählte außer Lucien. Er hatte gesagt, daß sie nicht zurückgehen könnten, aber er hatte sich geirrt. Das hier war die Erfüllung all jener Versprechen, die sie einander in jenem Sommer damals gemacht hatten. Das war das Ziel, das sie miteinander hatten erreichen wollen, und alles andere verblaßte aus dem Bewußtsein. Er war wieder ihr Lucien, so verletzlich und offen und liebevoll, wie sie ihn in Erinnerung hatte.

Sie entdeckte, daß sie eine gewisse Macht über ihn hatte, so wie er über sie. Ihre Berührungen ließen ihn zittern, und ihre Küsse ließen ihn vor Entzücken stöhnen. Als sie ihn das erstemal intim mit den Fingerspitzen streichelte, sagte er ihren Namen auf eine Art, die ihr einen Schauer über den Rücken sandte. Er lag wie betäubt unter ihren Händen, machtlos, etwas anderes zu tun, als zu empfangen, was sie ihm gab, und es gierig zu genießen.

Vielleicht lag es an den Schatten und den vielen Kerzen oder an der ungewohnten Intimität mit Lucien, jedenfalls hatte Clara das Gefühl, als wären sie aus der Realität von Barrington herausgehoben. Zwischen ihnen war alles genau richtig. Wie bei einem wunderschönen Tanz war jede Berührung richtig, jeder Blick und jedes Lächeln perfekt. Als er schließlich in sie kam, die Augen vor Lust geschlossen, und ihren Namen flüsterte, konnte selbst der Schmerz des Eindringens das überwältigende Erlebnis nicht schmälern, endlich mit ihm vereint zu sein. Eins mit ihm zu sein. Ihre Körper fanden instinktiv den richtigen Rhythmus, und das Wunder war so groß, daß Clara über die Perfektion des Ganzen nur staunen konnte.

Hinterher, als die Hitze und Lust zwischen ihnen abgeklungen waren, lagen sie schläfrig nebeneinander, berührten einander sanft und küßten sich. Schließlich löste Lucien sich von ihrem Körper, schlang den Arm um sie und zog sie an seine Schulter, und sie ließ es ohne Widerstand geschehen.

»Du schläfst heute hier«, sagte er. Es war eine Feststellung, keine Frage. Sie schloß die Augen, als seine Finger ihren Arm streichelten. »Ja«, murmelte sie und entspannte sich endgültig. Sie hätte ohnehin nicht in ihr Zimmer gehen können, dazu war sie viel zu erschöpft. Der Druck seiner Lippen auf ihrer Stirn war das Letzte, was sie merkte, bevor sie einschlief.

11

Drei Tage später rekelte Lucien sich lässig, nur mit einem Morgenrock bekleidet, auf dem Bett. Am liebsten hätte er auch den weggelassen, aber Clara hatte sich als äußerst scheu erwiesen, egal, wie häufig er ihren Körper sah oder ihn liebkoste, und wann immer sie seinen nackten Körper sah, errötete sie und fing an zu stammeln. Das entzückte und erregte ihn gleichermaßen, aber da er versprochen hatte, sie nicht aufzuregen, bedeckte er sich, solange sie sich nicht liebten.

Es war später Nachmittag, und Clara schlief noch immer, erschöpft von dem leidenschaftlichen Liebesspiel, das sie vorher genossen hatten, und von der kurzen Nacht davor. Er hoffte, daß er sie nicht überanstrengte, und zwang sich dazu, seine Lust nach ihr zu zügeln, so daß sie sich zwischendurch ausruhen konnte, wann immer ihr danach war. Nach drei Tagen und drei Nächten war das Verlangen, das er seit Jahren für sie empfunden hatte, noch kein bißchen weniger geworden. Tatsächlich fing er gerade erst an zu begreifen, wie tief und groß sein Bedürfnis nach ihr war.

Die Erkenntnis erschreckte ihn. Er hatte vorgehabt, sie zu seiner Sklavin zu machen, sie dazu zu bringen, ihn so sehr zu begehren wie er sie, aber genau das Gegenteil war eingetreten. Sie war wie eine Droge für ihn, von der er vollkommen abhängig war. Er hatte Angst – große Angst –, daß nichts, was er tat, ihn daran hindern konnte, von ihr ebenso besessen zu sein, wie sein Vater es von seiner Mutter gewesen war. Selbst sie im Schlaf zu betrachten, kam ihm leicht verwirrt vor. Welchen Sinn sollte das haben? Er sollte seinen Kammerdiener rufen, um sich baden und anziehen zu lassen, und dann einen Abend im Club mit seinen Freunden genießen. Wenn Clara erwachte und er weg war, sollte sie sich fragen, wo er hingegangen war, und er sollte erst am nächsten Nachmittag zurückkehren, ohne ihr zu sagen, wo er gewesen war. Nur damit sie begriff, daß er nicht von ihr abhängig war, nicht nur lebte, um ihr Lächeln zu sehen, ihre Stimme zu hören, ihre Hand zu spüren.

Aber er würde nicht gehen. Er würde bleiben und sie im Schlaf betrachten, bis sie die grauen Augen aufschlug und ihn mit jenem süßen Verlangen betrachtete, das so ein Geschenk für ihn war. Für den Rest der ersten Woche ihrer Ehe würde er ihr Sklave sein, auch wenn er wußte, daß er ein Narr war. Wenn die Woche zu Ende war und sie ihre Idylle verlassen mußten, würde ihm das nur um so schwerer fallen. Ihre Leben würden sich auseinander entwickeln. Sie wäre wieder die fröhliche, bewunderte Gesellschaftsdame, die sie anscheinend sein mußte, und er würde zu den Dingen und Leuten zurückkehren, die sein Leben erträglich machten.

Mit Macht schob er die Gedanken beiseite. Jetzt waren sie hier. Gemeinsam. Sie war eine offene, großzügige und leidenschaftliche Geliebte, wie er es von Anfang an geahnt hatte, und trotz ihrer Scheu entzückend eifrig, dazuzulernen. Deshalb fühlten sich die Männer so zu ihr hingezogen. Sie mußten spüren, daß Clara nur zu bereit war, demjenigen Lust zu verschaffen, der ihre Gunst errang.

Lucien neigte den Kopf und betrachtete seine schlafende Frau aus einem anderen Blickwinkel. Es machte Spaß, Clara anzusehen, sie war offen und freundlich und hatte ein nettes Gesicht. Er würde nie genug davon bekommen, sie anzusehen, im Gegenteil. Wie bei einem guten Gemälde oder einem Stück wertvollen Porzellans würde das Vergnügen, Clara anzusehen, mit den Jahren nur zunehmen.

Sie war so schlank, daß er ihre Taille mit beiden Händen umfassen konnte, und so zierlich, daß er überrascht war, ihr nicht jeden Knochen gebrochen zu haben. Aber sie hatte sich nicht beklagt. Sie hatte genommen, was er ihr gegeben hatte, und immer noch mehr verlangt. Er hatte noch nie eine so phantastische Geliebte gehabt. Sein Herz und sein Körper spürten, daß sie die einzige Frau war, an die er sich vollkommen verlieren konnte. Pamela, die alles darüber wußte, wie man einen Mann befriedigen konnte, hatte nie die Magie erreicht, daß er vergessen hätte, wo er war. Bei Clara genügte eine Berührung, damit er sich vollkommen verlor.

Weitere fünfzehn Minuten vergingen, in denen er sie betrachtete, wie sie so klein und verloren in seinem Bett lag wie ein Kind. Sie war die ruhigste Schläferin, die er je gekannt hatte, wenn es auch nicht viele gab, mit denen er sie hätte vergleichen können. Er hatte es sich nicht zur Gewohnheit gemacht, die Nacht bei den Huren und Mätressen zu verbringen, die er über die Jahre gehabt hatte, auch wenn er ein paarmal aus purer Erschöpfung bei Pamela eingeschlafen war.

Lucien erhob sich vorsichtig, trat an seinen Schreibtisch und schrieb eine Nachricht, was er brauchte. Er wollte ein heißes Bad und daß das Schlafzimmer frisch gemacht wurde, während er und Clara sich im Bad beschäftigten. Saubere Bettwäsche. Frische Nachtkleidung. Ein leichtes Essen und Wein. Gekühlten Champagner – Clara hatte in den letzten drei Tagen entdeckt, daß sie den am liebsten mochte – und eine Vase mit duftenden weißen Rosen. Er hatte keinen Zweifel, daß sein fähiger Butler solche Blumen zu dieser Jahreszeit auftreiben könnte. Auch die Kerzen sollten ausgetauscht werden, bis er und Clara ins Schlafzimmer zurückkamen.

Als er damit fertig war, ergriff Lucien ein Rosenholzkästchen, öffnete verschiedene Schubladen an seinem Schreibtisch und fand schließlich das Geheimfach und den Schlüssel, der darin lag. Er öffnete eine Schublade und holte nach einigem Überlegen etwas hervor, das in Seide gewickelt war, ehe er alles wieder so verschloß wie vorher. Er schob die Nachricht unter der Tür durch und zog die Glocke, damit ein Diener sie fand. Das hatte bislang sehr gut funktioniert. Der einzige Mensch, mit dem Lucien gesprochen hatte, seit er sich mit Clara zurückgezogen hatte, war Clara selber. Und so hatte er es auch gewollt. Diese wenigen Tage sollten die schönsten seines Lebens sein, und er würde sie nehmen und gierig bewachen. Wenn Clara ihn erst verlassen hatte, würde er sich in den kommenden Jahren an sie erinnern wie andere an ihre verlorene Jugend. Es würde sein Laken gegen die Kälte der Einsamkeit sein, die einzige Schwäche, die er sich gestatten würde, wenn sie schließlich ihr Herz vor ihm verschließen würde.

Er packte einen zierlichen Fächer aus und warf die Seide beiseite, mit der er eingepackt gewesen war. Unwillkürlich mußte er lächeln. Er erinnerte sich noch an den Tag, als er ihn für Clara in Italien gekauft hatte, auf dem Markt einer Kleinstadt, als es so heiß war, daß der Marktstand fast leergekauft war. Nur dieser Fächer war zu teuer und edel gewesen, um ihn sich nur gegen die Hitze zu kaufen. Es war ein Kunstwerk und für eine feine Dame gemacht, damit sie die Kunst des Flirtens damit vervollkommnen konnte. Der Fächer war aus Elfenbein und cremefarbener Seide gefertigt und mit goldenen Blumen bemalt, und er war so schön, daß er jeden anderen Käufer überboten hatte, um ihn seiner Herzensdame mitbringen zu können. Robby hielt ihn für verrückt, aber so dachte er auch schon, als er in Kopenhagen die Schmucktruhe aus Porzellan gekauft hatte und in Peru das Halsband aus silbernen

Glöckchen. Lucien hatte in jedem Land, durch das Robby ihn in den vier Jahren nach seiner Trennung von Anna geschleppt hatte, Andenken für Clara gefunden und sie sorgfältig gehütet, selbst in den Anden, damit er sie ihr als Beweis seiner Liebe und Ergebenheit schenken könnte, sobald sie zurückkehrten. Ein Schal aus feinster Wolle aus Ecuador, Gewürze und Sandelholz aus Indien, Parfum, das in Spanien extra für sie gemischt worden war, einen geschnitzten Holzengel aus Deutschland. Alles Geschenke für Clara. Alle seit Jahren verborgen, wo sie auf den richtigen Zeitpunkt warteten, ihr überreicht zu werden.

Er setzte sich aufs Bett und beugte sich über seine schlafende Frau.

»Clara«, flüsterte er und berührte mit dem offenen Fächer sanft ihre Wange.

Sie rührte sich nicht.

»Clara«, wiederholte er und strich mit dem Fächer von ihrer Schläfe bis zum Kinn.

Er beugte sich tiefer zu ihr, um sie aufs Ohr zu küssen. »Meine Frau«, murmelte er und küßte sie stärker.

Clara regte sich. Lucien lachte leise und legte ihr eine Hand auf die Taille, als sie sich zu ihm umwandte. »Guten Tag, meine schöne, faule Dame.«

»Mmm.« Sie streckte sich und schmiegte sich dann an ihn.

»Schläfst du schon wieder ein?« fragte er und küßte sie auf die Wange. Dann zog er das Laken zurück und benutzte wieder den Fächer, um sie damit zu streicheln und wach zu liebkosen. »Ich habe ein Geschenk für dich.«

»Noch eins?« murmelte sie und hob mit offensichtlicher Anstrengung den Kopf, ehe sie ihn wieder sinken ließ. Ihre Hand bewegte sich auf die Öffnung in seinem Morgenrock zu, um ihn schläfrig auf höchst intime Weise zu liebkosen. »Du verwöhnst mich schrecklich, Lucien.«

Er klopfte mit dem Fächer gegen ihre Hüfte. »Du

kennst mich besser, um so etwas Dummes zu sagen. Ich gebe Frauen keine hübschen Kleinigkeiten, aber diese kleinen Dinge gehörten schon immer dir.«

»Es sind keine Kleinigkeiten. Das Halsband ist das schönste, was ich je gesehen habe, und das Parfum ...«

»Macht mich noch immer verrückt«, vervollständigte er den Satz und senkte den Kopf zu ihrem Hals, um den reichen Duft einzuatmen.

»Es ist wundervoll, nicht wahr?« murmelte sie und preßte sich mit einem zufriedenen Schnurren gegen ihn. »Ich werde es selten benutzen, damit ich es lange habe.«

»Nein. Nimm es, so oft du willst.« Er fragte sich, ob es nach den sechs Monaten aufgebraucht sein würde. »Wenn es leer ist, lasse ich dir ein Neues machen.«

Er spürte an seiner Schulter, wie sie lächelte. »Sehr schön. Was ist das?« Sie bewegte sich, um zu sehen, womit er ihren Arm streichelte. »Oh, Lucien. Wie schön!«

Er sah zu, wie sie nach dem Fächer griff, und erzählte ihr angesichts ihres offensichtlichen Entzückens, wie er ihn damals für sie gekauft hatte.

»Es ist der schönste Fächer, den ich je gesehen habe, und die gesamte Gesellschaft wird mich darum beneiden. Ich werde ihn immer in Ehren halten, genau wie die Kette und das Parfum. Danke, Lucien.«

Er hob die Hand und fuhr ihr über den Rücken. Erst jetzt wurde ihr bewußt, daß sie aufrecht im Bett saß, so daß er ihren nackten Körper betrachten konnte.

»Willst du dich bei mir bedanken, Clara?« fragte er, während sie errötend das Laken um sich zog.

»Lucien ...«

»Ich habe ein Bad vorbereiten lassen«, erklärte er, während seine forschenden Finger sie erzittern ließen. »Vielleicht willst du dein Parfum mitbringen und dir eine Art überlegen, wie du deine Dankbarkeit ausdrücken kannst.«

»Es war eine wunderschöne Hochzeit, Lady Anna. Rundum gelungen. Ich bin mir sicher, daß ich noch nie ein Paar gesehen habe, das so gut zusammenpaßt wie Viscount Callan und die neue Viscountess.« Lady Earlington schlug mit dem Fächer auf Lady Annas Arm und beugte sich näher, um ihr vertraulich zuzumurmeln: »Eindeutig eine Liebesheirat, oder? Ich habe es sofort gemerkt, als Lord Callan ihre Hand genommen hat. Der Blick, den er ihr geschenkt hat – fast wäre ich in Ohnmacht gefallen.« Sie und die anderen älteren Damen in Lady Annas Gesellschaft fingen an zu lachen.

»Danke«, erwiderte Anna und zwang sich zu einem höflichen Lächeln. »Ich denke, daß sowohl der Earl of Manning als auch mein Bruder mit der Ehe zufrieden sind.«

»Nun, natürlich«, bekräftigte Lady Makevale. »So ein hübsches Pärchen, das verdrängt doch die häßlichen Geschichten über die Eltern des Viscounts. Aber ich bin sicher, daß die Viscountess daran nie einen Gedanken verschwendet hat.«

»Bestimmt nicht«, warf Miss Violetta Hampson ein. »Es wäre auch höchst ungerecht, die Schuld der Eltern dem Kind anzulasten. Viscount Callan hat ein ganz anderes Temperament als sein Vater, Gott hab ihn selig. Ich will natürlich nicht schlecht über die Toten reden, aber wir kennen doch alle die Gerüchte. Wie auch nicht, nach dem Gerede, das dem Tod von Edward und Letitia Bryland gefolgt ist«, fuhr sie honigsüß fort. »Und dem von Lord Gansley.« Sie sah die anderen Damen bedeutungsvoll an und erntete Nicken und Gemurmel für ihre kleine Rede.

Anna knirschte mit den Zähnen. Sie mochte Viscount Callan so wenig, daß sie ihn gerne bezichtigt hätte, das Herz eines Mörders zu haben, aber das Recht stand keinem zu.

»Edward Bryland war der beste Freund meines Bruders«, stellte sie spitz fest. »Er war ein freundlicher und großzügiger Mann, und wenn sein Sohn nur halb so ist wie er, ist er ein guter Mann und meine Nichte eine glückliche Frau, ihn zum Mann zu haben. Wenn Sie mich jetzt bitte entschuldigen wollen –«

Sie wandte sich ab, als ein harter, männlicher Körper ihr den Weg verstellte.

»Lady Anna«, begrüßte sie der Earl of Manning und hielt sie am Ellbogen fest, um sie am Gehen zu hindern, während er sich vor den anderen Damen verneigte. Anna entging nicht, wie die älteren Damen den attraktiven Earl betrachteten. Sie mußte sich auf die Zunge beißen, um ihm nicht zu verraten, wie dieselben Damen eben noch seinen lange verstorbenen Bruder in den Dreck gezogen hatten.

»Mylord«, sagte sie statt dessen, »wie nett, Sie nach so kurzer Zeit schon wiederzusehen.«

»Ja«, erwiderte er mit diesem Lächeln, das ihre Knie schon immer zu Pudding hatte werden lassen. »Die Hochzeit war sehr nett, nicht wahr? Aber ich möchte mit Ihnen über diese unglückselige Sache sprechen, die gleich hinterher passiert ...« Alle grauen Köpfe in Hörweite wandten sich ihm zu. Der Earl schien plötzlich zu merken, wo er war. »Aber ich bin sicher, daß die Damen nicht mit solchen Banalitäten gelangweilt werden wollen. Vielleicht können wir uns irgendwo privat unterhalten? Würden Sie mir die Ehre geben, mich in den Garten zu begleiten, Mylady? Das Wetter ist heute so schön.«

»Ist es das?« gab sie tonlos zurück.

Er bot ihr lächelnd den Arm. »Wollen wir?«

Sie wäre im Moment lieber im dunkelsten Winkel Afrikas gewesen als mit Robert Bryland alleine zu sein, aber selbst seine Gesellschaft war ihrer gegenwärtigen vorzuziehen. Sie ergriff seinen Arm.

»Danke.«

»Es ist mir ein Vergnügen. Meine Damen«, er verbeugte sich lächelnd vor den älteren Damen.

»Du hast nichts verlernt, Robert«, sagte sie, als er sie durch die französischen Türen, die schon geöffnet waren, nach draußen führte. »Du hast diesen Klatschtanten jetzt mit Sicherheit etwas zu reden gegeben, auch wenn es ausgedacht ist. Du weißt sehr gut, daß nach der Hochzeit nichts vorgefallen ist.«

»Aber sie haben sich so verzweifelt ein bißchen Klatsch gewünscht«, erwiderte er unschuldig. »Ich habe ihnen nur einen neuen Knochen zugeworfen, statt des alten, auf dem sie herumkauen können.«

»Und dabei auch noch mit ihnen geflirtet«, bemerkte sie etwas spitz. »Aber ich habe schon immer gesagt, daß du sogar vor einer Großmutter nicht halt machst« – sie warf ihm einen Blick zu – »oder einem Kind.«

»Ah«, sagte er, als sie den Gartenweg betraten. »Muß ich daraus schließen, daß dir meine Verabredung mit Sarah morgen nicht recht ist?«

»Mit meiner Tochter, Miss Huntington, ja?« erwiderte Anna hitzig und froh, so weit aus der Gesellschaft weg zu sein, daß sie offen sprechen konnte.

»Jawohl, mit Miss Huntington«, pflichtete er glatt bei. »Ich freue mich darauf, auch wenn ich den Tower schon einige Male besichtigt habe. Wenn du willst, kannst du uns gerne begleiten, Anna. Ich hoffe es sogar. Sonst müssen wir diese schreckliche Kinderfrau mitnehmen, und die Frau ist, um offen zu sein, recht deprimierend. Sarah hat mir erzählt ...«

»Sarah!« Anna riß sich aus seinem Griff los. »Ich erinnere dich daran, Robert, daß Sarah meine Tochter ist. Ich werde nicht zulassen, daß du offen mit ihr sprichst. Mir wäre es lieber, du würdest sie gar nicht kennen und auch nicht mehr zu Besuch kommen.«

»Wirklich, Anna?« fragte er freundlich und erwiderte ihren Blick. »Du weißt sehr gut, daß meine Besuche im Stadthaus deines Bruders nur eine Formsache waren, die sogar erwartet wird, zumal unsere Familien sich erst kürzlich verbunden haben. Sarah hat mir erzählt, daß sie den Tower sehen will, und mich gebeten, ihn ihr zu zeigen. Soll ich das ignorieren? Wäre dir das vielleicht lieber?«

Verdammt sollte er sein! Anna wandte ihm den Rücken zu. Verdammt sollte er sein, daß er so ruhig und im Recht war. Und verdammt sollte er sein, weil er so gut aussah. Sie fing an, seine perfekten Züge zu hassen, die ihn wie eine griechische Statue aussehen ließen. Die Zeit war gnädig mit ihm umgegangen. Er sah so attraktiv und noch männlicher aus als vor elf Jahren.

»Warum tust du das, Robert. Willst du mich bestrafen?«

»Dich bestrafen?« wiederholte er schwach, als hätte sie ihn schockiert. »Anna, wie kannst du so etwas nur denken? Es gibt keinen Grund, und selbst wenn es den gäbe, hältst du mich für so schwach, daß ich mich eines Kindes dazu bedienen würde?«

Jetzt fühlte sie sich noch dümmer. Natürlich hatte sie das nie von ihm geglaubt. Er verdrehte ihre Worte, so, wie er es immer getan hatte.

»Warum setzt du dann die Bekanntschaft mit meiner Tochter fort? Du mußt doch wissen, daß mir das nicht gefallen kann.«

»Ich weiß das«, gab er zu. »Aber sie möchte es – und ich auch, weil ich ihre Gesellschaft sehr genieße. Du hast ein entzückendes Kind, Anna. Und eingedenk dessen, was uns einst verbunden hat, möchte ich ihr ihren Aufenthalt in London so angenehm wie möglich machen. Das ist alles, und gerade du solltest das wissen. Ich habe dich geliebt, und du –«

»Du hast mich geliebt!« höhnte sie und fühlte einen scharfen Schmerz bei seinen Worten.

Er ergriff ihren Arm und riß sie hart herum. Seine blauen Augen blitzten sie an.

»Ich habe dich geliebt«, sagte er langsam und betont, »mehr, als ich für möglich gehalten hätte. Ich hätte mein Leben für dich gegeben.«

»Hättest du, ja? Was für eine hübsche Rede, Robert, aber das war ja immer schon deine Stärke, wie ich mich erinnern kann. Zumindest am Anfang. Aber du scheinst zu vergessen, wie groß diese Liebe, die du zu spüren meintest, wirklich war.« Sie warf einen Blick auf seine Hand, die noch immer auf ihrem Arm lag. »Du tust mir weh.«

Er ließ sie los und trat zurück. Sie konnte sehen, wie er sich wieder um ein ausdrucksloses Gesicht bemühte, bis er sich wieder völlig gefaßt hatte.

»Du wirfst mir immer noch meinen Ausrutscher mit Diana vor –«

»War das ihr Name?«

Er warf ihr einen geduldigen Blick zu. »Tu nicht so, als wenn du das nicht genau wüßtest, Anna, das paßt nicht zu dir. Du denkst vielleicht, daß du mich noch mehr verletzen könntest, aber glaube mir, das ist unmöglich.«

Plötzlich war ihr kalt, und sie wünschte, sie wäre nie mit ihm in den Garten gegangen. Sie rieb sich über die Arme und sagte: »Du hast natürlich recht, es ist dumm von mir, so zu tun, als könnte ich je vergessen, was damals passiert ist. Ich habe jenen Namen die letzten elf Jahre verabscheut.«

»Seltsam«, sagte er, »ich auch. Ist dir kalt, Anna? Oder zitterst du meinetwegen? Ich verspreche dir, daß ich mein unglückliches Verhalten, als wir das letztemal in einem Garten waren, nicht wiederholen werde. Nicht daß ich bedauern würde, was dort geschehen ist, aber ich hätte mir einen anderen Ausgang gewünscht. Möchtest du wieder reingehen?«

Sie schüttelte den Kopf, drehte sich um und sah in den Garten hinaus, der mit chinesischen Lampen erhellt war.

»Nein, Robert, noch nicht. Und ich hatte keine Angst, daß du dich mir wieder aufdrängen würdest. Dein blaues Auge ist doch gerade erst abgeheilt. Laß uns bitte dort entlang gehen.«

Anscheinend verstand er ihr Bedürfnis nach Schweigen, aber so war es immer schon gewesen. Schweigend legte er ihre Hand auf seinen Arm und führte sie über die Gartenwege zu einer kleinen Bank.

»Warst du mit Colonel Huntington glücklich?«

»Ja.«

Sie hörte, wie er schluckte. Er schwieg eine Weile, ehe er erneut sprach. »Er hat dir deine Tochter geschenkt. Sie ist ein entzückendes Kind.«

Anna spürte, wie Tränen in ihren Augen brannten, und sah auf ihre Hände hinunter. »Ja, das ist sie, ich liebe sie sehr.«

Er räusperte sich. »Anna, vielleicht hast du nie gewußt –« er wandte sich ihr zu. »Vielleicht hast du nie gemerkt, wie … sehr ich es bedauert habe … wie leid es mir getan hat –«

Die Tränen liefen ihr jetzt über die Wangen. »Ich wußte es«, flüsterte sie, »und mir tat es auch so leid.«

Er ergriff ihre Hände in einer tröstenden Geste. »Dann laß uns nicht mehr davon sprechen. Ich wollte nur, daß du weißt, daß ich meine Sünde nie leicht genommen habe. Ich habe oft zurückgeblickt und bedauert, wie ich mich an jenem letzten Tag verhalten habe. Du warst im Recht, Anna, daran darfst du nie zweifeln. Bitte weine nicht. Hier.« Er reichte ihr ein feines, gesäumtes Taschentuch aus Seide.

Sie nahm es und mußte trotz ihrer Tränen lachen. »Oh,

Robert, du törichter Mann, hat du immer noch seidene Taschentücher?«

Auch er lachte. »Ja, natürlich. Der letzte Rest einer eleganteren Zeit.«

»Du hättest hundert Jahre früher geboren werden sollen«, erklärte sie und tupfte sich die Augen trocken. »Ich lasse am besten meine Kutsche kommen.«

»Geh noch nicht, Anna. Du hast noch nicht mit mir getanzt.«

»Ich hätte gar nicht erst kommen sollen«, sagte sie schniefend. »Ich wußte, daß du hier sein würdest. Ich wußte, daß du mich jagen würdest, bis ich mit dir tanze.«

»Ja«, gab er zu, »das ist der einzige Grund, warum ich hier bin.«

»Aber das ist so töricht. Ich kann mir nicht denken, warum du das willst, und du solltest lieber damit aufhören.«

»Kannst du es denn? Und willst du es?«

»Ja!« erwiderte sie sofort. »Ich meine, nein. Ich verstehe nicht, warum du das machst, und ich möchte, daß du damit aufhörst.«

Er lächelte sein unwiderstehliches Lächeln. »Komm und tanze mit mir. Einen Walzer. Danach wirst du dich besser fühlen, ich schwöre es dir.«

Sie drückte ihm sein Taschentuch in die Hand. »Nein, Robert, bitte. Tu mir das nicht an.«

»Was, Anna?« Die Seide verschwand in seiner Tasche.

Sie sah ihn forschend an. Wie konnte er es verstehen? Sie hatte seinen Verlust vor Jahren nur mit Mühe überlebt, aber der Gedanke, das Ganze noch einmal durchmachen zu müssen, war unerträglich.

»Es würde mich umbringen, Robert«, flüsterte sie und sah ihn an. »Ich schwöre dir, es würde mich umbringen. Du ahnst nicht einmal –«

Seine Hand bedeckte ihre. »Ich weiß es. Ich verspreche

dir, Anna, daß ich dir nicht weh tun will, dir nie absichtlich Schmerz zufügen wollte. Aber manchmal, wie wir beide wissen, verletzen wir die, die wir am liebsten haben, ob wir wollen oder nicht. Alles, worum ich dich heute bitte, ist ein Tanz, mehr nicht. Und wenn du nicht willst, werde ich dich auch nicht weiter bedrängen.«

Sie holte tief Luft und zwang sich zur Ruhe.

»Einen Tanz«, gab sie nach.

Er nickte. Und lächelte. Sie spürte, wie sie ihm erneut verfiel. »Sehr gut, Robert, einen Tanz. Und dann werde ich gehen.«

»Ja, Anna.« Er erhob sich und zog sie mit sich. »Ich verstehe dich sehr gut.«

12

Juli

Lucien blieb fünf Minuten in seiner Kutsche sitzen und betrachtete das Äußere von Pamelas Stadthaus. Eine Woche, hatte er zu ihr gesagt, aber es waren zwei Monate vergangen, bis er einen Versuch unternommen hatte, sie zu sehen, ja, ihr überhaupt eine Nachricht zu schicken. Sie würde wütend sein, und er freute sich nicht auf das bevorstehende Treffen. Schließlich riß er sich zusammen und schritt zur Tür.

Sibby war entzückt, ihn zu sehen, errötete und wurde noch verwirrter, als er ihre Hand ergriff und ihr eines seiner seltenen Lächeln schenkte.

»Sibby, meine Liebe«, begrüßte er sie, erstaunt, daß er sich mehr freute, ihr freundliches Gesicht wiederzusehen, als er sich auf das Gesicht ihrer Herrin freute. »Was für ein schöner Anblick du bist.« Er küßte ihre Hand etwas länger, was das Mädchen atemlos machte. Er wollte noch etwas sagen, als er die Schramme auf der Wange des Mädchens entdeckte. Mit gerunzelter Stirn berührte er sie sacht, und Sibby zuckte zusammen. »Hat Lady Halling ihre schlechte Laune wieder an dir ausgelassen, Sibby? Du brauchst es mir nur zu sagen, Kleines, und ich werde sicherstellen, daß das aufhört.«

Wenn möglich wurde Sibby noch röter. »Oh, nein, Mylord«, versicherte sie und sah plötzlich ängstlich aus. »Sie ist immer sehr gut zu mir.« Sie bedeckte die Schramme mit der freien Hand. »Immer, Mylord.«

Lucien wünschte, daß Clara bei ihm wäre. Sie hätte gewußt, wie man das Mädchen trösten könnte. Er war nicht gut in solchen Situationen.

Mit einem, wie er hoffte, tröstenden Lächeln drückte er ihre Hand, ehe er sie losließ. »Ist deine Herrin zu Hause?«

Sibby knickste erneut. »Ja, Mylord. Sie war den ganzen Morgen im Atelier, aber sie hat schon vor Wochen angeordnet, daß Sie jederzeit zu ihr zu bringen sind, egal, was sie gerade macht.« Dann sah Sibby sich rasch um, beugte sich vor und flüsterte: »Ich sollte es Ihnen nicht verraten, Mylord, aber sie hat so ungeduldig auf Sie gewartet. Sie ist fürchterlich wütend gewesen.«

»Danke für die Warnung«, flüsterte er zurück.

Sibby richtete sich wieder auf. »Ich melde Sie schnell an, Sir, wenn Sie mich bitte entschuldigen wollen.«

»Nein, meine Liebe, mach dir keine Mühe«, hielt er sie zurück. Er zog sich Hut und Mantel aus und reichte sie ihr. »Ich werde mich selbst anmelden.«

»Oh, aber Mylord –«

Er tippte sie spielerisch aufs Kinn. »Mach dir keine Sorgen, Sibby. Lady Halling wird ihre Wut nicht an dir auslassen. Ich gebe dir mein Wort darauf.«

Pamela war so auf ihre Arbeit konzentriert, daß sie nicht hörte, wie er die schon geöffnete Tür noch weiter aufschob. Ihr Atelier war der einzige Raum im Haus, der nicht nach ihrem schweren Parfum roch, sondern nach Leinwand, Öl und Farben. Lucien hatte nie verstanden, wie Pamela den Geruch länger als ein paar Minuten aushalten konnte, aber sie verbrachte den Großteil der Nachmittage und frühen Abende hier, wo sie entweder zeichnete oder malte. Ihre Fertigkeiten bescherten ihr ein gutes Einkommen, aber selbst wenn dem nicht so wäre, würde sie malen und zeichnen. Ihre Arbeiten waren gekonnt und schmückten viele Hallen adeliger Häuser. Der Prinz persönlich besaß zwei Landschaftsgemälde von Lady Halling.

Vor diesem Hintergrund hatte Lucien nie ganz verstanden, warum sie sich mit Karikaturen und satirischen Zeichnungen abgab, insbesondere dann, wenn sie dieselben Mitglieder der guten Gesellschaft als Zielscheibe hatten, denen sie so gerne gefallen wollte. Sie achtete sorgfältig darauf, ihre Zeichnungen anonym zu halten, und signierte sie nur mit *Le Chat* – die Katze. Es war ein angemessener Name für die Art, wie Pamela sich mit ihren Karikaturen rächte, insbesondere an denen, die sie erniedrigt hatten. Die Katze hatte schon mehr als einen Ruf in der Stadt zerstört und wurde von der Gesellschaft allgemein abgelehnt und gefürchtet, auch wenn sich aus Neugier genug Käufer für das Blatt fanden, das öffentlich angeboten wurde. Wenn ihre Urheberschaft an den bösen Karikaturen je bekannt werden sollte, wäre sie nicht nur eine Ausgestoßene, sondern auch das Ziel für manche Rachetat. So mancher hätte es gerne gesehen, wenn die Karriere der Katze für immer zu Ende gewesen wäre.

Zur Zeit arbeitete Pamela an einem Stilleben und übertrug eine Auswahl von Blumen und Früchten vor sich auf eine Leinwand. Er sah zu, wie sie die Dinge kopierte und scheinbar mühelos auf die Leinwand brachte. Ihr langes blondes Haar war unordentlich hochgesteckt, und einzelne Strähnen streichelten ihre Wangen. Ihr schlichtes Tageskleid wurde durch eine große Schürze geschützt, die sie vom Hals bis zu den Zehen bedeckte. Alles in allem sah sie zufrieden und, wie stets, atemberaubend schön aus.

»Guten Abend, Lady Halling«, murmelte er, um sie nicht allzusehr zu erschrecken.

Sie fuhr hoch und ließ den Pinsel fallen, als wenn er sie angeschrien hätte. Als sie sich zu ihm umwandte, sah er Panik in ihrem Blick, eine offene Furcht, die er bei Pamela nie erwartet hätte. Ihr Blick irrte durch den Raum, als gäbe es etwas, was er nicht sehen sollte, bis sie schließlich zu sich kam. Dann holte sie tief Luft, lachte und legte die Palette weg.

»Lucien.« Ihre Stimme gehorchte ihr wieder, und sie hatte sich wieder gefaßt. »Du hast mich überrascht. Wie lange stehst du schon ...?« Sie wandte sich mit zusammengekniffenen Augen zu ihm um. »Sibby hat dich alleine hergeschickt?« Ärger zeigte sich in ihrer Miene. »Ich habe ihr schon so oft gesagt –«

»Es spielt keine Rolle«, unterbrach sie Lucien. »Ich wollte nicht, daß sie mich anmeldet. Du wirst sie nicht bestrafen, Pamela.«

Sie sah ihn ungläubig an. »Und du, Lucien, wirst mir nicht vorschreiben, wie ich mit meinem Dienstmädchen umgehe.«

»Doch, das werde ich«, erwiderte er und trat weiter in den Raum. »Und du wirst tun, was ich sage, meine Liebe, sonst bekommst du mein Mißfallen zu spüren. Schlage sie nie wieder, Pamela, sonst wirst du es bereuen. Haben wir uns verstanden?« setzte er sanft hinzu.

»Wage es nicht, mir zu drohen, Lord Callan«, entgegnete sie ähnlich drohend. »Sonst wird es dir schlecht ergehen.«

»Drohungen«, sagte er und fuhr ihr leicht mit einem behandschuhten Finger über das Kinn, »sind unnütze Waffen, Pamela, mit denen ich mich nicht abgebe. Wenn du Sibby etwas tust, wirst du meinen Zorn spüren.« Er zog sich zurück und verneigte sich leicht vor ihr. »Der Augenblick ist offenbar schlecht gewählt, Lady Halling. Ich werde mich zurückziehen.«

»Lucien!« Sie ergriff ihn am Ärmel. »Geh nicht. Bitte. Ich entschuldige mich. Du weißt, wie ich bin, wenn man mich bei der Arbeit stört, und ich habe mich geärgert, daß du so lange fortgeblieben bist. Ich hatte mir vorgenommen, dir eine Schüssel an den Kopf zu werfen, sobald du durch die Tür trittst.« Sie lächelte ihn an. »Statt dessen war es ein Wutanfall.«

»In der Tat.«

»Wundert dich das?« fragte sie, ließ ihn los und hob den Pinsel auf. »Wo du mich so lange hast warten lassen? Deine junge Frau scheint besser zu sein, als ich dachte. Du hast mir gesagt, daß ich dich eine Woche nach der Hochzeit erwarten könne, und statt dessen hast du Lady Callan in den letzten zwei Monaten überall hin begleitet, genau wie ein treu ergebener Ehemann es tun sollte. Ich kann ja verstehen, daß du den Narren spielen mußtest, als sie bei Hof vorgestellt wurde, aber daß du es überall sonst auch getan hast, geht über mein Verständnis. Wirklich, Lucien.« Sie warf ihm einen amüsierten Blick zu und begann, mit flinken Bewegungen ihre Pinsel zu säubern. »Es klingt ganz so, als wolltest du Clarence Parkett ausstechen.«

Lucien, der ein Bild vom Hyde Park betrachtete, murmelte gleichgültig: »Dog Parkett?« Den Spitznamen hatten er und Pamela sich ausgedacht, weil sie die sklavische Ergebenheit des Mannes für seine Frau so komisch gefunden hatten. Der Spitzname war leider bekannt geworden, und bald benutzte ihn jeder.

»Ja«, sagte Pamela mit einem Auflachen, »genauso. Wir werden einen neuen Namen für dich finden müssen. Vielleicht Jagdhund. Jagdhund Callan. Oder Lord Jagdhund. Das gefällt mir noch besser. Und paßt so gut zu dir, mein Lieber.«

»Pamela«, sagte er warnend. Und doch mußte er ihr zustimmen. Er hatte sie warten lassen und es nicht einmal über sich gebracht, ihr eine Nachricht zu schicken, daß er sich verspäten würde. Jeden Tag hatte er entschieden, lieber persönlich bei ihr vorbeizukommen. Er wußte, daß er das tun mußte, um sie in ihrer Wut von Torheiten abzuhalten. Aber jeden Tag hatte er einen Grund gefunden, den Tag lieber mit Clara zu verbringen. Theater, Oper, Hyde Park, Museen und Geschäfte. Alles Orte, die er normalerweise mied, waren plötzlich seine täglichen Ziele geworden. Es war lachhaft. Es war genauso, wie Pamela gesagt hatte, er war zum ergebenen Diener seiner kleinen, unscheinbaren Frau geworden. Selbst jetzt sah er Clara vor sich, ihr ausdrucksvolles Gesicht, das adrette Haar, die schlanke Figur. Ihr Äußeres konnte sich nicht mit Pamelas blendender Schönheit messen, und dennoch sehnte er sich danach, mit ihr in einem Zimmer zu sein, sie zu sehen und zu wissen, daß sie ihm gehörte. Und er wurde lächerlich eifersüchtig. Das Wissen, daß Clara in diesem Moment wahrscheinlich auf Lady Verseys Ball von einer Zahl von Bewunderern umgeben war, die sie alle mühelos bezauberte, zog ihm das Herz zusammen.

»Sag mir, liebst du sie sehr?« neckte ihn Pamela. »Wie schrecklich das sein muß. Versklavt von einer Pfauenhenne.« Sie betonte das letzte Wort vielsagend und lachte dann erneut. »Ich bin jedesmal wieder voller Belustigung, wenn ich nur daran denke. Ausgerechnet du läßt dich von der Frau einfangen und versklaven, die du so lange gehaßt hast.«

Bei Pamela gab es keine halben Sachen. Sie traf immer ins Schwarze. Früher hatte er sich deswegen zu ihr hingezogen gefühlt. Sie waren gleich in ihrer Verbitterung. So sehr, daß er gefürchtet hatte, nie wieder eine andere Frau zu finden, die seiner dunkleren Seite so sehr entgegenkam. Daß er nun etwas Besseres gefunden hatte, machte ihn plötzlich zu ihrem Opfer, nicht mehr zu ihrem Leidensgenossen. Er spürte, was kommen würde, als wenn es schon geschehen wäre.

Lucien schob die Schuldgefühle beiseite und bemühte sich um eine angemessene Zurschaustellung von Ärger, aber alles, wozu er fähig war, waren Mitleid und vielleicht etwas Trauer. Er hatte Pamela nie geliebt, aber sie waren Freunde und gute Gefährten gewesen. Sie würde einige Zeit wütend sein und hatte auch jedes Recht, es zu sein. Er war auf sich selber wütend, daß er so ein Narr gewesen war und ein Heuchler. Wie viele Männer hatte er verlacht, weil sie sich der Liebe unterworfen und zugelassen hatten, daß eine Frau ihr Leben änderte. Jetzt verdiente er jedes bißchen Neckerei selber.

Sie beobachtete ihn und wartete auf seine Reaktion. Das war ein Spiel zwischen ihnen, wie so vieles andere auch. Seine nächste Bewegung würde den Kurs bestimmen, zumindest so lange, bis Pamela entschied, was ihre nächste Bewegung sein würde. Es gab viel, was er ihr hätte antworten können. Er entschied sich schließlich für das, was sie erwartete.

»Wenn ich es nicht mit eigenen Augen gesehen hätte, meine Liebe, würde ich es nie glauben. Bist du etwa eifersüchtig, Pamela? Das muß ein neues Gefühl für dich sein.«

Mit einer brüsken Bewegung warf sie die Pinsel durch den Raum.

»Bastard!« schrie sie in heißer Wut. »Sprich nicht so mit mir, nachdem du mich zwei Monate lang hast warten lassen. Du hast mich vor den Augen unserer Freunde bloßgestellt, und das werde ich dir niemals verzeihen!«

»Dann will ich keine Zeit mit Entschuldigungen vertun«, erwiderte er kühl und betrachtete sie mit ruhigem Blick. »Ich habe gehört, daß du nicht unbedingt zurückgezogen gelebt hast.«

Triumph löste die Wut in ihrem Gesicht ab. »Das stimmt, Mylord. Hast du gedacht, ich hätte nach der ersten Woche zu Hause gesessen und mir die Augen nach dir ausgeweint? Das hättest du besser wissen sollen, Lucien.«

Noch vor ein paar Wochen hätte er sie für so ein Verhalten bestraft. Alle seiner Bekannten wußten, daß Pamela seine Mätresse war, auch wenn er sie nie finanziell unterstützt hatte und sie für jeden Mann offen war. Jetzt hatte sich alles geändert.

»Ah, nun« sagte er, wandte den Blick ab und betrachtete die Sachen auf ihrem Arbeitstisch. »Mein Verlust, befürchte ich. Und eines anderen Mannes Gewinn. Oder sollte ich sagen anderer Männer? Ich bin sicher, daß du Heswell und Wolston und deinen anderen Bewunderern etwas für ihr Geld gegeben hast.«

Ihr eingezogener Atem war Warnung genug. Lucien drehte sich gerade noch rechtzeitig um, um ihre Faust vor dem Ziel abzufangen.

»Die Frage ist nur, Lady Halling«, er preßte die zarten Knochen schmerzhaft, »ob du auch deine Befriedigung gefunden hast? Sag mir doch, war es sehr schlimm? Der arme alte Heswell muß dich fast zu Tode geleckt haben, es sei denn, er hatte seine Zähne eingesetzt. Ich muß jedesmal lachen, wenn ich nur daran denke.«

»Nicht.« Sie versuchte vergeblich, sich aus seinem Griff zu lösen. »Nicht.«

Er trat näher und bog ihren Arm nach unten. »Ich lasse dich in Ruhe, Pamela, solange du meine Frau nicht mehr in meiner Gegenwart erwähnst. Ich will weder ihren Namen noch ihren Titel oder sonst etwas über sie von deinen Lippen hören. Laß Clara in Ruhe. Vollkommen in Ruhe!«

»Lucien, du Narr!« Sie kämpfte, bis er sie schließlich losließ. Dann trat sie zurück und rieb sich das Handgelenk, während sie ihn haßerfüllt ansah. »Du dummer Narr! Hör dich nur an. Sie wird dich zerstören, das hast du doch immer gewußt. Wie konnte sie dich so leicht herumkriegen?«

Lucien blickte sie an, während Pamela um Beherrschung rang.

»Du hast es immer gewußt«, sagte sie ruhiger. »Sie hat dich schon einmal fast zerstört, wie deine Mutter deinen Vater. Du hast geschworen, nicht in seine Fußstapfen zu treten, und nun sieh dich an! Zwei Monate mit deiner

Frau – zwei nur! –, und du liegst ihr zu Füßen. Jagdhund Callan. So werde ich dich nennen, du dummer Narr! Du hast es verdient.«

Dann herrschte Schweigen. Lucien konnte ihr nicht widersprechen. Was Clara anging, war er wie ein Kind. Ein hungriges, verzweifeltes Kind, das alles tun würde, um zu bekommen, was es wollte. Auch das Wissen, daß am Ende eine Katastrophe stünde, konnte ihn nicht aufhalten. Die Wochen, die er verheiratet war, waren die schönsten seines Lebens gewesen. So süß und so vollkommen … Aber er wußte, daß das, was er jetzt mit Clara teilte, nicht von Dauer sein konnte, und doch erschreckte ihn der bloße Gedanke, sie zu verlieren. Es war besser, jetzt seine Niederlage einzugestehen, Clara nach Pearwood zu schicken und es hinter sich zu haben.

»Sie ist nicht einmal hübsch, oder?« warf Pamela in dem beiläufigen Ton ein, der ihm zeigte, daß sie sich absichtlich darum bemühte. »Aber vielleicht besitzt sie etwas, was mehr wert ist als bloße Schönheit«, fuhr sie fort, während sie die verstreuten Pinsel wieder einsammelte und sich dabei Zeit ließ. Ihre Bewegungen waren ruhig und entspannt. »Vielleicht kennt sie das Geheimnis, wie man einem Mann ein gutes Selbstwertgefühl vermittelt. Das ist gar nicht so schwer. Sie weiß bestimmt, wie man lächeln muß, wette ich. Nicht zu kokett, aber auch nicht zu scheu. Einfach nur offen und feminin, so daß ein Mann sich wohl fühlt. Und sie weiß auch, wie man eine Unterhaltung führt und einen Mann über sich selbst reden läßt. So daß er sich als etwas Besonderes fühlt, selbst wenn er ein blöder Langweiler ist wie Sir Thomas Reedley. Wenn sie wollte, könnte sie ihn sicher um den kleinen Finger wickeln. Oder hat sie das schon getan?«

Sie hatte es schon, mußte Lucien innerlich zugeben. Reedley gehörte zu Claras ergebensten Bewunderern. Der Mann hatte Lucien offen ins Gesicht gesagt, wie sehr er Clara schätzte und daß er alles dafür geben würde, auch so eine Frau zu finden.

Pamelas Mundwinkel hoben sich in einem langsamen, berechnenden Lächeln, das Lucien noch sehr gut kannte.

»Genau wie deine Mutter«, sagte sie und legte die Pinsel auf den Tisch, »genauso charmant und bewundernswert.«

Der Rest blieb ungesagt. Genauso gefährlich. Genauso verräterisch. Genauso treulos.

Gift, dachte Lucien. Er durfte das bei Pamela nie vergessen. Pures Gift. Wenn er das im Umgang mit ihr vergaß, wäre er genauso erledigt wie der Rest ihrer Opfer.

Mit ausdruckslosem Gesicht sagte er: »Du hast vergessen, etwas ganz Offensichtliches zu erwähnen, Pamela. Trotz der Nachteile meiner Frau ist sie im Bett eine unvergleichliche Partnerin.« Er ließ die Worte einsinken, ehe er hinzufügte: »Ich habe nie eine Bessere gehabt. Nichts sonst hätte mich so lange an ihrer Seite gehalten, wie du sehr gut weißt.«

Sie wurde weiß, und ihre Hände ballten sich zu Fäusten. »Ich bin sicher, daß es nicht lange dauert, bis deine Freunde das auch wissen.«

Es war eine lächerliche lahme Retourkutsche für jemanden mit Pamelas Erfahrung. Lucien lachte laut auf, weil er wußte, daß sein Pfeil getroffen hatte. Sie erkannte ihren Fehler fast sofort und wurde hochrot.

»Bastard!« zischte sie wieder.

Er fuhr fort zu lachen.

»Oh, na schön«, rief sie und mußte lächeln. »Du hast gewonnen. Ich gebe es zu. Du hast deine Karten gut ausgespielt, Lord Callan, und ich gebe mich geschlagen.« Sie trat näher. »Können wir jetzt mit diesen Dummheiten aufhören?« Sie blieb vor ihm stehen und legte ihm leicht die Hände auf die Brust. »Bitte Lucien, laß uns nicht länger kämpfen oder Spielchen spielen. Laß uns ausgehen.

Ich will nicht mehr wütend auf dich sein. Es ist zu anstrengend, und ich habe dich vermißt. Doch, das habe ich.«

Er ergriff ihre Hände und küßte sie, mehr, um sie zu beruhigen als um Zugeständnisse zu machen. Doch seine Worte waren aufrichtig. »Ich habe dich auch vermißt, Pam. Auf eine seltsame, vertraute Weise, aber das reicht nicht.« Er ließ sie los, als sie ihm ihre Hände entzog. »Meine Liebe, es tut mir so leid, aber es reicht nicht.«

Sie schüttelte leicht den Kopf, als könnte sie nicht glauben, was sie hörte. »Warum bist du dann gekommen? Lucien –«

»Um mit dir zu sprechen und dich zu sehen.«

Ihre Augen wurden groß. »Lucien«, sagte sie noch einmal und schwieg dann.

»Was ich über meine Frau gesagt habe, meine ich auch. Halte dich von ihr fern, Pam.«

Sie starrte ihn an.

»Und auch, was ich dir wegen Sibby gesagt habe, ist mein Ernst. Das ist kein Spiel für mich. Verstanden?«

Sie schüttelte den Kopf. »Lucien«, murmelte sie, »du willst doch nicht …« Sie lachte freudlos auf. »Das ist doch nicht dein Ernst. Das kann nicht sein.«

Er wandte sich um und ging zur Tür und in die Halle, während er nach Sibby rief.

»Lucien!«

Er achtete nicht auf sie, während das Mädchen ihm in seinen Mantel half und ihm den Hut reichte.

»Lucien!«

»Hab keine Angst, Sibby, Liebe«, beruhigte er das bleiche Mädchen und hob ihre zitternde Hand an seine Lippen. »Wenn sie dir etwas tut, brauchst du nur zu mir zu kommen. Schick mir nur eine Nachricht, und ich verspreche, daß du nicht leiden mußt.«

»Lucien!«

Er ging durch die Tür und auf seine wartende Kutsche zu und ignorierte den Anblick einer sichtlich erschütterten Lady Pamela Halling, die in der Tür stand und seinen Namen rief.

»Sind Sie sicher, daß Sie nicht tanzen wollen, Mylady?« drängte Sir Anthony Sayers. »Ich schwöre es, Sie brechen mir das Herz.«

Clara lachte leicht und schenkte dem beharrlichen Herrn ein Lächeln. »Das tut mir sehr leid, Mylord, aber wenn ich wählen kann, ob ich Ihr Herz breche oder meine Füße ruiniere, muß ich mich, fürchte ich, für meine Füße entscheiden.

»Und wenn ich sie für Sie massiere, um Ihnen die Schmerzen zu nehmen?« neckte er. »Ich würde das nur zu gerne tun.«

Clara bemühte sich um einen schockierten Gesichtsausdruck und schlug dem Herrn leicht mit dem zusammengeklappten Fächer auf den Arm. »Schämen Sie sich, Sir. Denken Sie nur, was mein Mann dazu sagen würde. Oder Ihre Frau.«

Clara hatte ein unschuldiger Flirt schon immer Spaß gemacht, sie fand es aber am sichersten, das mit einem glücklich verheirateten Mann zu tun, mit dem man scherzen konnte, ohne sich Sorgen machen zu müssen, daß die Sache aus der Hand gleiten könnte. Die Tatsache, daß Sir Anthony leidenschaftlich in seine schöne Frau verliebt war, ließ sie die Plänkeleien erst so richtig genießen.

Sir Anthony zog eine Grimasse. »Ich glaube, ich könnte eine ganze Weile an nichts anderes denken, wenn Ihr Mann erst einmal mit mir fertig wäre. Nicht, daß ich ihm einen Vorwurf machen könnte.« Er hob ihre Hand von seinem Arm und küßte leicht ihre Fingerspitzen. »Ich danke Ihnen für den erfrischenden Spaziergang im Garten, Mylady. Ich hoffe, ich habe Sie mit all dem Gerede über meine Familie nicht allzusehr gelangweilt.«

»Aber nein«, versicherte Clara ihm aufrichtig. »Ich habe jeden Moment genossen, den Sie mir von Ihren Kindern erzählt haben. Ich hoffe, daß ich mich bald revanchieren kann«, und beide lachten. »Ah, da ist Miss Howell. Führen Sie mich doch bitte zu ihr, Mylord, damit ich meine Füße ausruhen kann.«

Ein paar Minuten später saß Clara auf einem bequemen Stuhl neben Bella, seufzte erleichtert und sagte: »Ich frage mich, wie lange Tante Anna wohl noch bleiben will. Noch eine Stunde, und dann reicht es mir, glaube ich.«

Bella rückte ihre Brille zurecht und sah sich um. »Als ich sie zuletzt gesehen habe, hat sie mit Lord Manning getanzt. Meinst du, da tut sich was? Sie verbringen eine Menge Zeit miteinander, und in der Stadt beginnt man schon zu reden.«

»Ich weiß.« Clara seufzte. »Es hat Tante Anna etwas beunruhigt, daß ihre frühere Beziehung zum Earl wieder so ans Tageslicht gezerrt wird. Sie dachte, daß sie das alles hinter sich hätte.«

»Aber es ist so romantisch.« Bella sah Clara an und errötete. »Er muß sie leidenschaftlich lieben, um ihr so öffentlich den Hof zu machen. Wo sie ihn so wenig ermutigt.« Wieder rückte sie unbewußt ihre Brille zurecht.

»Ja«, sagte Clara gedankenverloren, »ich denke schon, daß es romantisch ist, auch wenn Tantchen es nicht so zu sehen scheint. Sie ist immer nur wütend auf ihn, und doch gibt es Momente ...« Sie unterbrach sich und lächelte ihre Freundin an. »Ach, egal. Ich sollte nicht darüber reden. Wo ist Lord Severn?« Sie sah sich suchend um. »Ihr habt doch vorhin noch getanzt.«

»Oh«, sagte Bella sichtlich unbehaglich. »Wulf und Papa sind für ein paar Augenblicke in die Bibliothek gegangen. Papa hatte eine Idee zu der neuen Maschine, an der sie gerade arbeiten, und sie wollten lieber sofort darüber sprechen, statt zu riskieren, es später zu vergessen. Es ist schwer für sie, weiterzuarbeiten, ehe sie eine Idee zu Papier gebracht haben.«

Clara wußte das. Es war nicht das erste Mal, daß Lord Severn seine Verlobte für die Wissenschaft im Stich gelassen hatte. Dieser Mann rechnete und überlegte und dachte ununterbrochen, selbst mitten in einem Ball. Es schien keine Rolle zu spielen, wo er gerade war, wenn er eine faszinierende Idee hatte, entschuldigte er sich einfach und verschwand, um sich Papier und einen Stift zu besorgen. Sie wußte nicht, wie Bella das aushielt, obwohl man das über sie sicher auch sagen könnte.

Sicher hätten nur wenige Frauen Luciens düstere Schweigephasen ausgehalten oder seine wechselnden Launen, aber weil sie ihn liebte, hätte sie alles ausgehalten. Die Wochen, die auf ihre Hochzeit gefolgt waren, hatten ihr nur vor Augen geführt, daß es die Sache wert war. Vielleicht war er kein perfekter Mann, aber er hatte in den vergangenen zwei Monaten versucht – wirklich versucht –, ihr ein guter Ehemann und angenehmer Gesellschafter zu sein. Er hatte sie sogar zu Plätzen begleitet, die er, wie sie wußte, normalerweise mied. Es hatte ein paar Ausrutscher gegeben, aber Clara konnte sich nicht erinnern, daß sie je glücklicher gewesen wäre. Sie hoffte nur, daß Lucien genauso empfand.

»Ich bin sicher, daß er gleich wiederkommt«, sagte Bella wenig überzeugend.

»Ja.« Clara drückte tröstend Bellas Hand. »Ganz bestimmt.« Tatsächlich bezweifelte sie, ob Lord Severn oder Bellas Vater heute noch einmal auftauchen würden. Das Schlimmste war, daß die anderen Männer zu vorsichtig waren, um Christabella Howell zum Tanz aufzufordern. Viscount Severns Körpergröße und sein Hang zur Eifersucht waren zwei Komponenten, die auch die platonischste Annäherung im Keim erstickten. Lucien und Lord Rexley, die heute beide nicht da waren, waren die einzigen regelmäßigen Partner, die Bella sonst hatte. Und natürlich der Earl of Kerlain, aber der stand auf einem anderen Blatt.

»Ich wünschte, ich könnte so mit Männern umgehen wie du«, sagte Bella sehnsüchtig. »Jeder scheint sich in dich zu verlieben. Selbst Lord Callan. Ich habe noch nie vorher erlebt, daß er sich so normal benimmt, wenn du verzeihst, daß ich das so offen sage.« Sie sah Clara schüchtern an. »Ich hatte vor Lord Callan immer ein bißchen Angst, obwohl er zu mir immer freundlich war. Ich glaube, es ist nur seine Düsternis, die einen in seiner Gegenwart so nervös macht. Und die Art, wie er einen, ohne zu blinzeln, ansieht, als könnte er die privatesten Gedanken lesen. Aber seit er dich geheiratet hat, Clara, ist er wirklich ... richtig nett geworden. Es ist ganz klar, daß er dich liebt.« Wieder schob sie ihre Brille zurecht, ehe sie die Hände in den Schoß legte und einen lauten Seufzer ausstieß. »Ich wünschte, ich könnte bei Wulf dasselbe erreichen. Ich würde alles dafür geben, wenn er mich so ansähe, wie Lord Callan dich ansieht.«

»Aber ich bin mir ganz sicher, daß Lord Severn dich zutiefst liebt, Bella«, versicherte Clara dem Mädchen. »Trotz seiner Neigung zu verschwinden, ist er dir doch treu ergeben.«

»Ja, wenn er nicht gerade seiner Wissenschaft ergeben ist. Was er ständig ist.«

»Oh, Bella, das stimmt doch nicht.«

»Oh, doch«, beharrte Bella. »Es kommt vor, daß er vergißt, daß er mit mir im selben Zimmer ist oder daß es mich überhaupt gibt. Es würde mich nicht wundern, wenn er heute den Ball verließe, ohne sich von mir zu verabschieden. Das hat er auch früher schon gemacht. Zu oft, um noch zu zählen, um genau zu sein.«

»Du lieber Himmel«, stieß Clara schockiert hervor und konnte nun nicht mehr argumentieren, daß Viscount Severn so etwas nie tun würde. Der Mann neigte in der Tat zur Vergeßlichkeit, wenn er mitten in einem geistigen Problem steckte. Im letzten Monat hatte er Barrington zweimal verlassen und einmal seinen Hut und einmal seinen Mantel vergessen. Ein Diener hatte ihm die Sachen nachbringen müssen. Lucien hatte über Claras Überraschung gelächelt und ihr versichert, daß solche Dinge Wulf ständig passierten.

»Oh, meine Liebe«, sagte Bella plötzlich und sah quer durch den Raum, wo ein gewisser Herr sein übliches Maß an Aufmerksamkeit erregte. »Oh, nein, kommt er herüber? Oh, du liebe Güte.« Sie begann, an ihrer Brille herumzurücken.

Clara folgte dem panischen Blick ihrer Freundin und entdeckte Lord Kerlain, der sich über die Hand einer jungen Frau beugte. Als er sich wieder aufrichtete, sah er zu ihnen herüber, fing Claras Blick auf, lächelte und nickte, ehe er seinen Blick mit Bedacht auf Bella lenkte.

»Ich fürchte, er ist es.«

»Oh, Liebe. Was soll ich tun?« Bellas Hände flogen zu ihren Haaren und dann zu ihrem Kleid. »Ich wünschte, Wulf wäre hier.«

Clara beobachtete, wie Kerlain sich seinen Weg auf sie zu bahnte.

»Weißt du was, Bella?« sagte sie. »Ich glaube, er ist der attraktivste Mann, den ich je gesehen habe. Ich frage mich, ob alle Männer in den Staaten so gut aussehen.«

Er war ein großer, muskulöser Mann mit dichten, schimmernden Haaren in der Farbe dunklen Honigs. Dazu hatte er die schönsten grünen Augen, die sie je gesehen hatte, wie dunkle Smaragde. Seine Gesichtszüge waren perfekt geschnitten, männlich, markant und aristokratisch. Er war genau die Art Mann, von denen junge

Mädchen in ihren Tagträumen schwärmen, der Mann, mit dem man die Rolle des Helden besetzt, der verwegene Pirat, der attraktive Schurke, der Straßenräuber, alles in einem.

»Glaubst du wirklich?« fragte Bella zweifelnd. »Ich fand immer, daß Jack – Lord Rexley – der bestaussehende Mann ist, den ich je gesehen habe. Du mußt doch zugeben, daß er sehr gut aussieht.«

»Jack? Er sieht so gut aus, daß die Frauen seinetwegen in Ohnmacht fallen. Aber der Earl of Kerlain sieht so gut aus, daß sie seinetwegen leider den Verstand verlieren.«

»Ja«, sagte Bella, »genau das macht er bei mir. Warum kann er mich nicht in Ruhe lassen? Ich bin mir sicher, er tut es nur, um Wulf zu ärgern, aber das ist so unfreundlich.«

Clara schüttelte den Kopf. »Er tut es nicht, um Wulf zu ärgern, meine Liebe. Ich fürchte, es ist viel schlimmer als das.«

Bella blickte sie fragend an, hatte aber keine Zeit mehr, Clara zu fragen, was sie damit meinte. Der Earl of Kerlain war bei ihnen angelangt.

»Lady Clara«, begrüßte er sie lächelnd und küßte ihr kurz die Hand. »Wie schön, sie wiederzusehen. Und Miss Howell.« Er ergriff Bellas Hand und hielt sie fest. »Sie sehen ... einfach phantastisch aus.« Seine Stimme war ein verführerisches Murmeln. »Ich glaube, sie setzen zu einem Walzer an. Würden Sie mir die Ehre geben, Mylady?«

Er zog Bella bereits aus ihrem Stuhl, ohne ihr eine Chance zu lassen, sein Angebot abzulehnen. Und Bella, die wie jede Frau dem Zauber des Earls erlag, folgte ihm ohne Protest auf die Tanzfläche.

Das bedeutet entschieden Probleme, dachte Clara, als Kerlain Bella die Hand um die Taille schlang, recht tief, so daß es nur gerade eben noch schicklich war, und sie eng an sich zog. Sie hatte schon mit mehr Männern geflirtet, als sie zählen konnte, und dabei zu unterscheiden gelernt, wer es ernst meinte und wer nur so tat. Das Interesse des Earls of Kerlain an Miss Christabella Howell war ganz eindeutig ernst. Jedesmal, wenn er sie ansah, wurde klar, daß er Gefühle für sie hegte. Die Frage war nur, was genau für Gefühle es waren. In der Art, wie er sie hielt, drückte sich Verlangen aus, in der Art, wie er sie ansah, Wertschätzung – doch das war verständlich. Bella war nicht nur eine bildschöne junge Frau, das perfekte Modell der goldhaarigen, blauäugigen Schönheit, sondern hatte auch einen Körper, der alle anderen Frauen vor Eifersucht mit den Zähnen knirschen ließ. Aber da war noch etwas in der Art, wie der Earl of Kerlain mit Bella umging, etwas, was Clara nicht genau benennen konnte. Es war fast so, als täte ihm das Mädchen leid und als nähme er es Lord Severn übel, wie er das Mädchen behandelte, und wollte das Ganze in Ordnung bringen. Clara wußte nicht, ob sie die Situation richtig interpretierte, aber sie war eindeutig die Quelle von Problemen.

Aus den Augenwinkeln sah sie, wie ein dunkler, attraktiver Mann den Raum betrat, und ihr Herz schlug einen Purzelbaum. Clara senkte den Blick, klappte den Fächer auf, den Lucien ihr geschenkt hatte, und bereitete sich darauf vor, ihn zu benutzen.

Lucien fand seine Frau in dem vollen Ballsaal, nachdem er eine Minute gesucht hatte. Er hatte erwartet, daß er Clara in den Armen eines ihrer vielen Bewunderer auf der Tanzfläche finden würde, aber statt dessen saß sie in einer Ecke und wartet anscheinend darauf, daß er sie fand.

Sie hatte ihr Gesicht halb hinter dem Fächer verborgen, den er ihr geschenkt hatte, und fächelte sich mit langsamen Bewegungen damit Luft zu. Ihre Augen aber sandten ihm über den Rand eine Nachricht, die ihn an ihre Seite zog.

Doch auch er wußte, wie man ihr Spiel spielte, genau wie er es bei Pamela wußte. Dieses hier aber fand er süß und erregend, solange er das einzige Objekt von Claras Koketterie blieb. Sie liebte das Flirten über alles, etwas, was sie entweder aufgeben mußte oder das er akzeptieren sollte.

Ah, aber sie war eine Meisterin der Verführung. Als sie sah, wie er langsamer wurde, senkte sie den Fächer gerade genug, um ihn sehen zu lassen, daß ihre Lippen sich enttäuscht verzogen. Dann hob sich der Fächer wieder, berührte leicht ihr Kinn, winkte ihn näher, ehe er sich wieder auf Augenhöhe hob. Lucien sah sich rasch um, um zu prüfen, ob jemand anderer die Einladung auf sich bezogen haben könnte, erkannte aber, daß seine Bekannten seine Anwesenheit schon bemerkt hatten.

Ein Gefühl, halb Erregung, halb Wut, erfüllte ihn. Falls Clara es je wagen sollte, so offen mit einem anderen Mann zu flirten, würde er sie umbringen. Oder sich. Einen von beiden, nur um dem Elend ein Ende zu machen. Doch bislang war sie vorsichtig gewesen und hatte ihr Versprechen gehalten. Sie hatte ihr Interesse noch keinem anderen zugewandt, nicht mal ein bißchen. Es war tatsächlich der einzige, der in den Genuß ihrer Verführungskunst kam, genau wie jetzt. Sie sah ihn immer noch an, zwinkerte ihm zu und senkte dann den Fächer, so daß er ihr Lächeln sehen konnte.

Diese kleine Hexe! dachte er wider Willen belustigt. Er würde ihre Einladung beantworten, und zwar so, daß sie es nie vergaß.

Als er bei ihr ankam, hatte sie sich erhoben und tat so, als wäre sie überrascht, ihn zu sehen.

»Ach, Lucien!«

»Einen Tanz«, sagte er und hielt ihr die Hand hin. »Danach bringe ich dich nach Hause.«

Sie ging nur zu gerne mit ihm und verbarg ihre Freude über sein Kommen nicht. Angesichts ihrer lächelnden Freude fühlte sich Lucien wie der König von England.

»Aber ich bin mit meiner Tante hier, Mylord«, wandte Clara ein, als er sie im Walzer drehte. »Du willst doch wohl nicht, daß ich sie im Stich lasse, hoffe ich?« Ihre Stimme war leicht und neckend, und er wußte, welche Antwort sie hören wollte.

»Mein Onkel hat mich gerade informiert, daß er Lady Anna nach Hause bringen wird. Du brauchst dir um sie also keine Sorgen zu machen. Wenn es nach ihm geht, denke ich, werden wir bald durch seine Ehe verwandt sein.«

Sie lachte. »Genau, wie wir es vor so vielen Jahren schon einmal gedacht haben.«

Er zog sie noch näher. »Ja, genau so. Ich brauche dir ja wohl nicht zu sagen, daß ich das mißbillige.«

»Nein«, sagte sie, immer noch lächelnd, »das brauchst du nicht.« Ihre Hand glitt über seine Schulter zu seinem Hals, und Lucien spürte, wie ihm ein Schauer über den Rücken lief. Wie leicht ihr Körper in seinen Armen war. Mit Clara zu tanzen war so, als hielte man eine Feder im Arm. »Ich dachte, du wolltest heute in deinen Club gehen«, bemerkte sie. »Mit Jack. Viscount Severn war ungeduldig, hier wegzukommen und sich zu euch zu gesellen, ehe er etwas anderes gefunden hat.«

»Ist wohl wieder verschwunden, was?« fragte Lucien und schwang sie herum, so daß sie den Atem einsog.

»Mit Lord Hemstead, Bellas Vater«, sagte sie.

»Himmel, sie werden den Rest des Abends fortbleiben. Ich hoffe nur, Versey läßt alle Zimmer durchsehen, ehe er die Lichter löscht, sonst finden sie Hemstead und Wulf noch morgen früh hier.«

»Lucien«, sagte sie, »ich bin so froh, daß du hier bist.«

Das Wissen, daß sie sich über seine Anwesenheit freute, stellte seltsame Dinge mit ihm an. Es war unmöglich, sich vorzustellen, daß irgendeine andere Frau auf der Welt so etwas mit ihm anstellen könnte.

»Ich bin nur gekommen, um dich nach Hause zu zerren, damit du mir zu Willen bist, Lady Callan. Meine Kutsche wartet draußen.«

Wenn möglich, sah sie noch atemloser aus. »Gut«, murmelte sie, und er spürte, wie er vor Verlangen steif wurde.

Um sich abzulenken, zumindest so lange, bis sie den neugierigen Blicken der Gesellschaft entzogen wären, sah er sich um.

»Wo ist Bella, wenn Wulf weggegangen ist?«

Er fand die Antwort, ehe Clara sie ihm geben konnte, mit dem Erfolg, daß seine Liebesstimmung auf der Stelle dahin war.

»Kerlain will wohl zum Duell gefordert werden«, murmelte er und konnte nur hoffen, daß Wulf erst dann wieder erschien, wenn Kerlain seine Verlobte nicht mehr in so engem Griff hielt.

Aber es sollte nicht sein. Er entdeckte Wulf am Rande der Tanzfläche und wußte sofort, was der Ausdruck auf seinem Gesicht zu bedeuten hatte.

Er unterbrach den Tanz, ergriff Clara bei der Hand und führte sie von der Tanzfläche.

»Lucien?«

»Ich möchte, daß du hier bleibst, egal, was passiert.« Er faßte sie bei den Schultern und küßte sie kurz auf den Mund. »Es sei denn, die Kämpfer kommen hierher, dann verläßt du sofort den Raum. Ich komme nach.«

»Kämpfer!« wiederholte sie und versuchte, ihn am Ärmel festzuhalten. »Lucien!«

Er war erst am Rand der Tanzfläche angekommen, als Wulf schon das erste Mal zuschlug und den Earl of Kerlain mitten in sein hübsches Gesicht traf.

13

Er brachte sie nach Hause und führte sie hoch in das Schlafzimmer, das sie seit ihrer Hochzeit jede Nacht teilten. Sie war fröhlich, summte einen Walzer und tanzte durch den Raum, als läge sie in den Armen eines unsichtbaren Tanzpartners. Lucien lehnte an einem Schrank, löste seine Krawatte und war zufrieden damit, zuzusehen, wie sie leichtfüßig vorüberwirbelte und den Raum mit Musik füllte. Sie legte den Fächer vorsichtig auf einen Tisch, streifte die Handschuhe ab und warf sie beiseite, dann den seidenen Umhang. Als sie schließlich zu ihm trat und den Kopf hob, um ihn zu küssen, fragte er sie, warum sie so glücklich war.

»Weil du so wundervoll warst, als du Lord Kerlain und Lord Severn vom Kämpfen abgehalten hast, womit sie garantiert den Ball ruiniert hätten«, erwiderte sie und schlang ihm die Arme um den Hals. »Und weil du zum Ball gekommen bist. Wenn du gewußt hättest, wie sehr ich gewünscht habe –«

Er ließ sie lange danach nicht mehr zu Wort kommen, erst wieder, nachdem er sie und sich entkleidet und zu Bett gebracht hatte, wo er tief in sie drang. Auch dann sprach sie nicht, sondern murmelte, stöhnte und rief seinen Namen, so wie er ihren sagte. Von dem Moment an, wo er ohne sie aus Barrington aufgebrochen war, hatte er Verlangen nach ihr gespürt, bis zu diesem Moment, wo er härter und immer härter in sie stieß und seine Angst und Panik verdrängte, bis seine Verzweiflung sich angesichts von Claras Wärme und Willkommen auflösten. Sie brauchte ihn und wollte ihn. Das Wissen machte ihn glücklich. Sie kam ihm entgegen, als würde sie von der gleichen Verzweiflung getrieben und als müßte sie ihn noch fester halten, um zu begreifen, daß sie nicht wieder auseinandergerissen würden.

Ob er ihr je nahe genug sein könnte, fragte er sich und schloß die Augen, als die Ekstase begann. Am liebsten wäre er in ihre Haut gekrochen. Unter ihm bäumte Clara sich auf, umschlang ihn noch fester, schrie auf und kam zeitgleich mit ihm zur Erfüllung. Hinterher überlegte er, daß auch er vor Lust laut aufgeschrien hatte und daß ihn sicher jeder Dienstbote im Haus gehört hatte, wenn nicht gar die Nachbarn zu beiden Seiten.

Clara strich mit der Hand leicht über seine Pobacken und Oberschenkel, was sie gerne tat, nachdem sie sich geliebt hatten.

»Du bekommst immer so eine wunderbare Gänsehaut, wenn wir das tun«, murmelte sie dabei schläfrig. Auch das hatte sie ihm schon einmal gesagt. Es schien ihr gut zu gefallen, daß sie solche Wirkung auf seinen Körper hatte.

Lucien lachte, stützte sich auf die Ellbogen und betrachtete ihr erhitztes, lachendes Gesicht, dessen Anblick ihn mit einer Welle der Zärtlichkeit erfüllte. Clara hatte seine Dämonen gebannt, wie sie es schon seit Bestehen ihrer Ehe tat. Die Heilung war nie von Dauer, aber Lucien war schon dankbar für eine zeitweilige Erlösung. Er strich ihr ein paar Haarsträhnen aus der Stirn und senkte den Kopf, um sie lange zu küssen.

»Das gilt für dich auch«, sagte er und schlug die Laken zurück, damit sie darunterkriechen konnten.

»Hier sieht es aus, als hätte ein Hurrikan gewütet«, bemerkte er, als er nackt durchs Zimmer ging, um die Kerzen zu löschen.

»Wie üblich«, bemerkte Clara gähnend. »Dein Kammerdiener würde sich wahrscheinlich sehr wundern, wenn es nicht so wäre.«

»Dann hätte er auch keine so interessanten Geschichten mehr, die er den anderen Dienstboten erzählen könnte.« Lucien stieg neben ihr ins Bett und streckte den Arm aus. Clara schmiegte sich an ihn und legte den Kopf an seine Schulter. In dieser Position schliefen sie gewöhnlich ein.

Gewohnheiten. Er hatte sich beunruhigend viele davon zugelegt, seit er ein verheirateter Mann war. Heute abend hatte er sich geschworen, daß er damit anfangen würde, sich von Clara fernzuhalten, aber statt Pamela für eine Nacht zum Spiel und Trinken zu Mawdrey's zu bringen, wie er es vorgehabt hatte, hatte er die Beziehung zu ihr beendet und war genau da gelandet, wo er die letzten zwei Monate verbracht hatte. Ungewöhnlich früh in seinem eigenen Bett mit seiner Frau. Seine Freunde fingen bereits an, hinter vorgehaltener Hand zu kichern. Jack und Wulf fanden seine rasche Zähmung das Witzigste, was sie je erlebt hatten.

Clara seufzte, schmiegte sich enger an ihn und legte ihm den Arm über die Brust. Er hob die Hand und fuhr ihr abwesend mit dem Finger vom Ellbogen bis zum Handgelenk, bis sie sich entspannte und einschlief. Er würde sie eine Stunde oder so schlafen lassen, ehe er sie erneut nehmen würde. Vielleicht würde auch er für eine Weile schlafen.

»Danke, daß du heute auf den Ball gekommen bist«, flüsterte sie. Ihr Atem strich warm gegen seine Brust.

Schweigend küßte er sie auf den Kopf. Er wollte nicht zu lange darüber nachdenken, warum er zu dem Ball gegangen war. Er wollte nicht über die Dinge nachdenken, die er getan, oder die Gefühle, die er gehabt hatte, seit Clara seine Frau war. Er wollte einfach jeden Moment genießen und nehmen, was kam. Wenn er auch in vielerlei Hinsicht ein Narr war, so wollte er nicht irgendwann zurückblicken und sich sagen müssen, daß er die wertvollste Zeit seines Lebens vergeudet hätte.

»Warum flirtest du so gerne?«

Er hatte diese Frage gar nicht stellen wollen und fragte sich, was ihn besessen hatte, sie laut auszusprechen. Er kannte die Antwort doch schon. Er wußte sie von seiner Mutter. Es gefiel ihr, von vielen Männern beachtet und bewundert zu werden, weil ihr die Beachtung und Bewunderung von einem zu wenig waren.

»Ich glaube«, antwortete sie nach einem Moment des Schweigens, »weil ich so unauffällig bin. Ich habe immer gewußt, daß ich über mein Aussehen nie einen Mann anziehen würde, weil ich nie schön war. Meine Mutter hat mir gesagt, es spielt keine Rolle, denn Männer suchten in einer Frau einen guten Kameraden. Sie hat mir beigebracht, wie man ein guter Zuhörer wird, wie man einem Mann zuhört, was er zu sagen hat, und ihn ernst nimmt, statt nur von sich und seinen eigenen Interessen zu sprechen. Und seltsamerweise hatte sie recht.«

»Zuhören ist nicht dasselbe wie flirten.«

»Nein.« Sie drückte sich seufzend enger an ihn. »Aber als ich erst einmal entdeckt hatte, wie leicht ein Mann von meinem Mangel an Schönheit abzulenken ist, nämlich einfach, indem man ihm ein wenig Aufmerksamkeit schenkt, habe ich entdeckt, wie leicht es ist, seine Aufmerksamkeit über Spielerei und Neckereien zu wecken ... und über das Flirten. Es gab mir das Gefühl, so zu sein wie andere Mädchen. Es fing an, mir Spaß zu machen, zu Parties und Bällen zu gehen, weil ich wußte, daß man meine Gesellschaft suchte, ganz so, als ob ich schön wäre. Und weißt du was, Lucien? Ich habe noch etwas herausgefunden. Ich habe gemerkt, daß andere Leute – nicht nur Männer – jemanden brauchen, der ihnen zuhört und sie für das mag, was sie sind, nicht für das, was sie vorgeben. Auf diese Weise habe ich so viele gute Freunde bekommen. Einfach, indem ich ihnen zugehört habe ...«

»Als wenn du wirklich an ihnen interessiert wärest«, beendete Lucien den Satz für sie. Er wußte sehr gut, daß sie diese Fähigkeit hatte. Das machte sie auch zu einer so guten Gastgeberin und einem gern gesehenen Gast in ganz London. Die Leute wollten die Viscountess Callan bei ihrem Ball oder an ihrem Tisch haben, weil es dann schöner war. Lucien kannte niemanden, der gegen Claras Charme immun war.

»Ich weiß, daß dir das nicht gefällt, Lucien. Aber ich passe auf, daß mir die Sache nicht aus der Hand gleitet oder ich jemanden verletze. Da war ich immer sehr vorsichtig.«

»Es ist nicht so, daß es mir nicht gefällt«, sagte er, »ich hasse es. Aber wir haben unseren Handel abgeschlossen und bleiben dabei.« Er rollte sich herum, bis er ihr in die Augen sehen konnte. »Solange du keinen anderen Mann ernsthaft ermutigst, werde ich dir nicht etwas verbieten, was dir solchen Spaß macht. Ich will dir etwas sagen, was du nie vergessen sollst.«

»Was, Lucien?«

»Für mich bist du die schönste Frau, die es gibt. Niemand sonst wird mich je so anziehen wie du. Ich schwöre dir bei meiner Ehre, daß das die Wahrheit ist.«

Sie sog scharf den Atem ein, sagte seinen Namen und schluchzte dann auf. Als sie zu weinen begann, küßte Lucien sie und begann dann, sie erneut auf das Vergnügen vorzubereiten, das nur er und sie einander geben konnten.

14

Der Earl of Kerlain machte es sich nicht zur Gewohnheit, Mawdrey's zu besuchen. Es war genau die Art dunkles, verrauchtes Loch, das er nicht mochte, voller Leute ohne Moral und Mitgliedern der Gesellschaft, die mit ihrem Leben wenig anderes anzufangen wußten, als ihr Vermögen zu verschleudern und den schnellstmöglichen Weg zum Ruin einzuschlagen. Er zog intelligentere Spiele vor. Er brauchte Geld, und davon viel, um sich die Zukunft aufbauen zu können, die er erstrebte, aber er hatte nicht vor, sich das auf unlauteren Wegen zu beschaffen oder indem er Menschen zu Opfern machte, die zu dumm waren, die Gefahren des Spiels zu erkennen.

Trotz seiner offensichtlichen Ablehnung für das Etablissement wurde er ohne Zögern eingelassen und mit dem Entgegenkommen behandelt, wie es gewöhnlich nur Stammgästen zukam. Das einzige Zögern, nachdem er die Schwelle übertreten hatte, trat ein, als er darum bat, an den Tisch des Earls of Rexley gebracht zu werden. Nachdem der Kellner verschwunden war, um seine Bitte vorzutragen, kehrte er zurück, um ihm sehr verlegen vorzuschlagen, er solle sein Glück doch lieber am Farotisch versuchen.

Kerlain war nicht der Mann, der sich so schnell zurückweisen ließ, und so begegnete er diesem Vorschlag mit einem Lächeln und Ablehnung, und schon bald fand sich der Kellner in der Rolle, ihn sehr gegen seinen Willen in dem Privatzimmer anzukündigen, wo der Earl of Rexley und seine Freunde ein Spiel Hazard genossen. »Mein

Kompliment«, sagte Rexley spitz, als Kerlain sich einen Stuhl heranzog. »Ich habe noch nie jemanden gekannt, der es geschafft hat, hier seinen eigenen Willen durchzusetzen. Sicher eine Fähigkeit, die Sie aus Ihren geliebten Staaten mitgebracht haben.«

»Ja«, erwiderte Kerlain leichthin. »Seltsamerweise habe ich sie von einem Engländer gelernt, der in meinem schönen Land zu Besuch war. Er hatte entdeckt, daß er, wenn er die Nase nur hoch genug streckte und in überlegenem Ton sprach, seinen Willen bekam. Wie Sie sehen, scheint das überall zu wirken. Wieder eine wertvolle Erfindung, die die Briten für sich beanspruchen können, finden Sie nicht auch?«

Der Earl of Rexley antwortete nicht und wandte seine Aufmerksamkeit dem Spiel zu. Erst eine Stunde später, als die übrigen Mitspieler sich verabschiedet hatten, sprach er wieder mit Kerlain.

»Ich habe genug, glaube ich«, sagte er und legte die Würfel beiseite. »Wenn Sie den Raum weiter zu benutzen wünschen, kann ich ihn Ihnen für den Rest der Nacht zur Verfügung stellen.«

»Ich will ihn nicht«, erwiderte Kerlain offen. »Ich bin nur in diese jämmerliche Höhle gekommen, um eine Nachricht zu überbringen. Sonst hätte ich nie einen Fuß über die Schwelle gesetzt.«

»Sie sind gekommen, um mir zu sagen, daß Lord Callan nicht kommen kann, stimmt's?« fragte Rexley, hob sein Weinglas und drehte es nachdenklich. »Das wußte ich schon. Nachrichten reisen schnell in London. Ich wußte schon von der kleinen Auseinandersetzung zwischen Ihnen und Severn auf dem Versey-Ball, ehe Sie heute hierher gekommen sind. Lucky hätte Sie gar nicht zu schicken brauchen, um mir zu sagen, daß er seine Frau nach Hause bringt, statt hierher zu kommen. Er hat Sie doch geschickt?«

»Ja.«

»Nun«, Rexley trank einen Schluck Wein, »dann kommt er ins Schlingern.«

»Trösten Sie sich, mir hat es auch nicht gefallen.« Kerlain füllte sein eigenes Glas bis zum Rand. »Er hätte ja Severn geschickt, aber der Idiot war zu sehr damit beschäftigt, sich bei seiner Verlobten zu entschuldigen.«

Rexley lachte. »Wenn Sie nicht aufpassen, werden Sie Bellas wegen noch umgebracht. Nicht daß mir das wichtig wäre.« Er hob sein Glas und prostete dem anderen Mann zu.

Kerlain erwiderte die Geste. »Mir auch nicht«, sagte er. »Sie sind ein hartherziger Hund. Warum hassen Sie die Amerikaner so sehr?«

»Mein Bruder ist während des Krieges in Amerika gestorben. Mein jüngerer Bruder, der hieß David. Er war zweiundzwanzig.«

Kerlain sah ihn schweigend an, dann sagte er: »Mein jüngerer Bruder ist auch in dem Krieg gestorben, Joshua. Gerade zwanzig. Er ist '14 vor New Orleans gefallen, unter dem Kommando von General Jackson.«

Rexley sah ihn an. »Gott«, murmelte er. »David ist vor New Orleans gestorben. Im November des Jahres.«

Kerlain senkte den Kopf. »Joshua im Dezember. Ich war bei ihm. Es war kurz vor Weihnachten. Ich habe seine Leiche nach Hause nach Tennessee gebracht.«

»Ich habe den Leichnam meines Bruders vier Monate später am Kai entgegengenommen«, sagte Rexley. »Kurz nach Ostern. Unsere Eltern –« Er schüttelte den Kopf und versuchte zu lachen.

Wieder schwiegen beide, ehe Rexley fragte: »Warum sind Sie nach England gekommen? Abgesehen von der Tatsache, daß Sie den Titel Ihres Großvaters geerbt haben.«

Kerlain stieß den Atem aus. »Erst wollte ich nur sehen,

woher mein Vater stammt. Ein Teil von mir wollte alles hassen und es dem Rest der Familie ins Gesicht schleudern. Ich bin der letzte männliche Erbe in der Linie meines Vaters, wußten Sie das?«

Rexley schüttelte den Kopf.

»Nach mir gibt es nur noch entfernte Cousins. Jeder von ihnen würde dem Titel wahrscheinlich mehr Ehre machen als ich. Aber als ich einmal da war, bereitete es mir ein perverses Vergnügen, so einen Aufruhr auszulösen. Ein Amerikaner, der so einen ehrenvollen Titel erbt.« Er lächelte höhnisch. »Wie passend nach all den Jahren – dem Großteil meines Lebens, um genau zu sein –, die ich mit dem Beinamen Bastard verbracht habe. Sie wissen nicht, Rexley, was das für einen Mann bedeutet.«

»Ich kann es mir aber denken«, erwiderte Rexley und spielte mit seinem Glas.

»Das ist nicht dasselbe wie wissen«, erklärte ihm Kerlain. »Ehe ich nach England kam, habe ich den Titel mehr um meiner Mutter willen akzeptiert. Sie hat ihr Leben damit verbracht zu beweisen, daß mein Vater sie wirklich geheiratet hat, aber erst nach ihrem Tod hat mein Großvater endlich die Wahrheit zugegeben. Und das auch nur, weil er keinen anderen lebenden Erben hatte, der seinen Platz hätte einnehmen können.«

»Und als Sie dann in England waren?« fragte Rexley. »Warum haben Sie sich nicht einfach genommen, was Ihres ist, und sind in Ihr Land zurückgekehrt?«

»Das kann ich Ihnen kaum beantworten, Mylord, denn ich verstehe es selber nicht. Irgend etwas hält mich hier. Selbst wenn ich es Ihnen sagte, würden Sie es mir nicht glauben.«

Rexley warf ihm einen scharfen Blick zu. »Aber was immer es ist, es hat Sie dazu veranlaßt, einen Freund von mir in Ihr Spiel einzubauen, nicht wahr?«

»Viscount Callan ist einer von mehreren«, gab Kerlain

offen zu. »Aber ich will weder ihm etwas Böses noch Lady Clara. Das kann ich Ihnen bei meiner Ehre versprechen.«

Der Earl of Rexley sah aus, als wollte er dem Earl of Kerlain erklären, was er von der Ehre eines Amerikaners hielt, wurde aber von der Ankunft zweier der treuesten Stammkunden bei Mawdrey's abgelenkt, die er durch die offene Tür erblickte.

Kerlain bemerkte den Ausdruck auf dem Gesicht des anderen Mannes und folgte seinem Blick.

»Ärger«, stellte er fest.

»Tatsächlich«, bestätigte Rexley. »Ein ausgesprochen passender Name für sie.«

»Wer ist der Mann bei ihr?«

»Jemand, den sie haßt. Ihr Verleger William Rosswell. Wenn Lucky herausfindet, daß sie mit ihm hier ist, wird es höchst ungemütlich werden.«

»Rosswell?«

Rexley nickte. »Er gibt ihr monatliches Heft heraus, in dem sie ihre Zeichnungen veröffentlicht.« Er sah Kerlain an. »Sie verachtet den Mann, zeigt es ihm aber nicht, damit er ihre Sachen veröffentlicht. Aber sie wäre nicht in seiner Begleitung, wenn sie nicht einen besonderen Grund dafür hätte.«

»Ich fürchte, ich verstehe nicht, was Sie meinen. Wird Lady Halling in irgendeiner Form veröffentlicht? Ich hatte gehört, sie sei eine respektable Malerin, soweit Frauen auf dem Gebiet respektiert sein können.«

»Haben Sie schon mal von *Glad Tidings* gehört?«

Kerlain lachte. »Hat das nicht jeder? Heißt so Rosswells Zeitung? Sagen Sie mir nicht, daß Lady Halling in so einem schmierigen Klatschblatt ihre Finger drin hat.«

Rexley nickte. »Wenn Sie das Blatt kennen, sagt Ihnen vielleicht *Le Chat* etwas?«

Kerlain verschluckte sich fast an seinem Wein. Er

starrte Rexley an und sagte: »Pamela Halling ist die ›Katze‹? Sie ist diejenige, die diese verachtenswerten Karikaturen zeichnet?«

»Vielleicht sind Amerikaner doch nicht so langsam, wie ich dachte«, erwiderte Rexley trocken. »Ja, das ist sie. Wenn Ihnen Ihre Haut lieb ist, erzählen Sie das besser nicht weiter. Es sei denn, Sie wollen das nächste Opfer in *Glad Tidings* sein.«

»Um Himmels willen«, stieß Kerlain mit tiefempfundener Abneigung hervor. »Ich habe gesehen, was sie vor ein paar Monaten Miss Cooper angetan hat, und danach habe ich aufgehört, das Ding zu kaufen. Was hat das arme Dinge nur getan, um Lady Hallings Häme auf sich zu ziehen?«

»Gar nichts. Sie hatte nur das Pech, ein wenig übergewichtig zu sein und Pickel zu haben und dazu noch verzweifelt zu sein. Das machte sie in Pamelas Augen zu einer Kröte, und so hat sie sie als eine gezeichnet. Das war eine ihrer übleren Unternehmungen, aber bei weitem nicht das Schlimmste. Das hat Lucien vor über einem Jahr beendet.«

»Das glaube ich gerne«, sagte Kerlain. »Ich meine mich zu erinnern, daß Sie und Lord Callan Miss Cooper hinterher eine Menge Aufmerksamkeit haben zukommen lassen. Sie wollten die Tat wohl ungeschehen machen, was?«

Rexley setzte sein Glas ab. »Wir haben es versucht, aber es hat nichts genützt. Miss Cooper hatte nicht das Durchhaltevermögen, um die Sache durchzustehen. Ihre Eltern mußten sie zurück aufs Land holen, und soweit ich weiß, will sie dort bleiben.«

»Armes Mädchen.« Kerlain betrachtete Lady Halling, als sie mit ihrem Begleiter zu einem privaten Tisch ging. »Wenn ich Callan wäre, würde ich einen Schlußstrich unter so ein gräßliches Verhalten ziehen.«

»Ich auch. Aber leider findet Lucky nicht alles so gräßlich«, gab Rexley zu. »Manchmal hat er sogar Ideen dazu.«

»Sie haßt ihren Verleger, sagen Sie? Im Moment scheinen sie sich aber bestens zu verstehen. Wenn sie ihn noch strahlender anlächelt, wird er blind.«

»Lucky hatte versprochen, heute mit Pamela herzukommen und mich hier zu treffen. Und doch ist er mit seiner Frau nach Hause gegangen, und statt dessen trifft Pamela mit William Rosswell hier ein.«

»Finden Sie das verdächtig?«

»Vielleicht.«

Die Antwort weckte Kerlains Interesse. Es war allgemein bekannt, daß der Earl of Rexley während des Krieges als Nachrichtenoffizier gearbeitet hatte, und es gab Gerüchte, die behaupteten, daß er im Frieden der britischen Regierung auf ähnliche Weise zuarbeite. Da Kerlain für sein Land dieselbe Arbeit getan hatte, wußte er es besser, als den Instinkten eines solchen Mannes zu mißtrauen.

»Pamela traut mir nicht«, bemerkte Rexley. »Nicht ohne Grund, wie ich zugeben muß. Wenn sie etwas Unerfreuliches vorhätte, würde sie es mir ganz sicher nicht erzählen.« Er sprach, als hätte er das Interesse verloren und wäre gelangweilt, aber Kerlain verstand, was er sagen wollte. Rexley hob den Blick und sah ihn direkt an. »Ich frage mich …«

Aber Kerlain erhob sich bereits. Er wollte nicht riskieren, daß seine Pläne scheiterten. Ganz sicher nicht wegen einer bösen, rachsüchtigen, gemeinen Frau.

»Bemühen Sie sich nicht, Rexley.« Er strich seinen Mantel glatt und rückte die Krawatte gerade. »Wenn Sie mich jetzt entschuldigen, ich will gehen und Lady Halling begrüßen.« Auf dem Weg zur Tür murmelte er: »Drücken Sie mir die Daumen.«

»Tue ich.« Rexleys Lachen klang hinter ihm her, als er den Raum verließ.

15

Später September

»Ein weiterer von Lady Claras Triumphen«, stellte Jack fest, der mit Lucien und Wulf im Schatten einer großen Eiche stand. »Ich kann mich nicht erinnern, je ein so gut organisiertes Picknick erlebt zu haben. Deine Frau ist ein Juwel, Lucky. Hast du dich schon entschieden, ob du sie behältst?«

»Ich ziehe es in Betracht«, sagte Lucien wenig mitteilsam. »Sie könnte erwägen, mich nicht zu behalten.« Jack lachte. »Das dürfte kaum ein Problem sein. Dieses Mädchen ist eindeutig bis über beide Ohren in dich verliebt. Ihr seid das romantischste Paar in meinem Bekanntenkreis. Und das nach der Angst, die du uns vor deiner Hochzeit gemacht hast, du würdest sie nach Pearwood schicken und so.« Jack zwinkerte ihm neckend zu. »Wir können nur froh sein, daß die Gerüchte nie weiter gekommen sind, denn die Wette geht ganz klar verloren. Du hast sie bei Kerlain zurückgezogen, nicht wahr?«

»Noch nicht«, sagte Lucien und sah zu Clara hinüber, die damit beschäftigt war, für die kleineren Kinder Spiele zu organisieren. Es war eine ungewöhnliche Idee gewesen, die Kinder zu einem formellen Picknick mit einzuladen, aber es ging sehr gut. Nach dem köstlichen Essen hatte der Tag sich schnell zu einem Jahrmarkt entwickelt mit Vorführungen und Spielen und Preisen für alle. Lucien hatte Leute lächeln sehen, von denen er gedacht hatte, sie hätten gar keine Gesichtsmuskeln.

»Ich verstehe nicht, wie Bella mit dem Mann sprechen kann«, sagte Wulf unglücklich und sah in die entgegengesetzte Richtung, wo Bella vergnügt mit dem Earl of Kerlain am sonnigen Flußufer spazierte. »Was kann er schon sagen, was sie interessiert? Er weiß überhaupt nichts über Wissenschaften. Ich habe einmal versucht, mit ihm über Physik zu sprechen, und da hat er mich angesehen, als wäre ich verrückt geworden. Sie kann doch mit einem Mann wie ihm nichts zu tun haben wollen.«

»Nein?« fragte Jack erstaunt.

»Nun, natürlich nicht«, beharrte Wulf hitzig. »Bella ist klug, weißt du. Sie ist nicht eine von diesen hohlköpfigen Närrinnen, wie man sie sonst in Gesellschaft findet.« Seine Hände ballten sich zu Fäusten. »Ich hätte Kerlain auf dem Versey-Ball umbringen sollen, als ich die Gelegenheit hatte.«

»Du scheinst zu vergessen, mein Freund«, wandte Lucien ein, »daß Kerlain dir die Arme auf den Rücken gedreht hatte. Du konntest dich kaum noch rühren, geschweige denn, den Mann töten. Er weiß offensichtlich mehr über Physik, als du ihm zutraust.«

Wulf musterte ihn finster. »Das war nur, weil Bella mich lange genug abgelenkt hatte, daß er mich übervorteilen konnte. Er kann von Glück sagen, daß ich sie aus dem Weg haben wollte, ehe ich ihn umbringe.«

Lucien schüttelte den Kopf. »Unterschätze ihn nicht, Wulf. Kerlain ist ein Mann, der aus seinen Fehlern lernt. Er ist schon einmal von deinen großen Pranken getroffen worden, und daraus hat er gelernt, daß er dem nur entgeht, wenn er sie nicht einsetzbar macht. Und das war auch gut so. Die Gesellschaft hätte es dir nie verziehen, wenn du an so einem Ort Blut vergossen hättest Spricht Bella inzwischen wieder mit dir?«

Wulf gab ein unglückliches Geräusch von sich, ein tiefes Knurren.

»Schon seit Wochen nicht. Jedesmal, wenn ich versuche, mehr als zwei Worte zu ihr zu sagen, gibt sie vor, ich wäre nicht da.«

»Das ist schlimm«, murmelte Lucien.

»Sie hat gesagt, wenn ich nicht einigermaßen höflich zu Kerlain bin, spricht sie nie wieder mit mir.«

»Nun, das klingt mir doch vielversprechend für eine Ehe«, warf Jack ein. »Heirate sie schnell, ehe sie ihre Meinung wieder ändert.« Er lachte, bis Lucien ihn mit dem Ellbogen anstieß. »Oh, gut, na ja, ich werde mich benehmen.« Zu Wulf sagte er: »Ich verstehe nicht, warum du nicht einfach nachgibst und dich bei der Frau dafür entschuldigst, daß du sie in Verlegenheit gebracht hast, und dann gehst du auf die Knie und bittest sie um Verzeihung. Darauf wartet sie doch.«

Wulf sah ihn fassungslos an. »Tut sie das? Glaubst du das wirklich, Jack?«

»Wulf«, sagte Jack seufzend, »was Frauen angeht, bist du ein hoffnungsloser Fall. Natürlich wartet sie darauf. Arme Bella. Wie hat sie sich nur all die Jahre mit dir abgeben können?«

»Ich sollte dir das nicht sagen«, schaltete sich Lucien ein, »aber Clara sagt, daß Bella über die Entfremdung zwischen euch unglücklich ist. Es könnte den Versuch wert sein, sich bei ihr zu entschuldigen.«

»Und krieche«, ergänzte Jack. »Stell sicher, daß du viel kriechst.«

Wulf sah erneut dort hinüber, wo Bella und Lord Kerlain einträchtig spazieren gingen. »Bella ist traurig?«

»Das hat Clara gesagt. Sie hat in den letzten Wochen viel Zeit mit Bella verbracht.«

Ohne ein weiteres Wort ging Wulf in Richtung des Flusses davon.

»Das dürfte interessant werden«, bemerkte Jack.

Aber nichts geschah. Wulf näherte sich Lord Kerlain

und seiner Verlobten und machte für seine Verhältnisse eine elegante Verbeugung. Etwas später, nach einer höflichen Unterhaltung, sagte Wulf etwas und deutete mit einer Kopfbewegung auf Bella. Lord Kerlain trat zurück, machte eine tiefe Verbeugung und ließ die beiden alleine.

»Gut gemacht, Wulf«, murmelte Lucien, als Wulf Bella den Arm bot und sie in die Richtung davonführte, aus der sie gerade erst mit Kerlain wiedergekommen war.

»Wenn er in seiner üblichen, liebenswerten Art mit ihr spricht«, bemerkte Jack, »liegt Bella ihm gleich zu Füßen. Wie immer. Armes Mädchen. Was für ein Leben sie miteinander führen werden.«

»Du bist zu zynisch, Jack«, rügte Lucien. »Die Vorstellung von Liebe und Ehe war dir schon immer ein Greuel.«

Jack sah ihn erstaunt an. »Ich und zynisch? Spricht da wirklich Lucien Bryland? Darf ich dich daran erinnern, mein lieber Freund, daß du den Großteil deiner trunkenen Stunden – und davon gab es viele – damit verbracht hast, Vorträge zu einem nur negativ zu nennenden Thema zu halten, nämlich Liebe und Ehe?«

»Du brauchst dich nicht zu bemühen, ich erinnere mich sehr gut.«

»Und plötzlich sind Liebe und ewiges Glück danach für dich ein vernünftiges Konzept?«

Lucien mußte über den ungläubigen Ton seines Freundes lächeln. »Vielleicht nicht ein Konzept, aber ein Ideal, das man zu erreichen suchen sollte. Ich sage nicht, daß das leicht ist.«

»Aber du leugnest auch nicht, daß es möglich wäre.«

»Für einige schon«, sagte Lucien und sah zu, wie Wulf und Bella in der Ferne stehen blieben und sich einander zuwandten. Wulf schien eindringlich auf seine Verlobte einzureden, wie nur Wulf es konnte, und Bella – die liebe Bella – schien dahinzuschmelzen unter dem, was immer

Wulf auf seine schwerfällige Art vorbrachte. »Wulf und Bella könnten es schaffen, denke ich. Sie lieben einander.«

»Ist Liebe die einzige Voraussetzung dafür? Um eine glückliche Ehe zu führen?«

»Nein, aber Wulf und Bella haben den zusätzlichen Pluspunkt, daß sie gut zueinander passen. Sie versteht ihn vollkommen, auch wenn er sie oder andere Frauen nicht ganz versteht. Aber er liebt sie trotzdem. Armer, alter Wulf. So verwirrt wegen Bella und so verliebt in sie. Er könnte nicht damit aufhören, wenn er wollte. Und wenn sie sich den Kopf rasierte und durchdrehen würde, er würde eine Entschuldigung dafür finden. Du weißt so gut wie ich, daß er nie eine andere lieben würde.«

»Ja«, bestätigte Jack. »Wenn Bella heute stürbe, was Gott verhüten möge, würde Wulf alleine mit seiner Wissenschaft leben. Was anderes gäbe es dann nicht für ihn.« Nach kurzem Schweigen sagte er: »Ist es mit Robby und Lady Anna dasselbe? Hat das Schicksal sie füreinander bestimmt? In all den Jahren, seit sie sich getrennt haben, hat Robbie nie eine andere gewählt.«

Lucien schauderte innerlich bei der Vorstellung, erwiderte aber: »Ich kann mir nicht vorstellen, was zwischen ihnen ist. Robbie ist wegen Lady Anna fast gestorben. Man sollte meinen, er würde die Frau meiden, damit sie einander nie wiedersehen müssen.«

»Das hätte ich von dir und Lady Clara auch gesagt, nachdem sie dich so verletzt hatte. Aber du hast es auch nicht geschafft, sie wegzuschicken, trotz all deiner Prahlereien.«

»Ja«, gab Lucien zu, »noch nicht.«

»Vielleicht seid Robbie und du mehr wie Wulf, als ihr zugeben mögt«, schloß Jack sanft.

»Vielleicht«, murmelte Lucien. »Vielleicht kann aber auch jeder von einem anderen Menschen bis zu einem gewissen Grad versklavt werden.« Er sah seinen Freund an.

»Sogar du, Jack. Auch du bist gegen Liebe nicht immun.«

Jack kniff die Augen zusammen. »Wulf würde dir sagen, daß manche Theorien zu abwegig sind, um sie zu verfolgen, Lucky. Er hat recht. Ah. Die Kinder fangen gleich mit dem Wettrennen an. Lady Clara hat eine Bahn freimachen lassen.«

Lucien ließ es bereitwillig zu, daß Jack das Thema wechselte. Er war der Letzte, der über Liebe und die damit verbundenen Laster reden wollte. Er folgte Jacks Blick dorthin, wo mehr als ein Dutzend Kinder in einer Reihe standen und auf das Startsignal warteten. Er erkannte Sarah Huntington, die mit einem entschlossenen Ausdruck in ihrem hübschen Gesicht dastand. Sie war ein interessantes Kind: zierlich, anmutig und so zerbrechlich wie eine wertvolle Porzellanvase. Aber sie besaß eindeutig Kraft und einen eisernen Willen. Robby war von dem Kind hingerissen, auch wenn Lucien den Verdacht hegte, daß das daran lag, daß Anna Huntington die Mutter war. Aber sein Onkel genoß eindeutig die Gesellschaft des kleinen Mädchens und verbrachte viel Zeit mit ihr, indem er Ausflüge in London mit ihr unternahm, manchmal zusammen mit ihrer Mutter. Lucien und Clara hatten Robby und Miss Huntington in die Royal Academy begleitet, und Lucien war gleichermaßen amüsiert und gerührt darüber, wie Robby und das Kind Hand in Hand durch die Ausstellung gewandert waren und einander mit ernster Konzentration auf wechselnde Gemälde aufmerksam gemacht hatten. Robby hatte schon immer gut mit Kindern umgehen können – wie gut er besonders mit einem wütenden dreizehnjährigen Waisenknaben umgegangen war –, und Lucien hatte oft bedauert, daß Robby keine eigenen Kinder hatte.

Anna Huntington stand neben Robby und beobachtete ihre Tochter leicht besorgt. Sie waren ein schönes Paar, wie schon vor Jahren einmal. Jedenfalls verbrachte Lady

Anna einen Großteil ihrer Zeit mit Robby. Sie tanzte mit ihm auf Bällen, ritt mit ihm im Park und begleitete ihn mit ihrer Tochter auf Ausflüge. Robby war nie glücklicher gewesen, und Lucien wußte, daß er sich für ihn freuen sollte. Vielleicht könnte er das irgendwann auch.

»Da rennen sie«, murmelte Jack, als Clara das Startsignal gab.

Sarah Huntington schoß los, um gleich darauf zu stolpern und hinzufallen. Ein bedauerndes »Oh« erklang, während die anderen weiterliefen. Robby bückte sich, hob eine wütende und verweinte Sarah vom Boden und drückte sie an sich, bis sie ihm die Arme um den Hals schlang und an seiner Brust in Tränen ausbrach. Robby tätschelte ihr den Rücken und sprach beruhigend auf sie ein, während Lady Anna ihre Arme und Beine untersuchte, um sicherzugehen, daß sie sich nicht verletzt hatte. Die drei boten ein hübsches Bild. Die perfekte Familie mit Vater, Mutter und Kind.

»Ihretwegen ist er fast gestorben«, murmelte Lucien, während Robby Sarah hinstellte und ihre Hand ergriff. »Es hat angefangen, als wir England verlassen haben, aber ernst wurde es, als wir die Anden erreichten. Er führte uns zur kältesten, abgelegensten Bergwand überhaupt, und dann saß er drei Tage und Nächte nur da und wartete auf den Tod. Er sprach nicht mit mir, hörte mich nicht mal. Er wollte nichts essen. Nichts trinken. Er war so dünn, daß ihm die Knochen durch die Haut staken. Der Wind war so kalt und seine Haut voller blutender Wunden.«

»Gott, Lucky«, sagte Jack ungläubig. »Davon hast du mir nie etwas erzählt. Ich wußte, daß deine Reisen mit Robby nicht einfach waren, aber das ahnte ich nicht.«

Weiter weg schob Sarah ihre andere Hand in die ihrer Mutter und ging zufrieden zwischen ihnen davon, das Glied, das beide verband. Hinter ihnen wurde der Sieger des Rennens bejubelt und nahm seine Glückwünsche von Clara entgegen. Die zusätzlichen Diener, die Lucien für den Anlaß angeheuert hatte, begannen, ein Nachspeisen- und Kuchenbüfett aufzubauen.

»Der Wind hörte nie auf«, fuhr er fort. »Ich dachte schon, das Geräusch allein würde mich verrückt werden lassen. Vielleicht bin ich es auch.« Er sah Jack an. »Ich schlug ihn schließlich bewußtlos und wickelte ihn mit Hilfe der Führer in Decken und Seile. Es dauerte fünf Tage, und Robby verfluchte uns bei jedem Schritt, aber schließlich brachten wir ihn in ein Gasthaus und ließen ihn erst dort in seinem Zimmer wieder frei.« Er lachte freudlos auf. »Ich gab ihm ein Messer und sagte, wenn er sich wegen Anna Huntington umbringen wolle, dann solle er das jetzt tun und hinter sich bringen. Ich für mein Teil würde zurück zu Clara gehen. Zwei Wochen später befanden wir uns auf einem Schiff nach Portsmouth. Wir sprachen nie wieder darüber, was auf dem Berg passiert ist. Ich hatte gedacht, es hätte ihn für immer von ihr kuriert.«

»Anscheinend nicht«, sagte Jack sanft. »Vielleicht ist er wirklich, wie du sagst, versklavt.« Er legte Lucien die Hand auf die Schulter. »Ich weiß, daß du ihn magst, Lucky, aber du mußt ihn das tun lassen, was er will.«

»Ich will nicht, daß er wieder verletzt wird.«

»Du kannst nichts dagegen tun. Er ist erwachsen, und du hast genug Eigenes, worum du dich kümmern mußt. Deine Frau. Und deine Mätresse.«

»Ja«, sagte Lucien und sah wieder zu Clara hinüber, die gerade lächelnd ein Glas Punsch von dem ebenfalls lächelnden Lord Kerlain entgegennahm. »Wie recht du damit hast. Jack.«

»Auf einen entzückenden Tag, Mylady«, prostete der Earl of Kerlain und berührte den Rand ihres Weinglases mit seinem. »Und auf eine sogar noch entzückendere Gastgeberin.«

Clara lachte und trank einen Schluck Wein, ehe sie antwortete: »Bitte, Mylord, nichts davon. Ich habe Ihnen schon mehrmals gesagt, daß ich es brauche, daß Sie rücksichtslos ehrlich bei mir sind.«

»Wie kommt es nur«, sinnierte der Earl, »daß gerade so viele anziehende Damen sich selbst so gering einschätzen? Es ist wie verhext.«

»Vielleicht«, erwiderte sie und hängte sich bei ihm ein, »weil wir Sie nicht haben, der uns so nette Komplimente macht. Kommen sie, führen Sie mich aus dem Tollhaus hier fort. Ich bin recht erschöpft.«

Er zog sie in Richtung des Flusses. »Das ist Ihr gutes Recht. Sie hatten den ganzen Tag lang keinen Moment für sich. Ich fürchte, das ist der Preis, den jede Gastgeberin zahlen muß, damit ihre Einladung ein Erfolg wird. Und heute ist ein großer Erfolg, falls Sie es noch nicht bemerkt haben sollten. Nicht ein Grummeln den ganzen Tag über.«

»Dem Himmel sei Dank«, erklärte Clara. »Ich wollte so gerne, daß alle die, die sonst in der Stadt bleiben, einmal so einen Tag genießen wie wir auf dem Land. Auf St. Genevieve veranstalten meine Eltern sehr oft Picknicks und laden alle aus den Nachbardörfern dazu ein. Das bedeutet natürlich, daß jedesmal ein paar hundert Leute unterhalten und beköstigt werden müssen.«

Er hob erneut das Glas. »Sie sind nicht nur entzückend und großzügig, sondern auch weise, Viscountess Callan.«

»Mylord«, bat sie eindringlich, »genug. Bitte.«

»Ich kann anscheinend nicht anders«, sagte er lächelnd. »Frauen sind meine Schwäche.«

»Besonders eine, so wie es aussieht«, sagte Clara und

nickte in Richtung der Büsche, wohin Wulf und Bella verschwunden waren. »Miss Howell scheint Ihre ganze Aufmerksamkeit gewonnen zu haben, auch wenn das nicht sehr weise ist, Lad«, sprach sie ihn das erstemal beim Vornamen an, den zu benutzen er ihr schon lange erlaubt hatte. »Können Sie sich nicht von ihr fernhalten? Sie wollen doch sicher nicht, daß sie Probleme mit Lord Severn bekommt.«

»Lord Severn ist selber der Anlaß für seine Probleme«, stellte Kerlain, plötzlich ernst geworden, fest. »Er behandelt Miss Howell, als wäre sie Luft, nötig für sein Wohlbefinden, aber ansonsten keiner besonderen Beachtung wert. Es wird Zeit, daß er erkennt, was für eine schöne und nette Dame sie ist, und wenn meine Aufmerksamkeiten diese Wirkung bei ihm erzielen, werde ich damit fortfahren.«

Clara blieb stehen und sah ihn an. »Ist das alles, was dahintersteckt? Ihr Herz ist dabei nicht beteiligt?«

»Mein Herz«, versicherte er und klopfte ihr beruhigend die Hand, »ist zu verbeult und angeschlagen, um etwas anzustellen. Schon gar nicht mit jemandem, den ich so bewundere und schätze wie Miss Howell. Lassen Sie mich sagen, daß ich eine gewisse Verwandtschaft zu Lord Severns Verlobter empfinde.«

»Tun Sie das, Lad?« fragte Clara.

»Ich weiß, was es heißt, zu lieben und nicht wiedergeliebt zu werden.«

»Das wissen wir alle bis zu einem gewissen Grade.«

Er hob überrascht die Brauen. »Sie können wohl kaum Ihren Mann meinen, Lady Clara. Der Mann liebt sie bis an den Rand des Wahnsinns. Sogar noch mehr. Ich habe noch nicht entschieden, ob Sie sicher bei ihm sind oder nicht.«

Ich auch nicht, dachte Clara, aber für solche Sorgen war es jetzt zu spät. Außerdem liebte auch sie Lucien mit einer gewissen Verrücktheit, auch wenn seine dunklen Stimmungen ihn zu einem schweigsamen, unangenehmen Gesellschafter machten. Seit sie verheiratet waren, hatte es ein paarmal solche Stimmungen gegeben, wo er sich vollkommen von ihr zurückgezogen hatte, aber sie wurden von den glücklichen Tagen und Nächten, die er ihr schenkte, mehr als gut gemacht. Selbst Tante Anna hatte schließlich zugegeben, daß Lucien ein freundlicher und hingebungsvoller Gatte war, viel besser als so manch anderer Mann.

»Natürlich würde ich nie glauben, daß er die Hand gegen Sie heben würde«, fuhr Kerlain fort, »aber Worte können Waffen sein, die genauso hart sind wie Fäuste. Falls er Ihnen je Grund zur Sorge geben sollte, meine Liebe, so wissen Sie doch hoffentlich, daß ich Ihnen immer zu Diensten stehen werde. Sie müssen es mich nur wissen lassen, wenn Sie irgendwelche Hilfe brauchen.«

»So weit wird es nicht kommen, aber ich danke Ihnen.« Clara neigte den Kopf und betrachtete ihn mit einem Lächeln. »Wissen Sie, ich weiß nie zu sagen, ob Sie und mein Mann nun Freunde oder Feinde sind. Es gibt Zeiten, da scheinen Sie miteinander recht gut zurechtzukommen, und dann wieder habe ich das Gefühl, daß etwas zwischen Ihnen nicht richtig ist. Es ist mir ein Rätsel.«

»Und wird es auch bleiben, fürchte ich«, sagte er. »Aber ich kann Ihnen so viel sagen, daß ich weder sein noch Ihr Feind bin. Ah, da naht Lord Callan mit einem wütenden Gesicht. Ich küsse Ihnen besser die Hand, damit seine Wut sich auch lohnt.« Er beugte sich hinab und tat es auf übertriebene Art.

»Mylord«, begrüßte Clara ihren Mann erfreut, »was hältst du von meinem Picknick?«

Er ergriff ihre Hand und zog sie eng an sich. »Ich finde es wundervoll. Alles, was du machst, ist wundervoll,

Clara.« Dann legte er ihr vor Kerlain und all den anderen den Arm um die Taille und küßte sie lange und besitzergreifend, so daß sie nach Luft schnappte, als er sie schließlich losließ.

»Kerlain«, grüßte Lucien den anderen Mann achtlos, den Arm weiter um Clara gelegt. »Ich hoffe, Sie amüsieren sich?«

»Oh, absolut«, versicherte ihm der Earl. »Man kann gar nicht anders, wenn Lady Clara die Gastgeberin ist.«

»Sehr wahr«, stimmte Lucien zu.

Für Clara sah es so aus, als wollten die Männer sich gleich zu streiten beginnen. Ihre Worte klangen viel zu steif, um freundlich zu sein.

Während die beiden Männer einander ansahen, senkte sich lastendes Schweigen über sie, bis Clara sich räusperte und sagte: »Ich hatte gehofft, Mylord, Sie würden mir helfen, Lord Kerlain davon zu überzeugen, daß er heute abend zu unserer Gruppe in Vauxhall stoßen soll. Ich habe ihm versichert, daß es eine höchst unterhaltsame Gesellschaft sein wird.«

»Oh, ja«, fiel Lucien pflichtbewußt, aber ohne Enthusiasmus ein. »Kommen Sie doch bitte mit uns, Kerlain.« Er ließ es so klingen, als würde er sich lieber einen Zahn ziehen lassen.

»Danke«, erwiderte Kerlain ähnlich freudlos. »Aber ich fürchte, ich habe für den Abend schon eine Verabredung, auch wenn ich mir wegen Lady Claras reizender Gesellschaft wünschte, es wäre anders.«

»Ein Jammer«, murmelte Lucien.

»Wirklich«, sagte Kerlain.

Wieder räusperte sich Clara. »Ich glaube, einer der Dienstboten möchte mich sprechen. Ich schaue besser mal nach, was los ist.«

Lucien ließ seine Frau los und sah ihr nach. Sobald sie außer Hörweite war, sagte er: »Ich weiß Ihren Takt zu schätzen, mit dem Sie Claras Einladung abgelehnt haben.«

»Das war kein Takt«, erklärte Kerlain. »Ich bin heute abend verabredet. Aber ich verstehe und schätze Ihre Sorge. Ich würde auch nicht wünschen, daß Ihre Frau von so etwas Unschönem wie unserer Wette erfährt. Vielleicht –«, er hob eine Hand und betrachtete offensichtlich abgelenkt seine Nägel – »wollen Sie die Wette als verloren betrachten?«

»Nein. Noch nicht.«

»Nun gut«, erwiderte Kerlain leichthin, ließ die Hand sinken und lächelte, falls jemand sie beobachtete. »Ich bin ein geduldiger Mann. Ich bin froh, daß ich einen Moment alleine mit Ihnen habe. Ich möchte Sie vor etwas Unschönem warnen, das zum Wochenende geschehen wird.«

Lucien starrte ihn an. »Um was geht es?«

»Pamela Halling«, erwiderte Kerlain. »Sie plant die Veröffentlichung einer ihrer bösartigen Karikaturen in der nächsten Ausgabe der *Glad Tidings*. Sie soll eine Droschke mit gebrochener Achse auf dunkler Straße darstellen, und drei Personen, zwei Männer und eine Frau, von denen ein Mann in jeder Hand eine Pistole hält und genug Schießpulver hat, um auch noch ein drittes Mal zu schießen. Ich glaube nicht, daß ich Ihnen sagen muß, was diese Szene darstellen soll.«

Lucien holte tief Luft und fragte dann, als seine Stimme nicht mehr zitterte: »Gibt es dazu eine Unterschrift?«

Kerlain nickte. »Die Sünden des Vaters.«

Das war bösartiger, als Lucien erwartet hatte, und er blinzelte zweimal ungläubig, ehe er sich wieder gefaßt hatte.

»Sie ist eine bösartige Frau«, bemerkte Kerlain mit Sympathie, während sein Gesicht verständnisvoll war.

»Jack hat mir erzählt, daß Sie sich um ihre Freundschaft bemüht haben. Ich nehme an, ich sollte Ihnen danken, trotz der Tatsache, daß Sie einen Narren aus sich machen. Pamela ist eine Frau, der man nicht trauen sollte. Aber das haben Sie wahrscheinlich schon selber herausgefunden.«

»Auf jeden Fall mußte ich meine Meinung über Sie, Mylord, überdenken. Es gibt sicher nur wenige Männer, die so eine Frau erfolgreich handhaben können, noch dazu über einen längeren Zeitraum. Sie sind entweder ein Idiot oder verrückt. Oder verfügen über eine Natur, die ich mir nicht einmal vorstellen will.«

Lucien mußte unwillkürlich lachen. »Vielleicht ein Masochist?«

»Selbst wenn«, seufzte Kerlain, »das ist nichts, was ich auch nur entfernt amüsant fände. Wenn ich das sagen darf, Lady Halling ist eine bösartige Krankheit.«

»Sagen Sie, was Sie wollen«, ermunterte ihn Lucien, »es wird weder Pamela noch mich berühren. Noch vor ein paar Monaten hätten wir uns über Ihre Gefühle totgelacht. Wir hätten unser Wissen mit Champagner gefeiert. Das war die Art, wie wir uns unterhalten haben. Das ist seltsam und verdreht«, gab er zu, »aber Sie würden Leute wie Pamela und mich nicht verstehen, egal, wie sehr ich es Ihnen zu erklären versuchte.«

»Besser als Sie denken«, sagte Kerlain. »Grausamkeit kann genauso eine Droge sein wie Opium.«

»Ja«, sagte Lucien mit leichtem Nicken. »Es ist eine, wenn auch eine, die ich mir abgewöhnen will. Um meiner Frau willen.«

»Das freut mich, Mylord.«

»Das interessiert mich nicht, Kerlain. Aber ich bin Ihnen dankbar für Ihre Entdeckung. Ich hätte damit rechnen müssen, aber ich war abgelenkt. Ich werde Ihnen den Gefallen, den Sie mir erwiesen haben, nicht vergessen.«

»Ich habe es nicht für Sie getan.«

»Dessen bin ich mir bewußt.«

»Gut«, murmelte Kerlain. »Sie kümmern sich um Lady Halling?«

»Oh, ja«, versprach Lucien. »Ich kümmere mich um sie. Zweifeln Sie nicht daran.«

16

»Oh, Lucien. Ist es nicht schön? Was für eine vollkommene Nacht für eine Feier. Ich werde jeden Moment genießen.«

Lucien lächelte über seine begeisterte Frau, als er sie in den Alkoven führte, den er für das Abendessen reserviert hatte und wo bereits der Tisch für ihre Gesellschaft gedeckt wurde.

»Das sollst du auch«, sagte er, »solange du dich dabei entspannst. Nach dem Tag und der Arbeit mit dem Picknick verdienst du einen unterhaltsamen Abend. Ich hätte gedacht, du wärest jetzt schon müde. Ich weiß nicht, wo du die Energie hernimmst, Liebling.«

Sie drehte sich um und lächelte ihn auf ihre strahlende Weise an. »Von dir, denke ich. Weil du so ein guter Ehemann bist, Lucien, und weil ich dich so sehr liebe.«

Sie liebte ihn. Er hatte geglaubt, daß sie das tat, aber die Worte das erste Mal laut zu hören, verblüffte ihn. Ein paar Sekunden lang konnte er nicht einmal Luft holen. Erst das Eintreffen ihrer Gäste brachte ihn wieder zu Sinnen.

»Ich bin froh«, murmelte er und dachte verspätet, wie unangemessen so eine Erwiderung war. Er hätte ihr von seinen eigenen Gefühlen erzählen müssen, aber ohne die Privatheit dazu erschien ihm auch das falsch.

Doch das Licht schwand nicht aus Claras Augen, sie schien nicht einmal zu merken, daß er nicht ähnlich geantwortet hatte, und sie wandte sich gleich an Bella und bat sie, sich doch neben sie zu setzen, und Wulf sagte sie, er könne seinen Stuhl herumrücken.

Lucien machte Platz für Claras Cousine Mrs. Ashcroft und ihren Mann. Eine weitere junge Dame, Miss Darbing, eine neue Freundin Claras, die eigentlich neben Jack hatte sitzen sollen, wurde statt dessen von einem von Luciens Verwandten hereingeführt. Christian Fineham war gerade erst in die Stadt gekommen, um seine Bildung zu vervollständigen, und war nur zu froh, an einer Gesellschaft seines älteren Cousins teilnehmen zu können.

»Ich wünschte, Jack hätte nicht im letzten Moment einen Rückzieher gemacht«, sagte Clara zu Lucien, ergriff seine Hand und zog ihn zu den anderen hin. Sie würde sich um ihn kümmern, wußte er, genau wie um die anderen, damit der Abend perfekt würde. Sie war sehr geschickt darin. »Aber schön, daß Christian kommen konnte, nicht wahr, Mylord?«

»Ja«, sagte er und ließ sich von ihr dorthin führen, wo sie ihn haben wollte. Es war zu ihrer Linken, und sie hielt seine Hand weiterhin fest, auch als sie sich hingesetzt hatte und mit Bella zu reden begann.

Nach dem Essen und nach einer Stunde guter Unterhaltung sah Lucien Pamela. Er mußte ihre Fähigkeit bewundern, wie sie ihm bisher ausgewichen war; es war ganz klar, daß sie das getan haben mußte. Ihr Alkoven war von seinem aus nicht zu sehen. Sie hatte ihr Haar mit einem schwarzen Netzschal bedeckt, ehe sie vor seinen Augen am Arm eines Mannes daherschritt, und jetzt nahm sie den Schleier erst ab. Jetzt sollte er sie sehen – er und jeder andere Mann, denn sie war mit Abstand die schönste Frau in den Gärten und so angezogen, daß sie sich der Aufmerksamkeit der anderen auch sicher sein konnte. Sie warf ihm einen sprechenden Blick zu, der ihm sagte, daß sie seine Anwesenheit wünschte. Lucien küßte seiner Frau die Hand, verbeugte sich und verließ seinen Alkoven mit der Entschuldigung, daß er einen alten Freund begrüßen müsse.

Er schritt den Weg entlang und begrüßte eine Gruppe alter Bekannter, ehe er weiterging in Richtung eines unbeleuchteten Weges. Pamela spazierte mit ihrem Begleiter in die andere Richtung.

Fünfzehn Minuten vergingen, ehe er sie den dunklen Pfad entlangkommen sah, wo er im Schatten wartete.

»Ich bin hier«, sagte er ruhig, als sie näher kam.

»Lucien!«

»Komm.« Er ergriff sie am Ellbogen. »Ich will nicht gesehen werden.«

»Nein, natürlich nicht. Deine liebe kleine Frau könnte sonst davon hören.«

Kleine offene Hütten am Wegrand boten denen Zurückgezogenheit, die sie suchten. Lucien zog Pamela in eine von ihnen und drehte sie zu sich um.

»Das könnte sie«, gab Lucien zu. »Aber es gibt noch andere Gründe.«

Sie sah ihn fragend an, aber er sagte nur: »Wolltest du mich sprechen, Pamela?«

Sie war selten schöner gewesen als an diesem Abend in einem Kleid aus glitzernder seegrüner Seide, das blonde Haar raffiniert hochgesteckt. Die Wirkung war nicht nur überwältigend schön, sondern auch sinnlich. Er dachte an Clara, die wie üblich nach der neuesten Mode gekleidet war und immer elegant, aber auch würdevoll wirkte. Zum erstenmal ging ihm auf, daß Clara sich trotz ihrer Vorliebe für das Flirten nie verführerisch kleidete. Im Gegenteil, sie war immer ein Muster an Eleganz.

»Ja, Lucien«, sagte Pamela und trat einen Schritt näher. Sie wirkte offen und ernst, aber er kannte sie besser. »Ich wollte dich sehen. Ich weiß, daß du ärgerlich bist, daß ich dich öffentlich aufgesucht habe, aber ich wußte nicht, was ich sonst tun sollte. Du hast auf keine meiner Nachrichten oder Botschaften durch Freunde geantwortet. Als Lad mir erzählt hat, daß du heute hier bist –«

»Lad?« fragte Lucien amüsiert. »Lad Walker meinst du? Kerlain hat dir gesagt, daß ich heute hier bin?«

»Sei nicht böse«, bat sie, »er wußte, wie dringlich ich dich sehen wollte.«

»Tat er das?« Lucien unterdrückte ein Lachen. »Pamela, du dumme Närrin. Bist du nicht auf die Idee gekommen, daß Kerlain seine eigenen Gründe haben könnte, uns zusammenzubringen? Du hast ihm genau in die Hände gespielt.«

»Das ist mir egal«, sagte sie wild. »Ich habe dich mehr vermißt, als ich je gedacht hätte, daß ich überhaupt einen Mann vermisse, und ob du es glaubst oder nicht, das bedeutet etwas. Wenn du eine Entschuldigung willst oder das Versprechen, mich gut zu benehmen, werde ich sie dir geben. Das ist mein Ernst. Was immer du willst, Lucien, sag es mir, und ich werde es tun.« Sie legte ihm eine behandschuhte Hand auf die Brust. »Ich weiß, daß du böse auf mich bist. Vielleicht haßt du mich sogar, aber ich kann nicht zulassen, daß du mich keine Zugeständnisse machen läßt.«

Er bedeckte ihre Hand mit seiner. »Ich will nicht, daß du dich aufgibst, Pamela. Du und ich haben schon genug getan, was einfach nur unehrenhaft war. Es gibt genug Scham zwischen uns, um hundert Menschen daran ersticken zu lassen.«

Ihre Lippen teilten sich, aber sie sagte nichts.

»Ich bin nicht mehr dein Spielkamerad«, sagte er ihr so freundlich wie er konnte. »Du wirst es nicht glauben, aber ich habe mich entschieden, nicht mehr so weiterzumachen. Ich will respektable Leute nicht mehr als Narren betrachten. Ich will im Gegenteil genauso werden wie die, über die wir uns immer lustig gemacht haben.«

Ihre Hand wurde zur Faust. »Ich kann das auch hinter mir lassen, Lucien. Ich kann es.« Sie klang ängstlich und kindlich. Sein Herz schmerzte für sie, nicht aus Liebe, sondern weil sie einst soviel geteilt hatten.

»Kannst du das, Pamela?«

»Wenn du mir hilfst.«

»Es kann nicht mit Hilfe oder für jemand anderen getan werden. Du mußt es selber wollen, meine Liebe.«

Sie zog ihre Hand weg und sah ihn wütend an. »Du hast deine Frau, damit sie dir hilft und dich besser macht, nicht wahr? Willst du leugnen, daß deine Frau – auch wenn sie häßlich und unauffällig ist – der Grund für deine Sehnsucht nach Anständigkeit ist?«

»Clara weiß nichts von alledem. Von dir und mir. Ich gebe zu, ich möchte besser sein, damit ich sie behalte, aber auch aus eigenem Antrieb. Ich bin dessen müde, Pamela. Der Betrug und die Spiele – ich möchte nichts mehr damit oder mit dir zu tun haben.«

Sie schüttelte den Kopf. »Nicht, Lucien«, flüsterte sie. »Bitte. Ich brauche dich.«

»Ich habe drei Jahre meines Lebens dafür geopfert, in deiner Gesellschaft zu sein. Vielleicht hast du dasselbe getan, um in meiner zu sein. Doch nun ist es genug.«

»Du bist ein Narr!« stieß sie heftig hervor. »Sie ist die Mühe nicht wert, Lucien. Sie wird dich genauso verrückt machen wie deine Mutter deinen Vater. Du weißt, daß ich recht habe.«

»Selbst wenn«, sagte er und neigte den Kopf, »das Risiko gehe ich ein.«

»Sie ist nicht einmal schön. Sie ist nichts. Oh, Lucien« – sie hielt ihm bittend die Hand hin – »du kannst nicht sie wollen, wenn du mich haben kannst. Du kannst nicht wollen, daß …«

Er ergriff ihre Hand. »Ich will das, Pamela. Ich will sie. Verstehe das ganz genau. Für das, was uns verbunden hat, schulde ich dir ein gewisses Maß an Dankbarkeit, aber mehr nicht. Versteh mich nicht falsch. Wenn du ihr etwas tust, wirst du bitter dafür bezahlen.«

»Lucien ...«

»Hast du mich verstanden, Pamela«, beharrte er. »Laß sie in Ruhe. Mach mich nicht zu deinem Feind. Du weißt besser als jede andere, was das bedeutet.«

Sie riß sich los und wandte sich ab. »Wenn du dich entschieden hast, muß ich das wohl akzeptieren. Aber ich denke, du bist ein Narr. Vergiß nicht, was ich dir heute angeboten habe, Lucien Bryland. Es ist etwas, was ich noch keinem anderen Mann angeboten habe.«

»Ich nehme nichts von dem leicht, was du heute nacht gesagt oder getan hast.« Sie hatte nicht von Liebe gesprochen, aber was sie gesagt hatte, hatte sie große Überwindung gekostet. Daß er es ablehnte, verletzte sie tief, wie er wußte. Leider war Pamela keine gefühlsbetonte Frau. Wie sehr er sie auch bedauerte, sie würde ihre Rache haben wollen.

»Wir können nicht als Freunde scheiden«, stellte sie fest. »Das weißt du.«

»Ja, dafür wissen wir zuviel übereinander.«

»Du bist also selber schuld. Sag nie, daß ich es war.«

»Welche Dramatik«, murmelte er. »Das steht dir nicht, Pamela.«

»Wir werden sehen.« Sie wandte sich mit einem unschönen Lächeln zu ihm um. »Ich habe heute abend ein kleines Geschenk für deine Braut mitgebracht.«

»Wie aufmerksam«, sagte er mit höflicher Ruhe, aber innerlich in Aufruhr. Das war der Anfang. Der Preis, den er für alle seine Sünden zahlen würde, dafür, daß er sich so lange mit jemandem wie Pamela zusammengetan hatte. Er hoffte nur, daß er Clara vor den Folgen seiner Torheit bewahren konnte.

»Ja«, fuhr Pamela fort und lächelte noch breiter. »Ein guter Bekannter von ihr, den ich zufällig bei Bawd Claxton's kennengelernt habe.« Sie ließ den Namen der Spielhölle einsinken, ehe sie fortfuhr. »Andrew Blakesley. Du kannst dir meine Überraschung vorstellen, einen so edlen jungen Mann in so einem Etablissement kennenzulernen, aber wir wurden Freunde.«

Lucien konnte sich das Treffen vorstellen. Pamela hatte es mit Sicherheit sorgfältig geplant und ausgeführt. So wenig er Blakesley mochte, so sehr tat ihm der Bursche leid, daß er sich in so einem Netz gefangen hatte.

»Du hast mir nie gesagt, was für ein attraktiver Mann er ist«, fuhr Pamela fort. »Aber deine Beschreibung seiner Schwärmerei für Clara war auch immer ein wenig … ausgeschmückt. Seine Offiziersuniform steht ihm sehr gut. Captain Blakesley ist er jetzt. Ein Kriegsheld. Deine Frau wird sicher beeindruckt sein.«

Die Vorstellung von Clara, die mit ihrem attraktiven Verehrer wiedervereint wäre, ließ sein Innerstes schmerzen. Der Drang, an die Seite seiner Frau zurückzueilen, wurde überwältigend. Pamela beobachtete ihn genau, um zu sehen, was er tun würde.

Lucien faltete die Hände hinter dem Kopf; eine lässige Geste. »Ich habe für dich auch ein kleines Geschenk, meine Liebe, auch wenn ich fürchte, daß ich es dir noch nicht geben kann.«

Ihre Augen verengten sich. »Was ist es?«

Er lächelte. »Ich glaube, das wirst du bei deiner Rückkehr nach Hause entdecken. Wenn du mich jetzt entschuldigen willst.«

Sie versuchte, sich ihm in den Weg zu stellen. »Was ist es, Lucien? Was hast du gemacht?«

Er ging an ihr vorbei auf die Lichter und die Musik zu. Sie war direkt hinter ihm.

»Lucien!«

»Madam«, sagte er, »ich erkenne, daß wir jetzt auf gegnerischen Seiten stehen, aber ich möchte Sie bitten, sich an die eine Regel zu halten: Haben Sie mir gegenüber die Höflichkeit vorzugeben, Sie würden mich nicht kennen.«

»Was hast du getan?« fragte sie und ergriff seinen Ärmel. »Sag es mir.«

Er sah auf ihre Hand hinunter, bis sie sie schließlich wegzog.

»Frag deinen Freund Rosswell«, wies er sie kurz an. »Er kann dir die Einzelheiten erzählen.«

Sie trat zurück, das Gesicht weiß in der Dunkelheit der Nacht.

»Und übrigens«, sagte er, »meine Mutter und ihr Liebhaber haben eine Kutsche genommen, keine Droschke. Mein Vater hat den Kutscher gut genug bezahlt, damit er nie darüber spricht, was geschah, nachdem mein Vater sie eingeholt hatte.«

Er wandte sich um und ging davon, wobei er die Hoffnung hatte, daß Pamela ihn zumindest in der Öffentlichkeit in Ruhe lassen würde. Es würde ihnen beiden nicht gut tun, den anderen offen anzugreifen. Aber ihre Wut war anscheinend größer, als er angenommen hatte, denn sie folgte ihm bis an den Rand der Tanzfläche.

»Lucien!«

Er drehte sich um und sah sie so an, daß sie sein Mißfallen erkennen mußte. Sie begegnete seinem Blick mit lodernder Wut.

»Du Bastard! Dafür wirst du vor mir auf den Knien liegen! Ich schwöre es bei Gott!«

Sie hob die Hand, als wollte sie ihn schlagen, aber er fing ihr Handgelenk ab.

»Bedenken Sie, wo Sie sind, Madam«, befahl er ihr scharf, sich der Aufmerksamkeit, die sie bereits weckten, sehr bewußt. Nur wenige Mitglieder der Gesellschaft wußten nichts von der Beziehung zwischen ihm und Pamela in den vergangenen drei Jahren, auch wenn solche Dinge nicht erwähnt wurden, außer unter sehr guten

Freunden. Ihre Beziehung jetzt öffentlich zu machen, noch dazu vor Clara, war undenkbar. Pamela würde die geringe gesellschaftliche Akzeptanz, die sie besaß, schnell verlieren, und Lucien würde man es nie verzeihen, daß er seine unschuldige Frau öffentlich dadurch so gedemütigt hatte, daß er sich mit seiner Mätresse sehen ließ.

»Meine Kunst«, sagte sie wütend, »meine Kunst, Lucien.«

»Ja, deine wertvolle Kunst.« Er drückte ihre Hand hart, ehe er sie losließ. »Wenn du nicht willst, daß jeder erfährt, daß du *Le Chat* bist, du boshafte Hexe, dann schlage ich vor, daß du meine Frau und meine Familie heraushältst, wenn du dein Gift mischst.«

Sie keuchte jetzt und hatte sich nur noch mühsam unter Kontrolle. Als sie hinter ihn blickte, leuchteten ihre Augen vor Triumph auf.

»Sie kommt. Deine Frau. Mit ihrem Liebhaber.«

Sie schob sich an Lucien vorbei, ehe er reagieren konnte, lächelte strahlend und grüßte: »Na so etwas, Captain Blakesley. Ich habe Lord Callan gerade von unserer Bekanntschaft erzählt. Sie können sich meine Überraschung vorstellen, als er mir sagte, Sie und die Viscountess Callan wären Kindheitsfreunde.«

Lucien betrachtete die Szene vor sich mit dem Gefühl, daß etwas Unwirkliches geschah. Er sah Claras strahlendes Gesicht – er hatte sie schon ein paarmal so glücklich erlebt, aber da war es immer seinetwegen gewesen – und daß sie sich mit beiden Händen an Blakesleys Arm klammerte.

Andrew Blakesley war eine Überraschung. Er war beträchtlich größer und breiter, seit Lucien ihn vor sieben Jahren das letzte Mal gesehen hatte. Der Junge, der so schwerfällig die Mitteilung hervorgestottert hatte, daß er und Clara verlobt wären, war verschwunden. An seine

Stelle war ein selbstsicherer, kriegserfahrener Mann getreten, der mit sich und seiner Umgebung im Einklang war. Er ergriff Pamelas ausgestreckte Hand und beugte sich leicht darüber, ehe er sich an Lucien wandte.

»Lord Callan«, grüßte er. »Sehr erfreut, Sie wiederzusehen.«

Seine Stimme war männlicher und tiefer als damals. Am liebsten hätte Lucien ihm die Faust ins Gesicht geschlagen und seine Frau von seiner Seite gezerrt.

»Blakesley«, erwiderte er mit einem Nicken.

»Lucien, ist das nicht herrlich?« Clara strahlte entzückt. »Andrew hat mich vollkommen überrascht. Ich war noch nie so glücklich.« Ihr lächelnder Blick streifte höflich über Pamela. Es gab ein kurzes Schweigen, als sie darauf wartete, vorgestellt zu werden.

Lucien wechselte einen Blick mit Andrew und fragte sich, wer von beiden das übernehmen sollte, ehe er schließlich sagte: »Clara, das ist Lady Halling, eine Bekannte von mir.« Er wollte seine Frau nicht belügen, auch wenn ihm der Gedanke kurz gekommen war. Es war schon schlimm genug, sie seiner früheren Geliebten vorstellen zu müssen, ohne der Sünde noch die Lüge hinzuzufügen.

»Lady Halling, darf ich Ihnen meine Frau, Viscountess Callan, vorstellen?«

»Lucien hat mir so viel von Ihnen erzählt, meine Liebe«, sagte Pamela und benutzte seinen Vornamen mit einer solchen Vertrautheit, daß Claras Augen groß wurden. »Ich freue mich, endlich Ihre Bekanntschaft zu machen. Wenn ich gewußt hätte, daß Sie mit Andrew befreundet sind, hätte ich mich schon viel früher darum bemüht.«

»Lady Halling war so nett, mich in ihre Gesellschaft heute abend einzubeziehen«, erklärte Andrew Blakesley. »Von ihr habe ich erfahren, daß du in London bist. Und verheiratet! Ich habe den Schock immer noch nicht verwunden. Das wird mich lehren, die Briefe meiner Mutter künftig genauer zu lesen.«

Plötzlich fiel ihm Luciens Anwesenheit ein, und er setzte hinzu: »Obwohl es natürlich dumm war von mir, überrascht zu sein. Ich wußte ja von einer lange schon beschlossenen Verlobung mit Viscount Callan.«

»Darf ich Ihnen zu Ihrer Hochzeit gratulieren, Lady Callan?« sagte Pamela freundlich. »Und Ihnen Glück wünschen?«

»Danke.« Claras Blick ging von Pamela zu Lucien. Er bemerkte, wie verwirrt sie war. »Vielen Dank.«

»Ein Walzer«, sagte Andrew, als das Orchester zu spielen begann. »Willst du mit mir tanzen, Clara?« Er sah Lucien an, der wortlos seine Zustimmung gab.

»Ein entzückendes Paar«, bemerkte Pamela, als sie gegangen waren. »Aber sie ist noch unauffälliger als ich gedacht habe. Ich frage mich, was Captain Blakesley nur an ihr findet?«

»Vielleicht dasselbe wie ich«, erwiderte Lucien ruhig, der nicht auf den Köder ansprang, den Pamela ihm reichte. »Eine Lieblichkeit, die mit körperlicher Schönheit nichts zu tun hat und die ihr ganzes Leben lang anhalten wird. Ah, Jack ist endlich gekommen.« Er begegnete dem Blick seines Freundes, der am anderen Ende der Tanzfläche erschienen war, wo er sich in Luciens Alkoven begeben hatte. Jack verneigte sich leicht in Pamelas Richtung, ehe er etwas Langes, Schlankes aus seinem Mantel holte und es so hochhielt, daß sie und Lucien es sehen konnten. Ebenso schnell verschwand die aufgerollte Zeichnung wieder, und Jack wandte sich den übrigen Gästen am Tisch zu.

Lucien hörte, wie Pamela neben ihm ein undefinierbares Geräusch von sich gab, etwas zwischen Wut und Verzweiflung.

»Ich nehme es als Hochzeitsgeschenk, Lady Halling«, sagte Lucien. »Ich glaube, Sie erwarten keinen Dankesbrief.«

Er ließ sie stehen, schön und still wie eine Statue, und schob sich durch die Tanzenden, um seine Frau abzuklatschen.

Eine Stunde später stand Pamela in ihrem Atelier und zitterte vor Wut, die sie so lange hatte beherrschen müssen, bis sie in ihren eigenen vier Wänden war. Langsam kam sie wieder zu Sinnen und wurde sich dessen bewußt, daß Sibby in einer Ecke kauerte, laut weinte und sich den Kopf hielt.

Was hatte sie mit dem Mädchen gemacht? fragte Pamela sich benommen, ohne sich zu erinnern, wie sie überhaupt ins Atelier gekommen waren. Ihr war so kalt, daß ihr ganzer Körper schmerzte.

Ihre Lippen zitterten, als sie sagte: »Es tut mir leid, Sibby.« Sie schluckte, holte tief Luft und versuchte es erneut. »Ich hatte einen sehr schlimmen Abend. Verzeih mir.« Sie hob fahrig eine Hand und preßte sie an die Stirn. Die Zeichnung, die sie für *Glad Tidings* angefertigt hatte, war verschwunden. Ehe sie nach Hause gefahren war, hatte sie bei William Rosswell angehalten und die Neuigkeiten von ihm selber gehört. Jemand war in die Druckerei eingebrochen und hatte die Karikatur gestohlen; die Druckplatten für morgen waren in tausend Stücke zerbrochen.

Rosswell, diese rückgratlose Kröte, hatte versucht, ihre Zusammenarbeit zu beenden. Er hatte Angst gehabt, die Karikatur zu veröffentlichen, bis sie ihn dazu überredet hatte. Jetzt hatte er Angst davor, überhaupt noch etwas mit ihr zu tun zu haben. Lucien und seine Freunde waren zu gefährlich. Und er wollte ganz sicher nicht den Zorn des Earl of Manning auf sich ziehen, der so viele einflußreiche Beziehungen zum Parlament unterhielt.

Doch sie hatte eine Trennung nicht zugelassen. Anscheinend hatte er vor dem Zorn seiner Frau noch mehr Angst als vor dem Zorn des Earls of Manning. Ein paar Drohungen in diese Richtung, und er stimmte unglücklich der Publikation noch einer weiteren Karikatur zu.

»Um Himmels willen, Sibby, steh vom Boden auf und hör mit dem Heulen auf.«

Gehorsam rappelte Sibby sich auf und stand zitternd an der Wand.

»Hol meine Schürze«, befahl Pamela, »und mach mir Kaffee.«

»Sie wollen jetzt arbeiten, Mylady? So spät noch?«

»Ja«, sagte Pamela, während Sibby ihr die Schürze über ihr elegantes Kleid band. Vor sich sah Pamela wieder die Szene, wie Lucien mit seiner Frau tanzte, Clara mit einem nervösen Lächeln im Gesicht. Das dumme Ding hatte sich eindeutig Sorgen darum gemacht, wie Lucien auf den Anblick ihres früheren Liebhabers reagieren würde, auch wenn das nicht nötig gewesen wäre. Lucien hatte seine Frau auf eine Weise angesehen, die Pamela viel mehr Schmerz bereitet hatte als seine frühere Zurückweisung. Daß er dieses dumme, häßliche Mädchen mit solcher Zärtlichkeit betrachtete, während er Pamela nicht einmal freundlich angeblickt hatte – das war unerträglich. Sie würde das irgendwie töten. Sie würde alles zerstören, was Lucien etwas bedeutete, angefangen bei seiner geliebten kleinen Frau.

»Ja«, sagte sie, als sie sich zur Arbeit hinsetzte. »Ich muß eine ganz besondere Karikatur fertigstellen, Sibby, selbst wenn ich die ganze Nacht dafür brauche. Ich möchte, daß du Mr. Rosswell eine Nachricht schickst – mach es selber, wenn du keinen verläßlichen Botenjungen findest. Sag ihm, daß er die Zeichnung spätestens morgen nachmittag bekommt und daß er sie so schnell wie möglich veröffentlichen soll. Und diesmal soll er gut auf meine Arbeit aufpassen, sonst erfährt Mrs. Rosswell eine Menge Dinge, die Mr. Rosswell Ärger machen können.«

17

Am nächsten Morgen frühstückte Clara alleine in dem Salon, der an Luciens Zimmer angrenzte. Sie hatten es sich zur Gewohnheit gemacht, in diesem kleinen Raum zusammen zu essen, statt in dem großen Frühstückssalon unten, der für offizielle Anlässe war. Clara hatte das lässige, unkomplizierte Zusammensein mit Lucien morgens immer besonders genossen. Beide noch im Morgenrock, aßen sie ihre Brötchen, ließen heiße Schokolade kommen und sprachen über die Pläne für den Tag.

Heute war der erste Morgen seit ihrer Hochzeit, an dem sie sich alleine hier fand. Lucien war früh aufgestanden und hatte sich schweigend angezogen. Sein Kammerdiener, der es sich angewöhnt hatte, draußen zu warten, bis man ihn rief, ehe er das Schlafzimmer seines Herrn betrat, hatte Claras Fragen nach den Plänen ihres Mannes mit einem verwirrten Blick beantwortet.

»Soll ich nach Hayes schicken, Mylady? Vielleicht weiß er, wo Seine Lordschaft ist.«

Aber Clara hatte den Butler oder Mrs. MacInnes nicht belästigen wollen, zumindest nicht, ehe sie nicht richtig angezogen war. Es kam Clara närrisch vor, verzweifelt etwas über ihren Mann erfahren zu wollen, solange sie noch nicht einmal gefrühstückt hatte.

Doch es war eine einsame Sache, so alleine zu frühstücken, befand Clara, nachdem ihr das Tablett gebracht worden war. Sie wartete fünfzehn Minuten lang, in denen sie auf dem Sofa Kaffee trank, bis sie die Hoffnung aufgab, daß Lucien doch noch erscheinen würde.

Nicht daß sie ihm aus seinem Fortbleiben einen Vorwurf machen könnte. Der gestrige Abend war furchtbar gewesen, schrecklich – und wenn nicht für ihn, dann ganz sicher für sie. Der Anblick der wunderschönen Lady Halling verfolgte Clara hartnäckig, so sehr sie auch versuchte, das Bild beiseite zu schieben. Diese Frau und Lucien ... wie dumm war sie gewesen, daß sie nicht gleich erkannt hatte, daß Lucien und sie mehr waren als nur gute Bekannte. Andrew konnte es nicht gewußt haben, sonst hätte er sie nie dorthin begleitet, wo sie Luciens Mätresse vorgestellt werden würde. Sie stöhnte laut auf, als sie daran dachte. Wie wütend Lucien gewesen sein mußte. Wie wütend und zu Recht gedemütigt. Jeder andere wußte bestimmt, daß Lady Halling seine Geliebte war. Wie absolut schockierend, daß Clara zu ihm gekommen war, als er sich mit ihr unterhalten hatte. Sie wußte nicht, was sie furchtbarer fand – die Tatsache, daß Lucien so eine schöne Frau aushielt, oder den Umstand, daß sie sich vor der Frau zum Narren gemacht hatte. Lady Halling hatte die Situation viel besser im Griff gehabt als Clara.

Sie nahm an, daß sie nicht das Recht hatte, sich betrogen zu fühlen – oder so wütend, daß sie Lucien am liebsten mit bloßen Händen erwürgt hätte. Lucien hatte ihr nie versprochen, daß er keine Mätresse haben würde. Viele verheiratete Männer hatten das; es galt als akzeptabel, solange die Beziehung sich an bestimmte Regeln hielt – Regeln, die von Ehemännern und Frauen einzuhalten waren. Clara hatte diese Grenze gestern unbewußt überschritten, aber Lucien und Lady Halling auch. Sie hätte Lucien niemals öffentlich mit ihrem Flirten gedemütigt, wenn er sie vorher nicht so offen mit seiner Mätresse brüskiert hätte.

Clara stöhnte erneut auf und bedeckte ihr Gesicht mit den Händen. Vielleicht war sie unfair. Bestimmt war sie unfair. Lucien hatte genauso unglücklich ausgesehen, mit Lady Halling ertappt zu werden, wie sie, als sie die Wahrheit erkannt hatte. Lucien war hinterher sehr nett zu ihr gewesen, hatte sie aus Andrews Armen geholt, um mit ihr weiterzutanzen, so daß sie das gefrorene Lächeln auf ihrem Gesicht endlich hatte aufgeben können. Er schien instinktiv gewußt zu haben, daß sie beschützt werden mußte, nachdem sie plötzlich mit der Wahrheit konfrontiert worden war, und das vor so vielen Augen. Also hatte er sie eng an sich gedrückt und leichtfüßig durch die Menge geführt und ihr dann ins Gesicht gesehen und ermutigend gelächelt. Am liebsten hätte sie geweint und ihr Gesicht an seine Schulter geschmiegt und ihn angefleht, sie trotz ihrer Unscheinbarkeit und ihrer Fehler zu lieben.

Anschließend hatte er sie zu ihrer Gesellschaft zurückgebracht, sich neben sie gesetzt und die Rolle des Gastgebers übernommen. Sie erinnerte sich vage daran, daß sie es geschafft hatte zu lächeln, zu lachen und sich mit den anderen zu unterhalten. Aber es kam ihr fast so vor, als hätte sie das nur geträumt und wäre selber gar nicht dabei gewesen. Einzig Lucien hatte dafür gesorgt, daß sie nicht zusammenbrach. Vielleicht hatten ihre Gäste gar nicht gemerkt, wie es um sie stand. Oder sie waren zu gut erzogen, um etwas anderes zu machen, als vorzugeben, daß alles in Ordnung war.

Es schien eine Ewigkeit zu dauern, bis Lucien ihr in die Kutsche half, und noch eine Ewigkeit, bis sie nach einer schweigenden Fahrt in Barrington eintrafen.

Lucien hatte nur gesprochen, als die Kutsche aus Vauxhall abfuhr und er sie in eine Decke gewickelt hatte. Dann hatte er den Arm um sie gelegt, sie an sich gezogen und gesagt:

»Mach dir keine Gedanken, Clara. Du hast einen langen und anstrengenden Tag hinter dir. Ruh dich einfach aus, meine Liebe.«

Aber seine Freundlichkeit war so höflich und distanziert gewesen, daß sie nur noch mehr verzweifelt war. In Barrington hatte er sie hochgebracht – und ihr gute Nacht gewünscht, weil er noch einmal weg müsse.

Also war er gegangen, wahrscheinlich zu seiner Mätresse, während Clara zum ersten Mal alleine in dem großen, kalten Bett gelegen hatte und sich furchtbar gefühlt hatte. Sie hatte sich in den vielen wachen Stunden gesagt, daß sie nur eine Ehe führte, wie die meisten Mitglieder der guten Gesellschaft es taten, aber es war unmöglich gewesen, sich damit zu trösten.

Sie wußte nicht, wann es gewesen war, als Lucien sie aus ihrem Bett gehoben und zu dem getragen hatte, das sie immer geteilt hatten. Sie war nach langem Weinen in einen so erschöpften Schlaf gefallen, daß sie sich an das Ereignis selbst kaum erinnern konnte. Er hatte stark nach Rauch und Alkohol gerochen und war anscheinend verstört, sie in ihrem Bett zu finden. Er murmelte, er habe sie nur in ihr Zimmer gebracht, damit das Mädchen ihr beim Auskleiden helfen konnte. Das machte Sinn, sie hatte sich diesmal in ihrem Zimmer ausgezogen. Sonst hatte er sie immer in seinem Zimmer entkleidet.

Sie hatte versucht, etwas darüber zu sagen, daß er Lady Halling auszog, aber er hatte sie nur ins Bett gelegt und gesagt: »Das überlasse ich Andrew Blakesley. Falls er die Hände lange genug von dir lassen kann. Ich gebe dir den guten Rat, ihn nicht zu sehr zu ermutigen, wenn du willst, daß dein lieber Freund noch länger lebt.«

Daran und an den Ärger in seiner Stimme erinnerte sie sich leider sehr gut. Selbst in ihrer Schläfrigkeit war sie wütend gewesen, vielleicht mehr, als sie sich im wachen Zustand gestattet hätte. Aber so verletzlich und beiseitegeschoben, wie sie sich fühlte, hatte sie zurückschlagen wollen. Und hatte es getan. Mit Fäusten und Füßen. Statt Lucien zu betrüben, hatte ihr Angriff ihn nur erregt. Er hatte sich auf sie gelegt, ihr die Arme über dem Kopf festgehalten, ihr das Nachthemd vom Leib gerissen und sie mit einer Brutalität geliebt, die sie beide still und atemlos zurückließ. Er hatte sogar seinen Mantel noch angehabt. Sie war in den Falten fast erstickt, ehe er sich endlich von ihr erhob.

Nachdem er sich ausgezogen hatte, war er sanfter gewesen, langsamer, ganz sicher nicht brutal, aber es war weit von dem zärtlichen Lieben entfernt, daß sie von ihm kannte. Lucien hatte dominiert und sie beherrscht und ihr ohne Zweifel gezeigt, zu wem sie gehörte. Erst als er fertig war, hatte sie vor Scham und Wut geweint, und da hatte er nachgegeben und sie gehalten und ihr gesagt, daß es ihm leid tue. Sie hatte lange gebraucht, bis sie sich endlich in seinen Armen entspannt hatte, und dann war sie aus Erschöpfung schnell eingeschlafen. Erst Stunden später erwachte sie, als Lucien sich anzog. Unrasiert verließ er das Zimmer, ohne sich von ihr zu verabschieden.

Lady Halling. Sie fragte sich, wie lange Lucien diese Frau wohl schon kannte? Sie durchforstete ihre Erinnerung aus den fünf Monaten ihrer Ehe, aber es fiel ihr nicht eine Nacht ein, die er nicht auf Barrington verbracht hätte. Selbst an den Tagen, als er mit Wulf und Jack unterwegs gewesen war, war er hinterher wieder zu ihr gekommen. Sie hatten ununterbrochen sein Bett geteilt, auch als sie versucht hatte, in ihres zu gehen, wenn sie ihre Tage hatte. Aber Lucien hatte darauf bestanden, daß sie bei ihm genauso bequem liegen könne wie bei sich, und er hatte nicht einsehen wollen, warum etwas so Natürliches Mann und Frau daran hindern sollte, in einem Bett zu schlafen, auch wenn es ihren sexuellen Abenteuern zwischenzeitlich einen Riegel vorschob. Sie konnte seine Anwesenheit für jede einzelne Nacht nachweisen und dazu noch für die meisten Tage. Falls er Lady Halling gesehen hatte, mußten seine Besuche bei ihr bemerkenswert kurz gewesen sein, es sei denn, er hätte über die Abende, die er mit seinen Freunden aus gewesen war, nicht die Wahrheit gesagt. Aber sie hatte Grund, das zu bezweifeln. Zu unwahrscheinlich war es, daß ein Mann seine Freunde in einen solchen Betrug mit hineinzog.

Wie schlug man eine schöne Mätresse? War das überhaupt möglich? Oder klug? Abrupt stellte Clara ihre Tasse beiseite und ging zu dem großen Spiegel hinüber, der über dem Kamin hing.

»Wenn du nur etwas mit deinem Gesicht machen könntest, Clara«, sagte sie zu sich selber und betrachtete sich mit wachsender Verzweiflung. Sie besaß keinerlei Farbe. Da sie ihre Haare nicht bleichte und keinen Puder benutzte, beides Möglichkeiten, die sie früher schon verworfen hatte, gab es nichts, was sie tun konnte, um ihr Aussehen zu verbessern.

Sie hatte auch schon alles getan, was sie konnte, um Luciens Haus möglichst einladend für ihn zu machen, und er hatte gesagt, daß es ihm gut gefalle, trotz der Erinnerungen, die ihn verfolgten. Er schien keinen anderen Ort Barrington vorzuziehen. Lucien hatte es sich sogar angewöhnt, seine Freunde zum Essen oder Kartenspielen zu sich einzuladen, wenn Clara einmal ohne ihn einen Ball oder eine Abendveranstaltung besuchte. Sie war oft spät nachts oder früh morgens nach Hause gekommen und hatte sie fröhlich beisammen in Luciens Arbeitszimmer angetroffen, wo sie rauchten, tranken und guter Stimmung waren. Wulf und Jack hatten sich beide anerkennend über die Veränderungen geäußert, die Clara auf Barrington vorgenommen hatte, und versichert, daß sie immer gerne zu Besuch kämen.

Lucien schien auch mit ihrer Reaktion auf ihn im Bett vollkommen zufrieden zu sein. Selbst letzte Nacht hatte sie die Lust, die er ihr verschaffte, nicht ganz verbergen können, und sie wußte aus einem instinktiven Wissen heraus, daß es ihm genausogut gefiel wie ihr. Aber vielleicht war das nicht genug. Sie wußte so wenig über Männer. Vielleicht stillte es seine Bedürfnisse nicht, wenn er sie jede Nacht zwei- oder dreimal nahm. Und doch konnte sie sich nicht vorstellen, daß es Dinge gäbe, die er mit Lady Halling, aber nicht mit ihr machen würde. Die Dinge, die er Clara gelehrt hatte, damit sie ihn körperlich befriedigte, gingen über ihre wildesten Phantasien hinaus. Wenn es noch mehr zu tun oder zu wissen gab, wäre dazu eine Körperbeherrschung nötig, die nur Akrobaten besaßen. Wenn Lady Halling so begabt war, konnte Clara den Kampf auch gleich aufgeben.

Ein leichtes Kratzen erklang an der Tür, und auf Claras Aufforderung kam Mrs. MacInnes mit einem Silbertablett herein, auf dem eine Karte lag. Clara entging der mißbilligende Blick nicht, mit dem sie das unberührte Frühstück streifte.

»Ein Besucher?« fragte Clara und griff nach der Karte. »So früh?«

»Es ist nach zwölf, Mylady«, erklärte Mrs. MacInnes in einem Ton, der zu ihrem Gesichtsausdruck paßte.

»Ach, es ist Andrew!« rief Clara und betrachtete die Karte mit einer Mischung aus Freude und Sorge. »Bitte sagen Sie ihm, daß er im Salon warten soll. Mrs. MacInnes, und lassen Sie Tee bringen. Und schicken Sie mir Bertie. Ich ziehe mich schnell an und komme dann zu Captain Blakesley.«

»Bawd Claxton's«, wiederholte der Earl of Manning, setzte seine Teetasse auf einem Tisch ab und betrachtete seinen Neffen mit offenem Interesse. »Wie in drei Teufels Namen kommt ein anständiger junger Mann wie Captain Blakesley in ein filziges Loch wie Claxton's? Ich erinnere mich noch aus der Zeit, als ich Anna den Hof gemacht habe, an seine Eltern. Sie wären entsetzt, wenn sie jetzt wüßten, wo ihr Sohn sich herumtreibt. Nette, alte Familie, die Blakesleys.«

»In der Tat«, murmelte Lucien trocken. »Du solltest nicht vergessen, Robby, daß Andrew Blakesley kaum ein Kind ist, um das man sich Sorgen machen müßte.«

»Nein, natürlich nicht«, stimmte Robert zu, »aber ich hasse es zu sehen, wenn ein junger Mann solcher Qualitäten sich mit so schlechter Gesellschaft abgibt. Besonders mit der von Pamela Halling. Vielleicht läßt sie jetzt, wo die böse Tat getan ist, Captain Blakesley in Ruhe, aber irgendwie bezweifele ich das.« Er hob die Zeichnung hoch, die in seinem Schoß lang, und betrachtete sie zweifelnd. »Wenn man einmal bedenkt, daß sie sich nur auf Gerüchte und Mutmaßungen stützen konnte, hat sie das gar nicht so schlecht gezeichnet. Ein paar Einzelheiten stimmen natürlich nicht, aber alles in allem ist es von der Wahrheit gar nicht so weit entfernt, wie wir beide wissen. Was für ein häßlicher Einfall, dein Gesicht deinem Vater und Claras Gesicht deiner Mutter zu zeichnen. Soll der, mit dem sie wegläuft, Lord Gansley oder Captain Blakesley sein?«

»Anscheinend stört dich die Tatsache, daß das veröffentlicht werden sollte, gar nicht.«

Robert lächelte ihn tröstend an. »Lucky, mein Junge, wir haben die Wahrheit so lange wie möglich verborgen gehalten. Die Ereignisse liegen mittlerweile so lange zurück, daß es gar keine Rolle mehr spielt. Der Großteil der Gesellschaft hat längst erraten, was wirklich passiert ist. Ich wollte nicht, daß du noch mehr darunter leiden mußt als damals, als du ein Junge warst, aber heute bist du sehr gut in der Lage, mit einem Wispern oder einem Starren umzugehen. Ich glaube auch nicht, daß irgend jemand dich für etwas verantwortlich machen würde, was dein Vater getan hat, trotz Lady Hallings unglücklicher Titelwahl für ihre kleine Zeichnung.«

»Du meinst nicht, daß die Leute warten, ob sich die Geschichte wiederholt?«

»Nach der unmöglichen Wette, die du mit Lord Kerlain abgeschlossen hast, wirst du sie kaum davon abhalten können, oder?« erwiderte Robert. »Aber daran bist du ganz alleine schuld, mein Junge. Je eher du diesem Unsinn einen Riegel vorschiebst, desto eher verstummen auch die Klatschmäuler.«

»Stimmt.«

»Wenn Clara je von der Sache hört, wirst du es höllisch schwer haben, ihr Vertrauen zurückzugewinnen. Das wäre viel schlimmer als alles, was diese Zeichnung hier ausgelöst hätte, wenn sie erschienen wäre.«

»Ja«, sagte Lucien desinteressiert.

Mit einem Seufzer ließ Robert das unergiebige Thema ruhen. »Sag mir«, bat er in leichtem Ton, während er die Zeichnung zusammenfaltete und weglegte, »hat Clara sich gefreut, ihren alten Freund wiederzusehen? Und hast du dich mit einem Anfall von Eifersucht komplett zum Narren gemacht?«

Lucien musterte ihn kühl.

»Du warst schon immer unverdient bösartig dem jungen Mann gegenüber«, stellte Robert fest.

»Nicht halb so sehr wie du gegenüber Colonel Huntington«, konterte Lucien glatt.

»Ah, ein Schlag unter die Gürtellinie«, gab Robert mit einem Lachen zu. »Und es stimmt. Ist es nicht seltsam, daß die Frauen, die wir lieben, beide mit Soldaten zu tun haben? Vielleicht hätten wir auf unseren Titel verzichten und in die Armee eintreten sollen, Lucky. Dann hätten wir vielleicht mehr Glück gehabt, oder ich zumindest. Du hast deine Dame ja bekommen.«

»Vielleicht«, erwiderte Lucien, verschränkte die Finger und blickte in das Feuer, vor dem er und sein Onkel saßen.

»Vielleicht?« wiederholte Robert ungläubig. »Du hast

fünf Monate Eheglück mit diesem Schatz von einer Frau hinter dir – du willst ja hoffentlich nicht leugnen, daß du bisher mit Clara vollkommen glücklich bist?«

»Wir sind – ich bin bisher vollkommen glücklich gewesen, – tatsächlich.«

»So sehr, daß du dich nach der Hochzeit endlich mal wie ein normaler Mensch aufgeführt hast. Ganz London war schockiert. Viscount Callan hat sich also doch noch als menschlich erwiesen. Ich bin überrascht, daß es nicht als Wunder in den Zeitungen Erwähnung gefunden hat.«

»Robby«, sagte Lucien und seufzte. »Können wir deine besondere Art des Sarkasmus' für heute mal vergessen? Ich bin dem nicht gewachsen.«

Robert betrachtete ihn genauer. »Oh, Lucien, sei kein Narr. Clara liebt dich so sehr, daß es ihr förmlich aus den Poren rinnt, wenn sie dich nur ansieht. Zerstöre das Glück, daß eure Ehe euch beiden gibt, nicht durch so etwas Törichtes wie unangebrachte Eifersucht. Hat sie dir nicht längst bewiesen, daß sie ganz und gar nicht so wie deine Mutter ist? Und Gott weiß, daß du wahrlich nicht wie dein Vater bist.«

»Andrew Blakesley liebt sie.«

»Natürlich tut er das, welcher Mann täte das nicht, nachdem er dieses entzückende Geschöpf kennengelernt hat. Du weißt sehr gut, daß du der am meisten beneidete Mann in London bist. Aber gibt es einen Grund, warum Clara dafür leiden soll? Du kannst nicht wirklich glauben, daß sie mit einem anderen Mann weglaufen würde.«

»Warum hat Mutter geflirtet?«

Die Frage traf Robert überraschend. »Warum deine Mutter geflirtet hat?«

»Ja, meine Mutter. Warum. Hat sie es genossen, oder gab es einen anderen Grund dafür?«

»In all den Jahren«, sagte Robert langsam, »hast du mich nie irgend etwas zu deiner Mutter gefragt. Immer, wenn ich über sie sprechen wollte, hast du mich zum Schweigen gebracht. Clara scheint noch besser für dich zu sein als ich annahm.«

Lucien wartete geduldig schweigend.

»So«, sagte Robert, lehnte sich zurück und griff wieder nach seiner Teetasse. »Warum hat deine Mutter geflirtet? Es war zum Teil deshalb, weil es ihr Spaß gemacht hat, und zum Teil deshalb, weil sie Angst vor dem Alter hatte und sie sich jung und attraktiv fühlte, wenn sie die Aufmerksamkeit der Männer erregte. Aber hauptsächlich, denke ich, hat dein Vater sie dazu getrieben.«

Luciens Gesicht wurde finster. »Ich kann nicht sehen, was das Alter meiner Mutter oder mein Vater damit zu tun haben sollen. Sie war noch keine Matrone, und mein Vater liebte sie bis an die Grenze des Erträglichen.«

»Aber das ist der Punkt, nicht wahr? Niemand will eine pathetische, klammernde, erdrückende Liebe, so romantisch das auch klingen mag. Dein Vater hat deine Mutter mit seiner hündischen Ergebenheit schier erstickt, hat immer die Hände wegen ihrer Affären gerungen und sie wie ein hilfloses Kind angefleht, es sein zu lassen, wo er sie besser mal übers Knie gelegt und der Sache selber ein Ende gemacht hätte. Wenn man es genau überlegt, hätte es hundert bessere Möglichkeiten gegeben, als sich von deiner Mutter an der Nase herumführen zu lassen. Aber das hat er gewählt. Du hast nicht dasselbe Schicksal vor dir, nur weil du sein Sohn bist.«

Lucien seufzte. »Und doch hat er sie getötet. Er hätte doch nur Gansley umzubringen brauchen oder sich, und sie hätte er leben lassen können.«

»Gott allein weiß, was mit Edward in jener Nacht geschehen ist«, erwiderte Robert freundlich. »Vielleicht ist er verrückt geworden, oder er hat erkannt, daß deine Mutter ihn diesmal wirklich verläßt – es nicht nur androht. Ich habe meinen Bruder geliebt, Lucky, genau wie du. Aber er war bei weitem nicht perfekt. Ich weiß, daß du dich über die Jahre auf seine Seite geschlagen hast, aber vielleicht eher aus Verständnis denn aus Sympathie. Du mußtest wie dein Vater oft um die Zuneigung deiner Mutter betteln, nicht wahr?«

»So war es nicht«, murmelte Lucien. »Sie war nur zu beschäftigt ... Und wenn sie zu Hause waren, haben sie sich immer nur gezankt.«

»Mein lieber Junge«, sagte Robert, beugte sich vor und berührte tröstend Luciens Knie, »du darfst nie daran zweifeln, daß deine Eltern sich geliebt haben. Sie waren beide furchtbar stolz auf ihr einziges Kind. Das mußt du doch gespürt haben.«

Lucien zuckte die Achseln. »Was ich als Kind an Liebe bekommen habe, habe ich von dir bekommen, Robby. Wenn Gott mich mit Kindern segnen sollte, werde ich sie so behandeln, wie du mich behandelt hast, nicht so, wie ich es von meinen eigenen Eltern gelernt habe.«

»Willst du das, Lucky?« fragte Robby und lächelte. »Ich glaube, mein Lieber, daß ich noch nie ein schöneres Kompliment bekommen habe. Dennoch ist es nur fair dich zu warnen, daß du, wenn du so weitermachen willst, erleben wirst, wie ich in Tränen ausbreche und dich furchtbar in Verlegenheit bringe.«

Lucien lächelte. »Auf deine alten Tage wirst du noch sentimental, Robby.«

»Du weißt noch nicht einmal die Hälfte«, schnaubte Robert. »Wenn du gesehen hättest, wie ich in deiner Hochzeitsnacht alleine in der Bibliothek gesessen habe, um den heftigsten Gefühlen freien Lauf zu lassen ... Es ist nur gut, daß ich nur dich aufziehen mußte und nicht irgendwelche Töchter. Ich könnte mir vorstellen, daß ich bei ihren Hochzeiten ganze Eimer voll geweint hätte. Aber wir schweifen ab. Wenn ich dir wirklich ein guter Vater gewesen wäre, Lucky, dann hätte ich ein paarmal die harten Worte gesprochen, die von Eltern erwartet werden. Du willst sie nicht hören.«

»Wann hat dich das je gehindert?« fragte Lucien mit einem Auflachen.

»Öfter als du weißt. Wenn du mal eigene Kinder hast, wirst du das verstehen. Lucky, ich will nur, daß du mich anhörst und dann gut darüber nachdenkst. Du hast deine Mutter so lange gehaßt und ihr alle Schuld gegeben, und deinen Vater hast du vergöttert und zum Opfer gemacht. Ich habe meinen Bruder geliebt, aber er trägt genausoviel Schuld wie sie. Er hätte auf die Untreue deiner Mutter nicht so reagieren müssen, wie er es getan hat. Egal, was deine Mutter und Lord Gansley getan haben, das haben sie nicht verdient. Gejagt und dann wie Tiere erschossen zu werden. Ich habe dir das nie gesagt, aber ich war fast froh, daß mein Bruder sich selber auch erschossen hat, denn wenn er es nicht getan hätte, hätte ich es vielleicht übernommen.«

»Gott, Robby.«

»Laß mich ausreden. Das eine mußt du verstehen, Lucky, und jetzt hör gut zu. Du hast Jahre mit der Angst verbracht, so zu werden wie dein Vater und eine Frau so sehr zu lieben, daß du ihr Sklave wirst. Aber die Wahrheit ist, daß du viel eher so bist wie deine Mutter.«

Lucien schüttelte den Kopf und wandte den Blick ab. »Nein.«

»Du hast es immer gewußt«, fuhr Robby fort. »Nein, hör mir zu. Es ist für mich nicht leichter, es zu sagen, als für dich, es anzuhören.«

»Es stimmt nicht«, erwiderte Lucien heiser.

»Doch. Du erinnerst mich so sehr an deine Mutter, daß ich immer ein wenig Angst deswegen hatte. Denk nur an die Art, wie du Clara behandelt hast. Sie muß nach deiner Pfeife tanzen oder nach gar keiner, stimmt's? Wenn sie dich nicht ergeben liebt, schickst du sie wie einen Hund weg.«

»Das ist es nicht, was ich will!«

»Nein?« fragte Robert. »Du hast zehntausend Pfund darauf verwettet, daß das genau das ist, was du willst. Du willst, daß Clara dich so sehr liebt, daß sie ihr eigenes Glück darüber vergißt. Du willst, daß sie an der Tür wartet, wie dein Vater es getan hat, und sich Sorgen macht und wartet und hofft ...«

»Nein«, sagte Lucien, erhob sich, trat ans Feuer und fuhr sich mit der Hand durch das Haar. »Nein«, sagte er ruhiger. »Du ... irrst dich. Du bist verrückt.« Er schluckte hart. »Ich bin kein bißchen wie meine Mutter.«

»Ich verstehe«, sagte Robert. »Deiner Frau treu ergeben, ja?«

Lucien rieb sich mit der Hand die Stirn, als hätte er Kopfschmerzen. »Clara flirtet ...«

»Unschuldig. Wahrscheinlich unschuldiger als alle anderen Mitglieder der Gesellschaft. Es kann nicht mit den offenen Einladungen verglichen werden, die deine Mutter ausgesprochen hat. Nun gut.« Er erhob sich. »Du bist nicht wie deine Mutter. Beweise es. Zeig mir, daß deine Ehe dir etwas bedeutet. Und mach es nicht wie dein Vater und laß äußerliche Kräfte ruinieren, was zwischen Clara und dir ist.«

Lucien ließ die Hände sinken und starrte ins Feuer. »Ich will wie keiner von ihnen sein, Robby« – er holte scharf Luft – »ich will so sein wie du. Nach all den Jahren und nach dem, was sie dir angetan hat, hast du Lady Anna verziehen, und plötzlich bist du so zufrieden. Ich kann mir nicht vorstellen, warum du sie wieder in dein Leben gelassen hast, aber ich muß zugeben, daß ich dich noch nie glücklicher gesehen habe.«

»So wie du mit Clara«, murmelte Robert. »Vielleicht haben wir beide eine wichtige Wahrheit gelernt, Lucky. In dem Moment, wo ich dazu in der Lage war, mir meine Dummheit einzugestehen, durch die ich Anna verloren habe, war ich auch in der Lage, ihr die ihre zu verzeihen. Und ich habe nicht eingesehen, warum sie oder ich uns weiter das Glück versagen sollen, das wir einst zusammen hatten, denn es war eine große, tiefe Liebe. Ich liebe sie immer noch, aber ich hoffe, daß ich heute klüger bin als damals.«

»Du bist ihretwegen fast gestorben.«

»Ja.« Robert legte seinem Neffen tröstend die Hand auf die Schulter. »Versuch dir dein weiteres Leben ohne Clara vorzustellen, und du verstehst, was ich damals empfunden habe. Aber es war dumm und egoistisch von mir, mich nach dem Tod zu sehnen. Du hast mich damals auch gebraucht.«

»Ja.«

Robert seufzte und setzte sich wieder hin. »Ich habe noch etwas aus dieser Erfahrung gelernt. Das Leben ist ein zu kostbares Geschenk, um es einfach so wegzuwerfen. Wir Menschen neigen dazu, uns von Emotionen leiten zu lassen, und dann, statt klar und vernünftig zu handeln, tun wir dumme Sachen. Dein Vater hätte deine Mutter ziehen lassen sollen, sich deiner Erziehung widmen und ein neues Leben für euch beide ohne sie aufbauen sollen. Statt dessen hat er egoistisch zwei unschuldige Menschen umgebracht, sich selber getötet und seinem Sohn damit keinen Dienst erwiesen. Ich hätte Anna gehen lassen und nicht so ein Melodram aufführen sollen. Das war dir gegenüber so unfair, Lucky, wie mir gegenüber.«

»Wenn dein Stolz damals nicht die Oberhand bekommen hätte«, murmelte Lucien, »hätte Lady Anna dich dann nicht verlassen?«

»Genau. Und wenn dein Vater sich anders aufgeführt hätte angesichts des Verhaltens deiner Mutter –«

»– wären die Dinge für sie vielleicht auch nicht so schlecht gelaufen«, vollendete Lucien. »Das sind interessante Spekulationen, Robby, nur werden wir nie wissen, ob das stimmt, nicht wahr? Aber ich weiß, was du ausdrücken willst. Sag mir«, bat er und sah seinen Onkel an. »Willst du Lady Anna heiraten? Oder zumindest – ihr einen Antrag machen?«

Robert lächelte unschuldig. »Vielleicht. Im Moment reicht es mir, ihre Gesellschaft zu genießen und dafür zu sorgen, daß sie meine genießt. Sie ist bei mir so vorsichtig wie du bei Clara. Solche Sachen brauchen Zeit.«

»Wenn es das ist, was du willst«, sagte Lucien langsam, »würde ich mich sehr für dich freuen, egal, was ich in der Vergangenheit über Lady Anna gesagt habe.«

»Lucien«, rief Robert sichtlich bewegt.

»Vielleicht ist es schon spät«, fuhr Lucien fort, »aber ich habe auch etwas über das Leben entdeckt. Es ist viel schöner, seine Tage zu verbringen, wenn man jemanden hat, den man liebt. Vielleicht hätte mein Vater das mit meiner Mutter tun sollen – sie einfach so lieben und akzeptieren, wie sie war. Ich erinnere mich noch an eine Zeit, wo sie glücklich miteinander waren.«

»Wenn auch auf kindische Weise, ja«, bestätigte Robert. »So eine Liebe hält meist nicht lang. Sie braucht immerzu Aufregungen, um weiter zu brennen.«

»Das weiß ich, und bei meinen Eltern stimmte das. Aber vielleicht wäre es ja mit der Zeit besser geworden, wenn mein Vater anders reagiert hätte, da meine Mutter es ja nicht konnte. Ich denke, jede Liebe ist besser als gar keine, und eine gute Liebe soll man willkommen heißen. Ich will, daß du glücklich bist, Robby. Du verdienst es, und wenn du es mit Lady Anna sein kannst, hast du meinen Segen und meine besten Wünsche.«

18

Es fiel Lucien schwer, an seinen kürzlich gewonnenen Einsichten über die Liebe und ihre Verdienste festzuhalten, als er den Salon auf Barrington betrat und dort seine Frau und Andrew Blakesley Seite an Seite vorfand, die Köpfe zusammengesteckt und so vertraut miteinander lachend, daß er unwillkürlich die Fäuste ballte. Wie durch einen roten Schleier sah er eine Szene wie schon vor vielen Jahren, nur daß das Paar damals schon viel weiter gekommen war. Seine Mutter und ihr Liebhaber auf der Couch waren erst entsetzt gewesen, als er sie versehentlich unterbrochen hatte, dann verlegen, und dann hatten sie hastig ihre Kleider geordnet und gelacht, so wie Clara und Captain Blakesley lachten, wie über einen wunderbaren Scherz, den sie noch lange teilen konnten.

Lucien mußte blinzeln, um das Bild zu vertreiben und zu erkennen, daß sowohl Clara als auch ihr Gast voll bekleidet waren und daß seine Frau nichts Ungewöhnlicheres tat, als einen alten Freund aus Kindertagen in ihrem Salon zu unterhalten. Sie war nicht grausam, wie seine Mutter es gewesen war, Clara würde ihn nie auf solche Weise verletzen, selbst wenn sie guten Grund gehabt hätte, es zu tun. Er dachte an das, was Robby gesagt hatte, und mußte mit einigem Unbehagen zugeben, daß Robby recht hatte und er seinen Hang zur Grausamkeit vielleicht von seiner Mutter geerbt hatte. Er war nie vorher auf die Idee gekommen, und sie gefiel ihm gar nicht.

»Lucien, du bist zurück!«

Clara und Andrew Blakesley erhoben sich, Clara mit

einem etwas ängstlichen Gesicht und nervös, während Blakesley sich zu freuen schien, ihn zu sehen.

Clara ging mit ausgestreckter Hand auf ihn zu, und Lucien ergriff sie automatisch und spürte, wie kalt sie war.

»Ich freue mich so, daß du nach Hause gekommen bist«, sagte sie, und er konnte die Sorge in ihren Augen sehen. Was, zum Teufel, hatte sie erwartet? Daß er sie schlagen würde? Anbrüllen? Oder war es Pamela, die sie noch immer verfolgte?

Lucien überlegte schnell seine Möglichkeiten. Sich hinter eine Wand aus Eis zurückzuziehen, war immer sein Favorit gewesen, gefolgt von Sarkasmus und scharfem Ärger. Auf diese Weise könnte er Clara innerhalb von Minuten zum Weinen bringen und Blakesley so weit bringen, ihn im Morgengrauen zum Duell zu treffen. Bei der heißen Eifersucht, die er empfand, war das genau das, was ihm recht wäre und was er früher gemacht hätte, ohne zweimal darüber nachzudenken. Statt dessen beschloß er, abzuwarten, was geschah, wenn er sich wie ein normaler Ehemann benahm.

Er hob Claras Hand und küßte ihr die Finger, ehe er sie mit seiner warmen bedeckte.

»Es tut mir leid, daß ich heute morgen ohne Nachricht gegangen bin, meine Liebe. Ich war mit Robby zum Frühstück verabredet und wollte dich nicht wecken.«

»Mit Robby?« wiederholte sie schwach und mit Erleichterung im Gesicht. »Oh, das freut mich. Ich hoffe, du hattest einen angenehmen Morgen. Ihr seht einander nur noch selten in Ruhe.«

Sie hatte sich tatsächlich Sorgen wegen Pamela gemacht, erkannte er und senkte seinen Blick auf ihre Hände, damit sie nicht sah, wie tief ihn diese Erkenntnis berührte. Es war eine süße Erkenntnis, daß er ihr genug bedeutete, um sie einen Funken von Eifersucht spüren zu lassen.

»Wir hatten einen angenehmen Morgen, danke«, erwiderte er lächelnd. »Das nächstemal können wir zusammen zu ihm gehen, wenn du willst. Blakesley, willkommen auf Barrington.« Er reichte dem anderen Mann die Hand und bemühte sich, in seiner Freude glaubhaft zu klingen, während er den Mann innerlich zum Teufel wünschte. Oder zumindest aus der Tür raus, damit er Clara für sich hatte.

Es war leicht und höchst angenehm, entdeckte er in der folgenden halben Stunde, das Beste von den Leuten zu denken, und nicht das Schlechteste. Clara saß neben ihm auf der Couch gegenüber von Blakesley, hielt seine Hand und lächelte ihn auch dann an, wenn er nicht sprach. Sie schien genauso darauf bedacht wie er, das Unerfreuliche des gestrigen Abends beiseite zu schieben und sich zu vergewissern, daß ihre Ehe weiterhin glücklich war. Blakesley war kein schlechter Kerl, auch wenn er nach wie vor von Clara besessen war. Aber er akzeptierte anscheinend, daß Lucien ein uneingeschränktes Recht auf Clara besaß, und benahm sich angemessen und freundlich. Auch wenn es eine kühle Unterströmung gab, die ihm nicht entging.

»Clara«, sagte Andrew Blakesley, nachdem er noch eine Tasse Tee getrunken hatte, »hast du das Rezept von dem Pudding aus braunem Kuchen, den deine Mutter immer zum Picknick gemacht hat? Er schmeckte nach Brandy und Nüssen, erinnerst du dich?«

»Natürlich! Das ist einer von Mamas liebsten Nachspeisen. Ich habe das Rezept.«

»Bist du so nett und schreibst es mir auf, ehe ich gehe? Tut mir leid, dir die Mühe zu machen, aber ich habe es einem Freund versprochen. Und dann muß ich wirklich los.«

Clara versprach, es in ein paar Minuten zu bringen, und machte sich auf die Suche nach Mrs. MacInnes.

Immer noch stehend, nachdem sie gegangen war, sahen die beiden Männer einander offen an.

»Ich hoffe, es macht Ihnen nichts aus, daß ich Clara in Ihrer Abwesenheit besucht habe«, sagte Andrew Blakesley nach kurzem Schweigen. »Ich war früh und hatte erwartet, Sie auch hier anzutreffen.«

»Ich bedaure, daß dem nicht so war«, erwiderte Lucien. »Wenn Clara Sie nicht bis zum Überlaufen mit Tee gefüllt hat, hätten Sie dann vielleicht gerne ein interessanteres Getränk?« Er wies auf ein Tablett mit Sherry, Brandy und Wein.

»Danke, ein Brandy wäre schön.«

Lucien goß ihnen beiden ein Glas ein, reichte eines Captain Blakesley und trat ans Feuer, um zu warten. Ihm war klar, daß der andere Clara absichtlich weggeschickt hatte.

»Ich nehme an, es gibt keine gute Art, das zu sagen«, begann Blakesley und stellte sich Lucien gegenüber. »Ich habe das Gefühl, daß ich mich für die peinliche Situation gestern bei Vauxhall bei Ihnen entschuldigen muß. Ich habe erst zu spät entdeckt, in welchem Verhältnis Sie zu Lady Halling stehen. Es ist unverzeihlich, daß Lady Clara Ihrer Mätresse vorgestellt worden ist, und ich entschuldige mich dafür.«

Lucien lächelte und nahm einen großen Schluck Brandy.

»Außerdem«, fuhr der Captain unbehaglich, aber nicht weniger entschlossen fort, »wollte ich sagen, daß Clara mir sehr viel bedeutet. Sie ist schon seit vielen Jahren meine Freundin, und ihr Glück liegt mir am Herzen. Ich möchte nicht, daß sie verletzt wird.«

Lucien hob eine Braue. »Können Sie sich vorstellen, daß ich das wollte? Sie verletzen?«

»Es wäre möglich«, erwiderte Blakesley leichthin. »Ich kenne Clara länger als Sie –«

»Nein«, unterbrach ihn Lucien grob. »Das tun Sie nicht. Sie war schon mein, ehe sie überhaupt geboren war. Niemand kennt sie besser als ich.«

»Nun, sei dem, wie es wolle«, fuhr Andrew Blakesley geduldig fort, »ich denke, Sie werden zugeben, daß ich sie gut kenne.«

Es war kein Punkt, der Lucien wichtig war, und so zuckte er leicht die Achseln.

»Ihre Beziehung mit Lady Halling kann Clara tief verletzen. Sie hat immer an die ewige Liebe geglaubt. Sie versteht überhaupt nichts von Mätressen und Frauen von niedriger Moral. Ich bitte Sie nur, wie jeder anständige Mann es tun würde, darauf zu achten, daß Ihre privaten Neigungen Clara nicht berühren.«

Als Lucien antwortete, geschah es mit tödlicher Ruhe. »Captain Blakesley, wollen Sie damit unterstellen, daß ich es bewußt so geplant habe, daß meine Frau und meine Mätresse gleichzeitig bei Vauxhall sind?«

»Natürlich nicht. Ich fand es nur fragwürdig und, um offen zu sein, abstoßend, daß Sie sich diesen Umstand so zu Nutze gemacht haben.«

»Lady Halling ist nicht meine Mätresse«, erklärte Lucien ihm, »und ich habe nicht in einer dunklen Ecke von Vauxhall auf ihr gelegen. So schlecht Sie meinen Ruf offenbar finden, selbst ich würde nicht so weit gehen, einer Beziehung mit einer anderen Frau nachzugehen, während sich meine Frau in Rufweite befindet.«

Blakesley sah ihn ungläubig an. »Nachdem wir gegangen sind, hat Lady Halling mir zu verstehen gegeben – ich meine, sie hat mir gesagt –«

»Ich kann mir gut vorstellen, was Sie gewollt hat«, erklärte Lucien mit einem Auflachen. »Ja, ich kann sie förmlich hören. Aber bitte glauben Sie mir, wenn ich Ihnen sage, daß sie einen großen Fehler machen, wenn Sie das glauben oder auf das hören, was sie Ihnen sagt. Ich schulde Ihnen nichts, aber um Claras Willen warne ich Sie, sich von Lady Pamela Halling fernzuhalten. Sie ist eine gefährliche Frau.«

»Mylord, ich fürchte, Sie reden schlecht über eine Frau, die immer nur nett zu mir gewesen ist.«

Wieder lachte Lucien und schüttelte den Kopf. »Oh, Blakesley, wenn Pamela Sie jetzt nur hören könnte, sie würde lachen. Kommen Sie, Sie sind kein Narr, sonst hätten Sie nie so viele Schlachten überlebt. Ein militärischer Meister wie Sie wird einen Meister der Kriegsführung schneller durchschauen als manch anderer, und trotz der Tatsache, daß Pamela so eine wundervolle Schauspielerin ist, werden Sie die Anzeichen schnell erkennen, wenn Sie nur genau hinsehen. Haben Sie sich denn nicht darüber gewundert, daß Sie diese Art Frau an einem Ort wie Claxton's antreffen?«

»Eine Bekannte hatte sie gegen ihren Willen mit dorthin genommen«, erklärte Blakesley. »Sie war entsetzt, sich in so einem Etablissement wiederzufinden.«

Lucien hätte fast die Augen verdreht. »Und wie kam es, daß Sie dort waren? Warten Sie, lassen Sie mich raten. Könnte es sein, daß ein Mann namens Rosswell Sie mitgenommen hat?«

Blakesley errötete, aber nur wenig. »Ich habe William Rosswell bei ›The Guards‹ kennengelernt«, gab er zu. »Er ist Verleger, hat er mir erzählt. Unsere Bekanntschaft war noch neu, da lud er mich zu einem Abend beim Spiel ein. Ich hatte angenommen, er wollte zu den üblichen Plätzen. Bawd Claxton's war wirklich eine Überraschung.«

»Ja, das kann ich mir vorstellen.«

In den nächsten Minuten gab Lucien seinem Gefährten einen kurzen Überblick über die Beziehung, die zwischen Ihm und Pamela bestanden hatte, über die zwischen Pamela und Rosswell und darüber, wie Blakesley in die Intrige eingepaßt werden sollte.

Als er fertig war, musterte Blakesley ihn schweigend. »Schwören Sie mir, daß Sie die Wahrheit sagen«, forderte er ihn schließlich auf. »Lady Halling hat mich nur dazu benutzt, um Sie zurückzulocken?«

»Eher, um Clara zu verletzen, denke ich«, sagte Lucien. »Aber ich schwöre, daß ich Ihnen die Wahrheit gesagt habe.«

Blakesley nickte. »Dann danke ich Ihnen, Mylord, und entschuldige mich erneut. Bitte verstehen Sie, daß ich entschlossener bin denn je, auf Claras Wohlergehen zu achten. Meine Loyalität gilt ganz und gar ihr, und wenn sie je meine Hilfe anfordern würde, würde ich sie ihr zukommen lassen.«

»Die Warnung ist nur fair«, erwiderte Lucien. »Jetzt gebe ich Ihnen eine. Ich liebe meine Frau, und ich werde weder Ihnen noch einem anderen Mann erlauben, zwischen uns zu treten.«

»Ich liebe Clara auch«, sagte Blakesley offen. »Wenn ich sehe, daß sie durch Sie oder Lady Halling oder sonst jemandem in Ihrem irren Haufen verletzt wird, werde ich tun, was nötig ist, um sie aus der Situation herauszubringen.«

»Gut, wenn wir uns verstehen.« Lucien wandte sich ab, als Clara zurückkam, lächelnd und ein Stück Papier in der Hand. Die Tatsache, daß sie sofort an seine Seite kam, statt an Blakesleys, ließ sein Herz vor Stolz und Freude schneller schlagen. Sie blieb auch an seiner Seite, als sie ihren Gast verabschiedeten, und beugte sich nur kurz vor, um Andrew auf die Wange zu küssen, ehe er sich verbeugte und ging.

Als die Tür sich hinter ihm geschlossen hatte, legte Lucien den Arm um sie, zog sie an sich und küßte sie leicht. Sie lag steif in seinen Armen, angespannt, und sie wirkte noch zerbrechlicher als sonst.

»Geht es dir nicht gut, Clara?« fragte er und sah in ihr

blasses Gesicht. Er war sich nicht sicher, ob es an der Haube oder an dem Kleid lag, das sie trug, daß sie so farblos aussah, oder lag es an seiner Behandlung am Abend vorher? Das machte Sinn. Er hatte auch nicht gut geschlafen nach alledem, was zwischen ihnen vorgefallen war.

»Vielleicht ein wenig müde«, sagte sie. Ihr Blick blieb an den Knöpfen seines Rocks hängen. »Aber Andrews Besuch war schön. Es ist so lange her, seit wir uns unterhalten haben. Er war erst eine halbe Stunde hier, als du nach Hause gekommen bist. Und bis zu dem Moment war ein Diener mit im Raum. Ich hatte ihn nur gerade weggeschickt, damit er frischen Tee holte.« Sie hob die Hände und strich ihm die Krawatte glatt. »Ich kann sehen, daß du dich heute morgen alleine angezogen hast«, bemerkte sie mit gespieltem Tadel. »Hast du dich auch selber rasiert?«

»Ja.« Er fing eine ihrer Hände ein und rieb sie über seine Wange, wo bereits wieder Stoppeln erschienen. »Mit kaltem Wasser. Dabei habe ich mich auch noch in den Hals geschnitten.« Er hielt auch ihre andere Hand fest, als sie ihm das Tuch abnehmen und nach der kleinen Wunde sehen wollte.

»Clara«, sagte er weich und drückte einen Kuß in ihre Handflächen. »Ich weiß, daß du nichts anderes mit Andrew Blakesley gemacht hast, als mit ihm hier zu sitzen und Tee zu trinken. Was ich letzte Nacht zu dir gesagt habe, war falsch – falsch, es zu sagen, und auch falsch von der Aussage her. Ich bin schon seit langem unvernünftig eifersüchtig auf die Männer, die dich bewundern. Es fällt mir nicht leicht, dagegen anzukämpfen, aber ich versuche es. Ich bedauere meine Anschuldigungen von letzter Nacht zutiefst, und auch mein Verhalten danach. Bitte vergib mir.«

Ihre Augen hatten sich mit Tränen gefüllt, sobald er zu sprechen begann, und als er fertig war, liefen sie über. Sie schniefte und blinzelte, und zwei weitere Tränen liefen ihr über die Wangen.

»Lucien«, flüsterte sie. Sie sah ihn immer noch nicht an. »Mir tut es auch leid.«

Er legte die Arme um sie und zog sie eng an sich. Sie schmiegte ihr Gesicht an seine Schulter und weinte, und er zog ihr die seidene Haube vom Kopf und strich ihr über das Haar.

»Hast du heute eine Verabredung?«

»B-Bella«, stieß sie unter Tränen hervor. »Wir wollten einkaufen gehen.«

»Ich schicke ihr eine Nachricht, daß du bedauerst, nicht zu können«, sagte er und wiegte sie sacht hin und her. »Und ich sage den Landlers heute abend für ihre Gesellschaft ab. Clara« – er legte ihr die Hände ums Gesicht und hob es zu sich hoch – »ich bringe dich gleich nach oben in unser Bett, um mit dir zu schlafen. Das heißt, wenn dir das recht ist. Aber erst muß ich dir etwas sagen. Egal, wie es gestern ausgesehen hat, Lady Halling ist nicht meine Mätresse. Ich schulde dir keine Rechtfertigung für die Zeit, ehe du meine Frau warst, aber ich schwöre zu Gott, daß ich seit unserer Hochzeit mit keiner anderen Frau geschlafen habe, außer mit dir. Ich habe keine Mätresse und will auch keine haben. Du bist die einzige Frau, nach der mich verlangt.« Er lächelte. »Und wenn du bedenkst, meine Liebe, wie oft wir unseren ehelichen Pflichten nachkommen, wirst du bemerken, daß ich unmöglich genug Energie haben könnte, um mit noch einer anderen Frau zu schlafen, selbst wenn ich wollte.«

Sie wurde rot. »Ich habe mich das gefragt, Lucien.«

Er beugte den Kopf und küßte sie zärtlich und mit all der Liebe, die er für sie empfand. »Du kannst deine Tante fragen, ob ich die Wahrheit sage«, murmelte er dann. »Ich bin sicher, sie würde dir bestätigen, daß ich ein Wunder wäre, um so einen Terminplan durchzuhalten.«

Clara kicherte unter Tränen und wischte sich die Wangen trocken. Dann legte sie ihm die Arme um den Hals und seufzte tief.

»Bring mich hoch und schlaf mit mir«, bat sie. »Ich will an gestern nicht einmal mehr denken.«

»Ich auch nicht«, sagte er leise, nahm sie hoch und ging auf die Tür zu. »Laß uns die Erinnerung ausradieren und durch neue ersetzen.«

Einige Stunden später ging Lucien die Treppe hinunter zu seinem Arbeitszimmer. Er wünschte sich zurück in sein Bett, wo er Clara tief und fest schlafend zurückgelassen hatte, aber es galt, gewisse Pflichten zu erfüllen, die er nicht liegen lassen konnte.

Lucien setzte sich mit einem Glas Brandy an seinen Schreibtisch und begann, ein paar Briefe zu schreiben. Der erste war einer an Bella, in dem er sich entschuldigte, sie jetzt erst wissen zu lassen, daß Clara nicht mit ihr einkaufen gehen könne, und mit dem Versprechen, daß sie sich morgen bei ihr melden würde. Der zweite war die Absage an Lord und Lady Landler, die Lucien besonders sorgfältig abfaßte, weil es wirklich sehr unhöflich war, so kurz vorher noch abzusagen.

Der nächste war ein recht langer Brief an seinen Sekretär in Pearwood, in dem er ihn informierte, daß er mit Viscountess Callan gedenke, sich bis zum Ende des Jahres, vielleicht auch länger, dorthin zurückzuziehen. Er wollte, daß alles vorbereitet wurde, um die neue Viscountess angemessen dort zu empfangen.

Darauf folgten noch einige kurze Briefe: einer an seinen Verwalter, in dem über einige Beträge verfügt wurde, ein zweiter an Raggett, den Eigentümer von White's, in dem er verlangte, den Ausgang einer gewissen Wette im Buch einzutragen. Zwei weitere Nachrichten gingen an

Jack und Wulf, in denen er sich für ihre Wettverluste entschuldigte und ihnen versprach, dafür zwei seiner Kinder nach ihnen zu benennen. Weiter fragte er an, ob sie auch die weibliche Form Jacksonia und Wulfina gutheißen würden, falls es Mädchen würden. Als er die Briefe zuklebte, konnte er sich das Lachen seiner Freunde vorstellen. Sie würden sich für ihn freuen, dachte er. Er konnte von Glück sagen, daß er zwei solche Freunde hatte, denen er beiden vollkommen trauen konnte.

Darauf folgte ein kurzer, recht sentimentaler Brief an seinen Onkel, in dem er ihm mitteilte, daß er mit Clara nach Pearwood ziehen wolle, um dort alles in die Praxis umzusetzen, was er von Robby über Liebe und Gutsein gelernt habe. Außerdem würden sie hart daran arbeiten, Robby zum jüngsten Großvater Londons zu machen. Er schrieb das Wort Großvater bewußt und setzte hinzu, daß Robby und Anna, falls sie je heiraten und eigene Kinder haben wollten, jedermann so verwirren würde, daß niemand mehr die Familienverstrickungen durchschauen könne.

Zuletzt schrieb er an den Earl of Kerlain.

Ich schulde Ihnen großen Dank dafür, daß Sie getan haben, was ich wünschte, und Lady Halling davon informiert haben, daß ich gestern in Vauxhall war, auch dafür, daß Sie Rosswell so gut abgelenkt haben. So undankbar diese Aufgabe war, wie ich gut weiß, hat sie doch Früchte getragen. Jack hatte Erfolg, und alles ist gut. Nicht nur um meinetwillen, sondern um meiner Frau willen, danke ich Ihnen. Wenn ich Ihnen je einen Gefallen tun kann, Sie brauchen nur darum zu bitten. Ich stehe Ihnen jederzeit zu Diensten.

Es gibt noch eine Schuld, die ich begleichen muß, die Wette, die wir vor ein paar Monaten bei White's abgeschlossen haben. Hiermit erkläre ich Sie zum Gewinner. Raggett weiß schon Bescheid, und mein Verwalter wird Sie in den nächsten Tagen aufsuchen.

Lady Callan und ich verlassen demnächst London, um auf unseren Landsitz zu ziehen. Falls ich Sie nicht wiedersehe, übermittele ich Ihnen hiermit meinen Dank und meine besten Wünsche.

Ihr Callan.

Als alles erledigt, gefaltet und versiegelt war, gab Lucien die Post an seinen Butler weiter. »Lassen Sie das heute noch zustellen. Gehen Sie sicher, daß jeder in die Hand des Richtigen kommt. Verstanden?«

»Ja, Mylord.«

»Schicken Sie einen der Reitknechte mit der Nachricht an Mr. Cauffrey nach Pearwood.«

»Er wird sich sofort auf den Weg machen, Mylord.«

»Sehr gut.«

Er blieb noch eine Weile in seinem Zimmer, trank seinen Brandy, betrachtete die Veränderungen, die Clara vorgenommen hatte, und das, was noch so war, wie zu Zeiten seines Vaters.

Er hatte Erinnerungen an diesen Raum wie an das ganze Haus. Aber die hier waren vielleicht die mächtigsten. Das letzte Mal, daß er seinen Vater gesehen hatte, war in diesem Zimmer gewesen. Es waren seine letzten Ferien von Eton gewesen, ehe seine Eltern gestorben waren.

»Aber damit bin ich jetzt fertig«, murmelte er und betrachtete das Porträt seines Vaters über dem Kamin. »Ich bin mit allem fertig. In diesem Moment beerdige ich dich und Mutter und Gansley und alles, was in diesem verflixten Haus vor sich gegangen ist. Barrington gehört jetzt mir und Clara. Und es ist mir egal, wie viele Geister hier wohnen.« Er prostete dem Bild zu und trank sein Glas leer. »Von heute an«, sagte er und setzte sein Glas ab, »gehört mein Leben mir. Nicht dir oder Mutter.«

Er schloß die Augen und biß die Zähne zusammen und ließ vierzehn Jahre Wut und Ärger ihre Ursache finden.

»Verdammt sollt ihr beide sein«, stieß er hervor. Das Gesicht seines Vaters sah unbewegt auf ihn herab. »Bei all eurem Durcheinander habt ihr nicht ein einziges Mal an mich gedacht. Ich habe euch verehrt.« Tränen traten ihm in die Augen, und er rieb sich über das Gesicht, bis er die Fassung wiedergewonnen hatte.

»Aber hier hört es auf«, sagte er zu sich. »Meine Kinder sollen nichts davon erfahren, und ich will damit aufhören, meine eigene Frau zu quälen. Robby hat recht. Ich werde nicht zulassen, daß das mir geschieht, nur weil es euch geschehen ist.« Er hob den Kopf und sah das Bild wieder an. »Ich habe dich geliebt«, sagte er, »aber ich werde nicht mehr für deine Sünden bezahlen.«

Er löschte das Licht und sagte einem Diener, daß sie das Abendessen auf sein Zimmer wünschten. Dann ging er hoch in sein Schlafzimmer, wo seine Frau immer noch schlief. Lucien zog sich aus und schlüpfte zu ihr, um die Wärme ihres Körpers zu genießen. Sie murmelte und schmiegte sich an ihn, um ihm einen Arm über die Brust zu legen.

»Wie spät ist es?« fragte sie verschlafen, und er mußte grinsen.

»Spät«, flüsterte er und küßte sie. »Zeit zum Schlafengehen.«

Später würde er sie wecken, mit ihr essen und dann baden. Für den Moment reichte es ihm, ihren Schlaf zu beobachten und zu wissen, daß morgen alles für sie beide neu sein würde.

19

Oktober

Die Wochen, die auf den Zwischenfall in Vauxhall folgten, waren für Lucien so segensreich, wie es nur wenige nachvollziehen könnten.

Er war sich nicht bewußt gewesen, wieviel Bitterkeit er genährt hatte, bis er begann, davon abzulassen, und das Ergebnis war ein unerwarteter Zustand von Glück. Er fühlte sich so leicht, als wäre ihm ein Zentnergewicht von den Schultern genommen worden. Die ganze Welt schien ihm heller geworden. Die Dunkelheit, die seinen Blick auf alles und jeden überschattet hatte, hatte sich gehoben. Er witterte nicht mehr Intrigen in den Augen eines Fremden, hielt Bekannte nicht mehr absichtlich auf Abstand. Es war leicht, freundlich zu sein, entdeckte er, leicht, Leute zu mögen. Sogar leicht – und das erstaunte ihn am meisten – das Beste von den Leuten zu denken.

Wenn er Clara ansah, konnte er nicht mehr verstehen, daß er ihr einst mißtraut hatte oder sie bezichtigt hatte, so wie seine Mutter zu sein. Plötzlich schaffte er es, auf die Ereignisse zurückzublicken, derentwegen er sie verurteilt hatte, und sie als das zu sehen, was sie waren – unschuldige Momente des Flirtens, mehr nicht. Er war der, der sich geirrt hatte, indem er immer gleich das Schlimmste angenommen hatte. Wenn er an sein Verhalten dachte, war es ein Wunder, daß Clara überhaupt seine Frau geworden war. Auch wenn er ihr in der Angelegenheit nicht viel Wahl gelassen hatte. Er nahm an, daß er sich deswegen schämen sollte, aber es machte ihn nur froh. Wenn er auch sonst ein Narr gewesen war, so war es doch gut, daß er sichergestellt hatte, daß sie seine Frau wurde.

Die Zeit erinnerte ihn sehr an ihre Flitterwoche. Sie verbrachten viel Zeit allein miteinander, unterhielten oder liebten sich. Alles an Clara faszinierte ihn, jede Einzelheit, jeder Gedanke, jede Sache, die sie erlebte, egal, wie unwichtig sie ihr scheinen mochte. Er fragte sie ohne Ende aus. Was war ihre früheste Erinnerung? Ihre glücklichste? Ihre traurigste? Wann hatte sie ihren ersten Zahn verloren, und hatte sie das so sehr erschreckt wie damals ihn? Wie war es, die älteste von so vielen Brüdern zu sein? Hatte sie sich je gewünscht, die Jüngste zu sein oder in der Mitte? Oder ein Einzelkind, so wie er?

Er fragte, ob er der erste Junge war, der sie geküßt hatte, und erkannte überrascht, daß er nicht am Boden zerstört gewesen wäre, wenn sie nein gesagt hätte. Eifersüchtig ja, denn es gab ein paar Dinge bei ihm, die änderten sich nie. Aber sie hatte ›ja‹ gesagt, und das hatte zu vielen weiteren Fragen geführt. Hatte sie ihn geliebt? Hatte sie überhaupt gewußt, wie sehr er sie liebte? Hatte sie ihn vermißt, als er weg war?

Sie antwortete ihm bereitwillig, wenn auch ein bißchen vorsichtig, und Lucien zwang sich zur Geduld. Sie mußte lernen, ihm zu vertrauen. Zum Glück lag jetzt die Zeit mit all ihren Möglichkeiten vor ihnen. Es waren nicht nur sechs Monate oder das, was von sechs Monaten übrig war. Wenn Gott es ihnen vergönnte, hatten sie ein ganzes Leben lang Zeit.

Auch sie stellte ihm Fragen über seine Reisen, über die sie nie genug hören konnte, und über Pearwood. Wie war es? War es sehr groß? Würde sie das Gefühl haben, dort einsam zu sein, so wie auf Barrington? Würde es ihm auch gefallen, lieber dort als in der Stadt zu wohnen?

»Ja«, sagte er nur. »Es wird mir gefallen. Da, wo du bist, wird es mir immer am besten gefallen.«

Sie lagen im Bett und hatten es sich mit den Kissen gemütlich gemacht. Clara lehnte sich an Luciens bloße Brust, einer seiner Arme lag unter ihrem Kopf, der andere um ihre Taille. Sie sahen aus dem Fenster, vor dem der graue, regnerische Himmel eines frühen Herbstnachmittags hing.

»Stört dich das, Clara?« murmelte er. »Ich habe solche Ergebenheit immer erstickend gefunden« – er strich ihr über das Haar – »aber ich habe nicht vor, mich jeden Moment an dich zu klammern. Ich werde kein klammernder Ehemann sein.«

»Das erwarte ich natürlich auch nicht«, erwiderte Clara, wobei das, worum sie sich wirklich Gedanken machte, die Vorstellung war, daß Lucien eben kein klammernder Ehemann sein würde.

Die Veränderung in ihm war verblüffend und vollkommen unerwartet gekommen. Sie wußte nicht, was der Auslöser dafür gewesen war – die Situation mit Lady Halling, Andrews plötzliches Auftauchen oder ein anderer Vorfall, von dem sie nichts wußte. Was immer es war, Clara war auf eine solche Veränderung ihres Ehemannes nicht vorbereitet. Sie wußte, daß sie dankbar und froh sein sollte, aber sie war es nicht.

Er brauchte sie nicht mehr so, wie er sie einst gebraucht hatte. Es schien ihm egal zu sein, ob sie flirtete oder nicht oder einen anderen Mann sogar küßte.

Er ging mit allem und jedem leichter um. Auf Bällen und Gesellschaften, die er früher gemieden hatte oder nur so lange besucht hatte, wie unbedingt nötig, verbrachte er jetzt ganze Abende. Wenn er früher mit ihr irgendwo hingegangen war, blieb er immer hartnäckig an ihrer Seite, kontrollierte, mit wem sie tanzte und sprach, und unterhielt sich selber immer nur mit seinen wenigen

Freunden, ohne sich um die anderen zu kümmern. Wenn er nicht mit ihr oder Bella tanzte, tanzte er gar nicht.

Wenn sie jetzt bei ihren Gastgebern eintrafen, sah sie ihn gar nicht mehr, außer wenn er kam, um mit ihr zu tanzen. Die übrige Zeit tanzte er mit anderen Partnerinnen und unterhielt sich freundlich mit allen möglichen Leuten.

Das war nicht mehr der Lucien, den sie geheiratet hatte, das war ein Bilderbuchehemann. Clara hatte einmal gedacht, daß sie alles dafür geben würde, wenn Lucien nicht mehr so eifersüchtig wäre, und jetzt, wo es so war, fühlte sie sich verloren.

Das war töricht, schalt sie sich selbst, fast schon verrückt. Aber dennoch konnte sie nicht aufhören, sich darüber zu wundern, obwohl sie tief innerlich vielleicht auch die Antwort wußte.

Sie war eine unscheinbare Frau, die einen außerordentlich gut aussehenden Mann geheiratet hatte. Solange er so fürchterlich eifersüchtig gewesen war, hatte sie sich sichergefühlt, weil sie gewußt hatte, daß er sie, wenn schon nicht liebte, so wenigstens begehrte. Nicht nur körperlich. Lucien hatte sie gebraucht – von allen Frauen ausgerechnet sie. Das hatte ihr gefallen, denn es hatte ihr gezeigt, daß sie, wenn schon nicht Schönheit, dann doch etwas besaß, das Lucien haben wollte und offenbar woanders nicht fand. Dieses Wissen war ihre Sicherheit gewesen. Und jetzt war es verschwunden.

Er war genauso aufmerksam und liebevoll, wie er immer gewesen war, vielleicht sogar noch mehr. Er hatte ihr gesagt, daß Lady Halling nicht seine Mätresse war, daß er keine Mätresse hatte und sich auch keine nehmen wollte. Aber Pläne konnte man natürlich ändern, er hatte ihr nicht versprochen, sich niemals eine zu suchen. Aber er hatte ihr gesagt, daß er sie nach Pearwood bringen würde und daß sie dort leben und, wenn Gott es zuließ, eine Familie gründen wollten. Das bedeutete, daß er ihr jetzt vertraute und glaubte, daß sie eine normale Ehe führen könnten.

In ihrem Herzen hatte sie schon lange gewußt, daß er zufrieden war, von dem Gefühl überrascht worden war und sich deswegen jetzt noch ausgeglichener fühlte. Er sprach und benahm sich wie ein Liebhaber, und seit dem Tag, an dem sie geheiratet hatten, hatte er sich bemüht, freundlich zu sein und es, bis auf ein paar Ausrutscher, auch geschafft. Wenn sie sich nur entspannen und ihm vollkommen vertrauen könnte. Dann, dachte Clara, wäre sie wahrscheinlich die glücklichste Frau, und so wie Lucien einst geglaubt hatte, sie könnte unmöglich anders sein als seine Mutter, so glaubte sie jetzt, daß ein Mann wie er unmöglich eine Frau wie sie lieben könne. Besonders jetzt, wo er sie nicht mehr mit der Intensität zu brauchen schien wie anfangs. Und so kam es, daß dieselben Tage, die für Lucien soviel Glück bargen, sich für Clara ganz anders darstellten. Sie war voller Angst, die sie nicht ausdrücken konnte, wann immer Lucien sie fragte, ob etwas nicht stimmte. Er versicherte ihr immer wieder, daß alles gut werden würde, wenn sie erst einmal auf Pearwood seien, aber egal, wie optimistisch er zu sein versuchte, Clara konnte ihre unheilvollen Vorahnungen nicht verdrängen, wenn sie in die Zukunft sah und glauben wollte, daß alles gut werden würde.

Das Haus am Cavendish Square war klein und adrett und ganz und gar nicht so, wie Anna erwartet hatte.

»Gute Güte, Robert«, sagte sie und streifte nervös durch die kleine Halle, in die der Butler sie geführt hatte, ehe er sich diskret zurückzog. »Ich wußte ja gar nicht, daß du deine Damen in solchem Stil ausgehalten hast. Das sieht ja fast ... respektabel aus.«

Der Earl of Manning gab ein belustigtes Geräusch von sich. »Du hast eine Höhle aus rotem Plüsch mit vergoldeten Engeln und Opiumdüften erwartet, was? Möchtest du einen Tee, meine Liebe? Ich lasse gerne welchen kommen.«

»Oh, nein«, lehnte Anna ab und drehte sich zu ihm um. Er stand mit den Händen auf dem Rücken an der Tür und betrachtete sie mit einem Ausdruck freundlichen Interesses. Der Schurke schien vollkommen mit sich zufrieden zu sein, als wenn das, was zwischen ihnen passieren sollte, gar nicht passieren würde. »Danke. Ist es .... machst du das normalerweise zuerst? Vielleicht willst du welchen? Oh, du liebe Güte.« Sie schüttelte den Kopf und lachte über ihre Unwissenheit. »Entschuldige, ich bin so etwas nicht gewöhnt, wie du sicher merkst.«

Er lächelte, trat näher und ergriff ihre behandschuhte Hand. »Anna, bist du dir sicher, daß du hier sein willst? Soll ich dich lieber nach Hause bringen? Vielleicht sollten wir Sarah holen und lieber ein Picknick machen. Ich könnte Monsieur Dellard überreden, uns etwas Besonderes zu machen.«

»Nein.« Sie drückte seine Hand. »Nein, Robert, ich weiß, was ich will, und zwar mit dir hier sein. Ich habe gründlich darüber nachgedacht.«

»Sehr schön«, murmelte er, hob ihre Hände und küßte sie. »Aber vielleicht sollten wir trotzdem etwas Tee trinken und versuchen, uns etwas zu entspannen.« Er trat zur Glocke.

Tee. Das war das letzte, was Anna von Robert in diesem Moment erwartet hatte. Als sie ihn das erste Mal gebeten hatte, daß er Vorbereitungen treffen solle, damit sie sich privat treffen könnten, hatte sie sich vorgestellt, daß er sie über die Schwelle eines dunklen, verkommenen Liebesnestes führen würde in ein ebenso dunkles, verkommenes Schlafzimmer, wo er ohne Verzögerung zum Hauptzweck dieses Besuches kommen würde. Statt dessen hatte er sie in dieses respektable Haus in einer respektablen Gegend der Stadt gebracht, und statt sie zu lieben oder den Versuch dazu zu unternehmen, schien er lieber Tee trinken und sich unterhalten zu wollen.

»Robert –«, begann sie und unterbrach sich dann wieder unsicher. Sie war schon so kühn gewesen, ihn um dieses Treffen zu bitten. Wenn sie ihn jetzt anflehte, sie zu lieben, ehe ihre Nerven ihr einen Streich spielten, würde er sie wahrscheinlich für vollkommen verrückt halten. Oder schlimmer noch: für verzweifelt.

Im nächsten Moment erschien der Butler und nahm von Robert seine Befehle entgegen. Sobald sich die Tür wieder hinter ihm geschlossen hatte, wandte er sich zu ihr um und sagte: »Ja, meine Liebe? Wolltest du etwas sagen?«

Mit einem Seufzer begann Anna, ihre Handschuhe abzulegen. »Nein, ich denke nicht.« Die kleinen Knöpfe schienen plötzlich unmöglich zu öffnen.

»Erlaube bitte«, sagte Robert, trat zu ihr und streifte ihr rasch die Handschuhe ab. Mit wachsender Unruhe bemerkte sie, daß die Hände dieses Mannes nicht einmal zitterten, wie ihre es taten. Robert legte ihre Handschuhe und Tasche auf einen Tisch und begann, ihr die Haube abzubinden. »So«, sagte er dann zufrieden, »so ist es viel besser. Anna, meine Liebe, geht es dir gut? Du wirkst ein wenig betrübt.«

»Mir geht es gut«, versicherte sie ihm und wünschte, sie könne das Gefühl abstreifen, daß bis morgen die ganze gute Gesellschaft wüßte, daß sie ein Rendezvous mit dem Earl of Manning gehabt hatte. Noch dazu in einem respektablen Haus am Cavendish Square. Wenn ihr Bruder das je erfuhr, würde er ihr für den Rest ihres Lebens mißbilligende Blicke zuwerfen. »Ich bin nur … nicht daran gewöhnt.«

»Daran«, wiederholte er. »Ja, das weiß ich, meine

Liebe. Und ich bin gerne bereit, dich wieder nach Hause zu bringen. Ich denke sogar, das sollte ich tun.«

Sie sah ihn an. »Aber, Robert, willst du denn nicht … habe ich dich vollkommen mißverstanden? Alle diese Wochen über?« Bei der Vorstellung ergriff sie Entsetzen. »Oh, du lieber Himmel, ich habe dich mißverstanden …«

»Ganz und gar nicht«, erwiderte er ruhig.

»Warum hast du es mir nicht einfach gesagt?« wollte sie wissen. »Oder nein gesagt? Jetzt stehe ich da wie eine Närrin. Und du! Alle diese Wochen über hast du mich in dem Glauben gelassen, daß du mich willst. Daß du gewünscht hast –«

Seine Arme umfingen sie, und sein Mund legte sich auf ihren und hinderte sie am Weiterreden. Er hatte sie in den vergangenen Wochen genauso leidenschaftlich und unkeusch geküßt wie früher, und Anna war genauso schnell und gründlich dahingeschmolzen. Aber Jahre und Erfahrungen hatten die Küsse des Earls noch ein Gutteil gesteigert, ebenso wie ihre eigenen Erfahrungen den Schleier der Unschuld beiseite geschoben hatten, der ihn gehemmt hatte, als sie noch nicht seine Braut gewesen war. Aber so sehr seine Erfahrungen und ihre die Küsse verbessert hatten, die sie in letzter Zeit getauscht hatten, so verblaßte alles vor dem, was er jetzt mit ihr machte. Seine Arme und Beine waren wie Schlingpflanzen und zogen sie so eng an seinen Körper, daß kein Zweifel mehr an dem Grad seines Begehrens blieb.

»Ich hoffe«, sagte er und holte zitternd Luft, »daß du mir mein brennendes Verlangen glaubst, dich zum nächsten Bett zu tragen?«

Sie mußte selber ein paarmal Luft holen, ehe sie erwidern konnte: »Ja. Es war der Tee, der mich an dir zweifeln ließ.«

Er lachte auf und lockerte seinen Griff. Jetzt zitterte er, bemerkte sie zufrieden. Das taten sie beide.

»Anna, das hier ist nicht mein Haus.«

»Nein, mein Lieber, du wohnst in Manning House.«

Er lachte auf und küßte sie noch einmal, wobei er leise weiterlachte.

»Ich meine«, sagte er, als er wieder sprechen konnte, »daß dieses Haus mir nicht gehört. Es gehört einem Freund, der es mir für diesen Tag geliehen hat.«

Anna richtete sich auf und schob ihn eine Handbreit von sich weg.

»Ja, er ist Bankdirektor – mein Bankdirektor, um genau zu sein. Er wohnt hier mit seiner Frau, einer sehr netten jungen Dame aus Cheswickshire. Sie sind weg, um ihre Familie zu besuchen, und Parker war so gut, mir zu erlauben, in seiner Abwesenheit ihr Haus zu benutzen.«

Sie starrte ihn an.

Er lächelte. »Parker ist ein sehr diskreter Mann, wie du merken wirst. Er und seine Frau verkehren nicht in den gleichen Kreisen wie wir, deshalb schien es mir sicher, dich hierher zu bringen.«

»Robert«, sagte sie, »du hast mich in das Haus eines Bankdirektors gebracht, um mit mir zu schlafen?« Sie hatte angenommen, daß er ein Haus für seine Mätressen besaß, das sie benutzen könnten, während sie die diskrete Affäre eingingen, die sie vorgeschlagen hatte. Aber vielleicht wollte er auch seine gegenwärtige Geliebte nicht ablegen, nur um mit ihr etwas zu beginnen.

»Nicht direkt«, gab er reuig zu, »auch wenn ich beginne, mich an die Vorstellung zu gewöhnen, selbst wenn sie schockierend ist. Aber irgendwo mußte ich dich ja hinbringen, nicht wahr? Du wirktest so eifrig, mit mir ins Bett zu gehen –«

»Robert Bryland!«

»– und ich konnte dir die Sache einfach nicht ausreden. Obwohl ich es versucht habe, wie du zugeben mußt.«

Sie hob eine Braue. »Nicht sehr überzeugend.«

Er wirkte ein wenig schuldbewußt. »Nein, nicht sehr überzeugend. Ich genieße die Vorstellung sehr, daß eine schöne und begehrenswerte Frau mich so sehr haben will wie ich sie. Unglücklicherweise«, fuhr er fort und lächelte, »bin ich ein sehr altmodischer Mann.« Er strich ihr mit den Fingern über die Wange. »Ich habe entdeckt, daß ich trotz meines Verlangens nach dir keine Affäre mit dir haben möchte. Oder mit sonst jemandem.«

Mit langsamen, vorsichtigen Bewegungen befreite Anna sich aus seinen Armen und trat zurück. »Ich verstehe«, sagte sie, beschämend unfähig, ihr Verletztsein aus ihrem Ton herauszuhalten. »Warum hast du mich dann hergebracht, Robert?«

»Um mit dir zu sprechen. Um dir ein Gegenangebot zu deinem sehr schmeichelhaften zu machen. Willst du dich nicht setzen, meine Liebe? Der Tee wird gleich hier sein.«

Sie fing an, sich wütend, verletzt und gedemütigt zu fühlen.

»Nein, danke. Ich möchte mich nicht hinsetzen, und ich möchte keinen Tee trinken. Sag bitte, was du zu sagen hast, und dann würde ich es begrüßen, wenn du mich nach Hause bringen könntest.«

»Das habe ich nicht gut gemacht«, bemerkte er, hob eine Hand und ließ sie in einer hilflosen Geste wieder fallen. »Ich wollte dir die Verlegenheit ersparen, von der ich dachte, daß du sie empfinden würdest, wenn wir wirklich eine Affäre anfingen. Ich weiß, daß viele Damen der guten Gesellschaft solche Verbindungen pflegen, aber das hätte dir nicht gefallen, meine Liebe, das versichere ich dir.«

Annas Gesicht wurde heiß, und sie konnte sich vorstellen, wie rot sie geworden war. »Vielleicht bist du derjenige, dem das nicht gefallen hätte«, sagte sie bitter.

Er schüttelte den Kopf. »Nein, das hätte es nicht. Das Letzte, als das ich dich haben will, Anna, ist als meine Mätresse.«

Nun, das hatte sie eben gemerkt. Anna fiel nichts ein, was sie hätte erwidern können. Sie wandte sich von ihm ab und blinzelte in das kleine Feuer, das im Kamin glühte, wobei sie sich bemühte, nicht in Tränen auszubrechen.

»Dann ist da auch noch Sarah«, fuhr er fort, »ich habe sie sehr ins Herz geschlossen, wie du weißt, und es würde mir gar nicht gefallen, bei ihr in Ungnade zu fallen. Sie wäre wütend auf mich, wenn sie erführe, daß ich je irgend etwas Unehrenhaftes in bezug auf dich angefangen hätte.«

»Ja«, würgte Anna hervor und wischte sich wütend die Tränen ab, die anscheinend unbedingt kommen wollten. »Daran habe ich auch gedacht. Ich habe angenommen, daß sie es nie erfahren würde.«

»Ja, nun, aber das ist bei Sarah höchst unwahrscheinlich. Das Kind könnte sogar dem Bischof von Canterbury noch Geständnisse abringen. Ich habe jetzt schon Angst davor, wie sie mich in späteren Jahren um den kleinen Finger wickeln wird. Natürlich werde ich halb verrückt werden, wenn dann einmal ihre Verehrer an die Tür klopfen – ich habe jetzt schon ein paar schlaflose Nächte damit verbracht, mir die Fragen zu überlegen, die ich ihnen stellen würde, um ihren Wert zu prüfen. Aber es hilft nichts, ich bin entschlossen, Sarah zu meiner Tochter zu machen.«

Anna drehte sich langsam zu ihm um.

»Was?«

Er atmete tief aus. »Das läuft immer noch nicht gut, nicht wahr? Habe ich mich bei meinem ersten Heiratsantrag an dich auch so dumm angestellt? Ich weiß nicht mehr, ob ich da auch so nervös war. Es scheint mir unmöglich.« Er lachte auf. »Ich habe eine Woche nicht geschlafen, weil ich auf den heutigen Tag gewartet habe. Ich wollte dir so viel sagen. Du weißt schon, daß ich dich liebe, ich bin sicher, daß ich mich in dem Punkt klar ausgedrückt habe. Habe ich dir auch gesagt, daß ich keine Mätresse habe und keine hatte, seit du mich damals verlassen hast? Ich will nicht so tun, als hätte es nicht von Zeit zu Zeit eine Frau gegeben, immerhin bin ich ein normaler Mann mit normalen Bedürfnissen. Und unverheiratet.« Er fuhr sich nervös mit der Hand durchs Haar. »Aber das ist nicht Fisch und nicht Fleisch«, fuhr er fort und begann, nervös auf und ab zu gehen. »Ich kann mir nicht vorstellen, daß du mir das vorwerfen würdest. Es hat nie eine längere Beziehung gegeben, nie länger als ein oder zwei Nächte. Und es war nicht sehr oft.« Er ging zum Kamin, drehte sich um und schritt zurück. »Du mußt verstehen und mir glauben, Anna, daß ich dir, egal, was früher war, ein treuer Ehemann sein werde und auch damals gewesen wäre. Es war der größte Fehler meines Lebens, daß ich dich davon nicht vor elf Jahren zu überzeugen versucht habe, und ich habe es hundertmal und mehr bereut.« Er blieb stehen und sah sie an. »Habe ich dich schon gebeten, mich zu heiraten?«

Sie schüttelte schwach den Kopf. »Nicht in den letzten elf Jahren oder kürzlich.«

»Himmel«, murmelte er, »ich bin anscheinend in noch schlechterer Verfassung, als ich dachte. Ich verliere völlig den Verstand, aber das ist normal, wenn es um dich geht.«

»Ja, ich kenne das Gefühl.« Sie schniefte, als ihr erneut Tränen in die Augen stiegen. »Oh, Robert.«

»Hier, Liebe.« Er drückte ihr sein Seidentuch in die Hand. »Warum bringe ich dich immer nur zum Weinen? Ich wollte dich immer nur glücklich machen. Ist die Vorstellung, meine Frau zu sein, so schrecklich?«

»Nein«, schluchzte sie.

»Darf ich hoffen, daß das Glückstränen sind?« Er zog sie sanft in die Arme.

Sie schüttelte den Kopf.

»Liebling! Was ist es dann? Ich weiß, daß ich es nicht gut gemacht habe, aber ich habe nicht viel Übung. Ich habe es erst zweimal gemacht, und beide Male bei dir. Stell dir nur vor, wie gräßlich es würde, wenn ich es ein drittes Mal tun müßte.«

Ein wäßriges Kichern erklang aus den Falten seiner jetzt feuchten Krawatte.

»Das ist schon besser«, sagte er und küßte sie da, wo er sie sehen konnte. »Anna, ich liebe dich und habe dich immer geliebt und werde dich immer lieben. Ich habe in der Vergangenheit viele Fehler gemacht und werde wahrscheinlich auch in Zukunft viele machen, aber ich will weder dir noch Sarah noch den Kindern, die wir vielleicht noch haben werden, absichtlich Kummer machen. Ich kann dir nicht versprechen, daß du dich nie über mich ärgern würdest oder ich nie deine Gefühle verletzen würde, aber ich bin auch nur ein Mensch. Doch wenn du mich haben willst, schwöre ich, daß ich den Rest meines Lebens versuchen werde, dich glücklich zu machen.«

»Oh, Robert«, sagte sie wieder und hob ihr tränennasses Gesicht, um ihn anzusehen. »Bitte, sag das nicht, du mußt das nicht tun. Ich bin doch diejenige, die die ganze Sache ruiniert hat. Du hast versucht, dich zu entschuldigen, aber mir war das nicht genug. Ich war hartherzig und unversöhnlich, und ich habe nie aufgehört, das zu bedauern. Wie kannst du mich nach alledem noch zur Frau haben wollen?«

»Leicht«, sagte er und umfaßte ihr Gesicht. »Weil ich dich liebe und glaube, daß du mich liebst. Weil das, was uns verbindet, etwas sehr Schönes ist, das man nicht zu leicht nehmen sollte, und weil ich denke, daß wir schon zu viele Jahre getrennt verbracht haben. Anna, laß uns einander vergeben und die Vergangenheit vergessen, um all das Glück zu erfahren, das schon so lange auf uns wartet. Bitte. Willst du mich heiraten und meine Frau und meine Liebe sein?«

»Ja«, flüsterte sie. »Ich liebe dich so sehr, Robert.«

Einige Minuten später kratzte der Butler an der Tür, aber beide hörten ihn nicht – mit dem Ergebnis, daß Lady Anna und der Earl of Manning den armen Mann fast bis zur Ohnmacht schockierten. Der Earl schaffte es noch, das Teetablett zu retten, ehe es zu Boden glitt, was gut war, denn es brauchte zwei Tassen Tee, um den Butler der Parkers wiederzubeleben.

Auch gut, sagte der Earl zu seiner künftigen Frau, als er ihr in die Kutsche half. Es wäre wirklich nicht schicklich für sie gewesen, ihre ehelichen Pflichten schon dort zu erfüllen, zumal es der Salon seines Bankdirektors war. Sie fuhren Richtung Manning House mit der Absicht, Sarah zu holen und dann ein Picknick zu veranstalten, um mit ihr die guten Neuigkeiten zu feiern.

»Nicht daß sie überrascht wäre«, warnte Anna, als Robert die Pferde in Bewegung setzte. »Zwischen euch beiden hatte ich nie eine Chance. Wellington hätte keinen besseren Feldzug führen können als du und Sarah.«

Robert lachte glücklich. »Und denke nur, meine Liebe, du hast den Rest deines Lebens Zeit, um dich mit uns abzufinden.«

20

Es war eine schockierende Sache für eine Dame, das Haus eines Mannes ohne Anstandsdame zu besuchen, was sowohl Lady Anna als auch der Earl of Manning sehr gut wußten. Er bot ihr an, erst am Stadthaus des Marquis of St. Genevieve vorbeizufahren, um Sarah abzuholen – selbst die Gegenwart eines kleinen Mädchens hätte dem Besuch etwas Schicklichkeit verliehen –, aber Anna lehnte ab.

»Ich habe Jahre darauf gewartet, daß du mich ruinierst, Robert«, sagte sie mit einem verwegenen Grinsen. »Wenn du dich weigerst, das auf die übliche Weise zu tun, muß ich eben jetzt nehmen, was ich kriegen kann.«

Aber Sarah, wie sich herausstellte, war schon in Manning House, wo sie im Salon des Earls saß und auf sie wartete.

»Sie macht einen recht niedergeschlagenen Eindruck, Mylord«, bemerkte Hemmet mit deutlicher Zensur in der Stimme, als er Hut und Handschuhe seines Herrn entgegennahm. »Das arme kleine Mädchen wartet seit über einer Stunde auf Ihre Rückkehr.«

»Sarah? Hier?« rief Anna zwischen Staunen und Sorge schwankend. Sie warf Robert einen mißtrauischen Blick zu.

Der Earl of Manning hob unschuldig beide Hände. »Sarah und ich mögen uns in der Vergangenheit ja verbündet haben, aber ich habe keine Ahnung, warum sie hier ist, das schwöre ich.«

Sarah starrte betrübt in eine halbvolle Tasse Kakao, als Hemmet die Tür öffnete.

»Miss Huntington«, begann er, aber sie hatte ihre Mutter und den Earl schon entdeckt, stellte die Tasse beiseite und erhob sich.

»Mama!« rief sie und eilte durch den Raum. »Ich bin so froh, daß du da bist. Ich wollte wissen, wo du bist, aber niemand konnte mir etwas sagen, außer daß du mit Lord Manning ausgeritten bist, und deshalb dachte ich, ich komme her und versuche herauszufinden, wo er dich hingebracht hat, aber hier wußte es auch keiner. Oh, Mama! Es ist etwas Furchtbares passiert.«

Lady Anna legte einen Arm um ihre Tochter. »Liebes, was ist denn los?«

»Hier. Ich habe es hier drüben.« Sie ergriff ihre Mutter bei der Hand und zog sie zum Sofa, auf dem eine kleine Tasche lag. Sie öffnete sie und zog ein Blatt Papier hervor. »Eines der Küchenmädchen hat heute morgen darüber gelacht. Ich weiß, ich darf nicht ohne Erlaubnis dahin, aber die Köchin hat gebacken, und ich wollte nur sehen, was.«

»Schon gut, Liebes«, beruhigte sie Anna, setzte sich auf das Sofa und zog Sarah neben sich. »Was ist passiert?«

»Ein Küchenmädchen hat gelacht«, erzählte sie und sah Lord Manning an, der sich auf die andere Seite neben sie gesetzt hatte und jetzt tröstend den Arm um sie legte. »Sie hatten ein Papier, so eines, das du immer schmutzige Fetzen nennst. Es heißt *Glad Tidings*. Ich wollte nur sehen, was da so komisch war. Und dann wurde ich so wütend, daß ich geschrien habe und die Köchin es ihnen weggenommen hat.«

»Sarah!« stieß Anna ungläubig hervor.

»Und ich habe sie fette Kühe genannt!« fuhr Sarah verteidigend fort. »Ich weiß, daß du jetzt schimpfst, Mama, aber ich bin froh, daß ich es gesagt habe. Weil sie das sind. Gemeine, fette Kühe!« Und damit brach sie in Tränen aus und vergrub ihr Gesicht in Lord Mannings Mantel.

»Sarah, Liebes«, murmelte der Earl und drückte sie an sich. »Was immer es ist, wir werden es schon wieder in Ordnung bringen.«

Anna zog dem Kind das Blatt aus der Hand und faltete es auseinander. »Oh, mein Gott«, stieß sie nach kurzem Schweigen hervor. »Robert!«

»Ich habe es doch gesagt«, schluchzte Sarah. »Ich habe es doch gesagt.«

»Schsch«, sagte der Earl und nahm das Blatt in die Hand. Mit grimmigem Gesicht betrachtete er die Zeichnung genau und zwang sich, jedes grausame Detail in sich aufzunehmen.

»Robert«, flüsterte Anna entsetzt, »was hat das zu bedeuten? Wer würde so etwas tun? Und warum?«

Er schüttelte den Kopf. »Ich kann es dir nicht erklären. Aber es gibt jemanden, der es kann und will.« Er erhob sich und trat zur Klingel. Hemmet erschien sofort. »Schicken sie einen Diener nach Barrington«, wies der Earl ihn knapp an, »und sagen Sie meinem Neffen, daß er sofort herkommen soll. Wenn er nicht da ist, suchen Sie ihn. Schleppen Sie ihn notfalls persönlich hier herein. Ich will innerhalb einer Stunde Lord Callan in diesem Raum sehen.«

Die Karikatur trug den Titel *Eine Pfauenhenne in einem Pearwood-Baum*. Nicht sehr originell, kein bißchen witzig, aber für den Zweck sehr passend. Wenn Clara das je zu Gesicht bekommen sollte, würde sie am Boden zerstört sein. Ihr Gesicht, oder besser gesagt, eine grobe Verzerrung ihres Gesichts saß abstoßend häßlich auf dem Körper einer absurd schwangeren Pfauenhenne, die auf einem Birnbaum hockte. Vom einen Flügel baumelte der Fächer, den Lucien ihr aus Italien mitgebracht hatte, nur um sicherzustellen, dachte Lucien, daß auch jeder wußte, wen die Karikatur darstellen sollte. Um den Hals trug sie das Halsband aus silbernen Glöckchen aus Südamerika, das Clara schon einige Male mit großem Stolz und viel Erfolg getragen hatte. Doch hier war das Muster der Kette absichtlich verändert worden. Aus den Glöckchen waren Kettenglieder geworden, und an der Kette hing eine Leine, die mit einem großen Schloß am Baum befestigt war.

Unter dem Baum stand Lucien selber und lächelte selbstherrlich zu dem gefangenen Vogel hoch. Pamela hatte ihn viel attraktiver gezeichnet, als er war. Der Gegensatz zwischen ihm und dem Vogel war dadurch noch anschaulicher, was Clara nur um so mehr verletzen würde. In der Hand hielt er einen Schlüssel – offenbar den zu dem Schloß – und darauf stand: *Der Viscount gewinnt seine Wette.*

Im Hintergrund war Pearwood abgebildet. Pamela kannte den Besitz. Lucien hatte sie in den letzten drei Jahren jeden Winter mit dorthin genommen, zusammen mit einigen seiner weniger anerkannten Freunde. Offenbar hatte sie das Haus aus der Erinnerung gemalt und dabei die Details sehr gut erfaßt. Vom Birnenbaum fielen die Blätter und lagen auf dem Boden, was auf Herbst hindeutete, die Zeit, zu der er Clara nach Pearwood geschickt hätte, wenn er die Wette beibehalten hätte.

Es war ein obszönes Bild, das in ganz London herumging. Lucien spürte, wie Benommenheit von ihm Besitz ergriff, und er empfand Hilflosigkeit und Hoffnungslosigkeit. Er verdiente den Skandal, den dieses Bild auslösen würde. Verdiente jeden Moment davon, weil er rücksichtslos mit der Person umgegangen war, die ihm am meisten bedeutete, und grausam, was noch schlimmer war. Es war nur gerecht, daß er alles verlieren sollte, was ihm immer wichtig gewesen war. Seine Träume wären wahr geworden, wenn er nicht so ein Narr gewesen wäre.

Doch jetzt brach das alles zusammen, vor seinen Augen, und es gab keine Möglichkeit, die Katastrophe aufzuhalten, die Pamela in Gang gesetzt hatte. Jetzt konnte er um Claras Willen nur noch tun, was zu tun war, um den Schaden zu begrenzen.

Als er das Bild gesehen hatte, wäre er am liebsten gleich nach Barrington gerannt, hätte die Kutsche anspannen lassen, Clara hineingesteckt und wäre nach Pearwood gefahren, wo sie sicher sein würden. Die verrückte Vorstellung, daß er dann das Bild vor ihr verbergen könnte oder die Wette, auf die es anspielte, hatte ihn besessen. Der scharfe Schlag auf die Wange, den Lady Anna ihm versetzt hatte, nachdem er das Bild eine Zeitlang schweigend angesehen hatte, hatte ihn wieder zu sich gebracht. Sie war wütend gewesen, und das zu Recht. Wenn Robby sie nicht festgehalten hätte, hätte sie ihn noch viel heftiger geschlagen.

»Was sollen wir tun, Lucky?« Jacks kühle Stimme riß Lucien aus der Betrachtung der Zeichnung in seiner Hand. »Je länger wir warten, desto mehr Schaden wird angerichtet.«

»Ja«, murmelte Lucien und legte das Blatt beiseite. Er hob den Kopf und sah die anderen Männer im Salon seines Onkels an. Lady Anna und ihre Tochter waren vor einer Stunde gegangen, und kurz danach waren Jack, Wulf und der Earl of Kerlain dem Ruf Luciens gefolgt und waren eingetroffen. Fast hätte Lucien nicht nach Kerlain geschickt, aber jetzt war er doch froh, daß er es getan hatte, denn sie beide standen allein gegen Jack, Wulf und Robby und ihre Wut, die keiner von ihnen zu verbergen suchte.

»Du solltest Lady Clara sofort aus der Stadt bringen«, schlug Wulf vor. »Bring sie heute abend noch nach Pearwood, und zwar im Dunkeln, wenn es keiner sieht.«

»Nein«, lehnte Robby aus dem Armstuhl heraus ab, in den er sich hatte sinken lassen, nachdem Lady Anna und

Sarah gegangen waren und wo er seitdem an einem Glas Brandy nippte. »Das wäre ganz falsch.«

»Hören Sie, ich stimme zu, daß das eine häßliche Angelegenheit ist«, warf Kerlain ein, »aber nicht so häßlich, daß es nicht wieder hinzubiegen wäre. Jeder in London weiß, daß Callan die Wette schon vor Tagen zu einem Ende gebracht hat. Diesen Müll hier nimmt doch niemand ernst.«

»Aber darauf kommt es gar nicht an«, erwiderte Jack spitz. »Lady Clara ist öffentlich lächerlich gemacht worden. So wenig das nach Ihren verqueren sozialen Neigungen in Amerika auch zählen mag, in einem zivilisierten Land hat das etwas zu bedeuten.«

»Zivilisiert?« wiederholte Kerlain mit einem Auflachen. »Sie haben sicherlich eine seltsame Vorstellung, was die Bedeutung des Wortes angeht, aber ich will Ihnen glauben, Rexley. Die oberen Zehntausend haben zusammen nicht genug Herz, um so eine Episode unbemerkt durchgehen zu lassen, meinen Sie das?«

»Es wird unerfreulich werden«, sagte Lucien ruhig. »Besonders für Clara. Da Sie und ich der Grund dafür sind, Kerlain, werden Sie und ich auch tun, was wir können, um die Schläge abzumildern. Jack, Wulf und Robby helfen, weil sie Clara mögen.«

»Bella wird auch gerne helfen«, warf Wulf ein. »Sie liebt Lady Clara wie eine Schwester.«

Lucien nickte. »Das ist gut, denn wir brauchen jede Hilfe, die wir kriegen können.«

»Was sollen wir tun?« fragte Jack wieder.

»Ich möchte, daß du, Jack, Pamela aufspürst«, erwiderte Lucien. »Sie wird es schwer machen, denk daran. Such nicht, wo es wahrscheinlich ist. Aber ich nehme an, das weißt du selber.«

»Lady Halling suchen?« fragte Wulf verdutzt. »Ist sie denn nicht zu Hause?«

»Sie hat wahrscheinlich das Land verlassen«, erklärte Kerlain, »zumindest, wenn sie weiterleben will. Wenn ich diese bösartige Hexe je wiedersehen sollte, werde ich –«

»Nein, sie ist noch in London«, sagte Lucien. »Ich kenne Pamela gut. Sie wird sich keine Sekunde von dem Aufruhr entgehen lassen wollen, den sie angezettelt hat. Trotz des Risikos, daß ich sie finde und bestrafe. Das Spiel macht ihr nur Spaß, wenn der Sieger bis zum Schluß zusieht und den Tod seines Opfers miterlebt.« Er achtete nicht auf Kerlains angewidertes Gesicht und wandte sich wieder zu Jack. »Erst Pamela, dann Rosswell. Finde sie beide. Ich habe besonderes Interesse daran, Rosswell bei mir zu sehen, ehe der Tag um ist. Wulf?«

Wulf hörte auf, seine Hände nervös zu ringen. »Ja, Lucky?«

»Ich möchte, daß du diskret dem Zirkulieren von *Glad Tidings* ein Ende machst. Durchkämme die ganze Stadt und kaufe jedes Exemplar, das du in die Finger bekommst. Was immer du tun mußt, tu es.«

Wulfs Miene hellte sich auf. »Gerne, ich tue alles für Clara. Sie ist ein nettes Mädchen, genau wie Bella.«

»Paß nur auf, daß du nicht ins Gefängnis kommst. Ich brauche dich und Bella als Teil einer kleinen Veranstaltung bei mir heute abend.«

Alle starrten ihn an.

»Nichts zu Großes, natürlich«, fuhr er ruhig fort. »Abendessen auf Barrington, und dann ein Abend in Covent Gardens. Ich werde meine Loge bereitmachen lassen.«

»Heute?« fragte Wulf schwach. »Du willst Lady Clara in die Öffentlichkeit bringen?«

»Ja. Zusammen mit dir und Bella und ein paar weiteren Freunden. Jack, du kommst doch auch? Robby, du und Lady Anna auch, obwohl ich glaube, daß du lieber in deiner eigenen Loge sitzt.«

Robby neigte den Kopf. »Wir werden da sein. Kerlain sitzt bei uns.«

»Ja«, stimmte Lucien zu, ohne auf den fragenden Blick des Earls of Kerlain zu achten. »Sonst ist es zu offensichtlich.«

»Oh, ich verstehe«, sagte Kerlain, »wir begeben uns auf den Präsentierteller, ja? Wie Tiere in einem Wanderzirkus? Damit sie uns alle lange anstarren können? Da können Sie ja gleichFerngläser verteilen lassen.«

»Amerikaner«, sagte Jack und schüttelte den Kopf. »Ihr habt keine Ahnung, wie man in solchen Fällen verfährt.«

»Aber ja doch. Wir warten, bis irgendein Idiot den Mund aufmacht, und hauen ihm dann eins in die Schnauze. Das ist viel effektiver, als herumzuscharwenzeln und so zu tun, als wäre nichts passiert.«

»Nur die Ruhe, Kerlain«, ermahnte Lucien ihn. »Sie bekommen Ihre Gelegenheit zur Rache schon noch. Aber jetzt muß ich an Clara denken. Außerdem müssen Sie bei Ihren Besuchen Ihr Bestes geben.«

»Besuche?«

»Besuche. Sie und Robby. Sie werden den Rest des Tages damit verbringen. Ich mache Ihnen eine Liste. Ich glaube, wir werden überrascht sein, wie viele Leute zu Clara halten werden. Jetzt hören Sie mir gut zu, damit Sie wissen, was wir unternehmen.«

Die nächste halbe Stunde verging mit Diskussionen, Zurückweisungen und neuen Vorschlägen, aber am Ende überzeugte Lucien sie davon, daß die Angelegenheit auf seine Weise geregelt werden sollte.

»Für Clara mag es so anfangs schwerer sein, aber am Ende ist es besser für sie. Ich will nicht, daß sie für den Rest unseres Lebens unter einer Wolke lebt und Pamela auch nur mit einem Hauch von Sieg davonkommt.«

»Was willst du tun, Lucky?« fragte Wulf, als jeder sich auf seine Aufgabe vorbereitete.

»Ich werde ein paar Besuche abstatten und mich in die Gnade einiger Herren begeben, von denen ich einen Gefallen erbitten werde, ehe ich nach Hause zu meiner Frau gehe. Ich hoffe nur, daß sie nichts erfährt, ehe ich ihr zuerst davon erzählen kann.« Er nahm noch einmal die Zeichnung zur Hand. »Ich kann nicht verhindern, daß Clara verletzt wird, aber vielleicht kann ich verhindern, daß sie zu lange für meine Sünden büßen muß.«

21

Clara sah die Karikatur in der Bond Street, in die Bella und sie gegangen waren, um den Nachmittag mit Einkaufen zu verbringen. Ihnen war beiden schon aufgefallen, wie viel ungewohnte Aufmerksamkeit sie weckten. Sie ernteten Seitenblicke von Mitgliedern der Gesellschaft und wurden von deren Dienstboten unverhohlen angestarrt. Die Verkäufer und Näherinnen in den verschiedenen Geschäften, die sie aufsuchten, schienen nicht in der Lage, Clara anzusehen, ohne hochrot zu werden oder zu kichern und zu stottern.

Schließlich gelangten sie an das Geschäft von Madame Doutrepont, wo Clara mit der talentierten Näherin über ihre Bestellung an Wintermode reden wollte, die für Pearwood passen würde. Bella und sie ließen ihren Diener mit den Einkäufen draußen und stießen die Ladentür auf, wo das Glöckchen klingelte und ihre Ankunft ankündigte. Im Geschäft wurden sie mit den gleichen Reaktionen begrüßt wie in den anderen auch. Das Mädchen, das Kunden begrüßte, staunte Clara mit offenem Mund an und hielt sich dann die Hand vor den Mund, während sie etwas Ersticktes murmelte. Dann ließ sie die Hand wieder sinken, knickste und murmelte eine Entschuldigung, ehe sie hinter dem Vorhang verschwand, der das Geschäft unterteilte.

Es waren noch einige andere Kundinnen im Laden, die die Kleider betrachteten, die an Puppen drapiert ausgestellt waren, und alle drehten sich um und starrten Bella und Clara an.

»Mama!« sagte eine junge Dame offensichtlich unbehaglich, wurde aber zum Schweigen gebracht.

»Ach, Lady Burgess.« Clara trat vor, um eine Bekannte zu begrüßen. »Wie nett, Sie zu treffen. Sie kennen Miss Howell?«

Lady Burgess schien Clara nicht in die Augen sehen zu können, aber sie brachte ein kurzes Nicken für Bella zustande. »Ja, natürlich. Wie geht es Ihnen, Miss Howell?«

»Sehr gut, danke«, erwiderte Bella.

»Es war so nett von Ihnen, uns zu Ihrer Party letzte Woche einzuladen«, erklärte Clara der älteren Frau. »Lord Callan und ich haben den Abend sehr genossen.«

Lady Burgess errötete, aber nicht vor Freude. Es war ganz offensichtlich, daß die Dame sich nicht wohl fühlte. Nervös sah sie sich nach den anderen Kundinnen um, die sich eine nach der anderen nach draußen entfernt hatten. Immer noch ohne Clara anzusehen, murmelte sie etwas Passendes darüber, erfreut zu sein und zu hoffen, daß Lord und Lady Callan sie bald wieder mit ihrer Anwesenheit beehren würden. Dann drehte sie sich um und folgte den anderen auf die Straße hinaus, schloß die Tür hinter sich und ließ Clara und Bella zurück, die einander verwundert ansahen.

Als Clara sich umdrehte, sah sie Madame Doutrepont am Vorhang stehen, die Stirn gerunzelt, als sie ihren schwindenden Kunden nachsah.

»Ich bitte um Verzeihung, Madame«, sagte Clara lächelnd, um die Stimmung aufzuheitern, »aber Miss Howell und ich scheinen Ihre übrige Kundschaft vertrieben zu haben. Was ist nur heute mit den Leuten los?« Sie trat zum nächsten Spiegel und besah sich darin. »Wachsen mir Federn aus den Ohren?«

»Nein, nein, Mylady«, versicherte ihr Madame sogleich, »wenn etwas nicht stimmt, dann mit den anderen, nicht mit Ihnen. Mir ist es egal, wenn sie alle verschwinden, solange Sie bleiben. Nicht eine von ihnen hat so viel modischen Geschmack wie Sie.«

»Wie nett von Ihnen, das zu sagen«, freute sich Clara.

»Nicht nett«, widersprach Madame und trat näher, »wahr. Mylady hat Madame sehr gute Geschäfte beschert mit ihrem Auge für Eleganz. Sie sind meine beste *annonce, non?* Meine beste Werbung. Wenn Mylady einen meiner Entwürfe trägt, kommen die anderen angelaufen und bestellen dasselbe. Aber wenn sie sich so benehmen, will ich sie nicht als Kunden. Fertig.«

»Aber Madame«, protestierte Clara, »das war doch sicher nur ein Zufall …«

Ein Kichern weckte Claras Aufmerksamkeit. Drei junge Näherinnen spähten hinter dem Vorhang hervor, sahen sie an und lachten. Madame wirbelte herum und verbannte sie mit einer Flut ärgerlichen Französischs in die Hinterräume.

»Ich bitte um Verzeihung, Mylady«, sagte Madame mit ihrem Akzent, »es sind dumme Mädchen ohne Manieren. Sie können sicher sein, daß ich sie angemessen bestrafe.«

»Oh, nein.« Clara fühlte sich langsam wirklich traurig. »Bitte nicht.«

»Mylady ist zu freundlich, besonders heute, wo man gedacht hätte, daß Sie im Haus bleiben. Aber darf ich sagen, wie sehr ich Ihren Mut bewundere, Mylady? In diesem Land sieht man das nicht oft, aber in Frankreich würde man sich auf der Straße versammeln, um Ihnen zuzujubeln.«

Clara lachte amüsiert und verwundert auf.

»Madame, was können Sie nur meinen? Ich weiß nicht, wovon Sie sprechen.«

»Sie wissen es nicht, Mylady?«

Clara schüttelte den Kopf.

Madame machte noch allerlei Bemerkungen darüber in farbigem Französisch, was Clara den Umstand begrüßen ließ, daß sie der Sprache nicht mächtig war. Dann drehte Madame sich um und bellte einen Befehl durch den Vorhang. Daraufhin brachte ihr eine der Näherinnen eine gefaltete Zeitung.

»Ich bin nicht gerne die, die Ihnen das zeigt«, sagte Madame, »aber lieber ich als jemand anderer, denn ich bin eine wahre Freundin, das dürfen Sie nie vergessen, Mylady. Madame Doutrepont ist froh, der Viscountess Callan als Modistin zu Diensten zu stehen. Setzen Sie sich bitte. Es ist eine große Gemeinheit, und wenn ich wüßte, wer dieser Teufel *Le Chat* ist, würde ich ihn eigenhändig erschießen!«

Clara verstand erst nicht. Das erste, was sie sah, war, daß ihr Gesicht einem absurd verunstalteten Vogel gegeben worden war, und als der Schock darüber abklang, kam langsam der Rest. Es wurde dunkel um sie, und sie merkte, daß ihr Atem mühsam ging und ihre Lungen schmerzten. Plötzlich war ihr alles klar. Die Blicke, das Lachen. Anscheinend hatte jeder in London das Bild gesehen. Ihr häßliches Gesicht auf diesem häßlichen Vogel, und Lucien, der zu ihr hochlächelte. Jeder hatte es gesehen, jeder ...

Sie erinnerte sich hinterher nicht mehr daran, wie sie zu ihrer Kutsche gekommen war. Bella hatte ihr geholfen, das wußte sie noch, und der Diener auch. Ihr Gesicht war naß vor Tränen, die sie nicht hatte vergießen wollen. Sie erinnerte sich an das bedauernde Gesicht ihres Dieners, als er den Tritt hochklappte. Sie hielt das Papier immer noch zerdrückt in der Hand. Bella schluchzte wie ein Kind, das Gesicht in den Händen vergraben, und sagte immer wieder: »Oh, Clara, oh, Clara.«

Etwas in ihrem Ton verriet sie, auch wenn das Clara erst später einfiel. Etwas, das verriet, daß Bella noch mehr verstanden hatte als Clara, als sie die Zeichnung sah. Clara war nie gewalttätig gewesen, aber jetzt ergriff sie

Bella am Arm und schüttelte sie heftig, bis sie ihr die Wahrheit über die Wette zwischen Lucien und dem Earl of Kerlain erzählte. Dabei weinte Bella die ganze Zeit, und hinterher sah Clara aus dem Fenster und ließ sie in Ruhe weinen. Erst als sie bei Bella ankamen, sprach Clara wieder, ergriff Bellas Hand und sagte: »Vergib mir.« Aber das ließ Bella nur noch heftiger weinen.

Claras Benommenheit hielt den Rest der Fahrt über an, bis sie in Barrington eintrafen, und auch noch die Treppe hoch und durch die Tür, wo Hayes ihr meldete, daß Captain Blakesley eingetroffen sei und im Salon auf sie warte.

Clara ging, ohne nachzudenken, dorthin. Ein Diener öffnete ihr die Tür, und sie trat ein und überraschte Andrew. Er hatte am Feuer gesessen und auf sie gewartet. »Clara«, sagte er, erhob sich und ging auf sie zu. »Liebling, ich bin sofort gekommen, als ich das gesehen habe.«

Seine Arme waren ausgebreitet, und sie trat hinein, schloß die Augen und preßte ihr Gesicht gegen seine Brust.

»Denk nicht daran«, murmelte er und drückte sie an sich. »Ich kümmere mich um alles, ich lasse nicht zu, daß er dich noch mehr verletzt.«

Sie wünschte, er würde sie fester halten, so fest, daß sie nicht mehr atmen könnte. Sie wünschte, sie könnte ohnmächtig werden. Statt dessen überwältigte sie der Schmerz.

So fand Lucien Clara, als er den Salon betrat. In Andrew Blakesleys Armen. Weinend und sich an einen anderen Mann klammernd – einen Mann, der sie voller Zärtlichkeit hielt, sie küßte und beruhigende Worte murmelte. Die beiden schienen nicht einmal zu merken, daß er den Raum betreten hatte, und so stand Lucien einfach nur da und schwankte zwischen bitterem Schmerz darüber, daß

Clara offenbar die Wahrheit wußte und sie nicht von ihm erfahren hatte, und wilder Wut, sie in den Armen eines anderen zu sehen. Der Alptraum, der ihn so viele Jahre lang verfolgt hatte, war wahr geworden. Clara und ein anderer Mann. Wie bei seiner Mutter und ihren vielen Männern. Clara und Andrew Blakesley, der offen erklärt hatte, daß er sie liebte. Andrew Blakesley, der ihr nie so weh tun würde, wie Lucien es getan hatte. Allein dieser Umstand schon fachte Luciens Ärger an.

Er hatte Clara die Wahrheit sagen wollen, so daß sie ihm Vorwürfe hätte machen können, und dann wäre er vor ihr auf die Knie gefallen und hätte sie um Vergebung gebeten und ihr gesagt, wie sehr er sie liebte. Und dann hätte er sie in den Armen gehalten, während sie weinte, so wie Andrew Blakesley es jetzt tat. Diese Phantasie hatte ihn nach Hause gezogen, trotz der Furcht davor, der Frau, die er liebte, seine Sünden beichten zu müssen. Aber das war dumm und, schlimmer noch, wirklichkeitsfremd gewesen. Sie wollte seine Arme nicht um sich fühlen. Nicht jetzt. Vielleicht nie mehr. Alles, was ihm blieb, war, den Schaden einzudämmen, was er tun mußte, ob Clara wollte oder nicht.

»Clara.« Seine Stimme klang hart und leer. Vertraut. Er mußte sich unter Claras sanftem Einfluß mehr verändert haben, als er gedacht hatte, seine alte Haut paßte ihm nicht mehr. »Komm her.«

Blakesley hob den Kopf, und seine Arme schlossen sich enger um Clara. Sie keuchte auf und hob die Hand, um ihren Mund zu bedecken und die Augen zu schließen, als hätte sie Schmerzen.

»Du Bastard«, sagte Blakesley leise.

»Clara.«

»Ich bringe sie von hier fort«, erklärte Blakesley ihm wütend. »Sie geht mit mir.«

»Clara«, sagte Lucien langsam und deutlich, »wenn

dein Freund dir etwas bedeutet, gehst du jetzt von ihm weg.«

»Hör nicht auf ihn, Liebes«, sagte Andrew und sah Lucien höhnisch an. »Mit ihm werde ich leicht fertig.«

»Nein«, murmelte Clara und löste sich aus der Umarmung. »Ich will keine Kämpfe. Mach ihn bitte nicht wütend, Andrew.« Auf schwachen Beinen ging sie zu einem Stuhl, wo sie sich so hinsetzte, daß sie Lucien den Rücken kehrte.

»Gehen Sie«, befahl Lucien Blakesley. »Sie sind hier nicht mehr willkommen. Versuchen Sie nicht, meine Frau wiederzusehen.«

Andrew Blakesley ignorierte ihn. »Ich bringe dich auf der Stelle hier raus, Clara. Du brauchst nur mitzukommen. Bei mir bist du sicher. Er kann uns nicht aufhalten.«

»Doch«, stellte Lucien ruhig fest, »das kann ich. Sie wird nicht mit Ihnen gehen.«

Blakesley beugte sich zu Clara. »Ich bringe dich nach St. Genevieve. Nach Hause zu deinen Eltern und deiner Familie. Sie werden dich ohne eine Frage wieder aufnehmen. Wenn sie einmal wissen, was du hier erdulden mußtest, werden sie alles verstehen. Du weißt, daß ich die Wahrheit sage.«

»Sie wird nicht mit Ihnen gehen«, wiederholte Lucien. »Clara trägt mein Kind. Sie wird Barrington nicht ohne meine Erlaubnis verlassen.«

Blakesley schloß kurz die Augen, und als er Lucien danach wieder ansah, loderte Haß in seinem Blick. »Dann haben Sie Ihre Wette also gewonnen, ja? Sie haben sie schwanger gemacht. Sehr schön. Aber ich werde nicht zulassen, daß Sie auf Ihrem Landbesitz eine Gefangene aus ihr machen. Das werde ich nicht.« Er stand auf. »Sie müssen mich töten, um mich aufzuhalten. Genau wie Ihr Vater.«

»Lucien«, murmelte Clara und wandte sich bittend zu

ihm um. Angesichts des Schmerzes auf ihrem Gesicht hätte Lucien am liebsten geweint.

»Wenn du ihn in einem Stück willst, Clara«, sagte er, »dann schick ihn weg.«

»Komm mit mir, Clara.« Blakesley hielt ihr die Hand hin. »In zwei Tagen sind wir in St. Genevieve. Ich lasse nicht zu, daß er dir etwas tut, das schwöre ich.«

Clara sah erst ihn an und dann Lucien. »Geh bitte friedlich, Andrew«, sagte sie, den Blick ihres Mannes festhaltend. »Ich will Barrington nicht verlassen. Aber ich … danke dir, daß du heute gekommen bist.« Die letzten Worte waren ein Flüstern, ehe sie sich wieder abwandte.

Es herrschte Stille im Raum, nur das Prasseln des Feuers war zu hören. Andrew Blakesley starrte Lucien grimmig an. »Ich stehe jederzeit für dich bereit, Clara«, sagte er dann. »Zu jeder Tages- und Nachtzeit. Du brauchst mir nur eine Nachricht zu schicken, und ich werde kommen. Ich liebe dich.« Clara senkte den Kopf und schüttelte ihn leicht. »Ich schäme mich nicht, diesen Umstand dir oder Lord Callan oder der ganzen Welt mitzuteilen. Du solltest nicht hier bei ihm sein. Diese Ehe war ein Fehler, und wenn du das erkennst, werde ich hier sein, um dich nach Hause zu bringen.« Dann verließ er den Raum.

Lucien schloß die Tür hinter ihm, ehe er sich zu seiner Frau umdrehte. Sie saß sehr still und weit von ihm entfernt. Er konnte nur eine Seite ihres Gesichts sehen, und die war blaß und tränenverschmiert. Ihre Augen blickten zu Boden, auch wenn er bezweifelte, daß sie den Teppich sah.

»Ich habe erst heute morgen von der Zeichnung erfahren«, begann er, unsicher, was er zuerst erzählen sollte, aber das spielte wahrscheinlich ohnehin keine Rolle. »Deshalb hat Robby mich kommen lassen.« Sie hatten gerade ihr Mittagessen beendet, als die Nachricht gekommen war und ihren gemütlichen Nachmittag beendet hatte. »Ich wollte nach Hause gehen und es dir sofort erzählen.«

Sie antwortete nicht. Schließlich fragte er: »Wo hast du sie entdeckt?«

»In der Bond Street«, antwortete sie, »in Madame Doutreponts Geschäft.«

»Ich verstehe.« Er schwieg. »Es tut mir leid. War es sehr schlimm?«

»Bella war bei mir.«

»Stimmt, du hast gesagt, daß sie heute mit dir fährt. Ich bin froh, daß sie dabei war.«

Er ging schweigend durch den Raum und setzte sich auf die Couch. Clara rührte sich nicht.

»Wußtest du von der Wette?« fragte er.

Sie nickte. »Bella hat es mir erzählt.«

»Hat sie dir gesagt, mit wem ich gewettet habe?«

»Kerlain.« Das Wort klang schwach und erstickt vor Schmerz.

»Clara«, murmelte er. »Es war ein Fehler. Ein furchtbarer Fehler und sehr dumm. Ich wünschte – vor Gott –, daß ich das nicht getan hätte. Ich werde keine Entschuldigungen suchen. Du weißt besser als jeder andere, was ich vor unserer Hochzeit geglaubt habe, aber auch das gab mir nicht das Recht. Die Wette wurde im Ärger abgeschlossen, bei vollem Verstand. Ich wußte, daß es dich sehr verletzen würde, davon zu hören, und es war mir egal. Kerlain wußte nicht, was es bedeutet, er ist Amerikaner, aber vielleicht ist das auch keine Entschuldigung. Ich bitte dich nur, es zu verstehen und mir die Chance zu geben –«

»Eine Chance!« schrie sie auf, schluchzte und bedeckte den Mund mit der Hand, um ihre Fassung wiederzufinden.

»Bitte, Clara ... ich sollte dich nicht darum bitten. Ich weiß, was ich verdiene, und will die Folgen tragen, wenn es soweit ist. Leider mußt auch du durch *Le Chats* Karikatur bezahlen. Mehr als ich. Ich bitte dich um die Chance, die Sache so gut ich kann auszubügeln. Hinterher diskutieren wir darüber, wie unsere Ehe fortbestehen kann.«

Sie lachte freudlos auf. »Wird sie weitergehen?«

»Das kann ich nur hoffen. Du hast keinen Grund, mir zu glauben, Clara, aber ich liebe dich.«

»Armer Lucien«, sagte sie höhnisch. »Wie schrecklich für dich, dir Sachen ausdenken zu müssen, um mich zu besänftigen. Die ganze Zeit lang war ich diejenige, die das tun mußte.« Dann, bitterer: »Wie viele Leute haben von der Wette gewußt? Ganz London? Lacht man über mich, seit ich hier angekommen bin?«

Er atmete langsam aus. »Die Wette stand im Wettbuch bei White's. Ein Teil der Gesellschaft wußte davon, noch ehe du hier warst. Ich bezweifle, daß alle unsere Bekannten Bescheid wußten.«

»Unsere Ehe. Alles.« Frische Tränen stiegen ihr in die Augen. »Ich war für dich nur ein Spiel, das du gewinnen wolltest. In der Nacht vor unserer Hochzeit waren alle deine Versprechungen nur Lügen.«

»Nein, Clara. Zu dem Zeitpunkt habe ich die Wette schon zutiefst bereut. Ich will nicht so tun, als hätte ich geglaubt, unsere Ehe würde bestehen bleiben, aber ich wollte ihr eine echte Chance geben. Ich habe damals und seitdem jedes Wort ernst gemeint, daß ich zu dir gesagt habe.«

»Wie du mich gehaßt haben mußt«, flüsterte sie.

»Ja«, gab er zu, »genauso, wie ich dich geliebt habe, auch wenn die Liebe stärker war. Ich habe dich gehaßt, weil ich geglaubt habe, du hättest das verhöhnt, was wir hatten, als wir jünger waren, und weil ich meine Gefühle für dich nicht stoppen konnte. Ich haßte die unlösbaren Fesseln, die du meinem Herzen angelegt hattest. Aber mich habe ich noch mehr gehaßt. Viel mehr.«

»Das ist mir egal«, erklärte sie. »Ich will nichts von dir oder davon hören, wie du dich jetzt fühlst.«

»Ich weiß«, sagte er sanft.

»Ich will nur gehen.« Sie schluckte. »Nach St. Genevieve.«

»Das kann ich dir leider nicht gestatten.«

»Ich gehe nicht nach Pearwood, damit du deine Wette gewinnen kannst.«

»Ich habe die Wette schon vor ein paar Tagen beendet, als ich erkannt habe, daß nichts unserer Ehe etwas anhaben kann. Ich habe Kerlain zum Sieger erklärt. Du kannst ihn fragen, ob ich die Wahrheit sage. Ich weiß, daß das nur wenig – oder auch gar nichts – hilft, um deinen Schmerz zu lindern, aber zumindest zeigt es dir, daß mein Wunsch, in Pearwood mit dir eine Familie zu gründen, ernst war. Ich hatte nicht mehr vor, dich dort als Gefangene hinzubringen.«

»Dann hast du also einfach gehofft, daß ich nie die Wahrheit über die Wette herausfinden würde«, sagte sie.

»Ja, das habe ich gehofft.«

»Wer ist *Le chat?*

»Mein Feind. Und deiner.«

Endlich sah sie ihn an, und ihr Blick war durchbohrend. »Wer ist er?«

Es überraschte Lucien nicht, daß sie den Zeichner für einen Mann hielt. Pamela hatte sich bewußt hinter dem auf Französisch männlichen Namen verborgen, und die Öffentlichkeit nahm allgemein an, daß ein Mann die Zeichnungen gemacht haben mußte.

»*Le Chat*«, erwiderte er, »ist eine gefährliche und rachsüchtige Person, um die ich mich persönlich kümmern werde. Wenn die Zeit reif ist, werde ich es dir sagen. Für jetzt ist es sicherer, wenn du es nicht weißt. Wenn es heißt, du könntest die Identität von *Le Chat* enthüllen, könnten dir viel schlimmere Dinge als eine häßliche Karikatur zustoßen.«

»Warum hat er die Zeichnung gemacht?«

»Um unsere Ehe zu zerstören. Aber das kann nur geschehen, wenn wir es zulassen. Ich weigere mich. Ich liebe dich, wie kein anderer Mann dich je lieben wird, Clara.«

»Ja, sicher«, sagte sie erstickt. »Deine Pfauenhenne. Ich kann mir vorstellen, wie du mich liebst. Wie« – ihre Stimme brach – »konntest du nur so etwas über mich sagen? Ich weiß, daß ich häßlich bin, aber ich habe dir vertraut.« Wieder begann sie zu weinen.

Er hatte es vermieden, vor ihr niederzuknien, weil er Angst gehabt hatte, sie würde sich von ihm abwenden, aber ihr Schmerz war größer als seine Furcht, und schon fand sich Lucien vor ihr auf den Knien wieder, und er hielt ihr Gesicht mit all der Liebe umfangen, die er für sie empfand.

»Ich will meine vergangenen Grausamkeiten nicht wegreden, Clara. Vielleicht war das die schlimmste. Schlimmer als die Wette. Aber ich war ein anderer Mann. Wenn ich wegen meiner Sünden deine Liebe verloren habe, dann habe ich das verdient. Aber ich liebe dich. Ich habe nie eine andere Frau geliebt und werde es auch nie tun. Nein, hör mir zu«, beharrte er, als sie den Kopf schüttelte. »Du mußt das wissen. Ich liebe dich, und ich hoffe nur, daß du mir die Chance gibst, dir zu beweisen, wie sehr. Mit der Zeit will ich den Schmerz wieder gutmachen, den ich dir zugefügt habe.«

»Dann laß mich nach Hause nach St. Genevieve«, bat sie. »Nur für eine kurze Zeit, damit ich nachdenken kann. Wenn du mich nach ein paar Monaten immer noch willst und ich dazu bereit bin, werden wir einen Weg finden.«

»Ich werde dich immer wollen, Clara, jeden Tag meines Lebens. Der Gedanke, von dir getrennt zu sein, ist mir schrecklich.«

»Bitte.« Sie legte ihre Hand auf seine. »Ich kann es nicht ertragen, länger hier zu sein.«

»Oh, Liebes.« Sanft wischte er ihr die Tränen ab. »Ich wünschte, ich könnte dich auf der Stelle wegbringen. Aber wenn wir jetzt weglaufen, verfolgt uns der Skandal für immer. Leider müssen wir in London bleiben und uns dem Klatsch stellen. Heute abend gehen wir ins Theater –«

»Nein!«

»Doch«, erwiderte er ruhig. »Wir gehen ins Theater und zeigen ganz London, wie mutig du bist. Die Gesellschaft haßt *Le Chat,* aber dich liebt sie. Wenn du dich heute abend furchtlos zeigst, wirst du in ganz London gefeiert werden.«

»Nichts kann diese Zeichnung ungeschehen machen. Verlange das nicht von mir, Lucien, ich bitte dich. Vor dem Hintergrund dessen, was du mir schon angetan hast, das nicht.«

»Ich verstehe deine Erniedrigung.«

»Ach?« fragte sie hitzig.

»Und ich spüre meine Schuld mehr als du ahnst. Nur so kann ich die Dinge gutmachen, Clara. Nicht für mich, aber für dich.«

»Es ist mir nicht mehr wichtig, was die Gesellschaft von mir denkt.« Sie schob seine Hand weg. »Mir ist alles egal, außer, nach St. Genevieve zu kommen.«

»Jetzt ist es dir egal, aber bald nicht mehr. Und denk doch an *Le Chat*. Er wird der Sieger sein, wenn du jetzt mit eingezogenem Schwanz davonläufst.«

»Ich will nicht ins Theater«, erklärte sie. »Ich werde nicht gehen. Das ist das Mindeste nach dem, was du getan hast.«

Er küßte ihre Hände. »Meine Liebe, ich bitte dich nicht darum, ich sage dir, was wir machen. Wir gehen heute ins Theater, so elegant wie möglich, und dort begegnen wir jedem Klatsch. Zusammen.«

Sie riß ihre Hände weg und erhob sich, um zur Tür zu gehen. Dort blieb sie stehen und sah ihn an.

»So elegant wie möglich, Mylord? Willst du der Pfau sein, der seine Henne vorführt? Ich verstehe jetzt alles. Keine Angst, ich werde dich nicht blamieren.«

Sie knallte die Tür zu, und Lucien vergrub den Kopf in den Händen. Er war hin und hergerissen zwischen Bewunderung für die scharfe Zurechtweisung, die sie ihm erteilt hatte, und Angst darum, daß ihre Liebe zu ihm durch Haß ersetzt worden sein könnte. Sie hatte einst unter seiner Grausamkeit gelitten, jetzt würde er selber erleben, wie das war. Sie haßte ihn, aber er konnte sie dennoch nicht gehen lassen. Ein besserer Mann könnte es. Sie würde ihn verachten, aber er konnte sie nicht gehenlassen. Weil er sie liebte wie kein anderer und weil er wußte, was sie brauchte, um glücklich zu sein. Und ob sie wollte oder nicht, das würde sie auch bekommen.

22

Covent Garden war überfüllt mit Mitgliedern der Gesellschaft, auch wenn Clara gehofft hatte, daß es anders wäre. Das Starren begann in dem Moment, als Lucien sie durch den Eingang führte.

»Kopf hoch«, murmelte Lucien und klang vollkommen entspannt. Sein Arm lag ruhig unter ihrer zitternden Hand. »Und lächle.«

›Kopf hoch‹ schaffte sie. Sie wollte niemanden sehen lassen, wie tief sie getroffen war. Aber Lächeln stand außer Frage. Und so sagte sie ihrem Mann: »Nein.«

»Wie du wünschst«, erwiderte er hassenswert ausgeglichen und führte sie zu ihrer Loge durch die gaffende Menge, die sich vor ihnen teilte wie das Rote Meer.

Jeder im Theater drehte sich nach ihr um, als Lucien ihr den Stuhl zurechtrückte. Claras Blick glitt durch den eleganten Raum. Sie sah sich um und konzentrierte sich dann, als Hunderte von Augen sich auf sie richteten, auf ihr Programm.

Lucien hatte sie hergebracht, um sie zu zeigen. Nun gut. Sie würde sich zeigen. Aber das war auch alles. Es würde ihm recht geschehen, wenn sie statt ihrer eine Statue hergebracht hätte, denn genau das wollte sie sein. Nichts und niemand würde ihr eine Reaktion entlocken. Sie hatte keine Empfindungen mehr übrig außer Wut, und sie würde nicht mehr alles tun, um die perfekte Frau für einen Mann zu sein, der sie nicht nur nicht liebte, sondern sie auch so unattraktiv fand wie eine Pfauenhenne.

Sie war in großer Versuchung gewesen, Lucien genau

das zu geben, was er wollte – eine Pfauenhenne. Sie hatte ihren Schrank durchgesehen, um das häßlichste, unauffälligste Kleid zu suchen, das sie hatte, aber Lucien hatte es verhindert. Er war eine Stunde vor ihrem Gehen in ihr Zimmer gekommen und hatte ausgesucht, was sie an diesem Abend tragen sollte. Ein elegantes Kleid aus kastanienfarbener Seide, das ihr schmeichelte und ihre Figur gut ins Licht setzte. Dann hatte Lucien ihrer Dienerin gesagt, wie sie sie frisieren sollte, und war ohne ein Wort an sie wieder gegangen. Er war es, der sie verletzt hatte, und er sollte reden, nein, betteln.

Nicht daß es ihm etwas bedeutete. Wahrscheinlich hatte er es gehaßt, die häßliche Pfauenhenne in den vergangenen Monaten um sich zu haben. Er hatte sie nur wegen der Wette geduldet. Wie schrecklich es gewesen sein mußte, jede Nacht mit ihr zu schlafen. Aber daran durfte sie nicht denken, denn das machte sie schwach.

Es spielte keine Rolle, daß er sie so zärtlich geliebt hatte, sie so offensichtlich gewollt hatte. Tränen brannten hinter ihren Augen, und sie holte tief Luft.

»Clara«, sagte Lucien neben ihr. Er berührte ihren Arm. »Fühlst du dich nicht wohl?«

»Nein.« Sie setzte sich gerade hin und legte die Hände in den Schoß. Unter ihr ging das Starren weiter, jetzt noch von Gemurmel begleitet. Hinter sich hörte sie, wie ihre Gäste ihre Plätze einnahmen. Wulf und Bella, Jack und Luciens Cousin Christian Fineham. Jack und Wulf hatten sich vor dem Abendessen bei ihr entschuldigt, weil sie von der Wette gewußt hatten und mit Lucien gewettet hatten. Clara hatte ihre Entschuldigung schweigend entgegengenommen und gedacht, als sie ihre ernsten Gesichter sah, wie sehr sie mit Lucien über sie gelacht haben mußten. Und sie hatte geglaubt, sie wären ihre Freunde. Sie hatte zahllose Stunden in ihrer Gesellschaft verbracht und versucht, ihnen um Luciens willen zu gefallen. Und die ganze Zeit über hatten sie gewußt, daß ihre Ehe ein lachhaftes Nichts war.

Etwas weiter links war die Loge des Earls of Manning, und sie sah Robby Tante Anna hineinführen. Der Earl verbeugte sich in Claras Richtung – etwas, was der Menge nicht entging. Tante Anna sah sie lange besorgt an, ehe sie dem Earl erlaubte, ihr einen Stuhl hervorzuziehen. Noch jemand erschien elegant hinter Manning, aber als der Earl of Kerlain sich vor Clara verbeugte, wandte sie sich betont ab. Und bedauerte es sofort, als das Gemurmel lauter wurde.

Es herrschte Erleichterung, als die Vorstellung begann, auch wenn Clara kaum etwas mitbekam außer dem Interesse der anderen Theaterbesucher. Ihr Rücken schmerzte, weil sie so aufrecht saß, und noch zweimal fragte Lucien, ob sie sich unwohl fühle. Ansonsten herrschte Schweigen.

Nach der Hälfte der Vorstellung wurde das Murmeln lauter, aber diesmal nicht Claras wegen. Der Prinzregent war unerwartet eingetroffen, und bis er mit seinen Begleitern saß, waren alle Blicke auf ihn gerichtet. Clara kam nicht auf die Idee, daß der Prinz ihretwegen erschienen sein könnte, bis sein Diener die Loge betrat und eine Nachricht brachte.

»Seine Hoheit wünscht, daß wir ihn in der Pause besuchen«, las Lucien leise, faltete den Zettel zusammen und steckte ihn ein. Er sah sie nicht an, sondern blickte wieder auf die Bühne.

»Er will eine private Unterredung mit der Pfauenhenne, ja?« sagte Clara ruhig.

»Nein«, erwiderte Lucien gelassen. »Die Nachricht besagt, daß er die Gegenwart von Viscount und Viscountess Callan wünscht. Sonst wurde niemand erwähnt.«

Clara öffnete nur ihren Fächer und wedelte sich damit Luft zu, um ihre Wut abzukühlen.

In der Pause hatte Lucien es nicht eilig. Er unterhielt sich mit seinen Gästen, ohne Clara in die Unterhaltung einbeziehen zu wollen. Was klug von ihm war, dachte Clara, die ihren eiskalten Blick geradeaus richtete, bis er ihren Arm berührte und sie fragte, ob sie bereit war. Wortlos erhob sie sich.

Wieder war die Halle voller Leute, auch wenn Clara diesmal viele ihrer engsten Bekannten vor sich sah. Noch überraschender war, daß anscheinend alle sie begrüßen wollten.

»Lady Clara«, sagte Sir Anthony Sayers warm, als er mit seiner schönen Frau auf sie zukam. »Schön, Sie wiederzusehen. Lord Callan, wie geht es Ihnen. Sie kennen meine Frau?«

Clara sah den Mann erschrocken an. Er wußte doch sicher von der Karikatur? Wie kam er dann dazu, so öffentlich ihre Bekanntschaft zuzugeben? Ahnte er nicht, was es für seinen Ruf bedeuten konnte, wenn er mit ihr sprach?

»Natürlich«, brachte sie schließlich hervor. »Natürlich. Wie nett, Lady Sayers.«

Sie unterhielten sich ein paar Minuten – Clara wußte hinterher nicht mehr worüber –, und dann führte Lucien Clara weiter.

Aber nur ein paar Schritte weiter wurden sie neuerlich von Bekannten aufgehalten, Lord und Lady Drogin, und danach vom Duke of Haithman und seiner Frau. Und so ging es weiter, bis sie die königliche Loge erreichten. Jeder ihrer Freunde war wundersamerweise im Theater, und alle begrüßten sie.

Clara staunte. Und vor Dankbarkeit über diese Beweise der Loyalität hätte sie am liebsten geweint.

Zuletzt und am überraschendsten war der gnädige Empfang durch den Prinzen. Er brachte Clara nach vorne an den Logenrand, küßte ihr die Hand, bot ihr einen Stuhl an und unterhielt sich mit ihr. Als ihr Besuch zu Ende ging, küßte er ihr zum Abschied erneut die Hand. Clara las nur Ernst in seinen Augen.

Der Rest des Abends verging wie in einem Nebel, und der Rückweg verlief in Schweigen. Lucien schien zu verstehen, daß Clara das jetzt brauchte. Erst kurz vor Barrington ergriff er das Wort.

»Wir haben nicht besprochen, wie wir mit unserer körperlichen Nähe weiter umgehen wollen«, sagte er ruhig. »Ich würde gerne weiter mit dir im Bett in meinem Zimmer schlafen, aber wenn du etwas anderes wünschst, brauchst du es mir nur zu sagen.«

Sie dachte darüber nach. Es war klar, daß Lucien sich viel Mühe mit dem Theaterbesuch gemacht hatte, und das tröstete sie ein bißchen. Aber ihr Schmerz war nicht durch den Gedanken an sozialen Ruin verursacht. Es war das Wissen, daß Lucien ihre Mängel sah, das sie so schmerzte.

Die Kutsche hielt, und Lucien drehte sich um, um ihr herauszuhelfen. Ihre Blicke trafen sich, als er ihre Hand ergriff, und für einen kurzen Moment sah sie Unsicherheit in seinem Blick lauern.

Schweigend stiegen sie die Treppe hoch. In der Halle sagte sie: »Ich denke, ich schlafe in meinem Zimmer, Lucien. Wenn du es gestattest.« Sie konnte ihn nicht ansehen.

Er berührte kurz ihren Ellbogen. »Natürlich«, sagte er und geleitete sie zu ihrer Tür. »Ich schicke dir dein Mädchen.« Seine Finger hielten sie kurz fest, dann ließ er sie los. »Gute Nacht, Clara«, sagte er höflich. »Schlaf gut.« Er verbeugte sich und ging davon.

Stunden später lag Clara traurig und unglücklich in ihrem großen Bett und wünschte sich, Lucien würde kommen und sie wie schon einmal zu sich herübertragen. Sie hatte damals geglaubt, daß sie nie wieder in diesem kalten Zimmer schlafen würde.

Sie war wütend auf Lucien und vermißte ihn. So sehr sie es versuchte, sie konnte das quälende Gefühl von Schmerz und Verrat nicht beiseiteschieben. Er hatte einen Witz aus ihrer Ehe gemacht und aus ihr, während sie so sehr versucht hatte, sie beide glücklich zu machen. Und doch war er vor ihr auf die Knie gegangen und hatte ihr gesagt, daß er sie liebe. Er hatte um die Chance gebeten, es ihr zu beweisen, und bereits damit begonnen, die Sache zu bereinigen.

Clara setzte sich auf, umfaßte ihre Knie und sah dorthin, wo ein kleines Feuer versuchte, den großen Raum zu erwärmen. Wie hatte Luciens Mutter so ein Zimmer ausgehalten? Sie nahm an, daß Luciens Zimmer genauso groß war, aber irgendwie war es wärmer und einladender als dieser Raum. Sie fragte sich, ob Lucien schlief und ob er sie in seinem Bett vermißte. Clara preßte ihre Stirn gegen die Knie und versuchte, einen klaren Kopf zu bekommen, aber zu viele Gedanken gingen ihr durch den Sinn.

Warum hatte Lucien Andrew gesagt, daß sie schwanger war? Sie hatte ihre Vermutung selber noch nicht geäußert, weil es noch viel zu früh war, um sicher zu sein. Aber er hatte die Feststellung getroffen, als wenn er fest daran glaubte, und vielleicht tat er das ja auch. Vielleicht tat er das, damit er sie nach Pearwood schicken konnte. Verzweiflung übermannte sie.

»Clara?«

Sie hob den Kopf und wischte sich die Tränen ab. Lucien stand in der Tür und war immer noch angekleidet.

»Geht es dir gut? Ich dachte, daß du vielleicht unruhig bist.«

Sie fragte ihn nicht, wie er darauf kam, dafür war sie viel zu erleichtert, ihn zu sehen.

»Ich kann nicht aufhören, über alles nachzudenken«, flüsterte sie.

Er schloß die Tür und trat ans Bett. Dann setzte er sich neben sie, streckte die Hand aus und berührte ihr Gesicht.

»Kann ich helfen, Liebste? Kann ich dich ablenken von all dem Kummer?«

Seine Hand war warm, und ihr war so kalt. Sie schloß die Augen und drückte ihr Gesicht in seine Handfläche.

»Clara«, murmelte er und zog sie an sich. »Ich liebe dich. Du mußt mir glauben. Laß mich dir zeigen, wie sehr ich dich brauche.«

Er stand auf, zog sich aus und kam zu ihr unter die Decke, nackt und warm. Dann zog er ihr das Nachthemd aus und warf es auf den Boden.

»Ich liebe dich«, sagte er wieder, als er ihren Körper unter sich zog und mit Händen und Mund liebkoste. »Ich werde dich nie gehen lassen.«

Er liebte sie mit einer drängenden Gier, die Claras gleichkam. Es war unmöglich, ihm nahe genug zu sein, ihn genug zu berühren und zu schmecken. Die ganze Zeit flüsterte er ihr ins Ohr, wie sehr er sie liebte, sie brauchte, daß sie die schönste Frau der Welt für ihn sei.

»Ich wollte mich von dir fernhalten«, sagte er hinterher schläfrig und zog sie an sich, »aber es war unmöglich. Ich habe in meinem Zimmer gesessen und mir vorgestellt, wie es wäre, dich zu verlieren, Clara, und es war unerträglich.«

»Lucien«, flüsterte sie und strich ihm mit der Hand über die Brust.

Er wandte sich um und drückte sich an sie. »Versuch nicht, mich zu verlassen, Clara. Ich kann dich nicht gehen lassen.«

»Ich brauche nur Zeit«, begann sie, aber er ließ sie nicht ausreden.

»Du bekommst so viel Zeit, wie du brauchst. Aber geh

nicht weg. Wenn du nicht aufs Land willst, könnten wir ja vielleicht reisen. Zumindest die ersten Monate, bis das Baby zu groß ist. Ich fände es schön, wenn unsere Kinder auf meinem Besitz geboren würden.«

Ihr fiel auf, daß er das Wort ›Pearwood‹ vermied, und diese Umsicht berührte sie so tief wie nichts zuvor.

»Reisen würde mir gefallen«, sagte sie und gähnte erschöpft.

Er zog sie enger an sich. »Was du willst, Clara. Ich gebe es dir. Wo du hinwillst, bringe ich dich hin.«

Sie schlief schon fast, als ihr plötzlich bewußt wurde, wo sie waren.

»Lucien«, murmelte sie und hob leicht den Kopf, »du willst doch nicht hier schlafen.« Es war eine Feststellung. »Es ist das Zimmer deiner Mutter.«

»Es ist dein Zimmer«, erwiderte er und strich ihr über den Rücken. »Und ich will bei dir schlafen, egal, wo. Die Vergangenheit ist mir egal. Alles, was zählt, bist du und unser Kind und unsere gemeinsame Zukunft. Versuch jetzt zu schlafen.« Er drehte den Kopf. »Morgen wird ein anstrengender Tag.«

23

»Zweifellos besser als die Karikatur über Lady Clara«, stellte Jack fest und gab Lucien die Zeichnung zurück. »Einer von Cruishanks besseren Entwürfen, denke ich.«

»Ja«, stimmte Lucien zu. »Ich stehe in seiner Schuld, weil er die Aufgabe so schnell erledigt hat. Natürlich verachtet er *Le Chat* und hat sich gefreut, Pamela stürzen zu können, nachdem er einmal wußte, wer sie ist.«

Er sah sich die Zeichnung noch einmal genauer an. Sie war sehr gut gemacht und genauso, wie er sie bestellt hatte. Die Überschrift lautete einfach: Das ist *Le chat*. Darunter war Pamelas Gesicht auf den Körper einer bösartigen Katze gesetzt – einer kräftigen, zerrauften, die man gewöhnlich Straßenkatze nennt. In der einen Pfote hielt sie eine Zeichnung, in der anderen eine tropfende Feder, und vor ihr stand ein Tintenfaß mit der Aufschrift *Gift*. Umgeben war sie von einigen ihrer bekannteren Opfer, die sehr viel schmeichelhafter gezeichnet waren und die von Lord Allingham über Miss Cooper bis zu Clara reichten, von denen jeder anklagend auf *Le Chat* deutete. London würde rasen, wenn diese Zeichnung veröffentlicht wurde. Pamela aber würde sich gänzlich ohne Freunde und, schlimmer noch, als Ausgestoßene wiederfinden. Das wäre nicht nur das Ende ihrer Karriere in England, sondern auch das Ende aller ihrer Versuche, sich einen Platz in der guten Gesellschaft zu erobern.

Glad Tidings sollte – mit der Hilfe von Mr. Rosswell, der bemerkenswert entgegenkommend geworden war, seit

Wulf ihn überraschend besucht hatte – die Zeichnung in einer Sonderausgabe veröffentlichen. Ehe er das Blatt in den Druck gehen ließ, wartete Lucien nur noch darauf, Pamela zu finden.

»Hattest du schon Glück?« fragte er Jack und legte die Zeichnung beiseite.

»Nein.« Jack schüttelte grimmig den Kopf. »Man sollte meinen, eine so schöne Frau sei leicht zu finden, aber niemand in London hat sie gesehen. Oder wenn doch, haben sie so viel Geld bekommen, daß sie den Mund nicht aufmachen.«

»Mmmm.« Lucien nickte gedankenverloren. »Es gibt viele Leute, denen ihr Privatleben mehr bedeutet als Geld. Pamela kennt eine Menge Leute, die sie erpressen kann, damit sie tun, was sie will, egal, wie hoch die Belohnung ist. Hast du auch bei Mawdrey's und Claxton's gesucht?«

»Da war ich zuerst«, erklärte Jack, »und in jeder Spielhölle und in jedem Bordell Londons. Sie hat eindeutig damit gerechnet, daß man sie sucht, denn sie hat ihre Spuren gut verwischt. Aber nur Mut.« Jack klopfte seinem Freund zuversichtlich auf die Schulter. »Ich habe noch ein paar Ideen, wo ich suchen kann, und meine talentiertesten Freunde spüren ihr gerade nach.«

»Ich wüßte lieber, wo sie sich aufhält, bevor die Zeichnung veröffentlicht wird«, erklärte Lucien, »aber am Wochenende spielt das keine so große Rolle mehr. Wenn Clara erst mal London verlassen hat, kann das Bild veröffentlicht werden, ob Pamela dann gefunden ist oder nicht. Wenn man erst einmal weiß, wer *Le Chat* ist, kann sie sich auch nicht mehr so leicht rächen. Wulf und du, ihr wißt, was ihr hinterher mit ihr machen könnt, wenn sie das Land nicht freiwillig verläßt.«

»Oh, ja«, sagte Jack mit einem Glimmen in den Augen. »Ich werde es genießen, mich um Lady Halling zu kümmern, wenn die Zeit kommt. Möchtest du einen Brandy haben?«

Lucien akzeptierte gerne und setzte sich in einen der gemütlichen Stühle in der Bibliothek des Earls of Rexley. Jack ließ sich ihm gegenüber nieder.

»Wie geht es Lady Clara?« fragte er. »Haben sich die Dinge in den letzten vier Tagen zwischen euch gebessert? Ich habe gestern kein persönliches Wort aus ihr herausbekommen, auch wenn unsere Ausfahrt im Park recht schön war. Deine Frau ist immer eine nette Gesellschaft.«

»Ihr hat es auch gefallen«, erklärte Lucien. »Aber es wäre mir lieber, wenn du und Wulf aufhören würdest, euch dauernd bei ihr zu entschuldigen. Sie hat euch schon verziehen, und es ist schwierig für sie, das immer wieder neu versichern zu müssen. Wulf kommt seit Covent Garden jeden Nachmittag mit Blumen vorbei und wollte sich vor ihr auf die Knie werfen. Du hättest sehen müssen, wie Clara versucht hat, ihn auf seinen Füßen zu halten, es war zu komisch. Im Vergleich zu ihm ist sie so klein, aber sie hat ihn an den Schultern gepackt und jedesmal zurückgedrückt, wenn er anfing, in die Knie zu gehen.«

Jack lachte. »Ich werde mit ihm reden, ja?«

»Bitte«, sagte Lucien. »Das einzige, was sie gestern gerettet hat, war der Umstand, daß ihm etwas einfiel, was im Labor noch unerledigt war, und er bat Clara um ein Stück Papier, um es sich aufschreiben zu können.«

»Oh, Himmel.«

Lucien lachte. »Als er erst einmal Papier und Stift hatte, war alles aus. Ich ließ ihn eine Stunde mit Tee im Salon, ehe ich ihm vorschlug, zu Hause weiterzuarbeiten.«

»Armer Wulf«, sagte Jack mit einem Grinsen. »Und wie sieht es mit Kerlain aus? Hat Lady Clara ihm vergeben?«

Lucien seufzte und schüttelte den Kopf. »Kerlains und

mein Vergehen sind nicht so leicht zu verzeihen. Er war schon zweimal da, um Clara zu besuchen, aber sie hat ihn nicht vorgelassen. Ich weiß nicht genau, was aus den Blumen geworden ist, die er geschickt hat. Aber egal, halb London hat Clara Blumen geschickt. Barrington sieht langsam aus wie ein Gewächshaus. Aber es tut Clara gut, sie mag Blumen.«

Jack betrachtete ihn ruhig. »Du hast meine Frage noch nicht beantwortet, Lucky. Ist die Sache zwischen dir und Clara besser geworden?«

»Ein bißchen, glaube ich«, sagte Lucien und fragte sich, ob das stimmte. Clara versuchte, sich so normal wie möglich zu verhalten, zumindest vor den Dienern, wo sie lächelte und so tat, als wäre alles in Ordnung. Auch wenn sie mit Lucien zusammen war, ließ sie nichts von der Wut und dem Schmerz erkennen, die sie beim Anblick der Karikatur empfunden hatte. Aber sie verbrachte viel Zeit alleine und suchte nicht mehr seine Nähe, wie sie es früher immer gemacht hatte, und ihr ganzes Wesen war von einer tiefen Traurigkeit überschattet. Über die Zeichnung wollte sie nicht reden, und wenn Lucien versuchte, sie aus ihrem Schweigen aufzurütteln, fand sie immer eine Entschuldigung, um zu gehen. Nachts brauchte sie ihn auf eine hungrige, fordernde Art, die keine Abneigung verriet. Wenn er sie liebte, nahm ihr Gesicht einen seligen Ausdruck des Vergessens an, wie er es noch nie gesehen hatte. Und weil er sie liebte, gab er ihr, was sie wollte, auch wenn es ihm eher wie pure Lust vorkam und nicht mehr wie die tiefe, verständnisvolle Art, sich zu lieben, wie sie es früher immer getan hatten und nach der er sich so sehnte.

Die Situation zwischen ihnen war zerbrechlich, und Lucien brannte darauf, Clara aus London wegzubringen. Sie hatte zugestimmt, für einen Monat mit nach Pearwood zu gehen, mehr hatte sie nicht zugestanden. Aber

Lucien sah darin schon ein Nachgeben. Sie hatte gesagt, falls sie schwanger sei, wolle sie nicht reisen, und wenn Pearwood schön sei, vielleicht ... An dieses ›vielleicht‹ knüpfte Lucien im Moment alle seine Hoffnungen.

»Ich denke, wenn wir erst einmal in Pearwood sind, kommen wir auch wieder zueinander. Ich wünsche mir das so sehr.«

»Du liebst sie«, stellte Jack fest. »Weißt du eigentlich, Lucky, daß die Veränderungen, die Lady Clara an dir bewirkt hat, für mich ein starkes Argument für die Ehe sind?«

»Wirklich?« Lucien sah ihn interessiert an. »Ich gebe zu, daß ich mich sehr verbessert habe, wenn ich an früher denke, aber du, Jack, bist doch schon nahezu perfekt. Zumindest höre ich das immer von den Frauen meiner Bekanntschaft.«

Jack lachte. »Da kennst du mich aber besser.«

Ein Kratzen an der Tür enthob Lucien der neckenden Antwort, nach der diese Aussage verlangte.

»Herein«, rief Jack, und sein Butler trat mit einem Silbertablett ein. Darauf lag ein versiegelter Umschlag. Jack nahm ihn mit einem gemurmelten Dank entgegen und wartete mit dem Öffnen, bis sie wieder alleine waren.

»Er ist von Pamela«, sagte er und begann mit gerunzelter Stirn zu lesen.

»Pamela?« Lucien stellte sein Glas weg und erhob sich. »Sie hat an dich geschrieben?«

»Mylord«, las Jack vor. »Es ist mein Eindruck, daß Sie mich zu sprechen wünschen. Ich bin bereit, Ihren Besuch heute um fünf Uhr nachmittags zu empfangen, aber nur, wenn Viscount Callan Sie begleitet. Es gibt etwas, was ich ihm persönlich zu sagen habe.« Er überflog das Blatt. »Sie gibt eine Adresse in Staines an und schreibt, daß wir pünktlich sein wollen, sonst wäre sie nicht da.«

»Staines! Unmöglich. Sie würde nicht so weit weg gehen.«

»Warum nicht?« fragte Jack. »Es würde erklären, warum wir sie in London nicht gefunden haben.«

»Verdammt«, murmelte Lucien. »Staines. Es braucht zwei Stunden harten Ritts, wenn wir pünktlich dorthin kommen wollen. Ich weiß nicht, Jack, ich kann mich des Gefühls nicht erwehren, daß es eine falsche Fährte ist.«

»Möglich.« Jack erhob sich. »Aber es ist unsere einzige Chance. Ich lasse zwei Pferde bereit machen. In zehn Minuten können wir los.«

Lucien nickte. »Gut. Ich würde Clara gerne eine Nachricht schicken.«

»Natürlich.« Jack zog die Klingel.

Liebste Clara, ich bedauere, daß ich nicht wie versprochen zum Tee in Barrington sein kann. Eine dringende Angelegenheit hat Jack und mich aus der Stadt gerufen, aber ich denke, daß wir am frühen Abend zurück sind. Warte mit dem Essen auf mich, denn ich kann dir dann vielleicht Dinge sagen, die du wissen wolltest. Geh nicht aus dem Haus, bis ich zurück bin. Das ist leider ein Befehl, keine Bitte, aber ich hoffe, der letzte, den ich dir geben muß. Vielleicht willst du das gar nicht mehr hören, weil ich es dir schon heute morgen gesagt habe, aber falls du es vergessen hast: Ich liebe dich. Lucien.

Clara las die Nachricht noch einmal, ehe sie sie in den Schoß sinken ließ. Was konnte nur so wichtig sein, daß Lucien plötzlich die Stadt verlassen hatte? Er hatte sich nicht einmal einen Mantel geholt. Daß er ihr befahl, auf Barrington zu bleiben, wunderte sie mehr, als daß es sie ärgerte. Vielleicht, dachte sie, war er *Le Chat* auf der Spur. Sie wußte, daß Jack und er den Künstler suchten, auch wenn das alles war, was er ihr trotz ihrer Fragen enthüllt hatte. Sie war entschlossen zu erfahren, wer er war, wer diese grauenvolle Zeichnung von ihr gemacht hatte. Sie brauchte das für ihren Seelenfrieden. Bis dahin waren alle verdächtig, Diener, Bekannte, Freunde, vielleicht sogar Familienmitglieder.

Lucien hatte sie erinnert, daß er sie liebte. Sie dachte darüber nach. Er hatte die Worte so oft gesagt, daß sie anfing, ihm zu glauben. Er hatte so sehr versucht, ihr zu gefallen und Zugeständnisse zu machen, auch wenn er dabei rührend schwerfällig war, weil er so etwas nicht gewohnt war, wie er selber zugegeben hatte. Das hatte sie noch mehr berührt. Ihr düsterer, grimmiger Lucien bemühte sich, ein freundlicher, aufgeschlossener Gatte und Gastgeber zu sein – er haßte das, wie sie wußte, besonders, wenn er sich höflich unterhalten mußte. Aber er tat es für sie, alles für sie, und dieses Wissen half ihr dabei, die Wunde zu heilen, die er ihr gerissen hatte.

Es kratzte an der Tür, und Hayes sagte: »Mylady?«

Clara lächelte ihn an. »Ja?«

»Eine Lady Halling wünscht Sie zu sehen«, sagte er und kam mit einem Tablett. »Sie bestand darauf, daß ich Ihnen das hier schicke.«

Mit einem Seufzen ergriff Clara die Nachricht und brach das Siegel. Die schöne Lady Halling war die Letzte, die sie zu sehen wünschte. Zu gut erinnerte sie sich noch an den Abend in Vauxhall. Aber Lucien hatte gesagt, die Frau sei nicht seine Mätresse, und sie glaubte ihm.

»Na gut«, murmelte sie, nachdem sie die Nachricht durchgelesen hatte, »wenn sie mich so unbedingt sprechen will, schicken Sie sie hoch. Und lassen Sie doch bitte Tee bringen, Hayes.«

Clara hatte nur ein paar Momente Zeit zu bedauern, daß sie nicht besser zurecht gemacht war, als Lady Halling auch schon in einem roten Kleid mit passendem, nerzgefüttertem Umhang und rot-goldener Haube den Raum betrat. In der einen Hand hielt sie einen großen flachen Umschlag.

»Mylady«, sagte Clara und erhob sich, wobei sie sich

auf ihr jahrelanges Training als Gastgeberin verließ. »Wie nett von Ihnen, zu Besuch zu kommen. Ich bedauere, aber Viscount Callan ist nicht zu Hause.«

»Ich bin gekommen, um Sie zu sehen«, erwiderte Lady Halling. »Danke, daß Sie mich empfangen. Ich habe gehört, daß sie nach der unglücklichen Publikation nicht oft in der Stadt waren.«

Die Stimme der Frau war angespannt und ließ Clara auf der Hut sein, zumal es nicht höflich von ihr war, die Karikatur zu erwähnen, aber sie erwiderte dennoch zuvorkommend: »Wollen Sie sich nicht setzen? Ich lasse Tee bringen.«

»Danke.« Lady Halling setzte sich. »Ich kann nicht lange bleiben, aber eine Tasse Tee wäre nett. Sagen Sie mir, wie finden Sie es, verheiratet zu sein?«

Auch Clara setzte sich. »Gut.« Sie war erleichtert, als der Tee kam und sie sich mit dem Einschenken beschäftigen konnte, statt dem direkten Blick ihrer Besucherin zu begegnen, der schon fast unhöflich war.

Lady Halling nahm eine Tasse entgegen und setzte sich in ihrem Stuhl zurück, wobei sie Clara nicht aus den Augen ließ.

»Ich habe gehört, daß Lucien sich glücklich ergeben hat. Der Ehe, meine ich. Sie scheinen ihm zu gefallen.«

Clara errötete heiß. Es war unverzeihlich, daß die Frau ihn beim Vornamen nannte.

»Ich denke, wir sind zufrieden«, erwiderte sie leichthin.

»Zufrieden«, wiederholte Lady Halling. »Ja, im Moment sind Sie das wohl. Aber wird es anhalten? Das ist die Frage. Es war immer schwer, Luciens Interesse zu halten. Aber das wissen Sie vielleicht besser als ich.«

Clara setzte klappernd ihre Tasse ab. »Ich denke, daß ich ihn besser kenne als jeder andere, ja. Sagen Sie mir, wie war die Ehe mit Ihrem verstorbenen Mann,

Lord Halling? Ich bin mir sicher, daß Sie ihn sehr vermissen.«

Lady Halling lächelte. »Es war angenehm und genau nach meinem Geschmack, mit ihm verheiratet zu sein, und an dem Tag, als er starb, habe ich den Verlust seines Einkommens und des wenigen Schutzes, den er mir gegeben hat, tief betrauert. Aber ich habe schnell Trost gefunden. Insbesondere Ihr Mann hat sich als guter Freund erwiesen.«

Was genug war, war genug. Jede Höflichkeit fahren lassend, sagte Clara: »Sie wollen anscheinend eine Beziehung zu meinem Mann andeuten, die über eine Bekanntschaft hinausgeht, Lady Halling, aber ich muß Ihnen sagen, daß er mir bereits versichert hat, daß eine solche Beziehung nicht besteht.«

Das schien Lady Halling nicht zu überraschen. »Natürlich würde er das nicht zugeben, welcher kluge Ehemann würde das tun? Wissen sie, ich war recht überrascht, als er mir gesagt hat, daß er seine kleine Pfauenhenne heiratet. Ich kann Ihnen nicht sagen, wie oft wir über diesen Spitznamen gelacht haben. Ich hatte den Eindruck – und wir haben oft von Ihnen gesprochen –, daß er sie haßte, und doch hat er sie geheiratet und ist jetzt der zufriedene Ehemann. Der ideale Ehemann.«

Clara ballte die Fäuste. »Gehen Sie bitte. Sofort.«

»Gleich, meine Liebe«, versicherte Lady Halling. »Ich bin gekommen, um Ihnen ein kleines Hochzeitsgeschenk zu bringen. Es war nachlässig von Lucien, mich nicht zu Ihrer Feier einzuladen, aber ein Mann will bei einem solchen Ereignis auch kaum seine Mätresse sehen, nicht wahr? Aber ich dachte, Sie hätten gerne eine Erinnerung an ihn, wenn er sie in Pearwood eingesperrt hat und hier bei mir in London ist. Ein persönlicher Moment.« Sie ergriff den Umschlag und legte ihn sorgfältig neben ihren Stuhl. »Ich bin sicher, Sie werden es schätzen.« Sie erhob sich und lächelte selbstzufrieden auf Clara hinab. »Ich glaube nicht, daß wir uns wiedersehen, denn Lucien sagte mir, daß er sie bald nach Pearwood bringt. Aber machen Sie sich keine Sorgen um Ihren lieben Mann, solange er weg ist. Ich werde mich gut um ihn kümmern. Guten Tag, Mylady.«

Nachdem die Frau gegangen war, saß Clara fünf Minuten da und zitterte, ehe sie langsam wieder ihre Fassung fand. Sie keuchte, und ihre Gedanken rasten, als sie den furchtbaren Besuch noch einmal Revue passieren ließ.

Als sie aufstand, gaben ihre Beine nach, aber sie zwang sich, zu dem Tisch zu gehen, auf dem der Umschlag lag. Sie brauchte drei Versuche, ehe es ihr gelang, den Umschlag zu öffnen. Darin lag ein Stück Papier. Sie zog es hervor und sah sich die Zeichnung an. Dann entdeckte Clara, daß sie doch die Fähigkeit besaß, ohnmächtig zu werden, und Dunkelheit hüllte sie ein.

Als Clara wieder zu sich kam, knieten Hayes und Mrs. MacInnes neben ihr. Im Hintergrund warteten ein paar Mädchen und Diener. Clara schob das Riechsalz beiseite und versuchte, sich aufzusetzen.

»Langsam, Mylady«, sagte Hayes und half ihr. »Ich habe nach dem Arzt geschickt.«

»Wir müssen Sie sofort ins Bett bringen«, sagte Mrs. MacInnes fest. »Was hat diese furchtbare Frau nur getan, um Sie so aufzuregen?«

»Ich hätte ihre Karte nicht akzeptieren sollen«, sagte Hayes. »Ich entschuldige mich, Mylady. Wenn ich gewußt hätte, welche Art Frau sie ist, hätte ich sie nie über die Schwelle gelassen.«

Clara fühlte sich schwindelig. Sie legte eine Hand an die Stirn und versuchte, Sinn in die Sache zu bringen.

»Sie sind blaß wie der Tod«, sagte Mrs. MacInnes

besorgt. »Wir müssen Sie hoch und ins Bett bekommen. Einer der Diener wird Sie tragen.«

»Nein«, murmelte Clara und blinzelte, um wieder klar sehen zu können. »Nein, ich muß – wo ist der Umschlag?« Sie sah sich um.

»Umschlag?« fragte Hayes. »Meinen Sie den hier, Mylady?«

Er war zu Boden gefallen. Clara nahm ihn an sich. »Ja, dem Himmel sei Dank«, sagte sie, als sie sah, daß sie die Zeichnung zurückgesteckt hatte, so daß niemand sie sehen konnte.

»Ich muß eine Nachricht schreiben«, sagte Clara, »sofort. Helfen Sie mir beim Aufstehen.«

»Aber, Mylady –«, protestierte Mrs. MacInnes.

»Helfen Sie mir«, beharrte Clara fest. »Mir geht es gut. Ich muß nur zum Sofa kommen.« Sie stützte sich schwer auf Hayes Arm. »Bringen Sie mir Papier und Tinte.«

Es war eine kurze Nachricht, die sie faltete und Hayes gab. »Lassen sie das sofort zu Captain Blakesley bringen. Persönlich.«

Hayes verbeugte sich und ging, während Clara Mrs. MacInnes die Hand hinstreckte. »Helfen Sie mir bitte hoch, Mrs. MacInnes? Sie sollen mir packen helfen.«

»Packen, Mylady?«

»Ja«, sagte Clara fest, »packen.«

Es war Zufall, daß der Earl of Kerlain Zeuge wurde, als Captain Andrew Blakesley Viscountess Callan in eine Kutsche half. Er war auf dem Weg nach Barrington gewesen, um noch einmal zu versuchen, sich bei Clara zu entschuldigen, und diesmal hatte er Dinge dabei, die sie sicher besänftigen würden. Der Anblick, wie Ihre Ladyschaft das Haus am Arm Captain Blakesleys verließ, ließ ihn stehenbleiben. Nur kurz erhaschte er einen Blick auf ihr totenblasses Gesicht unter der Haube. Ihr Gefährte dagegen sah wütend aus. Er half Lady Clara in die Kutsche und bestieg dann ein Pferd, das einer der Reitknechte gehalten hatte.

Kerlain stand da und sah der Kutsche nach, als sie sich in Bewegung setzte und langsam die Straße entlangrasselte, Blakesley dicht dahinter. Er sah Gepäck, Lady Claras Gepäck, und kein Zeichen von Callan.

Kerlain fluchte, machte kehrt und ging zu seinem Haus zurück.

Als Lucien nach Barrington zurückkam, war es schon dunkel. Mit Jack direkt hinter sich rannte er ins Haus.

»Hayes!« rief er. »Clara!«

»Ruhig, Lucky«, sagte Jack. »Du willst doch keine Panik auslösen.«

»Mylord!« Hayes erschien in der Halle. »Sie sind zurück, ein Glück.«

»Wo ist die Viscountess?« wollte Lucien wissen.

»Weg, Mylord«, erwiderte Hayes offen. »Sie ist vor ein paar Stunden mit Captain Blakesley abgereist.«

»Blakesley?« Luciens Stimme klang eisig.

»Ja, Mylord. Er soll sie nach St. Genevieve begleiten.«

»Wann ist sie gefahren?«

»Kurz nach dem Tee, Mylord. Da war eine Besucherin –«

»Eine Frau?« fragte Lucien.

»Lady Halling, Mylord.«

»Gott«, stieß Lucien hervor. »Hat Clara sie empfangen?«

»Ja, und ich fürchte, das hat sie sehr aufgeregt. Ich wünschte, ich hätte Lady Hallings Nachricht nicht hineingebracht. Mylord, denn nach ihrem Treffen fand ich Mylady ohnmächtig auf dem Boden.«

»Ohnmächtig? Und trotzdem ist sie weggefahren?«

»Es war nur eine kurze Ohnmacht. Sie kam gleich wieder zu sich und hat sich geweigert, den Arzt zu sehen oder ins Bett zu gehen. Mrs. MacInnes hat noch versucht, sie zu überzeugen, aber sie bestand darauf zu gehen. Da ist – ich glaube, sie hat Ihnen eine Nachricht hinterlassen, im Arbeitszimmer.«

Lucien sagte nichts mehr, sondern eilte in sein Zimmer. Dort lag die Nachricht auf einem großen Umschlag, den Lucien als einen der Art erkannte, wie Lady Halling sie benutzte, um ihre Zeichnungen zu transportieren.

Mylord, ich bin nach Hause nach St. Genevieve gefahren. Die Zeichnung wird genügend Erklärung sein. Ich werde sofort durch meinen Vater eine Scheidung in die Wege leiten lassen und wäre dankbar, wenn Sie in Zukunft weder mich noch mein Kind kontaktieren. Ich will Sie nicht wiedersehen.

Sie hatte nicht einmal unterschrieben. Betäubt vor Schock griff Lucien nach dem Umschlag. Als er die Zeichnung von sich selbst sah, wie er nackt in Pamelas Bett lag, schloß er die Augen.

Dann zwang er sich, die Zeichnung genau zu betrachten. Sie kam ihm bekannt vor, auch wenn er sich nicht erinnern konnte, wann Pamela sie gemacht hatte. Sie wußte, wie wenig er es mochte, von ihr als Modell benutzt zu werden. Dieses Blatt war typisch für ihr gründliches Studium des menschlichen Körpers, gleichzeitig sinnlich und elegant. Clara würde die sexuellen Untertöne der Arbeit nicht verstehen. Unten war Pamelas Signatur, darunter die Worte *Le Chat*.

Dann wußte Clara jetzt also Bescheid, warum *Le Chat* von der Wette und ihrem Spitznamen gewußt hatte und als was *Le Chat* zumindest bis zur Hochzeit für Lucien gedient hatte. Er hatte ihr gesagt, daß er keine Mätresse habe, und das stimmte jetzt auch, aber sie würde denken, daß er gelogen hatte. Sie würde denken, daß jedes Wort von ihm eine Lüge war.

Sie war weg. Sie hatte ihn verlassen, wie er es immer gefürchtet hatte. Er stand eine Minute lang ganz still da, in dem Raum, in dem sein Vater vom Betrug seiner Mutter erfahren hatte, und versuchte, die Tatsachen zu begreifen. Clara hatte ihn verlassen. Aber sie hatte ihn nicht betrogen. Wenn einer betrogen hatte, dann er. Er hatte gewollt, daß sie ihn liebte, aber er hatte sie nur fortgetrieben, wie sein Vater seine Mutter vertrieben hatte. Was für ein seltsamer Gedanke, daß er das Drama selber verschuldet haben sollte, das er immer am meisten gefürchtet hatte.

»Clara«, murmelte er. »Es tut mir leid. Ich wünschte, ich wüßte, wie ich dich gehen lassen könnte, aber ich kann es nicht.«

»Lucky?«

Beim Klang von Jacks Stimme drehte er sich um.

»Pamelas Mädchen Sibby ist hier. Hayes hat sie in den Salon gebracht. Sie ist ziemlich aufgeregt. Ich denke, du kommst besser mal.«

»Sofort«, erwiderte Lucien.

Als Jack gegangen war, betrachtete Lucien die Dokumente in seiner Hand. Claras Brief steckte er ein. Die Zeichnung zerriß er in lauter kleine Schnipsel, die er anschließend im Kamin verbrannte.

»Morgen, Pamela, bist du erledigt«, murmelte er. »Ein für allemal, das schwöre ich bei allem, das mir etwas bedeutet.«

24

Es war schon dunkel, als der Earl of Kerlain Claras Kutsche zum Gasthof *Zum fröhlichen Mädchen* verfolgte. Er war über drei Stunden hart geritten bei seinem Versuch, Lady Clara zu finden. In der letzten Stunde war dichter, kalter Nebel aufgekommen, und jetzt fing es auch noch an zu regnen. Als der Earl das Gasthaus betrat, war er durch und durch naß und kalt und nicht in der Stimmung, sich vom Eigentümer des Gasthauses mit einer Erklärung abspeisen zu lassen.

»Aber Mylord!« schrie der Wirt auf und stellte sich schützend vor den privaten Salon, den Kerlain betreten wollte. »Die Lady und der Gentleman haben sich gerade erst zum Essen hingesetzt. Lassen Sie mich doch bitte erst ein Mädchen mit einer Nachricht hereinschicken. Wir stören unsere Gäste nicht gerne.« Sein Gesicht wurde noch unglücklicher, als er den nassen und schmutzigen Zustand von Lord Kerlain bemerkte.

»Ich versichere Ihnen, daß ich sie nicht stören werde«, sagte Kerlain. »Was Captain Blakesley vorhat, steht auf einem anderen Blatt. Vielleicht bitten Sie ihn um Zurückhaltung. Und nun gehen Sie mir aus dem Weg.«

Der Mann drängte sich noch enger an die Tür. »Mylord, ich bitte Sie –«

»Oh, verdammt«, murmelte Kerlain und klopfte an die Tür. »Lady Clara!« rief er. »Hier ist Kerlain. Ich muß sofort mit Ihnen sprechen. Blakesley?« Wieder klopfte er. »Ich komme herein.«

»Bitte, Mylord, keine Gewalt«, flehte der Wirt.

Die Tür ging auf, und der kleine Mann wäre beinahe in das Zimmer gefallen. Captain Blakesley ergriff ihn am Mantel, zog ihn hoch und stellte ihn wieder auf die Füße, während er Kerlain betrachtete und die Tür wieder schloß.

»Kerlain«, sagte er kühl. »Aus welchem Grund Sie auch gekommen sein mögen, Sie sind hier nicht gerne gesehen. Lady Clara will nichts mit Ihnen zu tun haben. Seien Sie so gut und lassen Sie uns in Frieden.«

Als Antwort zog Kerlain eine Pistole aus dem Mantel und zielte damit auf Blakesleys Brust.

»Himmel hilf«, stöhnte der Wirt. Hinter ihm erstarrte Blakesley.

»Ihre Manieren, Mylord, lassen sehr zu wünschen übrig.«

Kerlain grinste. »Manieren sind mir im Moment herzlich egal. Sie haben mir eine ordentliche Verfolgungsjagd geboten, und ich gehe nicht eher, als bis ich mit Lady Clara gesprochen habe. Alleine.«

»Und wenn ich mich weigere, erschießen Sie mich?« fragte Blakesley ruhig.

»Oh, ja, Sie sind nicht der erste Engländer, der für mich Zielscheibe spielt. Aber diese Entscheidung will ich nicht Ihnen überlassen. Lady Clara!« rief er. »Sagen Sie Ihrem lieben Freund, daß Sie mit mir sprechen, sonst schieße ich ihm eine Kugel in den Bauch.«

Die Tür öffnete sich, und Clara spähte mit blassem Gesicht über Blakesleys Schulter.

»Gute Güte, Mylord. Sind Sie verrückt geworden?«

»Ja«, erwiderte er grimmig. »Seit ich mich in England aufhalte, bin ich ein Verrückter.«

»Er wird nicht schießen«, sagte Blakesley. »Geh wieder zu deinem Essen, Clara, ich kümmere mich darum.«

»Nein, bitte.« Sie berührte den Captain am Arm. »Laß mich mit ihm sprechen. Ich will den anderen Gästen kein vulgäres Schauspiel bieten –«

»Gott segne Sie«, murmelte der Wirt.

»– und Lord Kerlain ist eindeutig weit durch die Nässe geritten, um mich zu sehen. Ich schulde es ihm, ihn anzuhören.« Zu Kerlain sagte sie: »Stecken Sie bitte die Waffe weg, Mylord.«

Er tat es und verneigte sich. »Ich freue mich, daß Sie mich schließlich anhören, Mylady. Ich fing an, jede Hoffnung aufzugeben, daß Sie noch einmal mit mir sprechen.«

»Und das wird sie auch jetzt nicht tun«, unterbrach sie Blakesley. »Ich lasse es nicht zu.« Seine Hand legte sich auf seinen Degen.

»Nein, Andrew«, rief Clara. »Ich will den Earl anhören. Laß uns bitte für einige Zeit allein.«

Es brauchte noch etwas, aber schließlich ging Blakesley unter der Bedingung weg, daß er vor der Tür warten würde und daß die Unterredung nicht länger als zwanzig Minuten dauern dürfe.

»Nett von ihm«, murmelte Kerlain und warf seinen tropfenden Mantel auf einen Stuhl. Bedauernd betrachtete er seine matschigen Stiefel. »Ich entschuldige mich für meinen Aufzug«, sagte er zu Clara, die ihn ernst betrachtete. »Ich hatte nicht mit Regen gerechnet.«

»Sie sind ganz durchgefroren«, sagte sie. »Setzen Sie sich ans Feuer, und ich gieße Ihnen einen Tee ein.«

»Wein bitte. Oder Bier. Was Sie haben. Es tut mir leid, Sie beim Essen zu stören.« Dankbar ließ er sich in einen Stuhl sinken. »Die Zeit ist wichtig.«

»Ich gehe nicht nach London zurück«, sagte sie und reichte ihm den Wein. »Wenn Sie deshalb gekommen sind, haben Sie sich die Mühe umsonst gemacht. Woher wußten Sie, daß wir hier sind?«

Er nahm das Glas und lächelte. »Ich war auf dem Weg nach Barrington, um mich noch einmal bei Ihnen zu entschuldigen, als ich sah, wie Sie mit dem Captain aufbrachen. Es wäre grausam von Ihnen gewesen, mich wieder abzuweisen, Mylady. Ich weiß, man spricht nicht davon, aber allen anderen, die in diese unglückselige Sache verwickelt waren, haben Sie verziehen, nur mir nicht. Das macht mich neugierig. Ich dachte, wir wären Freunde.«

Sie trat ans Feuer. »So? Ich gebe zu, daß ich das auch einmal gedacht habe, Mylord. Aber es sieht so aus, als hätten Sie nur das Objekt Ihrer Wette im Auge behalten wollen. All die Monate, die Sie mich ermutigt haben, habe ich gedacht, Sie wären freundlich. Jetzt kenne ich Ihre wahren Absichten.«

»Meine Absicht war einfach, soviel Geld wie möglich zu bekommen. Ich wollte weder Lord Callan noch Sie je verletzen. Es sah mir aus wie der perfekte Plan. Jeder, der sich die Zeit nahm, Callan zuzuhören, wußte, daß er in Sie verliebt war, besessen bis zum Wahnsinn. Ich sah nichts Schlimmes darin, mir das für eine Wette zunutze zu machen.«

»Vielleicht war er einmal besessen«, gab Clara weich zu und setzte sich. »Aber das ist vorbei. Er hat mich nie geliebt und wird mich nie lieben. Ich fürchte, Sie verlieren die Wette doch noch, Mylord. Sie hätten nicht kommen und mich überreden sollen, Lord Callan eine zweite Chance zu geben. Ich gehe nicht zu ihm zurück.«

»Ich habe die Wette schon gewonnen. Callan hat mir das Geld vor über zwei Wochen geschickt. Das wollte ich Ihnen heute beweisen, als ich Sie abfahren sah.« Sie sah ihn mißtrauisch an, und Kerlain seufzte. »Mylady, warum nur sind Sie geflohen? Ich hatte gedacht, zwischen Ihnen und Callan sei alles in Ordnung, trotz der absurden Zeichnung in den *Glad Tidings*. Sie schienen mir über der Sache zu stehen.«

Clara preßte die Lippen zusammen, ehe sie ihm von dem Besuch erzählte, den Lady Halling ihr abgestattet hatte. Kerlain stöhnte auf, als sie zu der Zeichnung kam, die die Dame als Hochzeitsgeschenk hinterlassen hatte.

»Sehen Sie also, Mylord«, schloß Clara und sah ihn direkt an, »ich habe herausgefunden, was für ein Lügner mein Mann ist. Ich vertraue ihm nicht mehr. Er hat geschworen, keine Mätresse zu haben, aber er ist eindeutig mit Lady Halling schon sehr lange vertraut gewesen. Wenn er bei dem einen gelogen hat, hat er es auch bei allem anderen getan. Mir bleibt die Genugtuung, daß Sie beide Ihre Wette nicht gewinnen. Ich gehe zurück nach St. Genevieve und bleibe dort, bis mein Vater meine Scheidung veranlaßt hat.«

»Clara, fügen Sie den Sünden Ihres Mannes und meiner nicht die hinzu, daß Sie wie eine Närrin handeln.« Kerlain beugte sich vor. »Ich habe keine Ahnung, welcher Natur die Verbindung Lord Callans mit Lady Halling früher war, auch wenn ich mir gut vorstellen kann, wie sie vor Ihrer Ehe war. Die Tatsache, daß er viel Zeit mit dieser ... Frau verbracht hat, zeigt, wie es um ihn bestellt war. Aber ich weiß, daß er seit seiner Hochzeit wenig oder gar nicht mit ihr zu tun hatte. Soweit ich sehe, verabscheuen die beiden einander, und sie hat sich viel Mühe gemacht, seine Ehe zu ruinieren. Was die Wette angeht –« Er erhob sich und suchte in den Taschen seines durchnäßten Mantels. »Das ist der Beweis.« Er hielt ein zerdrücktes Papier in der Hand. »Ihr Mann hat mir schon Tage vor Erscheinen der Karikatur die Wette zuerkannt.« Er legte Clara den Brief in den Schoß.

Sie runzelte die Stirn. »Woher soll ich wissen, daß Sie das nicht gefälscht haben?«

»Clara, Clara«, ermahnte er sie wie ein unartiges Kind. »Wie können Sie das nur denken? Fälschung ist ein schwerer Vorwurf, dafür bin ich zu intelligent. Lesen Sie es und sehen Sie selbst, daß es die Schrift Ihres Mannes ist.«

Clara tat wie geheißen.

»Was heißt das, daß Sie Lady Halling die Information gegeben haben, er sei bei Vauxhall? Wollte er sie dort treffen?«

»Sie hatte noch eine Karikatur gezeichnet, die Sie nie gesehen haben.« Er erzählte ihr kurz davon. »Callan wollte sie ablenken, während Jack die Druckplatten zerstörte, und ich sollte den Hinweis fallen lassen, wo er ist. Wußten Sie, daß sie Blakesley absichtlich mitgebracht hat, um ihn auf Sie anzusetzen? Sie hat den Mann nur kennengelernt, damit sie ihn gegen Sie benutzen und einen Keil zwischen Sie und Callan treiben konnte.«

»Aber warum?« fragte Clara. »Sie konnte doch nicht glauben, daß ich mit Andrew fortlaufen würde.«

»Aber das tun Sie gerade.« Er sah sie an, und sie errötete. »Ich glaube, sie hoffte, daß Callan und sie wieder zusammenkommen könnten, daß Blakesleys Anwesenheit seine Eifersucht wieder anfachen würde. Aber es hatte den gegenteiligen Effekt. Diese Nachricht wurde an dem Tag danach geschrieben, wie Sie sehen können. Lord Callan hat offenbar eine Entscheidung getroffen und Lady Halling davon informiert. Weil er sie nicht mehr wollte und Rexley ihre Zeichnung gestohlen hatte, entschloß sie sich zu einem Rachefeldzug, der Karikatur. Vielleicht dachte sie, wenn sie Callan nicht haben konnte, daß Sie ihn auch nicht haben sollten, oder sie wollte Callan bestrafen und ihm die Frau nehmen, die er liebte. Sie muß gewußt haben, daß ihm alles egal sein würde, wenn Sie ihn verlassen. Sie hat es gut gemacht. Sie verlassen den Mann, den Sie lieben, weil Sie Pamelas giftigen Lügen geglaubt haben.«

»Es ist mehr«, sagte sie leise und spielte mit dem Papier. »Mehr als das, was Lady Halling getan hat. Vielleicht hat sie mir nur gezeigt, wie unüberwindlich die Schwierigkeiten zwischen Lord Callan und mir sind.

Aber ich bin froh, daß er Ihnen die Wette schon ausbezahlt hat. Das macht ein paar Dinge einfacher für mich.« Sie sah den Brief an. »Wollte er wirklich, daß wir gemeinsam nach Pearwood gehen?«

»Hat er Ihnen das nicht gesagt?«

»Doch.« Es war ein Flüstern.

»Clara, ich kenne Viscount Callan nicht so gut wie Sie. Ich weiß nicht, was zwischen Ihnen vorgefallen ist, aber ich weiß, daß ein düsterer und schlechtgelaunter Mann eine gute, freundliche Frau geheiratet hat und damit etwas bekam, was er immer für unerreichbar gehalten haben muß. Der Mann hat sich verändert, durch Sie. Und zwar aus Liebe. Sie können bis zum Lebensende zu Hause sitzen und sagen, daß Ihre Ehe ein Desaster war, aber Sie müssen auch die Wahrheit sehen. Lucien Bryland liebt sie und hat alles versucht, um Ihnen das zu zeigen. Vielleicht hat er mehr Fehler gemacht als andere, aber ich bezweifele, daß ein anderer sich überhaupt so viel Mühe gemacht hätte, werfen Sie das alles nicht weg«, mahnte er mit ruhigem Ernst. »Nichts ist trauriger als wahre Liebe, die verwelkt. Bitte, Clara, machen Sie nicht den Fehler, den ich gemacht habe. Sie werden es nur bedauern, und ich sage Ihnen, daß es ein einsames und trauriges Leben ist.«

Sie schwieg lange, ehe sie sagte: »Ich möchte mit Andrew sprechen. Allein.« Sie sah ihn an. »Würden Sie ihn bitte rufen, Mylord?«

Im Haus war es dunkel und still. Jack wartete geduldig, ohne auf die Kälte zu achten, die durch seine Kleider drang. Er war gut im Warten, das war bei jeder Jagd wichtig.

Noch eine Stunde verging, ehe seine Beute erschien. Das Klirren eines Schlüssels verriet ihm ihre Anwesenheit, dann leise Stimmen.

»Sibby?«

Eine Kerze wurde angezündet.

»Sibby? Wo bist du?«

Schritte erklangen und kamen näher. »Sibby, du dummes Ding!« erklang es ärgerlich.

Sie trat in ihr Atelier und keuchte auf, als sie den Raum vollkommen leer fand.

»Sibby!« schrie sie.

»Ich fürchte, sie ist nicht hier«, sagte Jack ruhig. Er entzündete eine Kerze. »Tatsächlich ist sie nicht einmal mehr in London oder Middlesex. Ich habe eine viel bessere Stelle für sie gefunden.« Er lächelte. »Ja, Sie werden sie nie mehr wiedersehen.«

Pamela Halling starrte ihn an. »Sie würde mich nie verlassen«, flüsterte sie ungläubig. »Sibby ist dafür viel zu loyal.«

»Loyal, ja, aber nicht Ihnen gegenüber. Lucien war viel freundlicher zu dem armen Mädchen, und sie hielt es für nötig, ihn von Ihren Plänen zu informieren. Ein Jammer, daß sie solche Angst vor Ihnen hatte, daß sie nicht eher gekommen ist und Ihren Besuch bei Lady Clara verhindert hat. Das«, er führte sie zum Tisch, »war unklug von Ihnen, Pamela. Lucien hat mich extra angewiesen, keine Gnade zu zeigen, so wie Sie keine für Ihre Opfer gezeigt haben.«

Sie sah sich entsetzt in dem leeren Raum um. Jack hatte die Frau noch nie zuvor so verletzlich gesehen.

»Meine Kunst«, flüsterte sie. »Was haben Sie mit meinen Bildern gemacht?«

»Die sind sicher.« Er zuckte gleichgültig die Achseln. »Ich lasse sie Ihnen nachschicken.«

Pamela Halling zeigte keine Erleichterung. Ihre Augen blitzten, und sie wandte sich Jack zu, bereit zum Kampf.

»Warum sind Sie hier, Jack? Um mir zu drohen? Um mich zu ermorden? Ich bin überrascht, daß Lucien nicht selber gekommen ist, aber ich nehme an, er rennt hinter seiner kleinen Frau her. Ob er sie und Blakesley wohl tötet, was meinen Sie? Wäre das nicht wunderbar? Ich kann schon die Schlagzeile sehen.« Sie lachte. »Wie der Vater, so der Sohn.«

Jack wußte seit langem, wie man mit Pamela umgehen mußte. Ihre giftigen Worte waren ihre schärfste Waffe, um andere aufzuregen. Lucien hatte immer gut darauf reagieren können, Jack hatte bessere Dinge vor.

»Ich bin hier, um Ihnen zu sagen, was aus Ihnen werden soll«, erklärte er, »und um Sie selber auf den Weg zu bringen.«

Sie sah ihn kurz an, ehe sie noch viel lauter lachte. »So, Mylord? Wie nett von Ihnen, aber völlig unnötig, das versichere ich Ihnen. Ich habe schon eigene Pläne gemacht. Und Sie können nichts machen, um mich aufzuhalten.«

»Das werden wir sehen. Die Reise nach Staines war übrigens sehr angenehm. Eine Katze dort einzusperren, wo wir verabredet waren, war ein Meisterstück. Ich glaube nicht, daß mir etwas Dramatischeres eingefallen wäre.«

Sie lächelte strahlend und begann, den Raum zu inspizieren. »Ich dachte mir, daß es Lucien gefallen würde«, sagte sie und berührte ein Loch, wo die Nägel aus der Wand entfernt worden waren. »Ich wünschte nur, ich hätte Ihre Gesichter sehen können. Waren sie sehr wütend?«

»Sehr. Lucien hat fast sein Pferd getötet, um zurück nach London zu kommen. Er war von Anfang an mißtrauisch gewesen und wollte gar nicht nach Staines, aber ich habe darauf bestanden. Mein Fehler, fürchte ich, daß Lady Clara so eine Viper in ihrem Haus empfangen mußte.«

Sie schnalzte mit der Zunge. »Wirklich. Jack, müssen wir einander beschimpfen?« Sie trat auf ihn zu. »Mir fielen für Sie auch eine Reihe von Namen ein. Ich weiß nicht, wie oft ich eine Karikatur von Ihnen zeichnen wollte, aber Lucien hat es nicht erlaubt. Ich wünschte, ich hätte es getan.« Sie trat nahe zu ihm und hob die Hand, um mit seiner Krawatte zu spielen. Ihr Parfum stieg ihm in die Nase, und ihre Nähe stieß ihn ab. Aber er ließ sich nichts anmerken, sondern erwiderte ihren verführerischen Blick. »Ich weiß sehr viel über Sie, Lord Rexley, sogar, welchen Frauentyp Sie bevorzugen und was Sie gerne mit ihnen machen. Sie haben sich in den Bordellen schon einen Ruf gemacht. Ich habe mich oft gefragt, wie es wohl mit Ihnen wäre.«

Ihm wurde fast übel.

»Und ich habe mich immer gefragt, wie Lucky es über sich bringt, mit Ihnen zu schlafen.«

Ihre Augen wurden groß, ehe sie zurücktrat. Die einzige Warnung vor dem Schlag war das Flattern ihrer Hand. Sie traf ihn hart und zerkratzte ihm die Wange. Doch er blieb still stehen, als wenn er nichts spürte.

Sie lächelte dünn. »Wie fänden Sie es, wenn ganz London Ihre wahre Herkunft erführe?« höhnte sie. »Daß Sie nicht der Earl of Rexley sind, sondern Lady Rexleys Bastard vom Earl of Manning. Das gäbe London doch etwas zu reden.«

Er brauchte jede Beherrschung, um nicht auf ihre Worte zu reagieren. Der Schlag saß und berührte seine geheimsten Ängste. Deshalb hatte er sie immer so sehr gehaßt, weil sie die Macht hatte, mit ihrem Gift Leben zu zerstören.

»Für dieses Gerücht gibt es keinen Beweis, weil es falsch ist«, brachte er hervor. »Ich bezweifele, daß das jemand glauben würde.«

»Wie naiv Sie sind.« Sie kicherte. »Die Leute glauben es nur zu gerne, vor allem, wenn es so pikant ist. Vielleicht sollte ich es Ihnen beweisen? Noch eine Zeichnung, ehe mein Schiff nach Frankreich segelt? Soll ich?« Ihr Lächeln war böse.

»Mr. Rosswell und seine Frau sind nicht mehr in London«, informierte er sie. »Sie haben sich auf eine Reise durch Europa begeben.« Erfreut sah er, wie ihr Lächeln schwand. Das war neu für sie. »*Glad Tidings*, fürchte ich, gibt es nicht mehr. Aber heute ist noch eine Extraausgabe erschienen. Ich bin überrascht, daß Sie sie noch nicht gesehen haben. Darin ist eine höchst interessante Karikatur.« Er zog ein Exemplar heraus und legte es neben die Kerze auf den Tisch, so daß die Zeichnung gut zu erkennen war.

Pamela sah mit offenem Mund auf das Blatt.

»Nein!« schrie sie auf. »Es kann nicht ... Sie dürfen nicht ...« Mit zitternder Hand hob sie das Blatt. »Cruishank! Er muß sich auf diese Chance gestürzt haben. Ich werde ihn umbringen.«

»Das würde Mord zu den anderen Anklagen gegen Sie auf die Liste bringen. Meinen Sie, das wäre weise?«

»Anklagen? Wovon reden Sie?«

Er lächelte lässig. »Ich glaube, das wissen Sie, Pamela. Denken Sie doch nur an Ihre Zeichnungen. Einige davon sind verräterisch. Es gibt einige Leute, die Sie mit Ihrer Häme ruiniert haben. Jetzt, wo jeder in England weiß, wer Sie sind, wissen Ihre Opfer auch, wem sie ihr Leiden verdanken. Und sie wissen, wo sie Sie finden können, nicht wahr?«

»Ja«, flüsterte sie entsetzt, »aber ich gehe nach Frankreich. Da bin ich sicher.«

»Ich fürchte, Sie irren sich, meine Liebe. Der Kapitän des Schiffs konnte nicht überzeugt werden, Sie woanders hinzubringen. Er haßt *Le Chat* seit jener häßlichen Karikatur über die Marine, in der er lange gedient hat. Er sagte, wenn er Sie als Passagier an Bord hätte, würden Sie irgendwo in der Mitte des Kanals stillschweigend verschwinden.«

Sie schloß die Augen und senkte den Kopf.

»Ich bezweifele, daß in London noch jemand etwas mit Ihnen zu tun haben will, es sei denn, Sie würden gehenkt. Oder verbrannt. Wie auch immer, das Ende ist dasselbe.« Dann fügte er ernst hinzu. »Sie haben keine Freunde, Pamela, nur ich kann Ihnen jetzt noch helfen, deshalb schlage ich vor, daß Sie tun, was ich sage.«

»Was haben Sie vor?« fragte sie tonlos.

»Ein Schiff wartet, um Sie nach Australien zu bringen.« Er ignorierte ihr Aufkeuchen. »Das ist weit genug weg, damit Sie sicher sind. Dort können Sie neu anfangen. Ich brauche Ihnen nicht zu sagen, daß Sie nie nach England zurückkehren oder Kontakt zu Lord Callan oder seiner Frau aufnehmen dürfen. Ich lasse Sie beobachten.« Er nahm ihr die Zeitung aus der zitternden Hand. »Ich rate Ihnen, nicht so töricht zu sein, in Zukunft neuen Ärger zu machen, Pamela. Ich mache Ihrer Existenz ein Ende, wenn Sie das versuchen sollten. Um offen zu sein, ich habe Sie und Ihre kranken Spiele gründlich satt. Ich kann Ihnen nur raten, mich nicht in Versuchung zu führen.«

25

Der Wirt des *Fröhlichen Mädchens* und seine Frau hatten noch nie so einen Abend erlebt. Trotz der Unscheinbarkeit der jungen Dame, die ihr bestes Zimmer belegt hatte, hatte sie eine beachtliche Anzahl attraktiver junger Männer um sich herumtanzen. Der hartnäckigste war der, der gerade erst eingetroffen war und jetzt triefend naß in der Tür stand. Der Wirt, der durch den Lärm des Mannes geweckt worden war, hatte einen langen Blick auf sein wütendes Gesicht geworfen und gewußt, daß es Ärger geben würde. Der Kerl sah aus wie der Teufel. Jetzt verlangte er, bei der Viscountess Callan vorgelassen zu werden.

»Mylord, es ist weit nach Mitternacht«, versuchte der Wirt seinen eindeutig wütenden Neuankömmling zu beruhigen. »Es sind alle im Bett. Kann das nicht bis morgen warten? Kommen Sie. Sie sind naß und erschöpft von der Reise, ich zeige Ihnen gerne Ihr Zimmer und lasse Ihnen heißes Wasser und Brot und Käse bringen.«

Der Mann schlug ungeduldig mit seiner Gerte gegen sein Bein. »In welchem Zimmer ist sie?«

»Sir, ich fürchte, ich kann Ihnen nicht erlauben hochzugehen. Denken Sie doch an den Ruf der Lady. Viscountess Callan ist –«

»– meine Frau«, erklärte ihm der Herr. »Und ich bin Viscount Callan. Welches Zimmer ist es?«

Er sagte es ihm, welche Wahl hatte er auch? Der Mann würde ansonsten an jede Tür im Gasthaus klopfen. Der Mann war gerade weg, als einer der anderen Besucher aus dem Schankraum kam, wo ihn der Lärm eindeutig geweckt hatte. Er war ungekämmt und nur unordentlich bekleidet.

»Ich denke, ich reise ab«, erklärte er und lächelte die Wirtin an. »Ma'am«, und er verneigte sich leicht. Sie reagierte unwillig und verschwand wieder im Schlafzimmer.

»Sir«, sagte der Wirt und sah ihn an. »Sie wollen jetzt abreisen? Mitten in der Nacht?«

»Stimmt«, sagte Seine Lordschaft. »So sehr ich es hasse, Ihr entzückendes Etablissement zu verlassen, so denke ich doch, es ist klug, solange ich noch in einem Stück bin, da der Ehemann der Dame gerade eingetroffen ist. Sie wollen doch kein Blut auf dem sauberen Boden. Nicht daß ich denke, Callan würde mich wirklich töten, zumal er gar keinen Grund dazu hat, aber bei einem verliebten Mann soll man nie ein Risiko eingehen.« Er zog seinen Mantel an. »Sie sind zu unberechenbar.«

»Ich habe Ihre Rechnung noch nicht fertig«, sagte der Wirt. »Wenn Sie einen Moment warten –«

Der Herr lächelte höchst charmant und setzte seinen Hut auf. »Setzen Sie es Lord Callan auf die Rechnung. Er wird es nur zu gerne bezahlen.«

Clara schlief nicht, als es klopfte. Sie hatte gedöst, seit Lord Kerlain gegangen war, aber nicht schlafen können. Sie fragte sich, ob Lucien wohl hinter ihr herkommen würde, wie Kerlain es vorhergesagt hatte. Es war höchst unwahrscheinlich, er hatte es immer vermieden, wie sein Vater zu sein. Sie dachte an die Karikatur, die sie nicht gesehen hatte, und wie sehr sie Lucien verwundet hätte.

Er hatte ihr gesagt, daß er sie nie gehen lassen würde. Das hatte sie getröstet, und das starke Klopfen an der Tür stimmte sie zuversichtlich.

»Clara?« fragte Lucien laut. »Mach auf.« Mehr Klopfen. »Clara?«

Er weckt noch das ganze Gasthaus, dachte sie, warf die Decke beiseite und ging zur Tür.

»Leise, Lucien«, flüsterte sie, als sie ihn im Flur stehen sah. Sein Anblick überraschte sie. Er war naß und sehr blaß. Als er sie sah, entspannte er sich, und Verzweiflung trat in sein Gesicht. Er sah so erschöpft aus, daß sie dachte, er würde jeden Moment zu Boden sinken.

»Clara«, begann er, aber sie ergriff ihn am Ärmel und zog ihn herein.

»Lucien! Du bist ja ganz naß!« Sie nahm ihm Hut und Mantel ab und warf sie zu Boden. »Langsam glaube ich, Männer haben keinen Verstand, daß sie bei solchem Wetter draußen herumlaufen und sich erkälten.«

»Wo ist Blakesley?« fragte er erschöpft.

»Weg«, sa gte sie. »Jetzt setz dich hin, und ich ziehe dir die Stiefel auf. Ich habe leider kein Mädchen mitgebracht.«

»Blakesley ist weg?« wiederholte er und sank in einen Stuhl, in den sie ihn schubste. »Er hat dich alleine und schutzlos hier gelassen?«

»Ja, er ist alleine nach St. Genevieve geritten«, sagte sie und zog an seinen Stiefeln. »Aber das ist in Ordnung, weil Lord Kerlain hier ist. Himmel, hast du kalte Füße.« Er starrte sie an.

»Kerlain ist hier?«

»Er schläft im Schankraum.« Sie zog ihm den anderen Stiefel aus. »Obwohl du ihn wahrscheinlich geweckt hast mit deiner Schreierei. Und alle anderen im Umkreis einer Meile auch.« Clara erhob sich, und Lucien griff nach ihr, zog sie an sich und lehnte seinen Kopf an ihre Brust.

»Du ziehst mich aus und schimpfst mit mir«, stellte er fest. »Das ist ein gutes Zeichen.«

Clara wehrte sich nicht gegen die Umarmung. Luciens Verzweiflung berührte sie zutiefst. Verletzt und wütend wie sie war, blieb die Liebe zu ihm doch fest in ihrem Herzen.

»Ich habe nicht gelogen«, murmelte er, die Worte durch ihr Nachthemd gedämpft. »Ich habe keine Mätresse, seit wir verheiratet sind. Ich schwöre dir, daß das stimmt. Pamela hat das Bild vor unserer Hochzeit gezeichnet.«

»Sie war deine Mätresse«, sagte Clara und spürte, wie er sie noch fester hielt, als hätte er Angst, sie würde ihn wegstoßen.

»Ja«, erwiderte er unglücklich. »Ein paar Jahre lang. Ich wollte sie nicht aufgeben, auch nach unserer Hochzeit nicht. Das wird dich nicht überraschen, wenn du bedenkst, wie ich damals war.«

Ja, sie erinnerte sich gut daran. Mißtrauisch, eifersüchtig und deprimiert. War er bei Lady Halling auch so gewesen?

»Sie ist sehr schön«, murmelte Clara und sah auf seinen dunklen Kopf hinunter.

Er stöhnte. »Meine Liebe, meine Liebe, wenn du nur wüßtest – sie ist überhaupt nicht schön.«

Das konnte Clara kaum glauben. Sie war verwirrt. »Warum war sie dann deine Mätresse?«

»Sie hat meine Häßlichkeit erträglich gemacht.« Langsam hob er den Kopf und sah sie an. »Clara, wenn du mich verläßt, bleibt nur noch das. Das Häßliche. Ich weiß, daß ich mit deinem Verlust für meine Sünden zahlen müßte, aber ich kann es nicht. Ich kann es nicht ertragen, wieder in dieser Dunkelheit zu leben.«

»Lucien«, murmelte sie und umfing sein geliebtes Gesicht mit den Händen. »Nicht.«

»Ich liebe dich«, sagte er verzweifelt. »Verlaß mich nicht. Ich finde etwas, um den Schmerz wieder gutzumachen. Ich schwöre es. Aber verlaß mich nicht, Clara.«

Sie strich ihm über die feuchten Locken und sagte: »Ich habe Andrew weggeschickt und Lord Kerlain gebeten, mich morgen nach London zurückzubringen.« Er regte sich nicht, sah sie nur an. »Ich weiß nicht, ob ich zurück nach Barrington oder zu Tante Anna gehen wollte.«

»Du wolltest zurückkommen?« flüsterte er. »Wirklich, Clara?«

Sie strich ihm übers Haar. »Lord Kerlain hat mir deinen Brief über die Wette gezeigt, und es schien mir auf einmal falsch, zu gehen, ohne dir die Möglichkeit zu einer Erklärung zu geben. Ich komme zurück, Mylord –«, sie brachte ihn mit ihrem Finger auf seinen Lippen zum Schweigen, »– aber ich weiß nicht, was aus uns wird. Es ist so viel geschehen ...«

»Ich weiß«, sagte er und küßte ihre Finger. »Du warst es, die für meine Sünden leiden mußte, dabei bist du unschuldig. Wenn du mir nur die Chance gibst, Clara, will ich es wieder gutmachen. Ich liebe dich. Glaubst du mir?«

»Ja«, murmelte sie, »aber es ist schwer. Ich bin nicht schön, Lucien.«

»Oh, doch«, entgegnete er verehrungsvoll, »das bist du, Clara. Die schönste Frau, die ich kenne. Viel zu schön für einen Mann wie mich, aber ich kann dich nicht gehen lassen. Kein anderer wird dich je so lieben wie ich. Ich liebe dich, seit ich dich das erste Mal gesehen habe. Ich habe dagegen angekämpft, aber ich habe gelernt, daß die Liebe zu dir das ist, was mich erhebt und mich all die Jahre daran gehindert hat zu verzweifeln, als ich dachte, du hättest mich betrogen.«

»Du hast dich seitdem so verändert«, sagte sie.

»Du hast mich verändert. Du hast mich vor der Dunkelheit gerettet, Clara. Weißt du, daß ich kaum noch an meine Eltern denke?«

»Lucien«, sagte sie atemlos.

»Ich habe schon lange aufgehört, dich mit meiner Mutter und mich mit meinem Vater zu vergleichen. Du hast mich von ihrem Schatten befreit. Die Geister sind gebannt, Clara. Jetzt kann ich dir mein Herz anbieten, wie ich es damals getan habe, als wir noch Kinder waren. Das heißt, wenn du es noch haben willst.«

»Ob ich es noch will?« flüsterte sie und lächelte trotz der Tränen, die ihr in die Augen stiegen. Sie hatte ihn endlich wiedergefunden in dem dunklen, düsteren Mann. »Oh, ja, ich möchte es sehr. Ich liebe dich, Lucien, und habe dich immer geliebt.«

Er zog sie auf seinen Schoß und küßte sie, und sie spürte seine Erleichterung und Dankbarkeit.

»Clara«, er vergrub sein Gesicht an ihrem Hals. »Meine süße, entzückende Clara. Gott sei Dank. Ich verdiene dich nicht, aber ein Glück, daß du mein bist. Ich war so ein verdammter Narr und habe so viel Zeit vergeudet, aber ich werde nichts mehr für selbstverständlich nehmen. Ich werde jeden Tag, den ich mit dir habe, in Ehren halten.«

Viel später lagen sie erschöpft und glücklich unter der Bettdecke.

»Tante Anna heiratet Robby?« fragte Clara überrascht. »Das kann ich kaum glauben, obwohl es wunderbar ist. Sie hat ihn all die Jahre geliebt.«

»Er hat auch nie aufgehört, sie zu lieben«, sagte Lucien gähnend. »Er hat mir gesagt, daß er sie heiratet, damit er Sarah zur Tochter bekommt. Er freut sich schon darauf, alle Bewerber zu befragen, wenn sie im heiratsfähigen Alter ist. Fast tun mir die armen Kerle leid.«

»Robby ist ein Schatz«, sagte Clara.

»Robby ist ein Elend«, erwiderte Lucien, »vor allem, wenn er ein Opfer hat, dem er die Leviten lesen kann. Wahrscheinlich ist es angenehmer, lebendig von einem Bären gefressen zu werden.«

Sie lächelte. »Sarah betet ihn an. Er wird ein wundervoller Vater sein. Schön, daß sie heiraten, vielleicht inspiriert das ja Wulf, daß er auch endlich ein Datum mit Bella festsetzt.«

Lucien lachte leise. »Ehe das geschieht, sind wir wahrscheinlich grau und alt. Arme Bella.« Er streichelte sacht über ihren flachen Bauch. »Nächstes Frühjahr werden wir ein Kind haben«, murmelte er. »Gefällt dir das?«

Sie hatten noch nicht viel über das Kind gesprochen, dafür war zuviel anderes passiert.

»Ja«, sagte sie. »Ich wollte immer eine große Familie mit vielen Kindern.«

Seine Augen waren geschlossen, aber er lächelte. »Wir versuchen, deine Eltern zu übertrumpfen, ja?«

Sie lachte. »So viele Kinder dann vielleicht doch nicht. Lucien?«

»Hmmm?«

»Woher wußtest du, daß ich schwanger bin? Du warst dir so sicher, dabei wußte ich es selber noch nicht.«

Er drehte sich auf die Seite und zog sie an sich.

»Ich weiß nicht. Ich habe es gefühlt. Vielleicht, weil du die Frau bist, die ich liebe und immer geliebt habe. Es ist gewissermaßen auch furchteinflößend. Du hast so viel Macht über mich, Clara.«

Sie zeichnete die Linie seines Halses mit der Fingerspitze nach. »Wie du über mich. Wir müssen lernen, einander vollkommen zu vertrauen.«

Er küßte sie. »Das werden wir mit der Zeit. Für jetzt reichen mir deine Liebe und deine Gegenwart.«

»Zu denken«, murmelte sie und lehnte ihren Kopf an seine Brust, »daß eine dumme Wette fast alles ruiniert hätte. Ich bin so froh, daß du sie verloren hast.«

»Oh, nein, meine Liebe. Ich habe durch diese verwegene Wette gewonnen.« Sie spürte sein Lächeln. »Durch sie so viel gewonnen.«

ENDE

Kurz vor Ausbruch des amerikanischen Bürgerkrieges wird die junge Royal Bradford nach England zurückgeschickt, um ihre Schulbildung zu beenden. Doch Tag und Nacht sehnt sie sich nach Damon Routhland, ihrem gutaussehenden Vormund – bis sie einen draufgängerischen englischen Edelmann kennenlernt. Royals Herz ist zerrissen. Sie kann nicht nach Amerika zurück, denn inzwischen herrscht Krieg, und zudem wird sie in eine Verschwörung hineingezogen, die alles bedroht, was sie liebt ...

ISBN 3-304-18231-6

BASTEI LÜBBE

Es ist in New York zu einer Mode geworden, an spiritistischen Sitzungen teilzunehmen, und das bekannteste Medium ist die geheimnisvolle Gräfin Lovaenya. Niemand weiß, wer sie wirklich ist, und die schöne Lovaenya tut alles, um ihr Geheimnis auch weiterhin zu wahren. Niemand soll erfahren, daß sie in Wirklichkeit Lavinia Murphy heißt und aus dem Waisenhaus mitsamt vier kleineren Kindern geflohen ist. Doch Edward Stuyvesant-French ist ihr auf die Spur gekommen, und in ihrer Verzweiflung bietet Lavinia ihm einen Handel an – den zu halten ihr immer schwerer fällt, weil sie sich so unglaublich von diesem Mann angezogen fühlt, der ihr größter Feind ist …

ISBN 3-404-18198-0

BASTEI
LÜBBE

Niemals hätte Jessica sich erlaubt, ihre Gefühle für Nicholas Du Quaine auch nur anzudeuten. Sie war kaum mehr als eine Sklavin, er hingegen ein reicher Plantagen-besitzer, ihr Herr. Welten schienen sie zu trennen.
Doch die Liebe hat Jessicas Augen geschärft, und ihr Mißtrauen erwacht, als die schöne Clarice nach ›Bellefleur‹ kommt. Jessica ist überzeugt, daß diese Frau Böses im Sinn hat.
Aber selbst sie kann das Ausmaß von Clarices Schlechtigkeit nicht erahnen, denn Clarice ist eine Mörderin, entschlossen, die Plantage an sich zu reißen. Um das zu erreichen, will sie Nicholas heiraten, obwohl sie weiß, daß er ihr Halbbruder ist …

ISBN 3-404-18194-8

BASTEI LÜBBE